Wolfram Benisch

BENSKI

Die Jagd nach dem Artefakt

Thriller

BENSKI Die Jagd nach dem Artefakt
Ein Thriller von Wolfram Benisch

Instagram @wolframbenisch
Literatur- & Medienverlag Wolfram Benisch
Viktoriastr. 12
65189 Wiesbaden
Deutschland
Covergestaltung Wolfram Benisch (InDesign)
Illustration erstellt mit Midjourney
Satz Merriweather (InDesign)
ISBN 979-8-270390-78-5

Hinweis Dieser Roman ist ein Werk der Fiktion. Historische Bezüge, Organisationen und Orte werden in einem erfundenen Zusammenhang dargestellt. Sie dienen allein der erzählerischen Gestaltung und erheben keinen Anspruch auf historische Genauigkeit.

Namen, Figuren, Orte und Handlungen sind frei erfunden. Ähnlichkeiten mit real existierenden Personen oder verstorbenen Personen sind rein zufällig.

Und wenn alles ganz anders war?

ABSCHUSS

24.März 1945, Ortszeit: 00:23 Uhr. 12.000 Fuß über den Vogesen. Schweres Flakfeuer auf dreizehn null null.

„Verdammt, reden Sie, warum sollten Sie uns töten?"

Der Lärm war ohrenbetäubend. Durch die zerschossene Seitenluke strömte der Wind ins Innere des britischen Avro 683 Lancaster Bombers. Im spärlich beleuchteten Laderaum lagen zwei tote SS-Männer. Weiter hinten, unterhalb des Einstiegs in den mit zwei Browning-MGs im Kaliber .303 bewaffneten Rückenturm, krümmte sich ein Fähnrich der Luftwaffe mit Bauchschuss. Er schrie fürchterlich.

Luftwaffen-Oberleutnant Lückner drückte den überlebenden SS-Sturmbannführer gegen die hölzernen Transportkisten. Die noch warme Mündung seiner Luger hatte er fest an das Kinn des SS-Mannes gepresst. „Reden Sie, verdammt noch mal. Warum wollten Sie uns alle umbringen? Sie haben doch nichts mehr zu verlieren!" Lückner riss den SS-Mann an der Schulter in Richtung der offenen Seitentür und drückte dessen Kopf ins Leere.

Panisch versuchte der Sturmbannführer, irgendwie mit den Händen an der Bordwand Halt zu finden. Nur Augenblicke später wurde dem SS-Mann die Fliegermütze vom Kopf gerissen. Der Luftstrom war so stark, dass es dem Sturmbannführer immer schwerer fiel zu atmen.

„Das ist Ihre letzte Chance. Was ist Ihr Auftrag?"

Der SS-Mann las die Worte bruchstückhaft von Lückners Lippen ab. „Holen Sie mich rein, ich sag alles“, presste er mit letzter Kraft in Richtung Lückner hervor.

Lückner lockerte seinen Griff und zog den SS-Mann zurück in den Bauch des Bombers.

„Verflu...“ Der Sturmbannführer hustete und rang nach Luft.

„Also los. Warum haben Sie den Befehl erhalten, uns zu liquidieren?“

„Wissen Sie ...“ Der Sturmbannführer hustete. „Wissen Sie, was in den Kisten da ist?“ Er drehte sich um und zeigte auf die hölzernen Transportkisten.

Auf allen Kisten war in schwarzer Farbe der Adler mit ausgebreiteten Schwingen und Hakenkreuz in den Klauen zu sehen. Das Erkennungszeichen der Luftwaffe. Lückner fiel auf, dass einige Kisten zusätzlich mit einem ihm unbekannten Zeichen ausgewiesen waren. Das ovale Wappen trug in der Mitte ein Schwert, das von einer nach unten geöffneten Schleife eingerahmt wurde. Die eckigen, runenartigen Buchstaben im Rand des Wappens konnte Lückner in der Dunkelheit nicht genau entziffern. Er erkannte am oberen rechten Rand nur die Buchstaben A H N. „Nur Gerüchte. Gold, Diamanten, vielleicht auch Kunstschätze. Wertvolles Zeug eben, was schnell noch vor dem Feind in Sicherheit gebracht werden soll. Aber, wie gesagt, nur Gerüchte.“

„Stimmt, aber das ist nur ein Teil der Ladung. Haben Sie die Kisten vom Deutschen ...“

Ein heftiger Ruck erschütterte den Bomber. Das Schrapnell einer Flak-Granate hatte den äußeren rechten Motor getroffen. Beide Männer wurden heftig gegen die Kisten geschleudert. In dem ganzen Durcheinander griff der Sturmbannführer nach Lückners Pistole.

„Fritz, pass auf!“, warnte der Fähnrich seinen Oberleutnant mit letzter Kraft.

„Verdammtes Schwein.“ Lückner umklammerte mit beiden Händen fest die Pistole. Zwischen den Kisten entwickelte sich ein hektisches Handgemenge. Eine weitere Flak-Granate explodierte mit ohrenbetäubendem Knall in unmittelbarer Nähe des Bombers und übertönte den Schuss.

„Scheiße, das wollte ich nicht.“ Der SS-Sturmbannführer sackte in Lückners Armen zusammen.

„Fritz, was ist los bei euch? Lange können wir die Maschine nicht mehr halten. Wir gehen runter!“, schrie der Pilot in die Bordsprechanlage.

70 JAHRE SPÄTER

1 AUFTRAG

Frankfurt Westend, Bankentürme ragten neben schmucken Altbauvillen in den Himmel. Die Bürgersteige waren bevölkert von Anzugträgern und Frauen in teuren Designerkleidern. Porsches, Ferraris und wuchtige SUVs der Banker, Anwälte und Geschäftsleute beherrschten die Straßen. In kleinen, angesagten Bars und Bistros traf man sich zum Mittagessen bei Scampi und Beef Argentina und abends zum Meet and Greet bei Kaviar und Champagner. Für normal arbeitende Menschen waren Wohnungen im Frankfurter Westend schon lange nicht mehr bezahlbar.

Im Kettenhofweg parkte ein unauffälliger Porsche Boxter. Seine Scheinwerfer mit Spiegelei-Effekt verrieten, dass er schon etwas älter war. Das Verdeck war geschlossen und der Mittdreißiger hinter dem Lenkrad schien zu schlafen. Plötzlich fing das Smartphone auf dem Beifahrersitz an zu vibrieren. Jakob Benski erwachte aus dem Halbschlaf.

Hastig drehte er sich um. Das cremefarbene John Cooper Works MINI Cabrio stand noch immer auf der anderen Straßenseite, wo Madeleine Kirchhoff es vor einiger Zeit abgestellt hatte.

„Noch mal gut gegangen", brummte Benski vor sich hin. „Mann, wie ich diese Observationen hasse."

Seit vier Stunden hockte er jetzt hier. Es hatte keine halbe Stunde gedauert, bis Benski alles Spannende in der Umgebung gescannt und sich Langeweile breitgemacht hatte. Ganz unweigerlich. Diese unerträgliche Langeweile, die Sekunden zu Minuten und Minuten zu Stunden werden ließ. Auch das monotone, inhaltlose Gute-Laune-Gegacker der austauschbaren Radiomoderatorenpärchen nervte ihn nur noch. Auch sein Gedaddel auf dem Handy half nicht mehr. In solchen Momenten überkam ihn häufig das unangenehme Gefühl, dass er besser dem Rat seines Vaters gefolgt wäre und sein Studium abgeschlossen hätte.

Dann wäre ich jetzt einer von denen, dachte er kurz, als drei junge Männer in geschniegelten Anzügen an seinem Seitenfenster vorbeiflanierten.

Das plötzliche Surren seines Smartphones beendete schließlich seine Gedanken in diese Richtung. Benski griff zu dem kleinen Nervtöter. Auf dem Display stand: Unbekannt.

Er drückte auf das grüne Hörersymbol und hielt das Handy vor sein Gesicht.

„Hallo."

„Spreche ich mit Herrn Benski?", fragte eine resolute Frauenstimme.

„Ja, Sie sprechen mit Jakob Benski."

„Angenehm, mein Name ist von Trotau. Ich bin auf der Suche nach einem zuverlässigen Privatdetektiv. Sie sind doch Privatdetektiv?"

„Richtig, was kann ich für Sie tun?"

„Das würde ich gerne persönlich mit Ihnen besprechen."

„Kein Problem, sagen Sie mir einfach, wann und wo, ich richte mich nach Ihnen?"

„Morgen Abend, 21:00 Uhr."

„Okay, das passt, und wo?"

„Ich kenne mich in Frankfurt überhaupt nicht aus, machen Sie einen Vorschlag."

„Curryeck24 im Bahnhofsviertel. Ich kenne den Besitzer, dort können wir ungestört reden."

Ein kurzes Zögern. Dann: „Wenn Sie das sagen. Einverstanden, dann bis morgen."

Noch bevor Benski etwas antworten konnte, hatte die Frau das Gespräch beendet.

„Bis morgen", schickte Benski verdutzt ins Leere.

* * *

Frankfurt Bahnhofsviertel, am nächsten Abend. Draußen war es bereits dunkel. Benski saß schon eine ganze Weile in der hinteren Ecke der Imbissbude. Seine Currywurst hatte er längst aufgegessen.

„Oh Mann, wo bleibt die nur?"

Benski wollte sich gerade ein zweites Bier holen, da öffnete sich die Eingangstür. Eine große Frau in feldgrünem Bundeswehrparka und mit tief ins Gesicht gezogener Kapuze betrat den Imbiss. Benski fiel die geheimnisvolle Frau sofort ins Auge. Die passt ja so gar nicht hierher, dachte er, das muss sie sein! Noch bevor er ihr zuwinken konnte, hatte die Frau ihm bereits einen intensiven Blick zugeworfen. Ohne von den anderen Gästen Notiz zu nehmen, kam sie auf Benski zu.

„Guten Abend, Herr Benski."

„Guten Abend, Frau von Trotau", antwortete Benski bestimmt. Die Frau nahm die Kapuze ab. Ihre kurzen blonden Haare kamen zum Vorschein. Sie nickte freundlich. „Ich freue mich, Sie persönlich kennenzulernen, Herr Benski."

„Ich mich auch", sagte Benski und lächelte zurück.

Irgendetwas Unheimliches umgab diese Frau, und er versuchte, sich nichts anmerken zu lassen.

„Ich war schon lang nicht mehr bei Andi, er macht mit Abstand die beste Currywurst in Frankfurt, aber darum geht es Ihnen natürlich nicht."

Die Frau versicherte sich, dass ihnen keiner zuhörte. Mit leiser Stimme wandte sie sich an Benski. „Sie wurden mir als Privatdetektiv empfohlen."

„Das freut mich. Und von wem, wenn ich fragen darf?"

„Das tut im Moment nichts zur Sache, wichtig ist nur, dass ich mich zu hundert Prozent auf Ihre Verschwiegenheit verlassen kann."

„Berufsethos, das versteht sich von selbst! Ganz egal, was ich ermittle, die Ergebnisse gehen nur an Sie."

„Okay, ich vertraue Ihnen. Sagen Sie, Herr Benski, haben Sie bei Ihren Ermittlungen schon einmal die Identität einer anderen Person angenommen?"

„Wie meinen Sie das? Normalerweise observiere ich Personen, indem ich ihnen so unauffällig wie möglich folge und sie bei ihren Tätigkeiten beobachte."

„Jaja, das ist mir schon klar, darum frage ich Sie ja." Wieder schaute sich die Frau um und prüfte die Umgebung. „Aber könnten Sie sich auch vorstellen, einen Auftrag anzunehmen, der in Richtung, sagen wir, Undercover-Ermittlung geht?"

„Klingt spannend." Benski fuhr sich mit der Hand über seinen Dreitagebart. „Hab so was zwar noch nie gemacht, aber irgendwann ist immer das erste Mal. Was genau wäre denn mein Auftrag?"

„Sie wären also prinzipiell bereit, einen Undercover-Auftrag anzunehmen?"

„Frau von Trotau, worum geht es?"

Die Frau zog einen gerollten DIN-A4-Umschlag aus ihrer Parkatasche und gab ihn Benski. „Hier steht alles drin, was Sie wissen müssen." Sie streckte ihm die Hand entgegen. „Ich melde mich in zwei Tagen bei Ihnen. Dann erwarte ich Ihre Antwort!"

„Hey, wollen Sie nicht noch etwas bleiben? Sie haben die besten Currywürste Frankfurts noch gar nicht probiert. Ich lade Sie ein!"

Ohne auf Benskis Angebot einzugehen, stand die Frau auf. „In zwei Tagen melde ich mich bei Ihnen."

Die mysteriöse Frau verließ den Imbiss so schnell, wie sie gekommen war.

„Hey, Benski, die Biene hat dich eiskalt abserviert, das war ja mal so gar nix!", kam es despektierlich von hinter dem Tresen.

„Andi, bei Dingen, von denen man keine Ahnung hat, sollte man besser die Klappe halten. Machst du mir die Rechnung?"

* * *

Zwei Tage später. Benskis Handy klingelte.

„Benski."

„Hallo, Herr Benski, von Trotau hier. Haben Sie es sich überlegt?"

„Ich nehme Ihren Auftrag an."

„Das freut mich. Um ehrlich zu sein, ich habe nichts anderes erwartet."

„Nur über die Bezahlung haben wir nicht gesprochen. In den Unterlagen steht nichts. Bei so einem Auftrag muss ich eine Tagespauschale nehmen, und eine Risikoprämie käme obendrauf."

„Geld spielt keine Rolle. Sagen wir – was halten Sie von 2000 Euro?"

„Am Tag?“

„Ja.“

Benski wartete einen Moment, als müsste er überlegen. Tatsächlich dachte er ausschließlich an seinen Kontostand. „Das klingt gut.“ Innerlich jubelte er.

„Okay, dann machen wir das so. Ich bereite den Vertrag vor und schicke ihn gleich mit weiteren Instruktionen per Bote zu Ihnen. Ich würde Sie bitten, den Vertrag direkt zu unterzeichnen und dem Boten wieder mitzugeben.“

„Na klar, das mach ich. Hätten Sie vielleicht eine Handynummer für mich, unter der ich Sie erreichen kann? Nur wenn ich noch Fragen haben sollte.“

Nach einer kurzen Pause sagte sie: „Ich melde mich.“ Womit das Gespräch beendet war.

Sie hatte einfach aufgelegt, ohne Verabschiedung. Auf was hab ich mich da bloß eingelassen?, fragte sich Benski.

2 FUNKSPRUCH

Kronberg am Taunus. In der kleinen Gründerzeitvilla roch es nach frischem Kaffee, im Hintergrund spielte leise ein Radio Chris Reas The road to hell. Ein etwa fünfzigjähriger Mann in geschmackvollem Maßanzug und teuren Lederschuhen stand seit einer Minute in dem holzgetäfelten Vorzimmer. Ungeduldig tippte er mit seinem Zeigefinger auf den Schreibtisch.

„Wie lange dauert das denn noch, Frau Heftrich?“, raunte er.

„Bin ja schon da, Dr. Stein.“ Die Sekretärin kam aus der kleinen Teeküche und setzte sich an den Schreibtisch.

„Frau Heftrich, könnten Sie das hier bitte zu den Akten im Fall Rubitz legen, und schauen Sie doch mal nach, ob ...“

Plötzlich war da dieses fremdartige Geräusch. Es kam aus Dr. Steins Arbeitszimmer. Beide schauten verwundert zu der geöffneten Tür.

„Wo kommt das denn her?“, wunderte sich die Sekretärin.

Dr. Stein wurde blass. „Das, das ist doch nicht möglich, nach all den Jahren?“ Adrenalin schoss ihm durch die Adern. Sein Herz fing an zu pochen. Dr. Stein hastete zurück in sein Büro. Mit lautem Krachen flog die Tür hinter ihm zu. Der alte Funkempfänger auf seinem wuchtigen Eichenschreibtisch empfing etwas. Dr. Stein rannte auf den Schreibtisch zu, umrundete ihn und ließ sich in den Ledersessel fallen. Durch den Schwung rollte der Sessel nach hinten. Er beugte sich weit nach vorne und erreichte schließlich den Rand des Schreibtischs. Hastig griff er nach einem Blatt Papier und seinem Montblanc-Füller. Als ehemaligem Kommandanten eines Leopard-A1-Kampfpanzers der Bundeswehr war ihm sofort klar: das waren Morsezeichen.

Lang – T, kurz kurz – I, lang lang lang – O ...

Dr. Stein notierte Buchstabe für Buchstabe, bis er sich sicher war, dass er die komplette Sequenz hatte.

Auf dem Blatt stand jetzt der Text:

TION RABE GESTARTET OPERATION RABE

Der Sender hörte auf zu senden.

Das kann doch nicht sein, dachte Dr. Stein. Die Operation Rabe war gestartet. Die ominösen Andeutungen seines Vaters waren also tatsächlich wahr. Er erinnerte sich, wie ihm sein Vater auf dem Sterbebett das erste und einzige Mal von Operation Rabe erzählte. Er hatte ihm damals das Versprechen abgenommen, egal, was passierte, den alten Empfänger empfangsbereit zu halten. Auch die kleine Stahlkassette sollte er immer in der Nähe des Empfängers aufbewahren. Als einige Jahre zuvor der Trafo durchbrannte, hätte er den Empfänger am liebsten weggeschmissen. Aber er hatte es seinem Vater versprochen, und so ließ er den Trafo schließlich reparieren. Jetzt war er sehr froh darüber.

Dr. Stein fragte sich, was als Nächstes passieren würde.

Gerade als er sich eine Zigarette anzünden wollte, begann der Funkempfänger erneut. Überrascht warf er das brennende Streichholz in den steinernen Aschenbecher und griff nach seinem Füller.

Dreimal kurz, lang lang – 3, fünfmal kurz – 5 ...“

Der Sender verstummte endgültig.

Auf dem Papier stand.

TION RABE GESTARTET - OPERATION RABE

35901

Drei, fünf, neun, null, eins. Er fragte sich, was diese Ziffern wohl zu bedeuten hatten.

Na klar, das Zahlenschloss an der kleinen Stahlkassette!

Er öffnete eine Schublade und nahm eine kleine, altertümliche Kassette heraus, die er einst von seinem Vater bekommen hatte. Einen Augenblick später machte er sich an dem Schloss zu schaffen. Ungeduldig drehte er an den verrosteten Ziffernkränzen, bis sie endlich 35901 anzeigten.

Das Zahlenschloss sprang auf.

„Das kann doch nicht wahr sein!“, rief er aus.

Hektisch öffnete Dr. Stein den Deckel. In der Kassette befand sich nur ein einzelner bräunlicher Umschlag. Auf den Umschlag war ein Adler mit ausgebreiteten Schwingen und Hakenkreuz in den Krallen gedruckt. Dr. Stein erkannte den Adler sofort. Das Zeichen der NS-Luftwaffe.

Die Depesche war mit rotem Siegelwachs verschlossen. Auf dem Siegel befand sich der gleichen Adler wie auf dem Umschlag. Hastig brach Stein das Siegel auf.

--OPERATION RABE--

Schmitten im Taunus den 2. April 1945
Gespenster sammeln sich ...
Treffpunkt
Tag: 1. Neumond nach Morsespruch
Ortszeit: 22:30
Ort: 50°15‘10.2“N 8°26‘00.3“E
Tagesschlüssel
Walzenlage Ringstellung Steckverbindung
I IV II 13 04 23 xx GM xx xx xx xx xx PR xx xx

Kenngruppe
FUW

2300 - 11 - LYK WWA

ACWFU LDLKW ESHIL AMEKF PWWRI LNUTB MOY-
AL ROSZA MNGED JERFW CGENS LAOEC SJWDL JUR-
QM HNXLO MXETD JDHJK ASDJW YXJ A LEEYX JKW-
SO PNGDA ESQOL KURTG JZSWE

3 SEILSCHAFT

San Ignacio, Paraguay. Die Sonne ging gerade hinter den Hügeln unter und tauchte das viktorianische Haupthaus der Rinderranch in warmes Orange. In dem bruchsteinernen Kaminzimmer mit offenem Dachstuhl knisterte das Feuer. Ein älterer Herr in Pullunder und Hausschuhen saß mit einem Glas Single Malt Whisky und einer Havanna auf dem Ledersofa vor dem offenen Kamin. Marschmusik kam knackend aus dem Grammophon. Lautstark sang er mit.

„Im Wald, im grünen Walde, da steht ein Försterhaus. Da schauet jeden Morgen, so frisch und frei von Sorgen, des Försters Töchterlein heraus, des Försters Töchterlein heraus. Tirallala ..."

Das Telefon klingelte. Im Atrium nahm jemand ab.

Kurz darauf bog der Diener mit dem Apparat um die Ecke und ging zügig auf den offenen Kamin zu. „Señor, una vocación"

Der ältere Herr nahm den Hörer. „Hola, quien es?", fragte er mit deutschem Akzent.

„Hier Gonterman."

„Was Gonterman, nennen Sie mir gefälligst die Parole."

Zackig kam vom anderen Ende der Leitung: „Wildgänse rauschen durch die Nacht ..."

„... mit schrillem Schrei nach Norden", ergänzte der ältere Herr. „Mensch, Gonterman, schön, Ihre Stimme zu hören – wie lange das jetzt her ist."

„JAWOLL, Obergruppenführer, auch schön, Ihre Stimme zu hören. Sie können sich denken, warum ich anrufe?"

„Operation Rabe, nicht wahr?"

„JAWOLL, Obergruppenführer."

„Die haben nach all den Jahren tatsächlich Operation Rabe gestartet. Sie sind sich da ganz sicher?"

„JAWOLL, Obergruppenführer, es ist hundertprozentig sicher. Unser Kontaktmann hat den erwarteten Morsecode auf der überwachten Frequenz aufgefangen."

„Sehr gut. Gonterman, SEHR gut. Ich erwarte von Ihnen, dass Sie jegliche Aktivitäten der Vaterlandsverräter unterbinden. Der erneute Verlust der Hugin ist unter allen Umständen zu verhindern. Gehen Sie, wenn nötig, bis zum Äußersten, haben wir uns verstanden?"

„JAWOLL, Obergruppenführer."

„Wir schicken Ihnen gleich morgen früh Verstärkung. Ich erwarte, dass Sie die Sache unter Kontrolle bekommen."

„Zu Befehl, Obergruppenführer."

Der ältere Herr legte den Hörer auf die Gabel. Bedächtig griff er nach seinem Glas Single Malt und schluckte den Inhalt in einem Schluck hinunter. Sichtlich genoss er den rauchigen Geschmack des Whiskys.

„Mensch, Mensch, dieser Gonterman. Arisches Blut durch und durch. Einfach toll, diese germanischen Burschen! Nach ALL den Jahren. Endlich haben wir einen Hinweis auf die Hugin!", schwadronierte er vor sich hin.

Der Diener war gerade dabei, ein Stück Holz in das Kaminfeuer zu legen. Der ältere Herr streckte das leere Glas auffordernd in seine Richtung.

„Pedro, noch etwas Glenfiddich!"

„Aber Señor, Dr. Vargas hat Ihnen nur ein Glas am Tag erlaubt."

„Jaja, ich weiß. Dieser elendige Quacksalber! Pedro, machen Sie schon, wir behalten diese kleine Ausnahme für uns", raunte er seinem Diener zu, der widerwillig nachschenkte. „Pedro, ES hat begonnen!"

Der ältere Herr nahm einen kräftigen Schluck aus seinem Whiskyglas. „Holen Sie mir Max her. Und das so schnell wie möglich, ist das klar?"

Der Diener nickte „Como desees."

„Ah ja, und sagen Sie Jesus, er soll morgen früh, neun null null den Tiger warmlaufen lassen. Zur Feier des Tages werde ich morgen eine Runde im Steinbruch drehen."

„Si, Señor."

4 JAGDFIEBER

Taunus, Schmittener Wald. Es war stockfinster. Die kleine Gruppe stand im ehemaligen Speisesaal des verfallenen Jagdschlosses. Es roch nach feuchtem Moos. Die Südwand war eingestürzt. Von oben hingen Stroh und Lehm der eingefallenen Decke herunter. Durch die Löcher regnete es auf die Gruppe.

Einer der Männer ergriff das Wort: „Kurz vor halb, ich denke, es kommt keiner mehr. Verrückte Sache, das alles hier. Da haben uns unsere Vorfahren an einem ganz schön unwirtlichen Ort zusammengetrommelt.“

„Woher hätten sie auch wissen sollen, dass das Jagdschloss heute so verfallen ist?“, entgegnete die einzige Frau in der Runde.

Ohne auf sie einzugehen, fuhr der Mann fort: „Demnach haben alle hier den Funkspruch empfangen und die Kassette mit dem Dokument geöffnet.“

Alle nickten.

„Und Sie haben auch alle die Depesche dabei?“

Wieder nickten alle.

„Okay, ich schlage vor, dass wir uns erst einmal vorstellen.“ Ohne auf eine Reaktion der anderen zu warten, fing der Mann an: „Mein Name ist Dr. Eduard Stein. Ich bin Rechtsanwalt und komme aus Königstein, hier um die Ecke.“ Dr. Stein schaute zu der Frau neben sich. „Jetzt Sie.“

Die Frau nickte. „Ich bin Tanja Brömer, ich komme aus Wiesbaden und bin Ärztin. Ich muss Ihnen gestehen, mir ist bei der ganzen Sache gar nicht wohl. Als ich meinem Vater damals versprochen habe, den alten Empfänger von meinem Großvater instand zu halten, konnte ich ja nicht ahnen, dass das Ding irgendwann wirklich anfängt, was zu senden. Nach all den Jahren. Wer von Ihnen hat den Funkspruch überhaupt abgeschickt?"

Bis auf einen schauten sich alle fragend an.

„Sie Figuren stehen hier rum und haben nicht die leiseste Ahnung, warum wir überhaupt hier sind? Aus welchem Grund uns unsere Großväter genau hier und heute zusammengerufen haben?", entfuhr es dem schlanken Ein-Meter-neunzig-Mann in grüner Jagd-Wachsjacke. Sein graumeliertes Haar war akkurat gescheitelt.

„Meister, fahren Sie mal einen Gang runter. Nur weil Sie offenbar mehr wissen als wir, sind wir noch lange keine Figuren", entgegnete Benski unmissverständlich.

Auch Brömer ärgerte sich über den Mann. „In diesem Ton lasse ich nicht mit mir reden. Wer sind Sie überhaupt?"

„Hanno von Mansteyn."

„Oh, wir haben einen von und zu unter uns", kommentierte der letzte Mann aus der Gruppe abfällig.

„Ärmlich, ärmlich, Sie Neidmensch! Und wer sind Sie, wenn ich fragen darf?"

„Ich weiß gar nicht, ob ich Ihnen das sagen möchte."

Brömer stieß den Mann am Arm. „Kommen Sie, ich kann diesen arroganten Ton auch nicht leiden, aber wir sitzen nun mal im selben Boot."

„Meinetwegen. Zülke", antwortete der Mann mürrisch.

Auf dem Hügel gegenüber des Jagdschlosses lag eine dunkle Gestalt im Farn. Der schwarze Flecktarn-Kampfanzug machte sie nahezu unsichtbar. Das MK12 MOD 0 SPR Special Purpose Rifle mit IR-Laserpointer, IR-Zielfernrohr und Schalldämpfer war auf die Gruppe gerichtet. Unsichtbar für die anwesenden Personen tänzelte der rote Lichtpunkt der Infrarot-Laseroptik von Person zu Person. Der Lichtpunkt verharrte dabei jeweils kurz auf Höhe des Brustkorbs. Die Personen in der Ruine gestikulierten jetzt immer heftiger. Der Militär-Typ auf dem Hügel atmete ruhig ein – der Laserpunkt stand präzise im Ziel. Genau in diesem Augenblick machte Dr. Stein einen Schritt nach links.

Ein Zischen fuhr durch den Raum.

Mit blankem Entsetzen griff sich Dr. Stein an die Brust. Sein Gesicht war kreidebleich. Blut spritzte durch seine Finger.

„Was war das?“, rief Brömer.

„RUNTER, ALLE RUNTER!“, schrie Benski und warf sich instinktiv auf den Boden.

Zwei weitere Projektile zischten durch das Dunkel. An den Einschlagstellen platzte der Putz von der Wand.

„Verdammt, da schießt jemand auf uns. Das ist doch Wahnsinn!“, stammelte Zülke ungläubig.

Dr. Stein taumelte in Richtung Tür. Aus der Wunde pulsierte das Blut jetzt immer stärker. Die gesamte linke Seite seines Seidenhemds war bereits voller Blut.

„RUNTER, STEIN, RUNTER!“, schrie Benski auf ihn ein.

Benskis Worte schien Dr. Stein überhaupt nicht mehr zu vernehmen. Er taumelte ohne Reaktion weiter in Richtung Tür, sackte kurz davor zusammen und blieb regungslos liegen.

Benski robbte zur Südwand.

„Hey, spielen Sie hier nicht den Helden“, schickte Zülke ihm harsch hinterher.

Als Benski vorsichtig um die Ecke schaute, konnte er gerade noch erkennen, wie eine schlanke Gestalt in schwarzem Kampfanzug und mit Sturmgewehr auf dem Rücken im Wald verschwand.

Benski kam zurück zur Gruppe. „Ich glaube, den sind wir erst mal los. Wie geht's Stein?"

Tanja Brömer war bereits rüber zu Dr. Stein gekrochen. „Wir müssen die Blutung stoppen. Könnte mir mal jemand helfen?"

* * *

Parkplatz Hegewiese. Eine dreiviertel Stunde später. Der Regen hatte zugenommen. Schon von Weitem sah man das zuckende Blaulicht mehrerer Einsatzfahrzeuge. Auf dem Parkplatz herrschte geordnetes Durcheinander von Polizei, Bereitschaftspolizei und mehreren Suchhundestaffeln. Etwas abseits stand ein Rettungswagen. Die hintere Tür des Wagens war offen. Auf der Liege in der Mitte lag Dr. Stein mit einer Sauerstoffmaske auf dem Gesicht. An seinem Arm hing eine Blutkonserve. Die Kurve auf dem grünen Monitor zeigte einen ruhigen Herzschlag an. Zwei Notärzte standen neben ihm.

„Euer Freund hat richtig Schwein gehabt", fing einer der Notärzte an.

„Das Projektil hat sein Herz nur knapp verfehlt. Auch sonst sind keine inneren Organe verletzt. Er hat viel Blut verloren, aber er wird durchkommen", rief der andere Notarzt der durchnässten Gruppe hinter dem Rettungswagen zu.

Erleichtert schauten sie sich an.

Scheinbar beiläufig wandte sich von Mansteyn an die Notärzte: „Eine Sache noch. Ich habe vorhin unserem Freund meine Jacke übergezogen. Könnten Sie mir die Jacke bitte schnell runterreichen? Er braucht sie jetzt ja nicht mehr."

„Was, Ihre Jacke? Für solche Kinkerlitzchen ist jetzt keine Zeit. Holen Sie sich die Jacke im Krankenhaus ab. Wir fahren los." Der Notarzt schloss die beiden Türen und der Rettungswagen rauschte mit Blaulicht und Martinshorn hinaus in die Nacht. Die Gruppe stand noch immer regungslos im Regen und schaute dem Rettungswagen hinterher.

„Was sollte das denn? Das ist doch gar nicht Ihre Jacke", fragte Zülke irritiert.

„Leise, da kommt einer. Ich erkläre es Ihnen später", erwiderte von Mansteyn.

„Hallo, Sie da", kam es von der anderen Seite des Parkplatzes. Die Gruppe drehte sich um und sah einen leicht untersetzten Mittfünfziger in Rollkragenpullover und viel zu kleiner Regenjacke zügig auf sie zukommen. Das Blaulicht spiegelte sich auf der regennassen Glatze.

„Was war da los bei Ihnen? Meine Männer berichten mir von Schüssen in der alten Ruine?"

„Wer sind Sie?", fragte von Mansteyn.

„Entschuldigung, Polizeioberkommissar Ludtke. Ich bin hier der zuständige Einsatzleiter", antwortete der Mann pflichtbewusst. „Also, was ist hier passiert?"

Die Gruppenmitglieder schauten sich gegenseitig unsicher an, bis Benski anfing: „Wir sind alte Pfadfinder. Wir treffen uns einmal im Jahr und machen was Verrücktes. Dieses Mal war es ein Orientierungslauf bei Nacht und ohne Hilfsmittel. Vom Feldberg zu unserem Hotel in Schmitten. Dabei haben wir uns verlaufen und sind zufällig auf die Ruine gestoßen. Die Neugierde trieb uns in das verfallene Haus. Wir haben uns nur umgeschaut und ..."

„Ja, dann wurde Stein auch schon angeschossen, brach blutüberströmt zusammen und wir haben ihn hierhergebracht. Den Rest kennen Sie“, fiel Brömer Benski hektisch ins Wort.

„Haben Sie vom Schützen irgendetwas erkennen können?“

„Nein, das ging alles so schnell. Außerdem war es da drin stockdunkel“, antwortete Benski.

„Haben Sie irgendeine Ahnung, wer da geschossen hat?“, fragte Ludtke mit einem leichten Zucken im Gesicht.

„Was soll die Frage, Oberkommissar? Ich habe es Ihnen doch eben gesagt. Wir konnten von da drinnen überhaupt nichts erkennen. Wir waren da zufällig. Das muss ein fürchterliches Unglück gewesen sein. Vielleicht der Querschläger eines Jägers oder so?“

Von der Antwort sichtlich unbefriedigt, drehte sich Ludtke um. „Morgen, zehn Uhr in meinem Büro. Vielleicht fällt Ihnen ja doch noch etwas ein?“

Nachdem Ludtke bereits einige Schritte entfernt war, drehte er sich unerwartet noch mal um. „Ach ja, fast hätte ich es vergessen. Polizeiobermeister König wird gleich hier sein und die Personalien von Ihnen allen aufnehmen. Solange warten Sie bitte hier.“

Mist, jetzt wird die ganze Sache auch noch amtlich, fluchte Benski innerlich.

* * *

Schmitten, eine Stunde später im Landgasthof Zum Hirsch, im Hinterzimmer. Die Zeit schien hier irgendwann in den siebziger Jahren stehen geblieben zu sein. Es roch nach altem Frittenfett und kaltem Zigarettenrauch. Die Tapeten waren vom Rauch und

Fett der letzten Jahrzehnte vergilbt. Neben einigen Bildern mit Jagdmotiven hingen mehrere Rehbockgehörne an den Wänden.

Bernd Zülke, Hanno von Mansteyn, Jakob Benski und Tanja Brömer saßen um den massiven runden Holztisch in der Mitte des Raumes. Der Wirt verließ gerade das Hinterzimmer und zog die Tür hinter sich zu.

Von Mansteyn griff nach seinem Bierglas und stand auf. „Kommen Sie, lassen Sie uns auf Stein anstoßen."

Auch die anderen erhoben sich.

„Auf Stein, dass der Doktor schnell wieder auf die Beine kommt", prostete er in die Runde.

„Auf Stein", erwiderten die anderen und setzten sich wieder hin.

Zülke ergriff das Wort: „Das war kein Querschläger. Jemand hat ganz gezielt auf uns geschossen. Ich bin mir sicher, es hätte jeden von uns treffen können. Das hatte nichts mit Stein zu tun."

„Bin da ganz bei Ihnen, Zülke. Irgendwer hat Wind von der Sache bekommen und geht jetzt bis zum Äußersten, um die Operation Rabe zu stoppen. Die haben Stein kaltblütig abgeknallt", fuhr von Mansteyn fort.

„Und wie soll das bitteschön jemand mitbekommen haben?"

„Brömer, strengen Sie Ihren hübschen Kopf mal ein bisschen an. Der Morsecode vom Start der Operation ging im KLARTEXT über den Äther. Den hätte theoretisch jeder mithören können", fuhr Zülke die Frau belehrend an.

„Das mag ja sein, aber woher wusste der Typ, dass wir genau zu diesem Zeitpunkt an diesem Ort sind? Das stand nur in den versiegelten Depeschen. Diese

Information ging nie über Funk raus", entgegnete Brömer selbstbewusst.

„Sie hat vollkommen recht! Da Zeitpunkt und Ort nur in den Depeschen vermerkt waren, muss der Angreifer unweigerlich Zugriff auf eine dieser Kassetten gehabt haben", pflichtete Benski ihr bei.

Von Mansteyn schlug mit seiner Faust so hart auf den Tisch, dass sein Bierglas wackelte. „Wollen Sie damit etwa andeuten, wir hätten einen Verräter unter uns? Benski, Sie haben ja nicht mehr alle Tassen im Schrank."

„Manstein, denken Sie an Ihren Blutdruck. Ich habe nicht gesagt, dass wir einen Verräter unter uns haben. Aber irgendwie müssen diese Informationen nun mal an den Schützen gelangt sein, wie auch immer."

Alle im Raum schauten sich argwöhnisch an.

Von Mansteyn versuchte, das Misstrauen im Raum zu zerstreuen. „Vielleicht wurden wir schon die ganze Zeit überwacht? Nach dem Morsespruch hat man einen von uns rund um die Uhr beschattet und ist ihm heute zum Jagdschloss gefolgt."

„Wenn das alles stimmt, stecken wir bis zum Hals im Schlamassel. Irgend so ein Mistkerl hat auf uns geschossen. Stein wurde angeschossen und wird grade operiert. Wir sind morgen früh bei der Polizei vorgeladen und irgendwo haben wir eine undichte Stelle. Schlimmer konnte Operation Rabe gar nicht starten. Und wer weiß, vielleicht liegt der Scharfschütze soeben auf der anderen Straßenseite und hat schon den Nächsten von uns im Visier."

„Zülke, hören Sie auf, Sie machen mir Angst", entgegnete Brömer beunruhigt. Unvermittelt stand Sie auf, ging zum Fenster und zog die vergilbten Vorhänge zu. Die anderen schauten ihr erstaunt, gleichzeitig aber auch erleichtert dabei zu.

Benski dachte an Frau von Trotau und in was für eine üble Sache sie ihn da hineingezogen hatte.

Zülke ergriff lautstark wieder das Wort: „Schluss jetzt mit dem Gejammer. Lassen Sie uns endlich mit der Operation anfangen."

„Für Sie sind die Ereignisse der letzten Stunden also Gejammer? Was sind Sie nur für ein Mensch Zülke?", entgegnete Brömer mit Abscheu. „Eine Scharfschützen-Attacke mitten im Wald. Die Typen spielen in einer ganz anderen Liga. Ich habe Kinder und einen Ehemann, ich bin nicht bereit, für diese Sache mein Leben aufs Spiel zu setzen."

„Wenn Sie aussteigen wollen, nur zu. Das ist jetzt genau der richtige Zeitpunkt", erwiderte Zülke barsch.

„Ich kann Sie gut verstehen. Ich bin auch nicht bereit, für eine Sache, die über siebzig Jahre her ist, mein Leben zu riskieren. Von Mansteyn, Sie wissen offenbar mehr als wir alle zusammen. Vielleicht verraten Sie uns ja, um was es bei dieser Operation Rabe geht? Wenn diese Leute über Leichen gehen, wird es sich um etwas sehr Wertvolles handeln, oder?", fragte Benski bewusst naiv in Richtung von Mansteyns.

Bevor dieser antworten konnte, fing Brömer vorlaut an: „Mein Großvater hat mir nur ein einziges Mal von seinen Erlebnissen aus dem Krieg erzählt. In den letzten Kriegstagen war er anscheinend bei einer geheimen Kommandosache dabei. Er hat mir nicht sehr viele Details genannt, aber ich hatte das Gefühl, dass er sich für irgendetwas geschämt hat."

„Sie sitzen tatsächlich alle hier rum und haben überhaupt keine Ahnung, um was es bei Operation Rabe geht? Noch nie vom letzten Flug der Hugin gehört?" Von Mansteyn war fassungslos.

Erstaunt blickten sich Benski und Brömer an. Auch Zülke schien überrascht.

„Der letzte Flug der Hugin? Was soll das sein? Darüber hat mein Großvater nie mit mir gesprochen."

„Brömer, Benski und auch Sie, Zülke, hören Sie gut zu. Ich werde Ihnen jetzt erklären, warum wir heute in dieser Runde zusammengekommen sind." Von Mansteyn holte tief Luft. „Unsere Großväter dienten gegen Ende des Zweiten Weltkriegs alle in dem gleichen Elite-Luftwaffenverband, der dritten Gruppe des Kampfgeschwaders 200. Die dritte Gruppe des KG 200 war bis zur Eroberung durch die Amerikaner am 25. März 1945 auf dem Gelände des Frankfurter Flughafens stationiert. Das KG 200 war unter anderem als Geister-, Gespenster- oder Spionagegeschwader bekannt, weil es immer wieder unsichtbare Einsätze hinter den feindlichen Linien durchführte."

„Unsichtbare Einsätze, wie soll das bitte gehen?"

„Brömer, natürlich nur unsichtbar für den Feind. Bei solchen Kommandoeinsätzen wurden zum Beispiel verdeckt Agenten abgesetzt."

„Ich verstehe."

„Das KG 200 verfügte über eine stattliche Anzahl von Beuteflugzeugen, mit denen immer wieder strategisch wichtige Güter unerkannt über feindliches Gebiet geflogen wurden", führte von Mansteyn aus.

„Aber was hat das alles mit Operation Rabe zu tun? Sie erwähnten eben etwas von einer Hugin."

Von Mansteyn nahm einen großen Schluck aus seinem Bierglas. „Richtig, Benski. Hugin ist in der nordischen Mythologie einer der beiden Raben von Odin. Odin oder auch Wotan genannt ist der Hauptgott in der nordisch-germanischen Mythologie. Die Überlieferungen gehen auf das Jahr um 1200 zurück. Dem isländischen Dichter Snorri Sturluson zufolge entsendete Odin zu Tagesanbruch Hugin und Munin, um über die Welt zu fliegen. Zum Frühstück kehrten sie zurück und berichteten Odin alle wichtigen Neuigkeiten."

„Ich hab's. Der Rabe in Operation Rabe ist in Wirklichkeit der Deckname für die Hugin."

Von Mansteyn nickte und deutete mit seinem Zeigefinger auf Brömer. „Ganz genau."

„Respekt, Respekt. Sie sind ja eine richtige Schnellmerkerin." Zülke applaudierte.

Benski schaltete sich ein. „Zülke, lassen Sie diesen chauvinistischen Scheiß."

Zülke schüttelte abfällig den Kopf.

Ohne auf die beiden einzugehen, fuhr von Mansteyn fort: „Hugin flog also unsichtbar über die Welt und sammelte Informationen. Weil die Leute des KG 200 genau das mit ihrem erbeuteten britischen Bomber, einer Avro 683 Lancaster, auch vorhatten, haben sie den Bomber Hugin getauft."

„Und was ist mit dem Bomber dann passiert?", fragte Brömer.

„Nun, die Hugin nahm seit Beginn der Invasion in der Normandie am 6. Juni 1944 immer wieder an verdeckten Operationen in Frankreich teil. Ab Januar fünfundvierzig kam sie kaum mehr zu Einsätzen."

„Sie haben vorhin etwas von einem letzten Flug erwähnt?"

„Ganz genau, Benski, dazu kommen wir jetzt. Denn das ist der Grund, warum wir heute hier zusammensitzen."

Es klopfte an der Tür.

Von Mansteyn deutete mit seinem Zeigefinger auf seinen Mund. Alle waren augenblicklich still.

„Kommen Sie rein."

Vorsichtig öffnete sich die Tür. Eine junge Frau mit dunklen Haaren und Pferdeschwanz schaute durch den Türspalt.

„Sie können ruhig reinkommen“, forderte von Mansteyn sie auf.

Die schlanke, durchtrainierte Frau in Jeans und grünem Jagdparka betrat den Raum.

Was für eine Granate. Was will die denn hier?, schoss es Benski unvermittelt durch den Kopf.

„Was haben Sie hier zu suchen?“, empfing Zülke die Frau harsch.

„Ich bin Katharina Stein.“

„Stein? Sind Sie etwa die Tochter von Dr. Stein?“, fragte von Mansteyn ungläubig.

Die junge Frau nickte. „Mein Vater hat mich zu Ihnen geschickt.“

„Was? So schnell? Er wurde doch gerade erst operiert.“

„Ja, richtig, aber er hat einen Pfleger vor der OP gebeten, mich zu informieren.“

„Schau an, schau an, der Doktor ist um seinen Anteil besorgt.“

„Zülke, bei Leuten wie Ihnen kann ich das sehr gut verstehen.“

„Was maßen Sie sich an, Brömer? Eine Frechheit, so etwas über mich zu behaupten.“

Von Mansteyn beendete den Disput. „Lassen Sie beide das jetzt. Wir haben wirklich Wichtigeres zu bereden.“ Er wandte sich der jungen Frau zu. „Haben Sie das Dokument dabei?“

Katharina Stein zog einen bräunlichen Umschlag mit einem deutlich sichtbaren Luftwaffen-Adler aus ihrer Jackentasche und schob ihn rüber zu von Mansteyn. „Mein Vater hat mir das hier über den Pfleger zukommen lassen.“

Von Mansteyn öffnete den Umschlag und schaute sich kurz den Inhalt an. „Ah, genau das meinte ich.“ Er nickte erleichtert und wollte den Umschlag gerade in seine Aktentasche schieben.

„Dürfte ich die Papiere bitte wiederhaben?"

„Oh, natürlich. Entschuldigung." Mit einem gezwungenen Lächeln schob von Mansteyn Katharina Stein die Papiere zurück.

„Mein Vater hat mich gebeten, an seiner Stelle bei der Operation Rabe einzuspringen. Das ist doch sicherlich in Ordnung? Schließlich besitze ich das Dokument."

Alle schauten zu von Mansteyn.

„Ich wüsste nicht, was dagegen spricht. Wer die Depesche besitzt, ist Teil der Operation. Wie jeder Einzelne von uns an das Dokument gekommen ist, ob von seinem Vater, Großvater oder seiner Mutter, spielt keine Rolle. Hauptsache, es blieb in der Familie."

Benski schluckte.

„Das sehe ich genauso. Außerdem bin ich jetzt nicht mehr die einzige Frau in der Runde." Brömer lächelte, erhob sich und nahm Katharina Stein herzlich in die Arme.

„Willkommen an Bord, ich heiße Tanja."

„Hallo Tanja, ich bin froh, dass ihr mich so nett aufgenommen habt. Aber die Sache mit meinem Vater lässt mir keine Ruhe. Hoffentlich geht bei der OP alles gut."

„Ich weiß, aber mach dir nicht allzu große Sorgen. Der Notarzt hat deinem Vater vorhin eine sehr gute Prognose gestellt."

Benski und von Mansteyn kamen um den Tisch. Von Mansteyn reichte Katharina die Hand.

„Gestatten, Hanno von Mansteyn, ein herzliches Willkommen auch von mir."

„Danke, Herr von Mansteyn."

Von Mansteyn trat einen Schritt zur Seite. Benski stand jetzt direkt vor Katharina. Sie schaute ihn mit ihren großen braunen Augen direkt an.

Was für wahnsinnige Augen, bleib jetzt cool, dachte Benski. „Hi, ich bin Jakob Benski, nenn mich einfach Jack."

„Freut mich, Jack." Sie lächelte Benski an.

Zülke blieb als Einziger demonstrativ unbeteiligt sitzen.

„Auch von mir hallo", brummte er. „Damit wären jetzt alle Höflichkeiten ausgetauscht und wir können endlich zurück zur Operation kommen."

Die anderen schauten Zülke erbost an.

„Was sind Sie nur für ein asozialer Mensch. Noch nicht einmal das kleinste Quäntchen Mitgefühl bekommen Sie hin. Sie sind echt das Allerletzte", echauffierte sich Brömer.

„Mensch, Zülke. Nicht nur, dass Sie menschlich 'ne totale Niete sind, Sie haben auch sonst überhaupt nichts kapiert", wetterte von Mansteyn. „Ohne die Depeschen von Dr. Stein wäre die Operation schneller vorbei gewesen, als die ganze Sache überhaupt angefangen hat. Das war übrigens auch der Grund, warum ich vorhin den Notarzt nach der Jacke gefragt habe. Dank ihr sind wir wieder im Spiel. Sie sollten sich bei Frau Stein für Ihr rüpelhaftes Verhalten entschuldigen", fuhr er Zülke an.

„Warum vorbei? Wie meinen Sie das?"

„Seien Sie still!", schrie von Mansteyn.

Zülke zuckte zusammen und sackte widerspruchslos in seinen Stuhl.

„Das hat gesessen", freute sich Brömer mit einem triumphierenden Grinsen im Gesicht.

Von Mansteyn ging zum Fenster. „Ich denke, etwas frische Luft wird uns allen guttun."

Katharina und Tanja tuschelten.

Von Mansteyn setzte sich. „Nachdem sich die Gemüter wieder beruhigt haben, lassen Sie uns zurück zum schicksalhaften letzten Flug der Hugin kommen. Es war der 24. März 45. Die Amerikaner hatten den Rhein überquert und standen unmittelbar davor, den Flughafen und die Stadt einzunehmen. In jener verhängnisvollen Samstagnacht startete die Hugin zu ihrem letzten Flug. Die Nacht war verregnet und die Wolken hingen tief. Wahrhaft kein Wetter zum Fliegen, und schon gar nicht bei Nacht. Aber die Mannschaft hatte nun mal den Befehl. Sie machte das Flugzeug also startklar und gegen Mitternacht hoben sie mit der Hugin ab. Nach etwas mehr als einer halben Stunde geriet die Hugin in schweres Flakfeuer und bekam mehrere Treffer ab. Kurz darauf stürzte sie ab."

„Das ist ja eine fürchterliche Geschichte, die Sie uns da erzählen", bemerkte Tanja Brömer.

„Es war Krieg."

„Und was ist mit den Piloten und der Besatzung passiert?"

„Tja, jetzt kommen wir zum spannendsten Teil der Geschichte."

„Sie haben vorhin angedeutet, dass unsere Großväter Teil der Mannschaft gewesen sind", warf Benski ein.

„Richtig, das habe ich."

„Die Mannschaft hat den Absturz demnach überlebt?"

„Korrekt. Aber nicht nur das. Die Mannschaft konnte fast die gesamte Ladung unversehrt bergen."

Benski griff sich an die Stirn. „Das ist es. Bei Operation Rabe geht es um die Ladung der Hugin."

„Gold, Diamanten, wertvolle Gemälde und Kunstschätze. Ich sehe das ganze Zeugs schon vor mir. Wir sind reich", jubelte Zülke.

„Das war ja klar. Das ist das Einzige, an was Sie denken können", entgegnete Brömer angewidert.

„Wieso denn, dieses Mal liegt es auf der Hand. Wenn die Ladung wertloser Kram gewesen wäre, warum hätten sich unsere Großväter so eine Mühe machen sollen? Die Ladung bergen, verstecken und überdies so ein verrücktes Rätsel aushecken. Nein, ohne triftigen Grund hätten die das niemals gemacht."

„Da muss ich Ihnen ausnahmsweise recht geben, Zülke. Ich denke auch, dass es sich bei der Ladung um etwas sehr Wertvolles handelt. Anders ist der ganze Aufwand nicht zu erklären", mutmaßte Benski.

Benski bemerkte, dass von Mansteyn die Diskussion zwischen Zülke und ihm aufmerksam verfolgte. „Von Mansteyn, haben Sie dazu gar nichts zu sagen?"

Von Mansteyn lächelte.

„Ihr süffisantes Lächeln verrät Sie! Sie wissen ganz genau, was die Hugin geladen hatte. Los, rükken Sie schon raus. Was war in dem Flugzeug?", fragte Benski.

Von Mansteyn nahm einen großen Schluck aus seinem Bierglas. „Im Prinzip liegen Sie beide mit Ihren Vermutungen absolut richtig. Der letzte Flug der Hugin wurde von ganz oben befohlen. Auf direkten Befehl des Reichsführers SS, Heinrich Himmler, sollte die Hugin so viel wertvolles Material wie irgend möglich vor den heranrückenden Alliierten in Sicherheit bringen. Die Ladung bestand zu einem großen Teil aus geraubtem Gold, Edelsteinen und Kunstwerken. Aber auch für das Reich wichtige Dinge wie Druckplatten für Dollar und Reichsmark befanden sich in der Ladung."

„Sehen Sie, Brömer, ich hatte recht", triumphierte Zülke.

„Sie hatten recht, wenn es Ihnen jetzt besser geht. Aber wie geht es mit der Geschichte weiter?"

„Obwohl mein Großvater das Ziel des Fluges nicht genau kannte, meinte er, dass die Hugin Richtung Atlantik unterwegs gewesen sei", fuhr von Mansteyn fort. „Den Gerüchten zufolge sollte es in dem U-Boot-Stützpunkt Saint-Nazaire an der Biskaya zu einem Rendezvous mit einem U-Boot der Klasse XXI kommen."

Benski unterbrach ihn: „Wie kann das sein? Saint-Nazaire liegt doch in Frankreich. War das zu diesem Zeitpunkt nicht längst befreit?"

„Das stimmt, aber Saint-Nazaire wurde von den Deutschen zu einer sogenannten Festung ausgebaut. Wegen der enormen Verluste bei der Erstürmung von Brest, ebenfalls eine Festung, verzichteten die Alliierten zunächst auf die gewaltsame Einnahme von Saint-Nazaire."

„Okay, das wusste ich nicht. Erzählen Sie weiter."

„Wo waren wir? Ach ja, beim U-Boot. Das U-Boot sollte in Saint-Nazaire von der Hugin die Ladung übernehmen. Es hatte Befehl, quer über den Atlantik zu fahren und irgendwo in Süd-Amerika einen geheimen Hafen anzulaufen. Helfer der Nazis hätten das Raubgut schließlich in den Weiten Süd-Amerikas verschwinden lassen. Das war der Plan."

Es klopfte.

Wie schon zuvor deutete von Mansteyn mit seinem Zeigefinger auf seinen Mund.

„Kommen Sie rein."

Der Wirt kam durch die Tür. „Letzte Runde, die Herrschaften."

„Wir machen auch Schluss. Schreiben Sie alles auf die Zimmer", erwiderte von Mansteyn.

„Ist gebongt, schlafen Sie gut, bis morgen." Der Wirt schloss die Tür.

„Wir haben noch so viel zu besprechen. Warum legen wir nicht einfach eine Nachtschicht ein?“, fragte Tanja Brömer.

„Weil wir uns unsere Kräfte gut einteilen sollten. Der Tag war für uns alle lang und anstrengend. Morgen müssen wir zur Polizei. Da sollten wir ausgeschlafen erscheinen.“

„Stimmt, aber es ist gerade so spannend.“

„Brömer, ich kann Sie sehr gut verstehen, aber das alles klären wir morgen, einverstanden?“

„Was ist mit mir?“, fragte Katharina.

„Sie meinen, wegen der Polizei?“ Von Mansteyn überlegte kurz. „Der Polizist hat Sie nicht vorgeladen, Sie bleiben hier“, antwortete er.

„Okay, gute Nacht.“

Von Mansteyn stand auf. „Gute Nacht, schlafen Sie alle gut und bis morgen in alter Frische.“

Benski saß noch am Tisch.

Katharina verließ gerade mit Tanja das Hinterzimmer. Benski schaute Katharina hinterher. Mann, was für eine Granate. Da passt einfach alles. Supersexy.

Genau in diesem Moment drehte sich Katharina um. Ihre Blicke trafen sich, sie lächelte.

Von Mansteyn stand am Lichtschalter. „Kommen Sie, Benski.“

* * *

Am nächsten Morgen im Hinterzimmer. Auf einem Tisch an der Wand war ein rustikales Buffet angerichtet. Es roch angenehm nach frischem Kaffee und Brötchen. Aus den Lautsprechern an der Wand dudelte leise ein Radiosender Hits aus den 80ern und 90ern. Bis auf Benski saßen alle am Tisch und frühstückten. Von Mansteyn war bereits fertig und las Zeitung.

„Wie hast du geschlafen?“, fragte Katharina leise ihre Sitznachbarin.

„Ganz gut. Trotz der verfleckten, durchgelegenen Matratze. Ich war so hundemüde, da war mir alles egal.“

„Ging mir genauso. Trotzdem eklig.“

Zülke verdrehte die Augen. „Frauen mal wieder.“

„Sie hat niemand gefragt“, giftete Brömer zurück.

Von Mansteyn legte die Zeitung auf den Tisch. „Haben Sie das mitbekommen? Die Sache mit den vermissten Wissenschaftlern! Gestern ist schon wieder einer spurlos verschwunden. Dieses Mal ein Doktorand vom renommierten Lucasischen Lehrstuhl für Mathematik am Trinity College in Cambridge. Keine Nachricht, keiner hat ihn gesehen, wie vom Erdboden verschluckt.“

„Ich habe davon gehört. Das ist bestimmt schon der zwanzigste“, sagte Katharina.

„Um genau zu sein, der zweiundzwanzigste.“ Von Mansteyn nahm einen Schluck aus seiner Kaffeetasse. „Wissen Sie, wer diesen Lehrstuhl bereits alles innehatte? Sir Isaac Newton, Francis Bacon und Stephen Hawking, um nur die bekanntesten zu nennen.“

„Und wenn schon, wen interessiert‘s“, ätzte Zülke.

„Ich muss sagen, eine so ignorante und impertinente Person wie Sie ist mir in all den Jahren noch nicht untergekommen“, echauffierte sich von Mansteyn.

Ohne darauf einzugehen, aß Zülke weiter.

Katharina Stein schluckte hastig einen Bissen hinunter. „Newton hat im 17. Jahrhundert die Gravitationsgesetze formuliert, Francis Bacon war Philosoph und Naturwissenschaftler und Hawking hat Bestseller wie Eine kurze Geschichte der Zeit geschrieben. Übrigens, das Trinity College hat während seines Bestehens mehr als 30 Nobelpreisträger hervorgebracht."

„Ganz genau, Frau Stein hat hundertprozentig recht", schwärmte von Mansteyn. „Woher wissen Sie das?"

Brömer schaute eifersüchtig zu ihr herüber.

„Hab das irgendwo mal gelesen", spielte Katharina ihr Wissen herunter.

Von Mansteyn schaute auf seine Armbanduhr. „Wo bleibt Benski nur? Wir müssen uns vor dem Treffen mit dem misstrauischen Wachtmeister noch absprechen."

„Ich dachte, Sie wollten uns erklären, was es mit den Depeschen auf sich hat und wie es jetzt mit Operation Rabe weitergeht?"

„Eins nach dem anderen, Frau Brömer. Die Vorladung bei der Polizei hat jetzt erst einmal höchste Priorität. Dr. Stein wurde angeschossen. Hier geht es um eine Verletzung durch eine scharfe Schusswaffe, da verstehen die überhaupt keinen Spaß. Wir müssen höllisch aufpassen, was wir denen erzählen."

„Benski hat dem Polizisten doch schon eine Geschichte präsentiert."

„Stimmt, wir können nur hoffen, dass er die Story auch wirklich geschluckt hat."

„Ich glaube, er hat sie geschluckt."

„Abwarten, Frau Brömer, ich habe da so meine Zweifel. Auf der anderen Seite können wir jetzt nicht einfach mit einer neuen Version um die Ecke kommen, das wäre wirklich unglaubwürdig. Hoffen wir das Beste."

Die Tür öffnete sich. Benski schaute mit verschwitztem Laufshirt durch die Tür. „Bin gleich da. Ich springe nur schnell unter die Dusche."

Von Mansteyn faltete seine Zeitung zusammen. „Machen Sie hin, Benski."

5 POK LUDTKE

Polizeidirektion Hochtaunus, Bad Homburg, Ortszeit 10:07 Uhr. Die Gruppe stand auf dem Parkplatz vor dem quaderförmigen Gebäudekomplex.

Tanja Brömer kam als Letzte. „Sieht ja nicht grade einladend aus."

„Was haben Sie erwartet? Sie waren wohl noch nie in einer Polizeidienststelle?", fragte von Mansteyn von oben herab.

„Nein."

Bevor von Mansteyn etwas erwidern konnte, öffnete sich die massive doppelseitige Eingangstür aus Glas. Oberkommissar Ludtke stand in der Tür. „Ich habe Sie bereits erwartet, kommen Sie." Er winkte die Gruppe zu sich.

Sie gingen die Treppe hinauf und betraten den im 70er-Jahre-Stil mit roten Marmorplatten verkleideten Eingangsbereich. Links daneben saß hinter einer massiven Panzerglasscheibe ein Polizeibeamter und beobachtete sie argwöhnisch.

„Alles in Ordnung, Polizeimeister, die Gruppe ist unter meinem Namen angemeldet."

Der Polizist schaute auf einen Monitor und tippte kurz etwas auf seiner Tastatur. Dann schaute er auf und nickte in Richtung Ludtke. „Okay, sie können rein."

Ludtke ließ die Tür hinter seinen Besuchern los. „Folgen Sie mir." Ludtke machte erneut eine winkende Handbewegung und durchquerte rasch den Eingangsbereich hin zu dem offenen Treppenhaus. Auf der zweiten Etage angekommen folgten sie ihm in einen schmalen Gang, wo sich Bürotür an Bürotür reihte. An den Wänden neben den Türen waren kleine Schilder mit Dienststellenbezeichnung und dem Namen des zuständigen Beamten angebracht.

Benski wunderte sich, als Ludtke an der Tür mit der Beschriftung Kapitaldelikte POK Ludtke vorbeiging. Das hier ist doch sein Büro, wo will der mit uns hin?, fragte er sich.

Am Ende des Gangs angekommen, befand sich links ein durch Glas abgetrennter Besprechungsraum.

Ludtke öffnete die Tür. „So, da wären wir. Bitte hier herein."

Sie setzten sich an den länglichen Besprechungstisch. Ludtke stand vorne an einem großen Whiteboard. Er zog seine Sakkojacke aus und hängte sie über einen Stuhl. Dann verschränkte er seine Arme und baute sich wichtigtuerisch vor ihnen auf. „Böse Sache – das da gestern Abend in der Jagdschloss-Ruine. Viel hat nicht gefehlt und es hätte einen Toten gegeben. Aber lassen Sie uns die Vorkommnisse der Reihe nach durchgehen: Mitten in der Nacht trifft sich eine Gruppe von Menschen in der zerfallenen Schlossruine. Es ist stockfinster und regnet in Strömen. Zufällig ist dort exakt zur selben Zeit ein Jäger im Wald. Der schießt, verfehlt das Wild, trifft dafür aber Dr. Stein - und das fast tödlich." Ludtke holte tief Luft. „Kommt Ihnen das nicht auch irgendwie spanisch vor?"

Die Gruppe schaute sich fragend an.

„Und Ihre Geschichte dazu. Die angebliche Nachtwanderung von ein paar alten Pfadfindern vom Feldberg nach Schmitten, die sich verlaufen haben."

Ludtke machte eine kurze Pause. „Kommen Sie, das glaubt Ihnen doch kein Mensch." Ludtke drohte mit seinem Zeigefinger. „Also, was haben Sie gestern

Abend in dem Jagdschloss wirklich gesucht? Und jetzt zur Abwechslung bitte die Wahrheit!"

Alle schauten sich irritiert an.

„Wenn Sie mir nicht endlich sagen, was gestern Abend passiert ist, behalte ich Sie zum Nachdenken bis morgen früh hier. Vielleicht fällt Ihnen dann ja doch noch etwas ein."

„Das dürfen Sie gar nicht. Wir haben nichts Verbotenes getan", entrüstete sich Brömer.

„Da täuschen Sie sich. Wenn Gefahr im Verzug ist oder Verdunklungsgefahr besteht, und das ist hier eindeutig gegeben, darf ich auch ohne richterliche Befugnis geeignete Mittel ergreifen. Und wer weiß, vielleicht hat am Ende einer von Ihnen geschossen? Bevor wir keinen abschließenden Bericht aus der Ballistik haben, muss ich in alle Richtungen ermitteln."

„Sie spinnen ja", empörte sich Zülke lautstark.

„Passen Sie auf, was Sie sagen. Ich mache nur meinen Job. Also hat vielleicht doch noch jemand etwas zu gestern Abend zu sagen? Letzte Chance!"

Brömer rutschte unruhig auf ihrem Stuhl hin und her.

Benski boxte sie leicht am Oberschenkel. „Reißen Sie sich zusammen oder wollen Sie alles aufs Spiel setzen?", flüsterte er ihr ins Ohr.

„Warum sagen wir nicht einfach, wie es war? Was haben wir schon zu verlieren? Die ganze Sache läuft sowieso grade total aus dem Ruder."

„Was haben Sie beide da zu tuscheln? Dürfte ich das vielleicht auch wissen? Raus damit, Sie sind hier bei der Polizei!"

„Frau Brömer hat nicht geglaubt, dass Sie uns einfach so für eine Nacht einsperren dürfen und da habe ich ihr erklärt, dass Sie das tatsächlich dürfen", redete Benski sich heraus.

„Okay, Sie wollen es nicht anders. Ich behalte Sie alle für eine Nacht auf der Wache.“ Oberkommissar Ludtke machte eine Handbewegung in Richtung Tür. Wenige Sekunden später standen zwei uniformierte Polizisten da.

„Meine Herrschaften, das war‘s. Wir brechen das Gespräch hier ab und führen es morgen früh weiter. Vielleicht fällt Ihnen über Nacht ja doch noch etwas Konstruktives zur Lösung des Falls ein“, beendete Ludtke die Vernehmung.

Die Polizisten kamen in den Raum und führten die Gruppe hinaus auf den Flur.

„Ich will sofort meinen Anwalt sprechen. Der dreht Sie durch die Mangel, bis Sie nicht mehr wissen, wie Ihre Mutter heißt“, wütete von Mansteyn in Richtung Ludtke.

„Das ist Ihr gutes Recht, aber erst einmal beruhigen Sie sich - in Ihrer Zelle.“

Einer der Polizisten griff von Mansteyn am Arm.

„Das werden Sie bereuen, Ludtke. Ich habe Sie gewarnt“, polterte von Mansteyn weiter, während er unter Gegenwehr von dem stämmigen Polizisten auf den Gang gedrückt wurde.

„Jaja, ist schon gut. Los jetzt, raus mit ihm.“

* * *

Eine Stunde später im Zellentrakt der Polizeidirektion. Der Vorraum war eintönig mit grauen Kacheln gefliest. Vom Vorraum aus führten links und rechts jeweils zwei massive Stahltüren zu den Verwahrzellen. In der Mitte der grün gestrichenen Zellentüren befanden sich verschließbare Sehschlitze. Die Verwahrzellen waren in grauer abwaschbarer Wandfarbe gestrichen. Von Mansteyn und Benski wurden zusammen in einer Zelle untergebracht. Zülke und Tanja Brömer saßen auf der anderen Seite separiert in zwei Verwahrzellen.

„Schon über zwei Stunden. Mann, wo bleibt dieser Ludtke nur! Ich habe das verdammte Recht auf ein Telefonat."

„Recht hin, Recht her, der lässt uns in diesem Drecksloch erst mal genüsslich schmoren."

„Das werden wir ja sehen." Wutentbrannt erhob sich von Mansteyn von seiner Pritsche und polterte heftig gegen die Zellentür. „Ich will sofort meinen Anwalt sprechen. Oder ich werde mich beim Polizeipräsidenten höchstpersönlich über Sie beschweren."

„Hören Sie auf, das bringt doch nichts. Ludtke steht nachher noch vor der Tür und lacht sich eins ins Fäustchen."

„Benski, merken Sie nicht, dass wir bis zum Hals im Dreck stecken?"

„Und wenn schon, morgen muss Ludtke uns sowieso laufen lassen. Eine Nacht hinter Gittern hab ich noch nie verbracht. Das können Sie sich für Geld nicht kaufen." Benski legte sich auf die Pritsche und verschränkte gemütlich seine Arme.

Plötzlich drang ein gedämpftes Knistern aus einem der Lautsprecher an der Decke des Vorraums durch die Zellentür. „Oberkommissar Ludtke, bitte kommen Sie zum Eingang. Oberkommissar Ludtke, bitte zum Eingang", forderte die knisternde Stimme eindringlich auf.

„Haben Sie das gehört, von Mansteyn?"

„Meinen Sie, das hat mit uns zu tun?"

„Abwarten, komisch ist das schon."

Fünf Minuten später wurden die Verriegelungen an der Zellentür mit einem lauten Knacken geöffnet. Polizeioberkommissar Ludtke und ein weiterer Beamter standen in der Öffnung. „Kommen Sie raus, Sie dürfen gehen."

Überrascht standen Benski und von Mansteyn von ihren Pritschen auf. Von Mansteyn drängte sich an Ludtke vorbei. „Ludtke, was hab ich Ihnen prophezeit? Wir sind frei und Sie werden diesen Tag noch verfluchen."

Ludtke wandte seinen Blick kommentarlos ab.

Von Mansteyn und Benski verließen die Zelle. Auf der anderen Seite kamen Brömer und Zülke ebenfalls aus ihren Zellen.

„Geben Sie den Herrschaften ihre persönlichen Sachen und sehen Sie zu, dass Sie sie mir aus den Augen schaffen. Sie scheinen wirklich gute Kontakte zu haben, die Anweisung kam von ganz oben", knurrte Ludtke mürrisch. „Aber bilden Sie sich bloß nicht ein, dass ich Sie so einfach vom Haken lasse. Sie dürfen das Land vorerst nicht verlassen, haben Sie das verstanden?", belehrte er die vier.

* * *

Zehn Minuten später auf dem Parkplatz der Polizeidirektion.

„Verdammt, das war knapp. Fast hätten wir die Nacht in der scheiß Zelle verbracht." Zülke streckte von Mansteyn die Hand entgegen. „Danke, von Mansteyn."

„Das war nicht mein Anwalt. Ludtke hat mich nicht telefonieren lassen."

„Aber wer war es dann?", fragte Brömer.

„Sehr mysteriös." Benski fuhr sich mit der Hand übers Kinn und überlegte laut. „Erst die Schüsse auf Stein, dann das komische Verhalten des überaus neugierigen Oberkommissars und jetzt der ominöse Helfer. Ich werde das ungute Gefühl nicht los, dass es da draußen eine ganze Reihe von Leuten gibt, die es auf Operation Rabe abgesehen haben."

„Aber wie hängen die Schüsse auf Dr. Stein, der Oberkommissar und der geheimnisvolle Helfer zusammen?", fragte Brömer.

„Das kann ich Ihnen nicht sagen, noch nicht. Sicher ist, wer auch immer gestern geschossen hat, könnte es jederzeit wieder tun, und diesem Oberkommissar Ludtke traue ich keinen Zentimeter."

„In Bezug auf Ludtke übertreiben Sie aber. Das ist doch ein ganz normaler Polizist. Der macht auch nur seine Arbeit nach Dienstvorschrift", wandte Tanja Brömer ein.

„Bei Ludtke habe ich ein ganz ungutes Gefühl." Benski drehte sich um. „Machen Sie jetzt keine hastigen Bewegungen, aber schauen Sie mal unauffällig in den zweiten Stock, drittes Fenster von links."

„Ludtke! Er beobachtet uns", wunderte sich Tanja Brömer.

„Sehen Sie. Wie hat er noch gesagt? Wir sollen nur nicht denken, dass er uns so schnell vom Haken lässt. Vom Haken lassen, das ist doch kein nüchterner Polizeijargon. Der ist an unserer Sache mehr interessiert, als er uns glauben machen will."

Benskis Handy surrte. Er nahm es aus der Jakkentasche und wischte kurz über das Display. Eine WhatsApp, die Nummer kannte er nicht. Er öffnete die Nachricht. Sein Gesicht wurde bleich. „Das gibt's doch nicht, die Tro..."

„Was ist los, Benski?", fragte von Mansteyn.

Benski richtete seinen Blick auf die andere Straßenseite. Es sah so aus, als ob er dort etwas suchte. Kurze Zeit später hatte er es gefunden. „Da steht er."

Benski zeigte auf einen schwarzen VW T6 Multivan, der drüben abgestellt war.

„Was ist mit dem Auto?", fragte Brömer.

Benski wischte auf dem Display immer wieder nach unten. Ein zufriedenes Lächeln huschte über sein Gesicht. „Unser geheimnisvoller Retter oder besser unsere Retterin hat sich gemeldet."

„WAS, wer ist das?", fragte Bömer.

„Später, ich soll das erst mal für mich behalten."

„Benski, Sie wollen uns im Dunkeln lassen?", schimpfte von Mansteyn.

„Nein, aber mein Kontakt will anonym bleiben. Viel wichtiger, ich hatte recht mit meiner Vermutung: Wir befinden uns tatsächlich in akuter Gefahr. Wir müssen so schnell wie möglich hier weg. Wir sollen den Multivan nehmen und an einen sicheren Ort verschwinden. Unsere Sachen vom Hirschen sind schon alle im Bus."

Die anderen schauten ungläubig zu Benski.

„Was, haben die etwa auch unsere Zahnbürsten eingepackt?"

„Ich denke schon."

„Und wo bitteschön soll der sichere Ort sein?", fragte Zülke misstrauisch.

„Das wird uns zu gegebener Zeit mitgeteilt."

Zülke lachte abschätzig. „Das ist ja eine tolle Geschichte, die Sie uns da auftischen. Ich glaube Ihnen kein Wort. Sie planen mit Ihren Komplizen irgendeine Schweinerei, um den Schatz für sich alleine zu behalten."

„Machen Sie sich nicht lächerlich, Zülke, Sie sollten nicht von sich auf andere schließen. Ohne meinen Kontakt säßen Sie noch immer in Ihrer schäbigen Zelle."

Von Mansteyn drehte sich zu Zülke um. „Da hat Benski recht. Ich denke, wir können ihm und seinem ominösen Kontakt vertrauen. Um ehrlich zu sein, eine wirkliche Alternative haben wir nicht."

Benski zeigte in Richtung des Multivans. „Dann los, lassen Sie uns verschwinden."

Die vier gingen zügig über den Parkplatz der Polizeidirektion in Richtung des Fahrzeugs.

Ludtke ahnte, dass gerade etwas völlig Unvorhergesehenes passierte. Nervös sprang er hinter der Fensterscheibe umher. „Wo wollen die hin? Gleich sehe ich sie nicht mehr, König!"

Die vier hatten die Straße erreicht und waren gerade dabei, die Fahrbahn zu überqueren.

„König, ich kann die Verdächtigen nicht mehr sehen, wo sind die hin? Das Auto, mit dem sie gekommen sind, steht unberührt da. Die haben Lunte gerochen!", schrie Ludtke aufgeregt.

Polizeiobermeister König eilte zum Fenster. „Den Peilsender haben Spezialisten vom Observationsteam angebracht – für Laien unmöglich, ihn zu bemerken."

„Verdammt, König, schnell auf die Südseite. Vielleicht können Sie von da aus was sehen."

In der Zwischenzeit waren die vier am Multivan angekommen. Die Fahrertür öffnete sich. Benski wich erstaunt zurück. „Katharina?"

„Später, Jack. Auf den Beifahrersitz. Die anderen hinten rein. Beeilung, wir müssen weg." Sie sprangen in den Van und Katharina raste los.

Polizeiobermeister König kam zu spät. Weder er noch Ludtke bekamen von ihrer Flucht irgendetwas mit.

* * *

Raststädte Taunusblick an der A5, 15 Minuten später. Katharina, Tanja, Benski, von Mansteyn und Zülke standen am Multivan.

Zülke schlug mit der flachen Hand gegen die Tür des Vans. „So, Leute, jetzt raus mit der Wahrheit. Wo fahren wir hin? Und wo haben Sie überhaupt den VW-Bus her, Stein?"

„Entspannen Sie sich, Katharina wird es uns bestimmt gleich sagen."

„Ich habe eine WhatsApp bekommen."

„Genau wie Sie, Benski", merkte von Mansteyn an.

„Der Name war Ein Freund. In der WhatsApp stand, dass ihr in großer Gefahr seid und dass es jetzt auf mich ankommt. Zunächst sollte ich eure Sachen aus den Zimmern holen und in den schwarzen VW Multivan vor dem Hotel packen. Dann sollte ich mit dem Navi zum eingestellten Ziel fahren und dort auf euch warten."

„Du hast der WhatsApp von einer völlig fremden Nummer einfach so vertraut? Ein Freund als Absender scheint mir nicht sehr seriös", entgegnete Tanja Brömer verdutzt.

Katharina zögerte kurz. „Die Person kannte eure Namen und wusste Details. Ich fand das auch erst komisch, aber am Ende hat doch alles super geklappt."

„Zeig mal die WhatsApp?"

Katharina wischte kurz über ihr Handy und hielt es Benski hin.

Benski lächelte. „Die Nummer kenne ich. Mein Kontakt."

Katharina schien nicht sonderlich verwundert, trotzdem fragte sie: „Echt, wer ist das?"

„Zwecklos, Benski wird es Ihnen nicht sagen." Von Mansteyn winkte gleichgültig ab.

Benski nickte.

Brömer sprach von Mansteyn an: „Wann fangen wir endlich mit Operation Rabe an? Sie wollten uns nach der Vorladung bei Ludtke erklären, was es mit den verschlüsselten Depeschen auf sich hat."

„Aber nicht hier auf dem Parkplatz."

Benski wandte sich an Brömer. „Machen Sie die Augen auf. Wir kennen uns seit gestern Abend, ein Scharfschütze hat auf uns geschossen und Stein verwundet, fast hätten wir die Nacht in einer Zelle verbracht und gerade stehen wir mit einem fremden Multivan auf einer Autobahnraststätte und warten auf neue Instruktionen." Benski machte eine Pause. „Wir stecken schon mittendrin. Nur in was, ist die Frage?"

Benskis Handy surrte. Er schaute darauf und wischte über das Display.

„Neue Anweisungen?", fragte von Mansteyn.

Benski nickte. „Alle rein, es geht weiter."

Benski drehte sich zu Zülke. „Kommen Sie jetzt mit?"

Zülke schnippte seine Zigarette weg. „So wie es aussieht, habe ich keine andere Wahl", knurrte er und stieg ein.

Katharina wollte gerade starten, da wischte Benski erneut über das Display. „Stopp! Warum bin ich da nicht selbst draufgekommen?"

„Auf was?", fragte Brömer.

„Unsere Handys."

„Natürlich, für Ludtke ist es ein Kinderspiel, unsere Handynummern abzufragen und orten zu lassen", sagte Katharina.

„Ganz genau, sofort alle Akkus raus." Alle folgten Benskis Aufforderung.

„Und wie bitte bekommen wir jetzt neue Instruktionen von Ihrem Kontaktmann?", wollte Brömer wissen.

„Der hat an alles gedacht." Benski öffnete das Handschuhfach und holte ein billiges Ulefone Chinahandy hervor. „Nicht registriert, anonyme Prepaid-SIM-Karte von einem Billigcarrier, sehr schön, so was findet man nur noch selten."

„Die ganze Sache wird mir immer unheimlicher, fast wie in einem Geheimagententhriller", bemerkte Brömer.

Benski lächelte sie aufmunternd an. „Und selbst wenn es so wäre, nach den Schüssen auf Stein und der Sache mit Ludtke sieht es für uns jetzt wieder deutlich besser aus. Wir sind die beiden los und fahren in ein sicheres Haus. Wohin uns Operation Rabe anschließend führt, davon müssen wir uns wohl oder übel überraschen lassen. -

„Okay, fahr los", sagte er zu Katharina.

6 LITTLE BIRD

Brigada Aerea III, Stützpunkt der Schlachtflieger-Brigade Daniel Antonio Jukic, Reconquista am Rio Parana, Argentinien. Ortszeit 02:13 Uhr nach Mitternacht, bedeckt. Das riesige Areal der argentinischen Luftstreitkräfte war nur spärlich beleuchtet. Auf dem Rollfeld vor dem Hangar stand eine graue Lockheed C-130H Hercules. Das hellblau-weiße argentinische Hoheitszeichen mit der Sonne im weißen Streifen auf dem Seitenleitwerk des viermotorigen Transportflugzeugs war gut zu erkennen. Bis auf die C-130 war das Rollfeld wie ausgestorben. Ein drei Meter hoher Zaun umgab den Stützpunkt. Die Zaunkrone war mit Stacheldraht bewehrt. Im Südosten grenzte ein mit Büschen bewachsener Bereich an den Zaun. Davor war es stockduster.

In dem Buschwerk vor dem Zaun lagen gut getarnt fünf dunkle Gestalten und beobachteten die Basis. Die Paramilitär-Typen trugen Uniformen und Krempenhüte in MARPAT USMC Woodland Tarnmuster. Ihre Colt M4A1 Sturmgewehre Kaliber 5,56 mm hielten sie auf die Basis gerichtet.

Einer der Paramilitärs äugte mit einem Nachtsichtgerät aufmerksam aufs Gelände. „Keine Wachen zu sehen, totenstill, alles wie besprochen. Auch die Herkules steht da."

„Comandante, was hab ich dir gesagt, auf meinen Amigo ist Verlass."

„Langsam, Teniente, noch sind wir nicht am Ziel."

„Hey, bis jetzt läuft doch alles nach Plan, lass uns loslegen."

„Scheint wirklich alles ruhig.“ Der Comandante winkte in Richtung seiner Männer. „Also los, Männer, und leise.“

Zwei der Paramilitärs krochen vorsichtig an den Zaun und machten sich mit ihren Seitenschneidern am Zaun zu schaffen. Nach kurzer Zeit hatten sie ein circa 80 mal 60 Zentimeter großes Loch in den Zaun geschnitten. Vorsichtig robbte der Comandante dorthin. Erneut prüfte er mit seinem Nachtsichtgerät die Umgebung. „Alles ruhig, dann los. Verteilt euch.“ Nacheinander krochen die fünf durch die Öffnung und verteilten sich in loser Formation in dem offenen Gelände.

„Leise, Leute, zum Hangar.“ Der Comandante winkte. Vorsichtig bewegte sich der Trupp geduckt in Richtung des Hangars. Immer wieder kontrollierte der Comandante dabei mit seinem Nachtsichtgerät das Rollfeld und die jetzt gut erkennbaren Gebäude.

Auf halbem Weg zum Hangar hob er plötzlich seine Hand. „Runter.“

Alle legten sich flach auf den Boden. Der Comandante hob leicht den Kopf und spähte mit seinem Nachtsichtgerät in Richtung des Hangars. Zwei Minuten lang suchte er den gesamten Bereich akribisch ab. „Nichts zu sehen, aber ich könnte schwören, da hat sich was bewegt.“

„Das hast du dir eingebildet, Hector.“

„Bist du verrückt geworden, keine Namen, du Idiot.“ Der Comandante boxte den neben ihm liegenden Teniente hart in die MagenGruber.

Nach einem leisen Schmerzschrei keuchte der: „Ist mir rausgerutscht.“

„Noch mal so was, Teniente, und ich knall dich ab.“

Erneut prüfte der Comandante das Vorfeld. „Nichts, einfach gar nichts. Hab mich wohl geirrt, also weiter." Der Comandante winkte und die Männer bewegten sich vorsichtig weiter auf den Hangar zu. Ohne weiteren Zwischenfall erreichten sie nach vier Minuten den Rand des beleuchteten Vorfeldes. „Halt!" Der Comandante hob seinen Arm. Noch einmal checkte er sorgfältig die Lage. „Jetzt müssen wir schnell sein. Auf dem Vorfeld könnten wir leicht entdeckt werden. Bereit?" Er schaute seine Männer jeden einzelnen abfragend an. Die Männer signalisierten durch entschlossenes Nicken ihre Einsatzbereitschaft.

„Dann los. Sprung auf, Marsch, marsch! Rüber zur Halle." Die Paramilitärs sprangen auf und rannten so schnell sie konnten quer über die beleuchtete Fläche. In wenigen Sekunden hatten sie den unbeleuchteten Seiteneingang erreicht. Alle pusteten und rangen nach Luft.

„Ruhig, Leute, ruhig." Ganz langsam kamen die Paramilitärs wieder zu Atem.

„Gleich sehen wir, ob dein Kontaktmann sein Geld wirklich wert war." Der Comandante drückte langsam die Klinke herunter.

Die Tür sprang auf.

„Was hab ich dir gesagt."

„Jaja, schon gut." Der Comandante machte eine abfällige Handbewegung in Richtung des Teniente.

„Los, rein jetzt."

Die Männer betraten zügig den Hangar. Das Oberlicht warf spärliches Licht in die riesige Halle. In der Mitte des Hangars stand eine Boeing AH-6 Little Bird in Tarnfarben. Auf dem Heckausleger des Kampfhubschraubers war das argentinische Hoheitszeichen angebracht. Die Männer liefen zum Hubschrauber. Ihre Schritte hallten von den nackten Betonwänden wider. Am rechten Waffenträger trug der AH-6 eine furchteinflößende Gatling Minigun M134 im Kaliber

7,62 mm, links waren zwei Raketenwerfer angebracht.

„Voll bewaffnet, wie versprochen“, merkte der Teniente an, ohne seinen Stolz zu verbergen.

Der Comandante ging zur Minigun und öffnete die Munitionszuführung und das Magazin. Dann ging er um den Hubschrauber herum und prüfte die beiden LAU-131/A 7-fach Kaliber 70 mm Raketenwerfer.

„Alles voll geladen. Auch die Hydras mit M247 HEDP Gefechtsköpfen für Weich- und Hartziel-Bekämpfung, alles da. Langsam fange ich an, deinem Kontaktmann zu trauen.“

Der Teniente lächelte.

„Dann los. Ihr beide sichert das Tor, du die Tür. Sobald wir draußen sind, springt ihr auf.“

Plötzlich öffnete sich an der Rückwand des Hangars eine weitere Tür.

„Scheiße, was war das?“, entfuhr es dem Teniente.

Flackernd sprangen die Neonlampen an der Dekke an. Schlagartig war das Innere des Hangars hell erleuchtet. Zwei voll bewaffnete Soldaten der Basis standen in der Tür. „Waffen weg, werft eure Waffen weg, alle auf den Boden, sofort oder wir schießen, wird‘s bald!“, schrie einer der beiden.

Ohne den Soldaten auch nur die geringste Gelegenheit für eine erste Reaktion zu geben, riss der Comandante sein M4A1 hoch und feuerte in Richtung der beiden. Die Salve verfehlte ihr Ziel. Ohne mit ihren G3 Sturmgewehren zu antworten, flüchteten die beiden Soldaten zurück ins Freie. Der Comandante schickte ihnen einen weiteren Feuerstoß durch die offene Tür hinterher.

„Schießt auf die Lampen, das verfluchte Licht muss aus!“, schrie er seine Leute an.

Die Paramilitärs schossen auf die Leuchtstoffröhren. Ein Regen aus Glassplittern fiel auf sie herab.

Nach wenigen Sekunden herrschte erneut das Halbdunkel.

„Sichert die Tür, bis wir die Kiste in der Luft haben."

Zwei der Paramilitärs gingen in Stellung und feuerten in Richtung der offenen Tür. Der Comandante kletterte in den Hubschrauber und setzte sich die Kopfhörer auf. Auch der Teniente bestieg hastig den Helikopter. „Verflucht, wo sind die so plötzlich hergekommen?"

„Fuck, egal, bleib ruhig, wir haben doch das Baby hier."

„Jesus Maria, steh uns bei." Der Teniente bekreuzigte sich.

Ohne die sonst üblichen Pre-Start-Checks, begann der Comandante direkt mit dem Starten der Turbine. Er schaltete den Batterieschalter ein und prüfte kurz die Anzeigen. „Okay, scheint alles zu passen."

„Beeil dich, lange halten die Jungs das nicht mehr durch."

Immer wieder zuckten Feuerstöße durch den Hangar. Mehrere alarmierte Soldaten der Basis hatten den hinteren Bereich des Hangars bereits erreicht und eine taktisch aussichtsreiche Stellung hinter einigen Kisten bezogen.

„Dann mal los." Der Comandante drückte mit seiner rechten Hand auf den Startknopf. Angetrieben durch den Starter heulte die Turbine auf. „Komm schon."

Die N1 Anzeige für den Gaserzeuger bewegte sich. Das Heulen wurde immer lauter. Vier Sekunden später hatte der Zeiger der N1 Anzeige dreizehn Prozent erreicht. Der Comandante drehte mit seiner linken Hand am Pitchhebel. Kerosin strömte in die Brennkammer und ließ die Turbine ohrenbetäubend aufheulen. Es roch penetrant nach Kerosin.

„N1 bei fünfundzwanzig Prozent, na also."

Die Rotorenblätter fingen an, sich zu drehen. Nach circa vierzig Sekunden hatte der Zeiger der N1 Anzeige den grünen Bereich ab achtundfünfzig Prozent erreicht. Der Rotor und die Turbine verwandelten das Innere des Hangars jetzt in einen tosenden Zyklon. Der Comandante nahm den Finger vom Startknopf. „Die Kiste läuft." Er zeigte erleichtert den Daumen hoch in Richtung des Teniente. Er drehte weiter am Pitchhebel, bis sich die Drehzahl bei 2500 Umdrehungen pro Minute einpendelte. „Jetzt wollen wir mal sehen, was das Baby draufhat."

Der Comandante zog vorsichtig am Pitchhebel. Die Kufen des AH-6 hoben vom Boden ab. In etwa einem Meter Höhe drehte er mit den Fußpedalen den Little Bird um hundertachtzig Grad, genau in Richtung der Kisten.

„Jippijajey, ihr Schweinehunde", schrie der Teniente übermütig.

Der Comandante warf ihm einen verächtlichen Blick zu und schüttelte abfällig den Kopf. Konzentriert schob er mit dem Daumen die Sicherungskappe auf dem Steuerknüppel nach oben und drückte auf den roten Knopf. Das M134 begann, sich zu drehen. Nur Bruchteile von Sekunden später spuckten die rotierenden Läufe der Minigun einen höllischen Feuersturm in die Reihen der Soldaten. Sie hatten keine Chance. Unaufhörlich bepflasterte die Gatling die Soldaten mit ihren tödlichen 7,62 mm Projektilen. Nach wenigen Sekunden war das tödliche Spektakel vorbei. Die meisten Soldaten lagen tot, einige schwer verwundet auf den kalten Betonplatten.

Der Teniente rutschte aufgewühlt in seinem Sitz hin und her. „Denen haben wir es gezeigt. Das war ja die reinste Hölle."

„Wo sind unsere Männer?"

„Da hinten sehe ich Numero tres und cuatro. Cinco sollte an der Tür sein, aber da ist niemand. Verdammt, wo ist Cinco?“, fragte der Teniente sichtlich beunruhigt.

„Scheiße, ich glaube, da liegt er.“

„Wo, Comandante, wo?“

„Da, direkt neben der Tür.“ Der Comandante zeigte mit seiner Hand in die Richtung. Auf dem Boden lag blutüberströmt der tote Körper des Paramilitärs.

„Das ist mein Cousin! Jesus Maria, steh mir bei, ich sollte auf ihn aufpassen. Mein Onkel wird mich kreuzigen!“, schrie der Teniente außer sich.

„Ich verspreche dir, wir werden deinen Cousin rächen. Aber jetzt bringen wir unseren Auftrag zu Ende.“

Der Comandante drehte den Little Bird erneut um 180 Grad. Mit einer Handbewegung signalisierte er den beiden verbliebenen Männern, die beiden großen Schiebetore zu öffnen. Die beiden Paramilitärs betätigten die Schalter. Mit lautem Knarren öffneten sich die riesigen Rolltore. Langsam schoben sich die Seiten auseinander und gaben den Blick auf das beleuchtete Vorfeld fei.

„Heilige Scheiße, das ist unser Ende.“ Der Teniente schlug die Hände vors Gesicht.

Vor dem Tor stand ein argentinischer VCTP-, Vehiculo de Combate Transporte de Personal, Schützenpanzer. Die 20 mm Maschinenkanone war bedrohlich auf den AH-6 Little Bird gerichtet.

„Noch nicht, Teniente, so schnell kriegen die uns nicht.“ Der Comandante schob die Sicherungskappe auf dem Steuerknüppel nach oben und drückte auf den zweiten roten Knopf. Bevor die Besatzung des Panzers überhaupt registrierte, was gerade passierte, zischten zwei Hydras mit Panzerabwehrgefechtsköpfen aus dem Raketenwerfer. Nur Millisekunden später schlugen die beiden Panzerabwehrraketen mit einem höllischen Knall in den VCTP ein. Der nur leicht gepanzerte Schützenpanzer ging unmittelbar in Flammen auf. Alle Soldaten im Inneren des Panzers waren sofort tot. Der Kommandant des Panzers kletterte lichterloh brennend aus der Turmluke. Er schrie fürchterlich. Er sprang vom Panzer, schlug auf dem Betonboden auf und überschlug sich. Er rollte noch zweimal um seine eigene Achse, dann war auch er tot. Der leblose Körper brannte noch. Das Vorfeld war übersät von qualmenden Trümmerteilen, vereinzelt loderten Flammen.

Der Teniente hielt sich die Hände vors Gesicht. „Was für ein höllisches Inferno. Die armen Schweine, Gott sei ihren Seelen gnädig. Das Ding ist der wahre Teufel."

„Dafür wurde er gebaut, und dafür haben wir uns den Vogel geholt. Schluss jetzt, wir haben noch einen weiten Weg vor uns."

„Die Maschine kommt direkt aus der Hölle. Jesus Maria, lasst den Vogel uns gnädig sein." Der Teniente bekreuzigte sich erneut.

„Du mit deinem Jesus und Maria." Der Comandante winkte ab. „Bedank dich lieber da oben, dass der Little Bird auf unserer Seite kämpft und nicht andersrum."

Der Comandante setzte den AH-6 kurz auf und die beiden überlebenden Paramilitärs sprangen auf die hinteren Sitze.

7 SACKGASSE

Rheingau Taunus-Kreis, Ortszeit 16:42, leichter Nieselregen, mitten im Wald. Der abgelegene Forstweg endete abrupt an einem mächtigen Eisentor. Links und rechts des Tors führte eine massive zwei Meter hohe Bruchsteinmauer in den Wald. Katharina stoppte den Multivan unmittelbar vor dem zweiflügeligen Tor, das mit einem Vorhängeschloss gesichert war.

Katharina drehte sich nach hinten. „Wir sind da."

„Hier ist nichts außer Wald! Wo haben Sie uns hingebracht?", moserte sich Zülke.

Benski las im Handy. „Das werden Sie gleich sehen."

Er öffnete die Beifahrertür und stieg aus. Der frische Geruch von regennassem Waldboden strömte in den Van. Benski ging zum rechten Pfeiler des Tors und fasste um den Pfeiler herum auf die Rückseite.

„Was macht Benski da?"

„Sieht aus, als ob er nach etwas sucht", vermutete Brömer.

Benski zog einen kleinen Schlüssel aus der verborgenen Nische. Er ging zum Vorhängeschloss, machte sich kurz daran zu schaffen und öffnete es. Mit lautem Quietschen drückte er die beiden Flügel des Tors auseinander.

Dann winkte er Katharina zu. „Okay."

Katharina startete den Multivan und passierte das Tor. Kurz hinter dem Tor stoppte sie erneut. Benski schloss das Tor und legte das Vorhängeschloss wieder um die beiden Stangen.

Er stieg ein. „Hier findet uns so schnell keiner.“ Mit einem Rums flog die Beifahrertür zu.

Katharina fuhr los. Mehrere Minuten folgten sie dem Waldweg entlang eines Baches. Mehrmals querte der Waldweg das Bachbett. Beim Durchfahren spritzte das Wasser heftig gegen die Radkästen. Dann bog der Weg scharf um eine Kurve. Unerwartet öffnete sich der dichte Wald und gab den Blick auf eine Lichtung frei. Auf der anderen Seite der Lichtung stand etwas höher gelegen eine rustikale Jagdvilla. Das Erdgeschoss war weiß getüncht. Das erste Stockwerk und das Dachgeschoss bestanden aus massiven, dunklen Eichenbohlen. An den Wänden hingen mehrere Geweihe und Gehörne. Die Giebelseite des Erdgeschosses schmückten zwei imposante Rothirschgeweihe, ein 12er und ein ungerader 14-Ender. Aus dem steilen, mit Schiefer gedeckten Satteldach ragte ein massiver Bruchsteinkamin.

„Ist das idyllisch, wie aus einem Pilcher-Roman“, freute sich Tanja Brömer überschwänglich.

Katharina fuhr den Multivan vor die Jagdvilla und stellte ihn ab. Die fünf stiegen aus.

Von Mansteyn bewunderte das Haus. „Imposantes Anwesen.“

Zülke hatte wie immer etwas auszusetzen: „Ein altes Haus mitten in der Wildnis und weiter? Drinnen wird es modrig müffeln und fließendes Wasser gibt es auch nicht. Muss schon sagen, imposantes Anwesen“, höhnte er.

„Zülke, Sie nerven. Können Sie nicht einfach mal Ihren Mund halten!“, entgegnete Brömer scharf.

Die fünf luden ihre Sachen aus dem Auto.

Katharina schloss die Eingangstür auf. „Hereinspaziert.“

Von Mansteyn griff sich nachdenklich an die Stirn. „Wo haben Sie denn den Schlüssel her?“

Katharina zögerte kurz. „Der – der Schlüssel lag im Handschuhfach. Hat alles in der WhatsApp gestanden."

Von Mansteyn frotzelte: „Na klar, alles, was gerade passiert, passiert per WhatsApp-Nachrichten. Wie konnte ich das vergessen?"

Benski wunderte sich. Er hatte Katharina die WhatsApp doch gar nicht gezeigt!

Die fünf betraten die Jagdvilla und standen im großzügigen Eingangsbereich. Dahinter führten zwei Stufen hinab in einen gemütlichen Salon mit offenem Kamin. Vor dem Kamin stand eine Sitzgruppe aus beigefarbenem Leder. Auf der anderen Seite befand sich ein massiver Eichentisch. Auch im Salon hingen überall Jagdtrophäen an den Wänden. Auf dem Boden vor der zweistöckigen Fensterfront lagen zwei beeindruckende Bärenfelle.

Benski zeigte auf die hölzerne Treppe. „Im ersten Stock sind sechs Zimmer. Ich schlage vor, wir beziehen die Zimmer und treffen uns in, sagen wir 30 Minuten, wieder hier unten?"

Die anderen nickten und gingen auf die Zimmer.

* * *

Auf der anderen Seite der Lichtung, oberhalb eines Felsvorsprungs lagen gut getarnt zwei Männer in Bundeswehr-Flecktarn-Uniformen am Waldrand. Aus Ästen und einer Tarnplane hatten sie einen regenfesten Unterstand errichtet. Vereinzelt pochten Regentropfen, die aus den umstehenden Bäumen fielen, auf die Plane. Die beiden äugten mit ihren Feldstechern in Richtung der Jagdvilla. Einer der Männer hielt ein militärisches THALES PRC-7332 Liberty

Multiband Funkgerät in der Hand. Er drehte an einem der Knöpfe am oberen Ende. Das auf 256-Bit-AES-Verschlüsselung eingestellte Gerät startete. Während des Startvorgangs erschien die Freiheitsstatue auf dem Display, dann das Hauptmenü. Der Mann tippte ein paarmal auf der Tastatur, es rauschte leise. Er drückte die Sprechtaste: „Sperber an Hauptquartier, kommen."

Mehrere Sekunden war nur das Rauschen zu hören. Plötzlich tönte es: „Hauptquartier hört, kommen."

„Zielpersonen haben das Objekt betreten, kommen."

Es rauschte. „Okay, bleiben Sie dran. Alles wie besprochen. Ende." Erneutes Rauschen.

„Verstanden, Ende." Der Mann schaltete das Funkgerät ab.

„Dann mal los." Der zweite Mann robbte nach hinten und zog einen Bundeswehr-Seesack in den Unterstand. Er löste die Verschnürung. Zum Vorschein kamen eine Parabolantenne und mehrere elektronische Bauteile. Der Mann nahm die Teile aus dem Seesack und baute sie geübt zusammen. Kurze Zeit später sagte er: „So, diesen Stecker hier noch – okay, ich hab's. Das Super-Ohr ist einsatzbereit. Dann wollen wir mal." Der Mann setzte die Kopfhörer auf und richtete den Parabolspiegel auf die Jagdvilla.

* * *

35 Minuten später im Salon. Katharina und Tanja waren dabei, Getränke und Gläser auf den Tisch zu stellen. Von Mansteyn bestaunte die Trophäen. Zülke saß gelangweilt in einem der Sessel. „Wo bleibt

Benski?“

Benski kam die Treppe hoch. Er lächelte. „Hab mich im Haus ein wenig umgesehen. Sie werden es nicht glauben, im Keller stehen drei Tiefkühltruhen voll mit feinsten Lebensmitteln. Vom Wildschweinbraten und Rehrücken bis zur Fertigpizza, alles da. Aber es kommt noch besser. Dahinter ist ein Gewölbe voll mit Weinflaschen. Ein Paradies.“

„Benski, ich denke nicht, dass das für uns gedacht ist. Der Hausherr wird nicht sonderlich erfreut sein, wenn wir uns ungefragt an seinen Vorräten bedienen“, wandte von Mansteyn ein.

Benski holte das Handy aus der Tasche, wischte kurz über das Display und hielt es ihm hin. „Lesen Sie.“

Von Mansteyn nahm seine Lesebrille aus der Jakkentasche. „Ich kann's nicht glauben. Unser Gastgeber hat fürstlich für uns gesorgt. Aber warum macht er das alles?“

„Ganz genau, von Mansteyn. Jetzt kommen wir zum springenden Punkt. Warum macht er das? Doch nicht aus lauter Nächstenliebe. Ich traue dem Braten nicht, und Benski steckt da mit drin, schließlich hat er uns hierhergebracht“, fachte Zülke das Misstrauen von Mansteyns weiter an.

„Zülke, es reicht. Behalten Sie Ihre Verschwörungstheorien für sich. Durch meinen Kontakt sind wir erst in der komfortablen Situation, ohne Störung von außen endlich mit Operation Rabe zu beginnen.“ Benski setzte sich an den Eichentisch. „Lassen Sie uns anfangen.“

Katharina und Tanja Brömer setzten sich zu ihm.

Von Mansteyn überlegte kurz, dann setzte er sich auch an den Tisch. „Ich vertraue Ihnen.“

„Kommen Sie, Zülke, geben Sie sich einen Ruck. Wenn wir jetzt nicht alle an einem Strang ziehen, können wir die ganze Sache sowieso vergessen“, mahnte Brömer.

Zülke zögerte, dann sagte er: „Einverstanden, aber Benski soll sich nicht einbilden, dass ich ihm jetzt blind vertraue.“ Er stand auf und kam ebenfalls zum Tisch.

„Vertrauen Sie, wem Sie wollen. Hauptsache, wir kommen endlich zur Sache“, erwiderte Benski harsch.

Von Mansteyn ergriff das Wort: „Dann sind wir uns einig. Wir starten mit Operation Rabe, hier und jetzt.“

Alle nickten.

Von Mansteyn nahm einen großen Schluck aus seinem Bierglas. „Wie Sie bereits im Hirschen richtig vermutet haben, sind unsere Depeschen, also Operation Rabe, der Schlüssel zur Hugin und dessen Ladung.“

Von Mansteyn holte seine Depesche aus der Tasche. „Sie haben alle die Depesche dabei?“

Wieder nickten alle.

„Legen Sie die Depesche bitte vor sich.“

Alle holten ihre Depeschen heraus und legten sie auf den Tisch.

Tanja Brömer wühlte in ihrer plagiierten Designer-Handtasche. „Mensch, wo sind die blöden Papiere nur?“

„Haben Sie die Depesche etwa verloren?“, fragte von Mansteyn vorwurfsvoll.

Sie suchte immer hektischer in ihrer Tasche. Auf einmal zog sie einen bräunlichen Umschlag hervor. „Hier sind sie ja!“

„Gut, legen Sie sie auf den Tisch.“

Tanja Brömer griff sich an die Stirn. „Merkwürdig, die Papiere waren in der vorderen Innentasche.“

„Und was ist daran merkwürdig?", fragte von Mansteyn.

„Ich könnte schwören, ich habe sie heute Morgen in die hintere Innentasche gesteckt."

Die anderen schauten sie irritiert an.

Von Mansteyn ließ sich nicht beirren. „Vordere Innentasche, hintere Innentasche, was spielt das für eine Rolle? Hauptsache, die Papiere sind wieder da."

Brömer grübelte. „Ich bin mir so sicher."

„Frau Brömer, wir alle haben stressige Stunden hinter uns, da kann man schon mal durcheinanderkommen. Lassen wir das jetzt. Konzentrieren wir uns lieber auf die Depeschen."

Von Mansteyn fuhr mit dem Zeigefinger über die Depesche vor ihm. „Den Hinweis mit Zeitpunkt und Koordinaten haben Sie offensichtlich alle gelöst, sonst würden wir hier nicht zusammensitzen."

Alle nickten.

„Jetzt wird es spannend. Alle Hinweise, die zur Hugin führen, wie die exakten Koordinaten und die Wegbeschreibung, haben unsere Großväter verschlüsselt."

„Die Buchstabenblöcke am Ende der Nachricht", redete Brömer dazwischen.

„Genau. Weiß jemand von Ihnen, auf welche Weise die Nachricht verschlüsselt wurde?"

Benski fühlte sich bei der Fragerei unangenehm an seinen ehemaligen Lateinlehrer, Herrn Lamperstorfer, erinnert. „Von Mansteyn, lassen Sie diese blöden Fragespielchen und kommen Sie zur Sache."

Katharina war das egal, sie antwortete. „Das ist Enigma Code. Ich hatte zuerst überhaupt keine Ahnung, was das sein soll. Ich habe einfach mal nach Walzenlage, Ringstellung und Steckverbindung gegoogelt. Und siehe da, der erste Treffer war gleich was von einer Uni mit Kryptologie: Kryptoanalyse der

Enigma. Der dritte oder vierte Treffer war Wikipedia. Da wird ganz genau erklärt, wie die Enigma-Chiffriermaschine funktioniert und wie man sie bedient."

„Ausgezeichnet." Von Mansteyn lächelte Katharina an. „Sie verblüffen mich immer wieder."

Benski wurde misstrauisch. Katharina hatte die Depesche angeblich doch erst gestern Abend von ihrem Vater bekommen. Wann hätte sie das recherchieren sollen? Er verwarf seinen Gedanken, denn auf einem Handy die drei Wörter Walzenlage, Ringstellung und Steckverbindung zu googeln, dauerte wirklich nicht sehr lange.

Von Mansteyn fuhr fort: „Die Enigma war eine Rotorschlüsselmaschine und wurde im Zweiten Weltkrieg von der Wehrmacht eingesetzt." Er nahm erneut ein Schluck aus seinem Bierglas.

Benski ärgerte sich über Frau von Trotau, warum hatte sie ihm keinerlei Informationen zu dieser Enigma-Sache gegeben? Dann ärgerte er sich über sich selbst, denn er hätte die Papiere genauer unter die Lupe nehmen müssen.

Von Mansteyn lehnte sich zurück und richtete sich auf. „Wissen Sie was? Die Nachricht, die gerade vor Ihnen liegt, hat mein Großvater verschlüsselt."

Brömer legte ihren Kopf leicht auf die Seite. „Ihr Großvater, das ist ja spannend."

Von Mansteyn war ihre aufgesetzte Schmeichelei unangenehm. Ohne darauf einzugehen, fuhr er fort: „Mein Großvater war Funker an Bord der Hugin. Er hat mir oft davon erzählt, wie sie nach der dramatischen Notlandung das Flugzeug und die Ladung versteckt haben. Er war immer sehr stolz, wenn er mit seiner Erzählung an die Stelle kam, wo er den Lageplan mit seiner Bord-Enigma verschlüsselt hat."

„Dann hätte er den Code ja jederzeit entschlüsseln und den Schatz alleine bergen können“, warf Brömer verdutzt ein.

„Das stimmt, aber bedenken Sie: Alle Besatzungsmitglieder waren beim Bergen der Ladung dabei. Folglich kannten auch alle anderen den genauen Ort des Verstecks. Aus irgendeinem Grund wollten unsere Großväter eine gehörige Portion Gras über die Sache wachsen lassen. Folglich haben sie den Lageplan der Hugin verschlüsselt und später an ihre Kinder weitergegeben.“

„Warum nur so ein Aufwand?“, bohrte Brömer weiter.

„Den genauen Grund kenne ich nicht. Aber natürlich war unseren Großvätern klar, dass es eine ganze Reihe von SS-Leuten gab, die den Geheimauftrag und die Ladung der Hugin kannten. Sie haben vermutlich angenommen, dass sich diese Leute nach Kriegsende auf die Suche nach der Hugin machen würden.“

„Was sagen Sie da? Ehemalige SS-Leute, die sich auf die Suche nach der Hugin machen?“, sagte Benski. „Überlegen Sie mal, der Scharfschütze! Das liegt doch auf der Hand. Die SS-Leute haben es noch immer auf die Hugin abgesehen. Die Kaltblütigkeit, mit der der Schütze vorgegangen ist - das war einer von denen.“

Von Mansteyn schlug mit der flachen Hand auf den Tisch. „Mensch, Benski, Sie könnten recht haben. Daran habe ich noch gar nicht gedacht.“

Benski griff sich an seinen Dreitagebart. „Mit solchen Leuten ist überhaupt nicht zu spaßen. Wenigstens wissen wir jetzt, mit wem wir es zu tun haben.“

„Nach 70 Jahren? Benski, die sind doch längst alle unter der Erde“, entgegnete Zülke zynisch.

„Langsam, Zülke. Nehmen wir mal an, die SS-Leute waren zum Zeitpunkt des Absturzes um die zwanzig – dann wären sie heute ungefähr neunzig“, rechnete Benski.

Zülke lachte. „Verstehe ich das richtig, Benski, Sie fürchten sich vor neunzigjährigen Greisen? Sie tun doch sonst so taff.“

Benski schüttelte den Kopf. „Sicher nicht, aber vor deren Kindern und Enkeln.“

Brömer fuhr der Schrecken ins Gesicht. „Sie – Sie meinen, wir haben es mit den Nachfahren von echten SS-Angehörigen zu tun?“

„Schon möglich.“

Brömer griff sich an die Stirn. „Aber dann stehen wir denen doch im Weg – die bringen uns alle um, genau wie Dr. Stein.“

„Beruhigen Sie sich, Brömer. Erstens hat Stein überlebt und zweitens brauchen die uns. Ohne unsere Depeschen finden die die Hugin nie. Sehen Sie, die haben also gar keinen Grund, uns umbringen?“

„Aber doch nur so lange, bis wir die Hugin gefunden haben. Danach sind wir für sie entbehrlich.“

Benski zwinkerte Brömer zu. „Stimmt, aber irgendwie werden wir mit denen schon fertig.“

„Wie können Sie da so sicher sein?“

Benski verschränkte seine Arme. „Nur so eine Vorahnung.“

Zülke drehte sich zu Brömer. „Von wegen Vorahnung. Benski hat das von seinem geheimnisvollen Kontaktmann. Um uns schön dumm zu halten, behält er die Infos für sich.“

Benski lächelte. „Wenn Sie das sagen.“

„Haben Sie das gehört, er hat es zugegeben.“

„Lächerlich, Zülke.“ Benski wandte sich von Mansteyn zu. „Wie geht es mit Operation Rabe und der Enigma jetzt weiter?“

Zülke fauchte: „Benski, das eine verspreche ich Ihnen. Wenn Sie versuchen, mich zu verarschen – ich kenne Leute in Berlin, die sind nicht zimperlich."

„Von Mansteyn, Sie wollten weitermachen."

„Wie Sie sich denken können, ist der nächste Schritt das Entschlüsseln der Nachricht."

„Wie soll das gehen, ohne Enigma?"

„Warten Sie, Frau Brömer." Von Mansteyn stand auf und ging die Treppe hoch. Nach zwei Minuten kam er mit einem schreibmaschinengroßen Holzkasten zurück. An der Längsseite war ein Tragegriff angebracht. Von Mansteyn stellte den Holzkasten vorsichtig auf den Tisch. Er löste den Rasthaken-Verschluss und öffnete behutsam den Deckel, dann die vordere Holzklappe. Zum Vorschein kam eine Art altertümliche Schreibmaschine mit Lampen und Steckern.

„Eine ENIGMA, unglaublich. Wo haben Sie die denn her?", staunte Tanja Brömer.

„Sofort." Von Mansteyn legte zwei zahnradähnliche handtellergroße Walzen auf den Tisch. Auf der rechten Seite der Walzen waren auf einer Bakelitisolierung kreisförmig sechsundzwanzig kupferne Kontaktstifte angebracht. Darauf waren in römischen Zahlen auf der einen Walze die Ziffer V und auf der anderen die Ziffer II aufgedruckt. Auf den linken Seiten der Walzen befanden sich, passgenau zur rechten Seite, sechsundzwanzig Kupferkontaktpunkte, wiederum isoliert durch eine Bakelitschicht. Links vom Drehkranz lief zentral um den Walzenkörper ein circa ein Zentimeter breiter Metallring, der mit den Ziffern von 1 bis 26 beschriftet war.

„Das ist DIE Enigma."

„Die von Ihrem Großvater?", fragte Tanja nach.

„Ganz genau, das ist exakt die Enigma, mit der unsere Depeschen vor 70 Jahren verschlüsselt wurden."

Benski griff sich an die Stirn. „Und da sind Sie nie auf die Idee gekommen, Ihre Nachricht zu entschlüsseln? Schon aus reiner Neugierde."

„Was denken Sie, Benski, natürlich. Aber unsere Großväter hatten etwas dagegen. Sie haben dafür gesorgt, dass die Hugin nur durch Operation Rabe gefunden wird. Aus diesem Grund haben sie zum Entschlüsseln zwingend notwendige Informationen auf alle Depeschen verteilt."

„Sie meinen, die teilweise ausgeixten Buchstaben bei der Steckverbindung und die Plus- und Minuszeichen vor den Werten für Walzenlage und Ringstellung?"

Von Mansteyn schüttelte ungläubig seinen Kopf. „Katharina, Sie machen mich sprachlos."

„War doch ganz leicht. Bei Wikipedia steht alles, wirklich alles, über die Enigma, bis ins kleinste Detail. Und die Plus- und Minuszeichen gibt es bei den original Schlüsseltafeln für die Enigma eben nicht. Auch die ausgeixten Werte für die Steckverbindung sind nicht original."

Von Mansteyn hielt Katharina seine Depesche hin. „Wissen Sie auch, was es mit den Plus- und Minuszeichen und den ausgeixten Buchstaben auf sich hat?"

„Ich habe da so eine Vermutung"

Von Mansteyn nickte auffordernd. „Na, dann los."

„Vorhin habe ich ganz kurz einen Blick auf Tanjas Depesche geworfen."

Brömer blickte argwöhnisch zu Katharina.

Katharina tat unschuldig und machte einfach weiter. „Die verschlüsselte Nachricht war bei ihr auf den ersten Blick identisch. Die Werte für Walzenlage und

Ringstellung unterschieden sich aber. Die Buchstaben für die Steckverbindung wiederum ergänzten sich."

„Sehr gut beobachtet, und was folgern Sie daraus?"

„Ich vermute, die richtigen Werte für Walzenlage und Ringstellung ergeben sich durch Addition aller positiven beziehungsweise negativen Zahlen aus allen Depeschen. Vermutlich ergänzen sich bei der Steckverbindung alle ausgeixten Buchstaben, wenn man alle Depeschen zusammenlegt."

Von Mansteyn klatschte beeindruckt. „Ich hätte es nicht besser erklären können."

Brömer und Zülke schauten ungläubig zu Katharina.

Benski war jetzt klar, Katharina wusste viel mehr über die Operation, als sie zugab. Ob ihr Vater dahintersteckte? Ich muss rausbekommen, was sie vorhat, überlegte er.

Katharina bemerkte, dass Benski sie beobachtete. „Jack, ist was?"

Benski schüttelte den Kopf. „Nein, nein, ich war nur fasziniert von deiner Auffassungsgabe."

Katharina lächelte. „Ich sehe manchmal Dinge, die anderen nicht sofort ins Auge fallen."

Von Mansteyn wandte sich an Brömer. „Gut, fangen wir an. Schreiben Sie?"

Tanja Brömer nickte. „Okay, was soll ich tun?"

Von Mansteyn reichte ihr einen Notizblock und einen Kugelschreiber über den Tisch. „Machen Sie jeweils drei Spalten für Walzenlage und für Ringstellung und tragen Sie die Werte ein. Notieren Sie bitte auch die Buchstabenpaare für die Steckverbindung."

„Klar." Brömer notierte ihre eigenen Zahlen. „Okay, und die Buchstaben sind QT und CS, das habe ich. Wer macht weiter?"

Von Mansteyn nahm seine Depesche. „Walzenlage drei, minus vier, zehn. Haben Sie es?“

„Ja.“

„Und Ringstellung ist zwei, zweiundzwanzig, minus acht. Meine Steckverbindung ist LW und ZF.“

Auf die gleiche Weise notierte Brömer die Daten von Katharina, Benski und Zülke. Schließlich addierte Brömer jeweils die drei Spalten für Walzenlage und Ringstellung.

Kurze Zeit später verkündete sie: „Ich habe das Ergebnis, hier.“ Erwartungsvoll hielt sie von Mansteyn den Zettel hin.

„Na, dann wollen wir mal sehen.“ Von Mansteyn löste zwei kleine Rändelschrauben und klappte die obere Abdeckung der Enigma-Maschine hoch. Zum Vorschein kam das Innere der Maschine. Neben Birnen und Tasten konnte man am oberen Rand die drei Rotationswalzen und die Umkehrwalze erkennen. Von Mansteyn drückte auf einen kleinen Hebel, löste die Walzen und entnahm sie. „Da haben wir sie ja.“

Die anderen schauten ihm gebannt dabei zu.

Von Mansteyn zog die drei Walzen auseinander und legte sie zu den beiden anderen auf den Tisch. Er griff nach dem Zettel. „Okay, Walzenlage ist eins, vier, zwei. Mal sehen, die Ringstellung ist dreizehn, vier, dreiundzwanzig.“ Von Mansteyn nahm Walze eins und zog mit beiden Händen den Ring und den Walzenkörper auseinander. Den nun frei beweglichen Ring drehte er so lange, bis die rote Markierung auf die Ringstellung mit der Ziffer 13 zeigte. Dann ließ er den Ring los und arretierte ihn wieder auf dem Walzenkörper. „Das hätten wir, jetzt noch die beiden anderen Walzen.“

Brömer seufzte. „Das ist echt kompliziert.“

„Das sieht nur so aus. Mit ein wenig Übung würden Sie das auch hinkriegen.“ Nachdem von Mansteyn auch die Ringstellung der Walzen vier und zwei konfiguriert hatte, schob er die drei Walzen in der richtigen Walzenlage zusammen und setzte sie zurück in die Maschine. Dann schloss er vorsichtig die Abdeckung. „Das hätten wir. Jetzt müssen wir die Steckverbindungen korrekt stecken.“ Von Mansteyn zog alle Kabel aus dem Steckerbrett und legte die Kabel neben die Maschine. Er schaute auf Brömers Notizzettel. „QT.“ Er nahm ein Kabel und steckte den einen Stecker in die mit Q beschriftete 2-polige Buchse, den anderen in die mit T beschriftete 2-polige Buchse. Nach wenigen Minuten hatte er alle zehn Kabel gesteckt. Von Mansteyn blickte in die Runde. „So langsam wird es ernst. Aber vorher lassen sie mich schnell noch ums Eck gehen.“

* * *

200 Meter entfernt im Unterstand klemmte der erste Mann den Kugelschreiber an seinen Meldeblock und klappte ihn zu. „Das war’s, wir haben, was wir wollten. Wenn die wüssten.“

Der zweite Mann nickte und nahm die Kopfhörer ab. „Mission erfüllt. Lass uns zusammenpacken und verschwinden, nachher bemerken die da drin uns noch.“

„Mach dir nicht in die Hose. Bei dem Dreckswetter kommt bestimmt keiner raus. Außerdem wird es bald dunkel.“

Der zweite Mann nahm seinen Feldstecher und spähte in Richtung der Jagdvilla. „Zum Teufel, da steht einer am Fenster, der schaut genau in unsere Richtung.“

Der erste Mann riss seinen Feldstecher hoch und schaute ebenfalls zur Villa. „Bleib ruhig, drinnen ist es hell, der kann uns niemals sehen."

Tatsächlich war Benski in der Zwischenzeit ans Fenster getreten und schaute hinaus in das Regengrau. Plötzlich sah er auf der gegenüberliegenden Seite einen Lichtreflex. Hey, was war das? Sah aus wie eine Spiegelung an einem Glas oder so, dachte er kurz. Benski öffnete die Terrassentür.

„Scheiße, der kommt raus. Runter und keinen Mucks." Die beiden duckten sich lautlos in ihren Unterstand.

„Nichts zu sehen. Ich könnte schwören, da war was", murmelte Benski. Aber was soll da schon gewesen sein, mitten im Wald? Vielleicht war die Reflexion auch nur von innen an der Scheibe, überlegte er. Er schloss die Terrassentür und ging zurück zum Tisch.

Die beiden Männer lagen noch mehrere Minuten regungslos da. Der erste Mann hob vorsichtig seinen Kopf. „Scheint alles ruhig zu sein. Der Typ ist wieder reingegangen."

„Dann nichts wie weg."

Die Männer bauten den Unterstand ab und verschwanden unbemerkt in den Wald. Bis auf ein paar abgebrochene Äste war von ihrer Anwesenheit nichts mehr zu erahnen.

* * *

Benski saß bereits am Tisch. Auch von Mansteyn kam zurück und setzte sich. „Dann wollen wir mal sehen."

Alle schauten gespannt auf die Enigma.

„Frau Stein, Ihnen brauche ich wohl nicht zu erklären, wie es weitergeht, nicht wahr?“

Katharina nickte. „Wir müssen die richtige Anfangsstellung der Walzen, den sogenannten Spruchschlüssel, rausbekommen. Die nötigen Informationen stehen im Spruchkopf. Dürfte ich mal?“

„Selbstverständlich.“ Von Mansteyn schob die Enigma über den Tisch zu Katharina.

Katharina schaute auf ihre Depesche. „Okay, zuerst L – Y – K einstellen.“ Sie drehte an der linken Walze. Die Ziffern in der Anzeige sprangen mit einem dumpfen Klacken um. Katharina drehte so lange an dem Drehkranz, bis die Ziffer 12 zu sehen war. Auf die gleiche Weise stellte sie bei den beiden anderen Walzen die Ziffern fünfundzwanzig und elf ein. „Das hätten wir. Jetzt müssen wir W – W – A tasten. Das Ergebnis sollte die korrekte Grundeinstellung der Walzen für den eigentlichen Spruch sein. Schreibst du mit, Tanja?“

Brömer nickte. „Klar.“

Alle schauten gebannt zu Katharina.

Katharina bemerkte das. Sie genoss es sichtlich, im Mittelpunkt zu stehen. Sie drückte bedächtig auf die Taste mit dem Buchstaben W. Mit deutlich hörbarem Klacken sprang die Anzeige der rechten Walze von 11 auf 12, gleichzeitig leuchtete oberhalb der Tastatur der Buchstabe S auf. Sie hielt die Taste gedrückt. „Hast du es, Tanja?“

Tanja nickte. „S.“

Katharina ließ die Taste los, das Licht erlosch unmittelbar.

Benski wunderte sich, wie geübt sie mit der Maschine umging. Das macht sie doch nicht zum ersten Mal? Sehr mysteriös.

Katharina tastete noch die Buchstaben W und A. „S – H – W, richtig.“

„Erst L-K-W dann W-W-W und jetzt S-H-W, langsam hab ich genug von Ihrer kleinen Vorstellung. Sie haben doch überhaupt keine Ahnung. Von Mansteyn, entschlüsseln Sie den Text, Sie wissen es hoffentlich besser“, giftete Zülke.

Von Mansteyn drehte sich erbost zu ihm um. „Zülke, was reden Sie da für einen Unsinn? Frau Stein macht genau das Richtige. Genau so und nicht anders entschlüsselt man einen Spruch mit der Enigma. Machen Sie weiter.“

„Okay, S-H-W ist der korrekte Spruchschlüssel. Ich stelle die Walzen jetzt auf diese Anfangsstellung.“ Katharina drehte an den Drehkränzen der Walzen, bis diese von links nach rechts die Ziffern 19, 08 und 23 anzeigten. Sie schaute zu von Mansteyn. „Das war's, oder?“

Von Mansteyn überlegte kurz, dann nickte er. „Walzenlage, Ringstellung, Steckverbindungen und die richtige Anfangstellung der Walzen, wir haben an alles gedacht. So müsste die Maschine richtig konfiguriert sein.“ Er nahm bedächtig einen großen Schluck aus seinem Bierglas. „Der Moment ist gekommen. Nach über 75 Jahren lesen wir gleich die Nachricht, die uns unsere Großväter aus der Vergangenheit geschickt haben.“

Alle im Raum waren bis in die Haarspitzen angespannt.

Tanja Brömer kaute an ihren Nägeln. „Spannen Sie uns nicht auf die Folter, machen Sie schon.“

Katharina schaute zu von Mansteyn. „Soll ich?“

Von Mansteyn nickte. „Okay, legen Sie los.“

Tanja schob Katharina den Kugelschreiber und den Notizblock rüber.

„Danke.“ Katharina fing an. Sie tastete nacheinander die Buchstaben der verschlüsselten Nachricht. Mit dem für die Enigma typischen Klacken leuchteten nacheinander die Buchstaben auf. Katharina notierte sie auf dem Notizblock: H, P, M, A, W, D, C.

Alle schauten ihr gespannt zu. Tanja Brömer linste neugierig auf den Notizblock. Katharina notierte weiter Buchstabe für Buchstabe, P, V. Brömer schien zunehmend verwundert. Dann platzte es aus ihr heraus: „Sorry, aber das ergibt überhaupt keinen Sinn.“ Irritiert brach Katharina das Dechiffrieren ab.

„Lassen Sie mich mal sehen.“ Von Mansteyn beugte sich über den Tisch und griff hastig nach dem Notizblock. „Verdammt, Frau Brömer, Sie haben recht. Da stimmt was ganz und gar nicht.“

„Was?“ Katharina war durcheinander. „Aber ich habe alles genau so gemacht, wie Sie gesagt haben.“

„Ja, Frau Stein, ich mache Ihnen doch überhaupt keinen Vorwurf. Wir haben alle gesehen, Sie haben nichts falsch gemacht.“

„Aber irgendetwas müssen wir übersehen haben“, sagte Benski.

„Ich wüsste nicht, was“, erwiderte von Mansteyn.

„Selbsternannte Spezialisten, mal wieder. Da sieht man, was dabei rauskommt.“

„Zülke, wenn Sie es besser wissen, dann klären Sie uns auf. Was haben wir Ihrer Meinung nach falsch gemacht?“, entgegnete von Mansteyn erzürnt.

„So habe ich das nicht gemeint.“

„Dann halten Sie gefälligst den Mund. Lassen Sie uns am besten noch mal alles der Reihe nach durchgehen, irgendwo haben wir bestimmt eine Kleinigkeit übersehen.“

Von Mansteyn und die anderen überprüften noch einmal alles von Anfang an. Von der Berechnung der Summen für Walzenlage und Ringstellung über die Steckverbindung bis zum Spruchschlüssel. Aber so oft sie es auch wiederholten, sie kamen immer zum gleichen Ergebnis. Von Mansteyn griff sich ins Haar.

„Verflixt und zugenäht, das kann doch nicht wahr sein, immer landen wir bei demselben sinnlosen Buchstabensalat. Was machen wir nur falsch?“

Benski stützte den Kopf in die Hand und überlegte. Ein ungeheuerlicher Verdacht kam in ihm auf. „Was wäre, wenn wir gar nichts falsch machen? Dafür gäbe es nur eine logische Erklärung – mit einer der Depeschen stimmt etwas nicht, nur mit welcher?“ Benski blickte in die Runde.

Katharina gab zu bedenken: „Vielleicht ist die Enigma in der langen Zeit irgendwie angerostet. Bei der komplizierten Verdrahtung der Walzen könnte es zu Kurzschlüssen gekommen sein.“

Von Mansteyn nahm die Enigma. Er drückte mehrmals zufällig auf die Tasten und beobachtete das Klacken und Drehen der Walzen und das Aufblinken der Buchstaben. „Glaub ich nicht. Wenn da ein Kurzschluss wäre, dann würde die Enigma gar nichts mehr von sich geben. Benski hat recht, irgendetwas Wichtiges übersehen wir.“

Katharina winkte in Richtung von Mansteyns. „Dürfte ich vielleicht einen Vorschlag machen?“

Von Mansteyn war gerade dabei, die Walzen zum dritten Mal zu entnehmen. Genervt schaute er auf. „Was haben Sie denn, Frau Stein?“

„Ich habe auf meinem Handy eine App, die eine original Enigma emuliert. Wir könnten es darüber probieren, sozusagen als Back-up-Versuch.“

„Was haben Sie, eine Enigma-App? Was es nicht alles gibt.“ Von Mansteyn legte die Walzen auf die Seite und trank erneut einen Schluck. „Na dann, probieren Sie es. Schaden kann es ja nicht.“

Katharina nahm ihr Handy und startete die App.

Benski beobachtete Katharina. Das ist also der Grund, warum sie so geübt mit der Enigma umgegangen ist, das Mädel hat es faustdick hinter den Ohren, die muss ich im Auge behalten, dachte er.

Katharina tippte ein paar Mal auf ihrem Handy. Plötzlich ertönte aus dem Gerät das typische dumpfe Klacken der Enigma.

Von Mansteyn griff sich an die Stirn. „Wahnsinn, das klingt ja wie die echte."

„Der Enigma-Simulator klingt nicht nur wie eine echte Enigma, die App chiffriert und dechiffriert auch wie eine echte. Walzenlage und Ringstellung habe ich, lassen Sie mich noch schnell die richtige Steckverbindung einstellen."

„Keine Eile, Hauptsache, Sie machen alles gründlich. Auf die drei Minuten kommt es jetzt wirklich nicht an." Von Mansteyn war fasziniert. Mit einem Schmunzeln sagte er: „Und da schleppe ich den alten Kasten die ganze Zeit mit mir rum. Dabei hätte eine simple App ausgereicht."

„Abwarten, von Mansteyn, noch hat die App nicht bewiesen, dass sie den Text auch wirklich entschlüsseln kann", warf Zülke kritisch ein.

Zwei Minuten später blickte Katharina erwartungsvoll zu von Mansteyn. „Die App wäre jetzt konfiguriert, soll ich es probieren?"

„Worauf warten Sie, legen Sie los."

Wie schon zuvor auf der echten Enigma, tippte Katharina nacheinander die Buchstaben der Nachricht in ihr Handy. Genau wie vorher klackte es und Buchstaben leuchteten auf dem Display auf. Katharina notierte sie. Alle schauten ihr gebannt dabei zu. Dieses Mal allerdings deckte sie den Block vor den neugierigen Blicken von Tanja Brömer mit ihrer Hand ab. Nach den ersten drei Buchstaben fing Katharina an, ohne es zu bemerken, auf ihrer Unterlippe herumzukauen. Ihr Blick wurde zunehmend ernster. Nach sieben Buchstaben stoppte sie. „Mist."

„Sagen Sie nicht ..."
„Doch, Herr von Mansteyn, leider. Genau dieselben sinnlosen Buchstaben wie die ganze Zeit schon."
Von Mansteyn fuhr sich durchs Haar. „Was sagen Sie da, exakt die gleichen Buchstaben?"
„Ja, ganz genau die gleichen, in derselben Reihenfolge."
Von Mansteyn stand auf und stützte sich mit beiden Händen auf den Tisch. „Himmel, das kann doch alles nicht wahr sein."
„Schöne Scheiße, und jetzt?"
„Keine Ahnung, Zülke. Wenigstens wissen wir jetzt, dass meine Enigma keinen Fehler hat."
Katharina dachte laut. „Wenn Ihre Enigma und meine App zu exakt demselben fehlerhaften Ergebnis kommen – ja klar, dann muss der Fehler wirklich bereits auf den Depeschen vorhanden sein."
Benski fuhr ein kurzes Lächeln übers Gesicht. Da schau an, Katharina ist derselben Meinung. Aber so, wie sie das eben gesagt hat, glaube ich nicht, dass sie etwas damit zu tun hat. Katharina konnte er von der Liste streichen, da war er sich jetzt sicher.
„Wollen Sie damit etwa andeuten, eine von unseren Depeschen wurde absichtlich manipuliert? Warum sollte jemand so etwas tun, das ergibt doch keinen Sinn", ereiferte sich von Mansteyn.
„Warum denn nicht? Wenn es jemand darauf angelegt hat, Operation Rabe zu sabotieren, damit wir die Hugin nicht finden, dann war das bis jetzt doch ein voller Erfolg", meinte Benski.
Alle schauten irritiert zu ihm.
Nach einer kurzen Pause erwiderte von Mansteyn: „ Okay, Benski, nehmen wir an, Sie haben recht. Was würde es diesem Jemand bringen?"
„Ganz einfach. Vor ein paar Minuten haben wir noch alle arglos unsere richtigen Werte vorgelesen,

ausgenommen einer. Dieser Jemand hätte nur eine Wanze irgendwo im Raum oder bei sich selbst anbringen müssen. Mit den richtigen Werten aus seiner eigene Depesche und der Aufzeichnung wäre er jetzt als Einziger im Besitz aller korrekten Werte und damit in der Lage, die Nachricht zu entschlüsseln."

Zülke fuhr aus der Haut. „Überall sehen Sie Verräter. Das höre ich mir nicht länger an, Sie spinnen ja völlig!"

„Getroffene Hunde bellen", stichelte Brömer.

Zülke funkelte sie an. „Ach, hören Sie doch auf. Nur weil ich mir den Quatsch von Benski nicht länger anhören will. Ich hab mit dem Ganzen überhaupt nichts zu tun."

„Hat auch keiner behauptet. Aber Fakt ist nun mal, dass offensichtlich irgendetwas mit wenigstens einer unserer Depeschen nicht stimmt", sagte Benski.

Von Mansteyn stöhnte unvermittelt auf. „Mensch Benski - Ludtke!"

„Verdammt, daran habe ich überhaupt nicht mehr gedacht. Ich hatte meine Depesche auf der Wache dabei. Konnte ja keiner ahnen, dass uns der Oberkommissar sofort einlocht und wir unsere Sachen abgeben müssen. Ging das allen so?" Benski schaute fragend in die Runde.

Bis auf Katharina nickten alle.

Benski drehte sich zu Tanja. „Weißt du, was ich glaube?"

„Sag!" Sie nickte auffordernd.

„Ich glaube, du hast dich vorhin gar nicht getäuscht mit deiner Handtasche – da war jemand dran."

„Ich hab's doch gewusst", bestätigte Brömer.

„Dann hat sich tatsächlich jemand an unseren Depeschen zu schaffen gemacht." Von Mansteyn schlug die Hände vors Gesicht. „Ludtke hätte mehr als genug Zeit gehabt, eine oder vielleicht sogar mehrere Depeschen zu manipulieren. Was für ein Desaster!"

„Bis auf meine", merkte Katharina an.

„Klar, Sie waren ja nicht dabei", bestätigte von Mansteyn.

Benski nahm seine Depesche. „Wenn wirklich jemand an den Depeschen rummanipuliert hat – vielleicht kann man was erkennen?" Er legte seine Depesche in die Mitte des Tischs. Die anderen legten ihre Depeschen daneben. Dann schauten alle konzentriert auf die fünf Depeschen.

„Ich kann jedenfalls nichts entdecken. Bis auf die unterschiedlichen Werte sehen die alle völlig gleich aus", stellte Katharina fest.

„Sehe ich genauso. Wenn das wirklich Ludtke war, dann war er jedenfalls sehr gut vorbereitet", sagte Benski.

„Und jetzt?", fragte Zülke.

Von Mansteyn stellte sein Bierglas auf den Tisch. „Ich sage es wirklich ungern, aber nach Lage der Dinge stecken wir in einer Sackgasse. Ich habe keine Idee, wie wir da wieder rauskommen."

Benski lehnte sich zurück. „Ich hätte da vielleicht eine."

„Was, Benski, sagen Sie schon, raus damit", forderte von Mansteyn ihn auf.

„Ich habe einen Freund aus Uni-Zeiten, Chris. Er ist Doktorand am Fachbereich für Informatik an der Uni Frankfurt. Aber jetzt kommt es, sein Spezialgebiet ist Kryptographie und AI, artificial intelligence, also künstliche Intelligenz." Benski fuhr über sein Kinn. „Irgendwas mit künstlichen neuronalen Netzwerken, Deep Learning und Big Data", setzte er hinzu.

„Klingt total abgedreht", fand Tanja Brömer.

„Ist es auch. Aber ich bin sicher, Chris ist in der Lage herauszufinden, welche der Depeschen manipuliert wurde."

„Das wäre ein Anfang." Ein kurzes Lächeln huschte über von Mansteyns Gesicht.

„Vielleicht kann er die Nachricht sogar entschlüsseln."

„Unmöglich."

„Warum denn nicht, von Mansteyn? Wenn es die Engländer vor mehr als siebzig Jahren geschafft haben, warum sollte Chris es mit seiner Genialität und der heutigen Rechenpower nicht auch irgendwie hinbekommen?"

Von Mansteyn sah Benski an. „Mensch, Benski. das wäre ein Ding. Dann mal los, kontaktieren Sie Ihren Freund."

„Langsam, von Mansteyn. Wer garantiert uns, dass wir diesem Chris auch wirklich trauen können?", warf Zülke ein. „Sollte er es tatsächlich schaffen, die Nachricht zu entschlüsseln, kennt er schließlich den genauen Lageplan des Schatzes."

„Machen Sie sich darüber mal keinen Kopf", erwiderte Benski. „Ich kenne Chris seit Jahren. Für seine Vertrauenswürdigkeit lege ich meine Hand ins Feuer. Der stiefelt ganz bestimmt nicht los und klaut Ihnen den Schatz vor der Nase weg." Benski zwinkerte Zülke süffisant zu.

„Wie Sie meinen, Benski, auf Ihre Verantwortung. Wenn uns Ihr Nerd verarschen sollte, mache ich Ihnen beiden die Hölle heiß."

„Sie wiederholen sich."

Von Mansteyn klatschte einmal laut in die Hände. „Damit wäre das geklärt. Benski, kontaktieren Sie Ihren Freund."

8 SANTA MUERTE

Containerterminal Terminal Cuenca del Plata, Montevideo am Rio de la Plata, Uruguay. Ortszeit 14:25 Uhr. Einer der riesigen Verladekräne war gerade dabei, die Santa Muerte, ein Post-Panamax Containerschiff der Reederei Hamburg Ost, zu beladen. Der graue Mercedes Benz 230 W110 mit Heckflosse, Baujahr 1967, stand schon eine ganze Weile im hinteren Bereich des Terminals. In dem gut erhaltenen Oldtimer saßen zwei Männer. Sie beobachteten die Zufahrt zum weitläufigen Containerterminal. Der ältere Herr auf dem Beifahrersitz tippte ungeduldig auf den Knauf seines Stocks. „Wo bleiben die verdammten Gauchos nur? Schon fünfundzwanzig Minuten hinter dem Zeitplan."

„Machen Sie sich keine Sorgen, Obergruppenführer, die kommen schon rechtzeitig. Viel Verkehr heute."

„Ihr Wort in Gottes Ohr, Max."

Plötzlich bogen zwei wuchtige MACK RD688S Sattelzugmaschinen mit lautem Röhren in das Containerterminal ein.

„Was hab ich gesagt, da sind sie."

Auf den Sattelaufliegern hatten die MACKs jeweils einen hellblauen 40-Fuß-Container geladen. Auf den Containern war in weißen Buchstaben vertikal der Schriftzug AMPATRANS angebracht. Während die beiden Sattelzüge näherkamen, bliesen ihre 350 PS starken Motoren dunkle Dieselwolken zwischen die gestapelten Containerreihen. Die Sattelzüge hielten direkt auf die Lagerhalle zu, unmittelbar davor stoppten sie. Mit lautem Zischen entwich die Druckluft aus den Federspeicher-Feststellbremsen. Einer der Fahrer sprang aus seinem Führerhaus und ging eilig auf die Lagerhalle zu.

In diesem Moment öffnete sich eine Tür. Ein Mann mit weißem Hemd und dunkler Anzughose kam dem Fahrer entgegen, er schaute auf seine Armbanduhr. „Na endlich, wurde auch Zeit." Der Mann zeigte in Richtung des grauen Mercedes. „Unsere Kunden warten schon."

„Excusa, Señor. Wir haben im Stau gestanden."

Der Mann winkte ab. „Wie auch immer. Die letzten Container werden gerade auf die Santa Muerte verladen, das passt. Ich habe euch beim Kranführer angemeldet, er lädt die Container direkt von euren Aufliegern." Der Mann klatschte mit den Händen. „Abfahrt, rápido!"

Während der Fahrer zurück zu seinem Truck rannte, winkte er in Richtung des zweiten MACKs. „Vamos aqui!" Der Fahrer kletterte in seine Fahrerkabine, startete den Motor und fuhr los. Der zweite MACK folgte ihm. Eine riesige Abgaswolke quoll aus den Auspuffanlagen und nebelte den Anzugmenschen ein. "Verflucht", hustete er. Dann ging er auf den Mercedes zu und machte eine winkende Bewegung. „Kommen Sie, Señores, lassen Sie uns in mein Büro gehen. Dort können wir ungestört den weiteren Ablauf besprechen."

* * *

Zehn Minuten später saßen Obergruppenführer Gruber und sein Begleiter in dem schmucklosen Büro. Es roch nach kaltem Zigarettenrauch. Auf dem Schreibtisch vor Ihnen lagen kreuz und quer Papiere verteilt. Der Mann dahinter tippte routiniert auf einer vergilbten Tastatur. Er schaute konzentriert auf den Monitor. „Okay, das hätten wir." Der Mann schaute auf. „Die Frachtpapiere sind fertig. Dank unserer exzellenten Kontakte in höchste Regierungsebenen Paraguays haben wir für Ihre Fracht die perfekte Vita. Die Frachtpapiere weisen das Außenministerium Paraguays in Asunción als Absender und das Generalkonsulat der Republik Paraguay in Frankfurt als Empfänger aus. Natürlich alles mit original Stempeln und Unterschrift."

Obergruppenführer Gruber stieß mit dem Stockknauf seinen Begleiter an. „Diplomatengepäck."

„Ganz genau. Damit genießen Ihre Container Schutz als diplomatisches Gepäck und dürfen von den jeweiligen Zollbeamten nicht geöffnet werden. Sobald die Container per Zug im Container-Terminal Frankfurt-Ostend angekommen sind, werden unsere Leute sie übernehmen und an den eigentlichen Bestimmungsort transportieren. Aber davon bekommen die deutschen Behörden selbstverständlich nichts mit." Der Mann lächelte.

„Das klingt gut, Señor Rodríguez. Wir verlassen uns darauf, dass alles ganz genauso klappt, wie Sie sagen."

Der Mann im Anzug legte seine Ellenbogen auf den Tisch und öffnete die Handflächen. „Lassen Sie es mich so sagen: Transporte, die eine ganz spezielle – nun ja – Fürsorge benötigen, wie in Ihrem Fall, sind bei uns in den allerbesten Händen. Südlich des Amazonas werden Sie keine andere Spedition finden, die Ihnen etwas Ähnliches anbietet. Ich verspreche Ihnen, Ihre Fracht wird, wie geplant, in sechs Wochen geliefert."

„Ich muss Ihnen nicht sagen, dass es ernste Konsequenzen für Sie hätte, sollte die Sache wider Erwarten schiefgehen. In diesem Fall würde sich Max hier persönlich Ihrer annehmen.“ Obergruppenführer Gruber stieß seinem Begleiter mit dem Stock ans Bein. „Max, zeige Señor Rodríguez, dass wir es ernst meinen!“

Der Angesprochene öffnete langsam seine Jacke. Zum Vorschein kam eine VZ 61 Skorpion. Die tschechoslowakische kleine Maschinenpistole im Kaliber 7,65 mm hing bedrohlich in dem Schulterholster.

Der Mann hinter dem Schreibtisch hob abwehrend seine Hände. „Schon klar. Stecken Sie das Ding weg.“

Obergruppenführer Gruber zuckte kurz mit seinem Stock. „Max, ich denke, Señor Rodríguez hat verstanden.“

* * *

Am nächsten Morgen. San Ignacio, Paraguay. Ortszeit 08:45. Obergruppenführer Gruber saß an einem massivhölzernen Tisch im Salon. Vor ihm stand ein spartanisches Frühstück. Das Grammophon spielte knackend den deutschen Marsch „Annemarie, die Landpartie“.

„Wenn die Sonne scheint, Annemarie, machen wir 'ne Landpartie ...“

Leise summte er mit. Vor ihm stand ein graues Wählscheibentelefon. Während Obergruppenführer Gruber sein Graubrot mit Butter und Pflaumenmus bestrich, schaute er ungeduldig zu dem Telefon. „Mensch, wann meldet sich Gonterman endlich. Schon mehr als eine Stunde drüber“, ärgerte er sich.

Plötzlich klingelte das Telefon. Gruber griff hastig nach dem Hörer.

„Ja, wer ist am Apparat?"

„Hier ist Hauptsturmführer Gonterman."

„Mensch, Gonterman, Sie sind eine volle Stunde hinter der vereinbarten Zeit."

„Entschuldigung, Obergruppenführer, schlechte Nachrichten."

Obergruppenführer Gruber ließ sein Brot auf den Teller fallen. Er umklammerte den Hörer. „Gonterman, reden Sie, was ist passiert?"

„Zunächst lief alles nach Plan. Unsere Männer haben die Informationen auf den Depeschen herausbekommen. Zwar fehlte eine der Depeschen, aber wir haben schnell eine Lösung für dieses Problem gefunden. Die Probleme fingen an, als wir versuchten, die Nachricht zu entschlüsseln. Ohne langes Gerede, wir haben versagt – wir haben es einfach nicht geschafft, die Nachricht zu entschlüsseln."

„Was? Sie haben bestimmt irgendwo einen Fehler beim Entschlüsseln gemacht."

„Dachten wir auch. Wir haben es sicherlich hundert Mal probiert, aber immer kam genau dieselbe sinnlose Buchstabenfolge heraus."

„Ihren Männer wird doch nicht etwa beim Kopieren der Depeschen ein Fehler unterlaufen sein? Nicht auszudenken, Gonterman."

„Nein, Obergruppenführer, das ist ausgeschlossen. Vier der fünf Nachrichten haben wir direkt von der Kontaktperson, die für Andersson arbeitet."

„Anderssons ominöse Agenten."

„Ja, aber es fehlte eine Nachricht."

„Was?"

„Aber Anderssons Kontaktperson gab uns zeitnah einen Tipp, wo wir die fehlende Nachricht finden würden. Und so waren bei der fünften Depesche zwei unserer zuverlässigsten Männer – sozusagen live – dabei, als die Vaterlandsverräter ihre eigene Enigma mit den Daten von den Depeschen eingestellt haben. Ein Fehler ist auch da so gut wie ausgeschlossen."

„Mensch, Gonterman, wie kann das dann sein?"

„Ich muss Ihnen gestehen, wir stehen vor einem Rätsel."

„Wissen Sie, ob die Vaterlandsverräter die Nachricht dechiffriert haben?"

„Vermutlich nicht. Nach dem Treffen konnten wir keinerlei Aktivitäten beobachten, die irgendwie in Zusammenhang mit Operation Rabe gebracht werden könnten. Es sah tatsächlich so aus, als ob alle wieder in ihren ganz normalen Alltag zurückgekehrt seien."

„Na wenigstens etwas. Was da auch immer los ist, die Vaterlandsverräter haben das gleiche Problem. Wissen Sie was, Gonterman, wir kontaktieren Andersson. Der hat in seinem verdammten High-Tech-Firmenimperium bestimmt eine ganze Reihe von Spezialisten, die sich mit dem neumodischen Zeugs, künstliche Intelligenz, Kryptographie und so weiter, auskennen. Die haben doch heute Computer, die was weiß ich was, bis ans Ende des Universums, rechnen können."

„Sehr gute Idee, Obergruppenführer. Ich kontaktiere Mr. Andersson."

„Machen Sie das, Gonterman, und denken Sie immer daran – alleinig unsere Mission ist es, wofür wir kämpfen."

„Jawoll, Obergruppenführer."

9 HILLCLIMBING

Vier Wochen später. Johann-Wolfgang-Goethe Universität Frankfurt am Main, Informatikgebäude Campus Bockenheim, Ortszeit: 16:24 Uhr. Die Sonne schien. Der unscheinbare Gebäudekomplex aus den fünfziger Jahren war sichtlich in die Jahre gekommen. Gegenüber dem Eingang stand Benskis weißer Boxter. Die Seitenscheibe hatte er heruntergelassen. Mann, wo bleibt der nur? Die akademische Viertelstunde ist längst vorbei, ärgerte er sich. Immer wieder schaute er ungeduldig zur gläsernen Eingangstür.

Plötzlich öffnete sich die zweiflügelige Tür. Ein junger Mann mit hellbraunen, schütteren Locken und Laptop unter dem Arm kam heraus.

„Na endlich“, raunte Benski erleichtert.

Der schlanke Endzwanziger trug hellblaue Jeans und einen viel zu großen dunkelblauen Hoodie. Auf den Hoodie waren in Weiß mathematische Formeln gedruckt. Der junge Mann kam die Treppe herunter und ging auf den Porsche zu.

„Hi Chris.“

„Hi Jack.“ Chris ging um den Wagen herum und stieg ein.

„Schön, dich zu sehen.“ Benski klopfte Chris gegen die Schulter. „Und, wie sieht's aus?“

Chris schaute Benski müde an. „Wie soll's schon aussehen? Wegen dir habe ich die letzten Wochen kaum geschlafen und meine Doktorarbeit – reden wir lieber nicht drüber. Ganz schön harte Nuss, die du mir geschickt hast. Wie bist du da drangekommen?“

„Geheimoperation, darüber darf ich nicht reden", erwiderte Benski, ohne eine Miene zu verziehen.

„Im Ernst?", fragte Chris irritiert.

„Na klar, wenn du irgendwas ausplapperst, reißen die uns den Kopf ab. Hab ich dir doch gesagt."

„Ich weiß, ich habe auch niemandem was davon erzählt."

Benski stieß Chris mit dem Ellenbogen an. „Gut so, ich verlasse mich auf dich. Hast du was rausgekriegt?"

„Noch nicht, aber ich bin dran." Chris öffnete seinen Laptop. In rasender Geschwindigkeit tippte er auf der Tastatur. „Hier, schau." Mit stolzerfülltem Lächeln drehte er den Laptop in Benskis Richtung. „Ich lasse grade vier meiner Bitcoin-Miner mit jeweils vier Geforce GTX 1060 6 GB per Brute-Force die Schlüssel durchlaufen."

Auf dem schwarzen Bildschirm liefen unablässig weiße Zahlenreihen von unten nach oben. Ab und zu wurde der Zahlenstrom von grünen, kryptisch anmutenden Buchstabenkombinationen unterbrochen.

„Sieht verflixt kompliziert aus. Keine Ahnung, was das bedeutet, Hauptsache, du weißt es."

„Ich lasse in meinem Netzwerk gerade parallel auf 16 Geforce mit jeweils 3850 Megaflops, zusammen rund 61 Gigaflops, die Schlüssel deiner Nachricht brutforcen."

„Du bist ein Genie."

„Oleksander ist das wirkliche Genie."

„Wer ist Oleksander?"

„Nachdem ich deine fünf Depeschen gesehen habe, war mir sofort klar, dass das keine Sache für mal so eben zwischendurch ist. Enigma-Codes zu knacken ist eine extrem komplexe Geschichte, auch mit noch so viel Rechenpower."

„Wie meinst du das?"

„Ich erkläre es dir, aber dazu muss ich ein bisschen ausholen."

„Aber bleib beim Wesentlichen."

„Klar. Sag, wenn ich zu sehr ins Detail gehe."

Benski nickte.

„Die Enigma war zu ihrer Zeit absolute Hightech. Aufgrund der Konstruktionsweise konnte man mit der Enigma Nachrichten auf einfache Weise sehr stark verschlüsseln und entschlüsseln. So weit so gut. Eine Eigenart des Rotor-Prinzips, um genau zu sein die Umkehrwalze, war allerdings ein kryptografischer Supergau. Die Umkehrwalze führte konstruktionsbedingt dazu, dass nie ein Buchstabe in sich selbst verschlüsselt werden konnte. Diese Eigenschaft reduzierte den theoretischen Schlüsselraum von ca. 10^{23} Möglichkeiten, das entspricht ungefähr einer Schlüssellänge von 76 bit, schon erheblich. Eine dumme Eigenart der Deutschen, jeden Funkspruch des Oberkommandos der Wehrmacht mit OBERKOMMANDODERWEHRMACHT oder der Wettervorhersage für die Biskaya mit WETTERVORHERSAGEBISKAYA und so weiter zu beginnen, wurde der Wehrmacht dann vollends zum Verhängnis. Mithilfe der Methode des wahrscheinlichen Wortes und der Tatsache, dass die Codeknacker in Bletchley Park wussten, die Enigma würde nie einen Buchstaben in sich selbst verschlüsseln, prüften sie die Funksprüche auf sogenannte Kollisionen ab."

„Chris, komm zum Punkt."

„Ja, schon gut, ich bin gleich fertig. Jedenfalls waren die Engländer damit in der Lage, den Schlüsselraum weiter massiv einzuschränken. Ab 1942 waren die allermeisten Funksprüche innerhalb weniger Stunden geknackt. Die Deutschen ahnten von alldem nichts.

„Hab davon gehört. Und was hat das mit diesem Oleksander zu tun?“

Der Laptop piepte drei Mal kurz hintereinander.

„Eine Sekunde.“ Chris drehte den Laptop zurück und tippte auf der Tastatur. „Hey, wir sind bei 69 Prozent.“

„Sehr schön. Was ist jetzt mit diesem Oleksander?“

„Nachdem mir klar war, dass die Sache sehr komplex werden würde, habe ich im Internet nach bereits fertigen Algorithmen gesucht. Man findet tatsächlich einiges an Code. Der Haken ist, dass alle Turing-Bomb-Simulatoren, die ich gefunden habe, nur mit Crib funktionieren.

„Crib?“

„Crib ist der englische Begriff für wahrscheinliches Wort.“

„Ganz toll, das gibt es bei unserer Nachricht natürlich nicht.“

„Richtig. Ich habe es trotzdem mal ganz stupide mit OBERKOMMANDODERWEHRMACHT probiert.“

„Ausgeschlossen, das hätte ich dir sagen können.“

„Natürlich nicht, aber ausprobieren wollte ich es trotzdem.“

„Chris, Oleksander?“

„Der kommt jetzt. Ich habe mich dann in einschlägigen Krypto-Foren zu Methoden ohne Cribs umgehört, und tatsächlich, ein Freund aus England hat mir den entscheidenden Tipp gegeben. Er hat mir den Kontakt zu Oleksander Landritsky hergestellt.“

„Oleksander Landritsky, nie gehört.“

„Ein ukrainischer Kryptoanalytiker, der mit seinen Algorithmen verschiedenste Verschlüsselungen geknackt hat, unter anderem auch die der Enigma.“

„Du meinst, dieser Oleksander Landritsky könnte unsere Nachricht knacken, ohne die richtigen Einstellungen der Enigma zu kennen?"

„Ganz genau. Deshalb habe ich Oleksander auch kontaktiert. Cooler Typ, er hat seinen Quellcode als Open-Source ins Netz gestellt. Seinen Hillclimbing-Algorithmus habe ich runtergeladen und in mein Framework implementiert."

„Was, der stellt so ein geniales Programm ins Netz, das könnte sich doch jeder x-beliebige Hacker runterladen?"

„Wenn er weiß, wonach er suchen muss, klar. Im wissenschaftlichen Orbit ist das völlig normal, das macht jeder Forscher so. Veröffentlichungen sind die Währung der Wissenschaft."

„Verrückt, ich würde irgendwie probieren, die Software zu verkaufen."

Chris grinste. „Tolle Software, die 70 Jahre alte 70 bit Verschlüsselungen knacken kann. Dafür kann ich mir beim besten Willen keinen Business-Case vorstellen. Bei 256 bit AES, klar, dann wäre er heute Multimillionär oder tot."

„Witzbold, zufällig habe ich einen 70 bit Business-Case."

„Ups, kurz nicht nachgedacht."

„Okay, du hast die Software angepasst, und dann?"

„Ich habe erst mal ein paar Testläufe gemacht und ich muss sagen, echt stark, wie Landritsky dieses vermeintlich simple heuristische Optimierungsverfahren nutzt, um lokale Maxima ..."

„Chris, das führt zu weit", unterbrach ihn Benski. „Wichtig ist jetzt, wie lange du noch brauchst, um von 69 Prozent auf – Nachricht ist geknackt – zu kommen."

Chris dachte kurz nach. „Zwei, drei Tage vielleicht."

Benski klopfte Chris auf die Schulter. „Klasse, ich verlasse mich auf dich." Dann fasste er sich an die Stirn. „Mann, hätte ich fast vergessen, hast du eigentlich rausbekommen, welche der Depeschen manipuliert wurde?"

Chris klappte seinen Laptop zu. „Tja Jack, da muss ich dich leider enttäuschen. Ich habe die Seiten mehrfach von dem gerade als Beta Version veröffentlichten Python-Tensorflow-Keras-Framework analysieren lassen, aber da ist nichts. Alle Buchstaben, Abstände und sogar Parameter, die nur eine KI erkennen würde, auf allen fünf Seiten, alles völlig identisch. Nicht die kleinste Abweichung zu erkennen, da ist nichts."

Benski schlug mit seiner Hand gegen das Lenkrad. „Das gibt's doch nicht, da muss was sein."

„Ich bin mir zu 99,9 Prozent sicher, dass alle Seiten auf derselben Weltkriegs-Schreibmaschine getippt wurden."

„Scheiße, was sage ich jetzt den anderen?"

„Anderen?"

Benski winkte ab. „Vergiss es, denk lieber noch mal nach, gibt es wirklich keine andere Möglichkeit?"

Chris griff sich in seine Locken. „Na ja, wenn wir Proben der original Blätter hätten. Ich kenne einen Doktoranden am Fachbereich Chemie. Ich könnte ihn fragen, ob er das Papier für uns chemisch analysiert. Vielleicht gibt es in der Zusammensetzung des Papiers irgendwelche Unterschiede. Aber das wäre dann wirklich meine letzte Idee."

„Sehr gut, so machen wir es. Ich besorge die Proben."

10. DER OBERST

Wiesbaden, Rheinufer vor dem Biebricher Schloss, Ortszeit: 19:24 Uhr. Aus den tief hängenden Wolken lugten die letzten schwachen Strahlen der untergehenden Sonne. Wie an jedem Tag saß der ältere Herr in seinem elektrischen Rollstuhl an der Uferpromenade. Unter der altertümlichen Fliegermütze hervor beobachteten zwei hellwache kristallblaue Augen den Rheinabschnitt. Bewundernd sahen sie den Möwen bei ihren akrobatischen Flugmanövern zu. Weit und breit war kein anderer Passant zu sehen.

Am Vorabend hatte Benski eine anonyme SMS erhalten. Die SMS enthielt Hinweise zu einem gewissen Oberst Bronstering, der aus erster Hand Informationen zum letzten Flug der Hugin habe. Außerdem enthielt die SMS Ort und Zeitpunkt, wo man diesen ominösen Zeitzeugen antreffen könne.

„Sie müssen Oberst Bronstering sein?“, kam es für den alten Mann unerwartet von hinten.

Er drehte sich erstaunt um, konnte im ersten Moment jedoch niemanden ausmachen. „Und wer will das wissen?“, entgegnete er schlagfertig.

Benski kam hinter einer Platane hervor und ging auf den Mann zu. „Mein Name ist Jack Benski.“

„Nie gehört, was wollen Sie von mir?“, fragte der Mann weiter in barschem Tonfall.

„Mir wurde gesteckt, Sie wüssten, was damals mit der Hugin passiert ist, Oberst Bronstering?“

Der Mann wurde bleich.

„Hugin, der britische Bomber, nein, das ist, das kann doch nicht sein. Das ist jetzt so lange her.“

„Doch, Oberst, genau um diesen Bomber geht es."

Der Mann saß jetzt regungslos in seinem Rollstuhl und starrte auf den Rhein.

„Was wissen Sie über die Hugin?", bohrte Benski weiter.

„Hören Sie doch auf, Sie haben ja nicht die leiseste Ahnung, mit was Sie es da zu tun haben", platzte es aus dem Greis heraus.

Plötzlich wurde der Oberst kreidebleich. Er schnappte nach Luft.

„Oberst, was ist los mit Ihnen? Beruhigen Sie sich!"

Das Röcheln wurde immer schlimmer. Mit letzter Kraft zeigte der alte Mann mit seinen zittrigen Fingern auf die kleine Box an der Seite des Rollstuhls.

„Inha..."

Hastig öffnete Benski die Box. Zwischen allerlei Krimskrams machte er schnell den Inhalator aus. Benski griff danach. „Halten Sie durch, Oberst." Benski hielt den Inhalator an Oberst Bronsterings Mund und drückte auf das untere Ende.

Mit einem Zischen spuckte der Inhalator das entkrampfende Aerosol in Oberst Bronsterings Lunge. Das noch eben von Angst durchflutete Gesicht entspannte sich schlagartig. Zusehend wurde der Oberst ruhiger und atmete jetzt tief und ruhig ein und aus.

„Verdammtes Asthma", entfuhr es ihm. „Sie wollen wirklich wissen, was sich damals auf dem geheimen Stützpunkt der Luftwaffe auf Rhein-Main zugetragen hat?"

Benski nickte energisch. „Ganz genau."

Der Oberst machte eine kurze Pause, dann sagte er: „Na gut." Er winkte Benski, näherzukommen. Dann zeigte er auf die Treppenstufen neben seinem Rollstuhl. „Setzten Sie sich."

Benski setzte sich.

„Es war wohl die schrecklichste Nacht, die ich je erlebt habe, ich werde sie nie vergessen. Es regnete in Strömen. Wir zwei jungen Burschen, Otto und ich, waren damals als Luftwaffenhelfer der Bedienmannschaft einer 2 cm Vierlings-FLAK zugeteilt. Das Flug-Abwehr-Geschütz war auf einem leicht gepanzerten Halbkettenfahrzeug, einem Sonder-Kraftfahrzeug 7, montiert. Die Atmosphäre war gespenstisch an diesem Abend. Schon die ganze Nacht zeichneten unsere FLAK-Scheinwerfer bizarre Streifenmuster in den grauen Nachthimmel. Aus der Ferne hörten wir seit Längerem ein dumpfes Grollen. Das war die Front, sie kam erbarmungslos näher und näher. Immer wieder flackerten Geschossblitze an den tief hängenden Wolken am Horizont auf. Wie wir später erfuhren, hatte die 3. US Armee unter General Patton in der Operation Silent Crossing zwei Tage zuvor den Rhein im Bereich von Nierstein überquert und auf rechtsrheinischer Seite einen Brückenkopf gebildet. Die Lage war aussichtslos und jeder wusste es – lange würde es nicht mehr dauern, bis der Flughafen fiele."

Oberst Bronstering wischte sich über den Mund. „Unser Geschütz stand ein wenig abseits von Flugzeugbunker IV. Wir waren gerade mit Wartungsarbeiten an unserer FLAK beschäftigt, da hörten wir von hinten plötzlich ein dumpfes Geräusch. Überrascht drehten wir uns um. Wir trauten unseren Augen nicht – Zentimeter für Zentimeter schoben sich die beiden riesigen bombensicheren Stahlbetontore des Bunkers IV auseinander. Der Innenraum war hell erleuchtet. Bunker IV hatten wir ja noch nie offen gesehen. Wir fragten uns, warum der Bunker wohl geöffnet wurde, denn einen Start bei diesem Sauwetter konnten wir uns nicht im Entferntesten vorstellen."

„Warum wurde der Bunker denn geöffnet?"

„Junger Mann, Geduld. Also, wir standen da auf unserem Halbkettenfahrzeug und schauten rüber zum Bunker. Mit einem Mal hörten wir das dumpfe Dröhnen von Flugzeugmotoren. Otto meinte, dass sich die Motoren wie eine Viermotorige von den Tommys anhörten."

„Von den Engländern? Die Hugin."

Der Oberst nickte. „Ganz genau die." Er zwinkerte mit seinem rechten Auge. „Übrigens, ich hatte Sie das noch gar nicht gefragt, woher wissen Sie eigentlich von dem Bomber?"

„Das sage ich Ihnen später. Jetzt erzählen Sie erst mal weiter."

„Wozu, wenn Sie sowieso schon alles wissen?"

„Oberst, ich kenne zwar den Namen des Bombers, aber bei Weitem nicht seine ganze Geschichte."

„Na gut." Der Oberst wischte sich nochmals über den Mund. „Wo waren wir noch gleich?"

„Sie hörten die Motoren, die wie eine Viermotorige von den Tommys ..."

„Ach ja, und nur Augenblicke später sahen wir sie. Ganz langsam schob sich die aus mehreren verglasten Kanzeln bestehende Nase des viermotorigen englischen Bombers aus dem Hangar. Wie gebannt standen wir da. Da rollte doch tatsächlich vor unseren Augen diese britische Lancaster langsam aufs Vorfeld. Die blau-weiß-roten Kokarden am Rumpf, kein Zweifel, das war ein Bomber des RAF, Royal Air Force, Bomber Commands."

„Ein britischer Bomber. Haben Sie sich nicht gefragt, wo der herkam?"

„Um ehrlich zu sein, Nein." Die stahlblauen Augen des Obersts blitzten auf. „Sie müssen wissen, auf dem Stützpunkt kursierten schon seit Längerem Gerüchte von einem geheimnisumwitterten Geistergeschwader. Es wurde sich erzählt, dass das Geschwader mit englischen Flugzeugen streng geheime Aufträge hinter feindlichen Linien durchführt."

Das KG200 Geistergeschwader, von dem uns von Mansteyn im Hirschen erzählt hat, das passt alles hundertprozentig zusammen, dachte Benski.

„Oberst, was ist an diesem Abend weiter mit dem Bomber passiert?"

Der Oberst richtete seine Fliegermütze. „Ja, also der Bomber rollte immer weiter hinaus in diese unwirtliche Nacht. Dann vollzog er eine 90-Grad-Kurve, rollte weiter Richtung Anfang der Startbahn und verschwand schließlich im Regengrau. Wir wollten es noch immer nicht recht glauben, aber der Bomber machte sich tatsächlich startklar. Wer auch immer die Besatzung war, sie hatten die feste Absicht, trotz des schlimmen Sauwetters zu starten."

„Sie sind auch gestartet."

„Ganz genau. Mit einem Mal hörten wir vom Anfang der Startbahn das dumpfe Aufheulen der vier Rolls-Royce Merlin Motoren. Das Brummen wurde rasch lauter. Dann sahen wir den Bomber, wie er aus dem Regengrau auftauchte. Der Hecksporn befand sich bereits in der Luft und der Bomber zog eine riesige Schleppe aufgewirbelten Regens hinter sich her. Ich sage Ihnen, junger Mann, das war ein Anblick! Als der Bomber ungefähr auf unserer Höhe war, hob er ab und verschwand einige Sekunden später auf Nimmerwiedersehen in den tief hängenden Wolken."

Der Oberst machte eine Pause, dann rief er: „Diese Schweinehunde!"

„Schweinehunde?"

„Diese Schweinehunde verlassen das sinkende Schiff. Das waren damals Ottos Worte, als wir der Lancaster hinterherschauten. Ich werde sie nie vergessen."

Benski klopfte dem Oberst auf die Schulter. „Oberst Bronstering, vielen Dank für diese äußerst authentische Schilderung der Ereignisse in jener Nacht. Das war für Sie damals ganz bestimmt sehr aufregend. Leider waren keine neuen Informationen zur Hugin dabei." Benski stand auf. „Oberst, ich wünsche Ihnen alles Gute und noch viele gesunde Jahre."

Der Oberst hob erstaunt seine Hand. „Langsam, junger Freund."

„Was denn?"

„Wollen Sie nicht die ganze Geschichte hören?"

„Na klar, was ist denn noch? Die Hugin war doch weg."

„Setzen Sie sich."

Benski setzte sich wieder neben den Oberst. „Dann erzählen Sie mal."

„Wie gesagt, wir standen da und schauten der Lancaster nach, da hörten wir plötzlich erneut Motorengeräusche. Die kamen aus Richtung des Terminals und wurden rasch lauter. Nach ein paar Sekunden sahen wir sie: Eine ganze Kolonne kam aus Richtung des Hauptterminals und näherte sich schnell. Angeführt wurde der Konvoi von einem Wehrmacht-Horch. Ihm folgten zwei oder drei Wehrmacht LKW, ich glaube, es waren Opel Blitz 3,6 Tonnen. Die Wagen hielten direkt auf Flugzeugbunker IV zu."

„Was wollten die?"

„Nichts Gutes, junger Mann, ganz und gar nichts Gutes." Der Oberst atmete tief durch. „Unmittelbar vor den geöffneten Bunkertoren stoppte der Konvoi. Die Heckklappen öffneten sich und schwarz gekleidete SS-Männer mit MP40 Maschinenpistolen sprangen von den Ladeflächen. Ich habe noch heute den Klang in den Ohren, wie ihre Kampfstiefel laut auf dem regennassen Beton aufklatschten. Unmittelbar darauf nahmen die SS-Männer der Sondergruppe Formation in Reihe an. Aus der Beifahrerseite des Horch stieg ein SS-Hauptsturmführer. Er trug einen langen Regenmantel. In strammem Schritt kam er auf die offenen Bunkertore zu. Und dann schrie der Hauptsturmführer so was wie – BEFEHL DIREKT VOM FÜHRERHAUPTQUARTIER. ALLE ANTRETEN! – in den Bunker. Die Bunkermannschaften waren darüber zwar verwundert, aber dem Befehl eines ranghöheren Dienstgrads folgten sie natürlich. Aus allen Ecken des Bunkers kamen die Mannschaften und Unteroffiziere also zum Tor. Der Hauptsturmführer ließ sie in Zweierreihe vor dem Bunker antreten. Und dann passierte das Unvorstellbare." Dem Oberst stockte der Atem.

„Was ist passiert?"

„Ich sehe diese Szenerie vor mir, als wäre das alles erst gestern passiert. Der Hauptsturmführer drehte sich um und ging in Richtung des Horch. Dabei nickte er unmerklich in Richtung seiner Männer. Das Feuer aus den MP40 war mörderisch. Die armen Schweine hatten nicht die geringste Chance. Im Feuerstoß der 9 mm sackte zunächst die vordere Reihe Bunkersoldaten in sich zusammen. Nachdem dieser Kugelfang weg war, ereilte die hintere Reihe das gleiche Schicksal. Innerhalb weniger Sekunden lagen alle Kameraden tot auf dem hell erleuchteten Bunkerboden. Das grelle Licht der Scheinwerfer spiegelte sich im Blut der Soldaten, ein fürchterlicher Anblick! Für einige wenige Sekunden herrschte absolute Stille. Aus den Läufen der Maschinenpistolen zog letzter Pulverdampf. Es vergeht kein Tag, an dem diese schrecklichen Bilder nicht in meinem Kopf hochkommen."

„Das glaube ich Ihnen, Oberst, solche Bilder vergisst man ein Leben lang nicht. Aber aus welchem Grund haben die SS-Leute dieses Blutbad angerichtet?"

„Darüber habe ich auch nachgedacht, und es gibt dafür nur einen vernünftigen Grund – alle, die etwas von dieser Lancaster und dem Start mitbekommen hatten, sollten für immer zum Schweigen gebracht werden.“

„Aber warum?“

„Das kann ich Ihnen nicht sagen.“

„Oberst, Sie waren doch auch da. Warum haben die SS-Leute Sie und Ihren Kameraden eigentlich nicht auch umgebracht?“

„Nun ja, wir hatten einfach riesiges Glück. Unser Halbkettenfahrzeug stand etwas abseits. Die haben uns in der verregneten Nacht schlicht und einfach nicht gesehen.“

11 MANIPULIERT

Vier Tage später. Frankfurt Westend, Bockenheimer Landstraße, Café Lindner. Ortszeit 13:04 Uhr. Benski saß an seinem Stammplatz im hinteren Bereich des Cafés und las Zeitung. Die Mittagssonne schien angenehm durch das große Fenster. Zwei Plätze neben ihm saßen drei ältere Damen und unterhielten sich angeregt. Die Bedienung kam gerade um die Ecke.

„Bei Ihnen soweit alles in Ordnung?“

„Ja, vielen Dank.“

„Wir haben noch frischen Bienenstich.“

Benski winkte ab. „Heute nicht, danke.“ Benski wollte gerade zu seinem Kaffee greifen, da klingelte sein Handy.

„Benski.“

„Hallo, Herr Benski“, grüßte die resolute Frauenstimme am anderen Ende der Leitung.

Benski erkannte sie sofort. „Frau von Trotau, endlich. Ich habe Ihnen bestimmt einhundert Berichte gesendet. Haben Sie sie bekommen?“

„Alles gut, Benski, ich habe Ihre Berichte alle gelesen, sehr aufschlussreich. Aber Sie haben sich so gut in Ihre Rolle eingelebt, ich wollte Sie auf keinen Fall von außen in irgendeiner Weise ablenken.“

„Woher wissen Sie das? Haben Sie mich etwa überwacht?“

Kurzes Zögern. „Überwacht ist nicht das richtige Wort, ich würde eher sagen – ein Auge auf Sie geworfen.“

„Ich fasse es nicht, wozu dann noch die Berichte, wenn Sie sowieso schon alles wussten?“

Schweigen am anderen Ende der Leitung.

„Sie wollen es mir nicht sagen. Okay, Sie sind der Boss."

Weiteres kurzes Schweigen. Dann sagte sie: „Wie weit ist Ihr Freund mit dem Dechiffrieren der Nachricht? Haben Sie Rückmeldung von dem Physiker wegen der Analyse des Papiers?"

„Das Dechiffrieren der Nachricht wird länger dauern, einer seiner Server ist ausgefallen."

„Sehr ärgerlich."

„Seine Hacker-Software läuft auf extrem aufgebohrten High-Tech-Maschinen, die werden schnell heiß. Da raucht das Motherboard schon mal ab."

„Wie auch immer. Hat er gesagt, wie lange es voraussichtlich noch dauern wird?"

„Er meinte was von zehn Tagen."

Erneutes Schweigen.

„Hallo, sind Sie noch dran?", fragte Benski.

Nach einem kurzen Zögern schlug sie vor: „Wissen Sie was, wir sollten uns treffen. Dann besprechen wir das weitere Vorgehen in aller Ruhe unter vier Augen, was meinen Sie?"

„Na klar, sehr gerne."

„Ich komme nach Frankfurt. Kennen Sie das Restaurant am Flughafen Egelsbach."

„Das Runway-IN."

„Genau das, was halten Sie von – sagen wir morgen Abend, neun Uhr, im Restaurant am Flughafen?"

Benski überlegte kurz. „Das passt."

„Dann abgemacht, bis morgen und passen Sie auf, dass Ihnen niemand folgt."

„Wer soll mir denn folgen?"

„Halten Sie einfach Ihre Augen offen." Das Gespräch war beendet.

Benski schüttelte den Kopf. Er legte sein Handy auf den Tisch und griff nach der Tasse Kaffee. Die von Trotau hat mich die ganze Zeit observieren lassen, wieso habe ich davon nichts mitbekommen?, fragte er sich.

Plötzlich fiel Benski die Lichtspiegelung am Abend im Jagdschloss ein. Ohne zu ahnen, dass er mit seiner Vermutung falschlag, fuhr ihm ein zufriedenes Lächeln übers Gesicht. „Die von Trotau ..."

* * *

Am nächsten Tag. Flughafen Egelsbach, Flughafenrestaurant, Ortszeit 21:12 Uhr.

Benski saß an einem Tisch auf der Empore des Restaurants, direkt am Fenster. Vor ihm stand ein Glas Wasser.

Er ärgerte sich über Frau von Trotau. Es war bereits das zweite Mal, dass er auf sie warten musste.

Er schaute aus dem großen Fenster auf das Rollfeld und beobachtete interessiert die Startvorbereitungen eines Bombardier Learjet 40.

Da müsste man jetzt drinsitzen und in sein Ferienhaus im Süden fliegen, träumte er.

Plötzlich erregte eine näherkommende Piper PA-46 Malibu seine Aufmerksamkeit. Das einmotorige Geschäftsflugzeug flog eine Kurve, verlor zunehmend an Höhe und setzte schließlich zur Landung an. Die Piper näherte sich der Landebahn und setzte mit einem leichten Hüpfer sicher auf.

Benski fragte sich, wo die Piper wohl herkam. Er schaute der Piper noch einige Augenblicke hinterher, dann verlor er sie aus den Augen. Benski erinnerte sich an den eigentlichen Grund, warum er hier war. Er schaute auf sein Handy, dann runter zum Eingang.

Mannomann, schon fast halb zehn, wo bleibt die nur?, dachte er genervt.

Plötzlich drang vom Rollfeld ein lautes Dröhnen durch die Scheiben. Benski drehte sich um und sah, wie die Piper von eben mit lautem Turbinen- und Propellergeräusch fast direkt vor das Restaurant rollte und schließlich zum Stehen kam. Der Pilot schaltete das Turboprop-Triebwerk ab. Die Rotoren drehten sich jetzt immer langsamer. Benski sah, wie der Pilot das Cockpit verließ und in den hintern Teil der Maschine kletterte. Nach zwei Minuten öffnete sich die zweiteilige Flugzeugtür. Der obere Teil klappte hoch, der untere Teil der Tür klappte nach unten und bildete eine Treppe. Der Pilot in dunkelblauer Hose und weißem Hemd mit Schulterklappen stieg aus der Maschine.

Benskis Handy surrte einmal im Lautlos-Modus.

Sicher eine WhatsApp von Frau von Trotau, dass sie sich verspätet hat, dachte er.

Er griff sein Handy und wischte über das Display. „Das glaube ich jetzt nicht." Benski drehte sich zum Fenster und schaute zur Piper. Auf der Flugzeugtreppe stand eine große Frau in dunkelgrüner Jagdjacke, sie winkte Benski freundlich zu.

„Frau von Trotau." Verdutzt winkte Benski zurück.

* * *

Zehn Minuten später im Passagierbereich der Piper. In dem engen Rumpf waren vier Sitzplätze in beigem Leder untergebracht.

Benski setzte sich auf den freien Platz gegenüber von Frau von Trotau.

„Hallo, Herr Benski."

„Hallo, Frau von Trotau."

„Ihnen ist niemand gefolgt?"

„Nein, Frau von Trotau", antwortete Benski sicher.

„Okay, das ist gut. Ich freue mich, dass es so schnell geklappt hat. Es ist viel passiert, wir haben einiges zu besprechen."

Benski nickte. „Allerdings, und ich hatte ein paar Mal das Gefühl, dass Sie mir bei einigen Punkten nicht alles gesagt haben."

„Wie meinen Sie das?"

„Zum Beispiel die Sache mit der verschlüsselten Nachricht auf den Depeschen."

„Was soll damit sein?"

„Der Text war mit einer ENIGMA verschlüsselt. Das haben Sie mit keinem einzigen Wort erwähnt und auch in den Instruktionen stand davon nichts."

„Natürlich nicht."

„Warum?", fragte Benski erstaunt.

„Wir wollten ein möglichst realistisches Bild der Operation erhalten. Daher haben wir Ihnen gewisse Hintergrundinformationen vorenthalten."

„Aha, realistisches Bild der Operation. Dann wussten Sie also von dem Scharfschützen im Wald und haben mir nichts gesagt?"

Frau von Trotau blinzelte. „Nein, davon wussten wir nichts. Wir hätten Sie sonst doch nie da reingeschickt."

Benski bemerkte das Blinzeln. Zum Teufel, die lügt, dachte er. Benski versuchte, sich nichts anmerken zu lassen.

„Sie sprachen eben von wir?"

„Das erkläre ich Ihnen ein anderes Mal. Für den Moment reicht es, wenn Sie mit mir kommunizieren."

„Das wird ja immer mysteriöser."

„Sie werden die Zusammenhänge sehr bald verstehen, aber vorher erklären Sie mir doch noch einmal ganz genau, auf welche Weise Ihr Freund die Nachricht dechiffriert.

Benski erklärte Frau von Trotau exakt das, was Chris ihm vor ein paar Tagen im Boxter erklärt hatte.

Nachdem Benski mit seinen Ausführungen fertig war, fragte Frau von Trotau sichtlich besorgt: „Und dieser, wie hieß der Ukrainer noch gleich?“, sie schnipste mit ihren Fingern.

„Landritsky, Oleksander Landritsky.“

„Ja genau, und dieser Landritsky hat die Dechiffriersoftware für jeden zugänglich ins Internet gestellt, da sind Sie sicher?“

„Ja, ganz sicher. Ich habe mich auch gewundert, aber Chris meinte, dass das in Krypto-Kreisen völlig normal ist. Mit Veröffentlichung der Software im Quelltext, also Open Source, im Internet zeigen die Jungs für jeden zugänglich, wie gut sie sind und wer welches Rätsel zuerst gelöst hat.“

„Und Sie glauben, dass ihr Freund es mithilfe dieser Software schafft, die Nachricht zu knacken?“

„Ich denke schon. Wenn Chris sagt, dass er es schafft, dann schafft er es auch.“

Frau von Trotau fasste in ihre Jackentasche und tastete nach einem Rosenkranz. Sie schien etwas zu flüstern.

Benski wunderte sich. Hatte sie gerade für Chris gebetet?

Benskis Handy surrte in seiner Jackentasche. Er holte es heraus und strich über das Display.

Was für ein Zufall, dachte Benksi.

„Es ist Chris, einen Moment.“ Benski sprang aus der Piper und lief ein paar Meter auf das mittlerweile im Dunkel liegende Rollfeld. Das Licht aus dem Restaurant erhellte den vorderen Bereich.

Er drückte auf das grüne Hörersymbol und hielt das Handy vor sein Gesicht.

„Hi Chris, was gibt's."

„Jack, halt dich fest." Kurze Pause am anderen Ende. „Du wirst es nicht glauben."

„Schieß los, was hast du?"

„Tom hat sich gemeldet."

„Wer ist Tom?"

„Der Chemie-Doktorand."

„Dann hat er was gefunden?"

„Allerdings, er hat die Proben analysiert, und weißt du was, eine der Proben weicht tatsächlich von den anderen ab."

„Ich hab's gewusst, welche?"

„Da kommst du nie drauf."

„Jetzt sag schon."

Kurze Pause. „Deine!"

„Was, meine?", rief Benski ungläubig. „Keine Verwechslung möglich?"

„Jack, ich bin die Rohdaten mit Tom mehrmals durchgegangen, Verwechslung ausgeschlossen. Aber da ist noch etwas."

„Was denn noch?"

„Es geht um das Alter deiner Depesche und die Zusammensetzung der Tinte."

„Ach so, Papier und Tinte werden sicherlich nicht besonders alt sein", mutmaßte Benski.

„Eben doch, das ist ja das Merkwürdige. Das Papier weist zwar eine andere chemische Zusammensetzung auf, aber es ist, wie die anderen Depeschen auch, aus den 40er Jahren. Aber jetzt kommt es. Die chemische Zusammensetzung der Tinte ist exakt dieselbe wie auf den anderen Depeschen."

„Also doch, deine KI hat absolut richtiggelegen. Alle Depeschen wurden auf derselben Wehrmachtsschreibmaschine getippt, und das schon in den 40er Jahren?“

„Ganz genau, nur eben mit dem Unterschied, dass das Papier deiner Depesche in England hergestellt wurde.“

„In England?“

„Ja, Tom hat das mit Isotopen nachweisen können.“

„Das muss ich erst mal sacken lassen. Ich melde mich.“

„Klar, wir sind übrigens bei 78 Prozent.“

„Cool, bleib dran.“

Benski drückte auf das rote Hörersymbol und steckte sein Handy zurück in die Jackentasche. Langsam ging er zurück zur Piper. Gedanken rauschten durch seinen Kopf. Was läuft hier? Warum wurde meine Depesche auf englischem Papier getippt? Ob die von Trotau davon wusste? Ganz bestimmt, die hat mich eiskalt mit der manipulierten Depesche zu dem Treffpunkt geschickt und seelenruhig zugeschaut, wie wir uns die Zähne daran ausbeißen.

Benski war an der Piper angekommen.

„Und, was hat Ihr Freund gesagt?“, fragte Frau von Trotau aus dem Inneren der Piper.

Benski stieg die Stufen hoch.

Frau von Trotau sah Benski an, dass etwas nicht stimmte. „Alles in Ordnung?“

„Wir wissen jetzt, welche der Depeschen von den anderen abweicht und damit sehr wahrscheinlich manipuliert wurde.“

Frau von Trotau sprang auf. „Welche?“

Ohne zu antworten, setzte sich Benski.

„Benski, welche Depesche wurde manipuliert?“

Benski zögerte kurz, dann sagte er: „Frau von Trotau – es ist die Depesche, die ich von Ihnen bekommen habe.

„Das darf doch nicht wahr sein." Frau von Trotau schüttelte den Kopf. „Wie um Himmels willen ...?" Fassungslos ließ sie sich in ihren Sitz fallen.

Frau von Trotau scheint von der Nachricht wirklich überrascht zu sein, dachte Benski. Das spielt sie nicht, sie hat von der Manipulation offenbar doch nichts gewusst.

„Wie haben Sie das herausbekommen?", fragte Frau von Trotau energisch.

„Isotopenanalyse."

„Isotopenanalyse? Komisch, ich dachte, Isotopenanalyse setzt man ein, um die geografische Herkunft organischen Materials zu bestimmen. Was hat das mit unserer Depesche zu tun? Stammt die etwa nicht von hier?"

„Sie haben es erfasst, das Papier auf dem Ihre Depesche getippt wurde, stammt aus England."

„Was sagen Sie da, aus England?"

Benski umriss kurz, was Chris ihm vor wenigen Minuten berichtet hatte.

Frau von Trotau schlug die Hände zusammen. „Ich fasse es nicht, da hat uns dieser unverbesserliche Moralprediger zum Abschied doch tatsächlich eine manipulierte Depesche untergejubelt."

„Wer hat Ihnen ...?"

„Jemand, der wollte, dass die Hugin für immer und ewig verschollen bleibt."

„Jemand von der Besatzung?"

„Ja, aber mehr kann ich Ihnen dazu im Moment wirklich nicht sagen."

„Klar, Sie sind der Boss."

„Geduld Benski, Sie werden alles erfahren, versprochen, aber im Moment ist der richtige Zeitpunkt noch nicht gekommen."

„Schon klar, und wie geht es jetzt weiter?"

Frau von Trotau öffnete eine Schublade an der Bordwand und holte ein Hunderter-Bündel Fünfhunderter hervor.

„Ihre Anzahlung, ich denke, das sollte reichen." Frau von Trotau reichte Benski das Geld.

„Danke", erwiderte Benski verblüfft und nahm die Scheine an.

Innerlich jubelte er, fünfzigtausend Euro, so konnte es gerne weitergehen. „Wir haben gesehen, dass Sie ohne Waffe arbeiten. Für mich wäre das auch kein Problem, aber meine Freunde waren anderer Meinung."

„Bis jetzt habe ich noch keine gebraucht."

„Na dann." Frau von Trotau griff in die Schublade und holte eine Pistole hervor.

„Eine Glock 17", bemerkte Benski beeindruckt.

Frau von Trotau legte die Pistole auf den Tisch. „Es ist Ihre."

Benski wurde misstrauisch. Er hatte das ungute Gefühl, dass ihn Frau von Trotau immer tiefer in die Sache hineinzog, jetzt rüstete sie ihn sogar illegal mit einer scharfen Waffe aus. Erst der Auftrag mit der ominösen Depesche, dann die Jagdvilla und die permanente Überwachung und jetzt das konspirative Treffen im Privatflugzeug und die Glock, das roch nach Geheimdienst. Er versuchte, sich nichts anmerken zu lassen.

Frau von Trotau legte zwei geladene Magazine und zwei Päckchen mit je 50 Schuss 9 mm Luger-Munition auf den Tisch. „Hier, zwei Magazine und zusätzlich 100 Schuss Munition, das sollte reichen. Sie wissen, wie die Waffe funktioniert?"

Benski nickte. „Klar." Er nahm die Glock, zog den Schlitten nach hinten und versicherte sich, dass das Patronenlager leer war. Dann ließ er den Schlitten wieder langsam nach vorne gleiten. Benski nahm eines der Magazine und schob es in den Griffboden der Glock. Dann zog er erneut den Schlitten nach hinten und ließ ihn los. Der Schlitten rutschte mit lautem Klacken nach vorne und lud eine Patrone ins Patronenlager. Er umfasste mit beiden Händen den Griff der Glock und richtete die Waffe auf den Eingang. „Fertig."

„Wie ich sehe, kennen Sie sich bestens aus. Stekken Sie die Waffe ein."

Benski entnahm das Magazin. Er umgriff mit der rechten Hand geübt das Auswurffenster, zog den Schlitten zurück und fing die herausrepetierte Patrone geschickt auf.

Frau von Trotau nickte anerkennend. „Beeindruckend, Sie machen das nicht zum ersten Mal. Ich dachte, Sie hätten keine Waffe."

Benski schmunzelte. „Keine eigene." Er steckte die Waffe, das zweite Magazin und die beiden Munitions-Päckchen in seine Jackentasche. „Sie haben mir noch immer nicht gesagt, wie es jetzt weitergeht."

Frau von Trotau faltete ihre Hände. „Das hängt jetzt alles von Ihrem Freund ab. Erst wenn er die Nachricht dechiffriert hat, können wir die weiteren Schritte einleiten. Sie melden sich umgehend bei mir, sobald Ihr Freund die Nachricht entschlüsselt hat. Und ich meine wirklich sofort, wir verstehen uns?"

Benski nickte. „Klar."

„Machen Sie so unauffällig weiter wie bisher, und bleiben Sie wachsam. Sie haben gesehen, wir haben ernstzunehmende Gegner."

„Verstanden."

„Und machen Sie sich keine Sorgen, wir behalten Sie im Auge." Frau von Trotau winkte in Richtung

Cockpit. „Lukas, machen Sie die Maschine startklar, wir sind hier soweit fertig."

* * *

Zehn Minuten später stand Benski am Rand des Rollfelds. Die Piper PA-46 Malibu stand am Anfang der Startbahn. Der Motor der Piper heulte auf. Die Maschine beschleunigte und hob kurze Zeit später von der Startbahn ab. Kaum war die Piper in der Luft, zwang der Pilot das Flugzeug in eine steile Rechtskurve und verschwand kurze Zeit später in dem schwarzen Nachthimmel.

Benski griff nach der Glock. Er hielt die Waffe mit beiden Händen vor sich. „Auf was zur Hölle hab ich mich da eingelassen?"

12 KNOCK-OUT

Totale Finsternis – von weit entfernt vernahm Benski ein monotones Rauschen. In regelmäßigen Intervallen übertönte ein gummiartiges Stampfen das Rauschen. Benski hatte nicht die geringste Vorstellung davon, wo er sich befand und woher die Geräusche kamen. Seine Gedanken sprangen wild umher. So sehr er sich auch anstrengte, es wollte ihm einfach nicht gelingen, das gerade Erlebte in einen logischen Kontext zu bringen. Die Dunkelheit, das immer wiederkehrende Stampfen, die ganze Situation, das alles kam ihm vollkommen unwirklich vor. Benski versuchte, sich zu konzentrieren, und tatsächlich, nach einiger Zeit gelang es ihm, aus dem Wirrwarr von Geräuschen einzelne Stimmen zu isolieren.

Das sind doch Katharinas und Zülkes Stimmen, dachte er, aber wieso? Seine Handgelenke schmerzten. Was zur Hölle ist hier los, wo bin ich? Immer deutlicher vernahm er die Stimmen, auch die Stimme von Mansteyns konnte Benski jetzt deutlich in der Dunkelheit vernehmen. Benski versuchte, seine Hände zu bewegen, aber die Schmerzen an seinen Handgelenken wurden unerträglich. Er konnte es nicht glauben, er war gefesselt. Was zum Teufel ist mit mir los?, fragte er sich.

Katharina beugte sich über Benski. „Ich glaube, Jack wacht auf."

Zülke drehte sich um. „Passen Sie bloß auf, dass Benski nicht auf irgendwelche Dummheiten kommt", mahnte er.

„Wie denn, mit den Kabelbindern? Ich nehme ihm jetzt die Augenbinde ab", entgegnete Katharina.

Benski fühlte, wie Katharinas Finger vorsichtig an seinen Wangen entlangfuhren. Trotz der prekären Lage genoss er die Berührung. Plötzlich wich die Dunkelheit und ein gleißendes Licht blendete ihn. Benski kniff seine Augen zu. Zusehends gewöhnte er sich an das Tageslicht. Vor sich erkannte er schemenhaft Katharinas Gesicht.

„Katharina?"

„Komm erst mal richtig zu dir."

Benski bemerkte, dass er in einem fahrenden Auto saß. Von Mansteyn fuhr und Zülke saß auf dem Beifahrersitz. Draußen regnete es in Strömen. Die Scheibenwischer liefen auf voller Stufe. Trotzdem schafften sie es kaum, die Windschutzscheibe von Regen frei zu halten. Das war also das gummiartige Stampfen, dachte Benski.

„Was habt ihr mit mir gemacht?"

Katharina öffnete eine Zwei-Liter-Plastikflasche mit Mineralwasser und hielt sie an Benskis Mund. „Trink, du hast sicherlich Durst."

Benski trank hastig mehrere große Schlucke Wasser. Warum habe ich so einen Durst?, wunderte er sich. Er versuchte, sich zu erinnern. Und dann fiel es ihm schlagartig ein: Linder, der Kaffee, Zülke, dieses verdammte Arschloch. Benski erinnerte sich jetzt wieder an das Treffen der fünf im Café Linder. Um alle auf den aktuellen Stand zu bringen und das weitere Vorgehen zu besprechen, hatte Benski von Mansteyn, Tanja, Katharina und Zülke zu einer Besprechung ins Linder eingeladen. Chris hatte ihm kurz zuvor berichtet, dass das Dechiffrier-Programm bei 96 Prozent angekommen war.

Benski erinnerte sich, wie Zülke auf die Toilette gegangen war und genau in dieser Zeit die Bedienung mit den Getränken um die Ecke kam. Er hatte als Einziger ein Kännchen Kaffee bestellt, das hatte der Schweinehund ausgenutzt. Wie auch immer er es geschafft hat, Zülke hat meinen Kaffe mit K.O.-Tropfen versetzt, daher auch der bittere Geschmack, da war sich Benski jetzt sicher.

Benski hielt seine gefesselten Hände hoch. „Machen Sie mich sofort los."

Zülke drehte sich um. „Das könnte Ihnen so passen, damit Sie Ihre Kontaktleute informieren?"

„Aber wir haben doch sein Handy."

„Nix da, Benski bleibt verschnürt, bis wir die Hugin gefunden haben und jeder seinen Anteil bekommen hat, aus."

Benski drehte sich zu Katharina. „Du machst bei dieser Sauerei mit?"

„Zülke und von Mansteyn haben mir keine Wahl gelassen, entweder ich mach mit oder ich bin raus."

„Wo ist überhaupt Tanja?"

Zülke antwortete: „Die gute Brömer ist raus, sie wollte nicht mitmachen. Auch besser so, die zartbesaitete Tante hätte uns doch nur in den Ohren gelegen."

„Sie jämmerliches Arschloch."

Zülke drehte sich um. Plötzlich hielt er eine Pistole in der Hand und zielte auf Benskis Beine. „Ich zeige Ihnen gleich, wie Ihnen das jämmerliche Arschloch eine Kugel in die Kniescheibe jagt."

„Verdammt, das ist meine Glock."

Von Mansteyn schlug aufs Lenkrad. „Es reicht, Zülke. Ich verbitte mir das in meinem Auto. Wir haben Benski erfolgreich von seinen Kontaktleuten abgeschnitten, also besteht kein Grund, ihn weiter zu fesseln. Er ist noch immer Teil der Operation Hugin."

„Ganz genau", pflichtete Katharina ihm bei.

„Machen Sie ihn los."

„Klar." Katharina zog ein Taschenmesser aus der Hose. Geübt durchtrennte sie die Kabelbinder an Benskis Handgelenken.

„Danke, Katharina." Benski rieb sich die Handgelenke.

„Zülke, meine Glock."

Zülke reagierte nicht.

„Los, geben Sie Benski seine Waffe zurück", forderte von Mansteyn Zülke auf.

Widerwillig reichte Zülke Benski die Waffe nach hinten. „Ich warne Sie."

Benski steckte die Waffe in seine Jackentasche. „Mein Handy." Benski streckte auffordernd seine Hand nach vorne.

„Wenn Sie uns garantieren, dass Sie Ihre Kontaktleute nicht über unseren Aufenthaltsort informieren ...", von Mansteyn machte eine Pause, „dann könnten wir darüber reden."

Benski dachte kurz darüber nach. Dann sagte er: „Abgemacht, Sie haben mein Wort."

„Okay, ich vertraue Ihnen." Von Mansteyn stieß mit seinem Ellbogen gegen Zülkes Arm. „Machen Sie schon."

Zähneknirschend reichte Zülke Benski das Handy.

„Warum haben Sie das überhaupt zugelassen, von Mansteyn? Sie hätten einfach mit mir reden können."

„Das habe ich mehrfach versucht. An der Tankstelle, im Jagdhaus, aber Sie haben immer abgewiegelt, ihr Kontakt wolle das zum jetzigen Zeitpunkt nicht und so weiter."

Benski fuhr sich übers Gesicht. „Ich muss gestehen, in diesem Punkt haben Sie recht."

Von Mansteyn fuhr fort: „Wir wissen bis heute nicht, wer Ihre ominösen Kontaktleute sind. Wir wollten sichergehen, dass uns diese Leute nicht in die Suppe spucken und wir plötzlich ohne die Hugin dastehen."

„Haben Sie schon vergessen, dass wir ohne die Hilfe meiner Kontaktleute vielleicht noch immer von Ludtke drangsaliert würden? Und Sie haben auch vergessen, dass Sie es meinem Freund verdanken, dass wir überhaupt eine Chance haben, die Nachricht zu entschlüsseln."

„Das stimmt schon." Von Mansteyn räusperte sich. „Ich habe mich wohl zu sehr von Zülkes Verschwörungstheorien verrückt machen lassen."

„Danke, Zülke, ich werde mich revanchieren", schickte Benski abfällig in Richtung Zülke.

„Dann sollten wir uns jetzt wieder auf die Operation konzentrieren", warf Katharina ein.

„Wo fahren wir eigentlich hin?", fragte Benski.

„Richtung Frankreich, ganz grob auf der Flugroute der Hugin, die von Mansteyns Großvater überliefert hat. Als dein Freund 99 Prozent gemeldet hat, sind wir losgefahren."

„Und die Ausrüstung?"

„Die haben wir von Mansteyn zu verdanken."

„Ich war Einzelkämpfer bei der Bundeswehr, daher. Wir sind voll ausgerüstet. Schaufel, Pickel, Mini-Kettensäge, GPS-Geräte, Stirnlampen, Zelte, Schlafsäcke, Isomatten, Esbit-Kocher, zur Verpflegung EPa-Pakete für zwei Wochen, eigentlich alles, was man fürs Überleben in der Natur braucht."

„Beeindruckend, von Mansteyn. Das hätte ich nicht erwartet."

Von Mansteyn drehte sich zu Benski um. „Nicht nur Sie haben in der Zwischenzeit an der Operation weitergearbeitet." Plötzlich surrte Benskis Handy. Zülke und Katharina blickten gespannt zu ihm.

„Na los, schauen Sie schon nach", forderte von Mansteyn Benski auf.

Er wischte mehrmals über das Display, dann schaute er mit einem Pokerface auf.

„Was ist?“, rief Katharina.

Benski lächelte. „Einhundert Prozent.“

13 MELDUNG

San Ignacio, Paraguay. Ortszeit 19:45. Wie jeden Abend saß Obergruppenführer Gruber auf dem Ledersofa vor dem offenen Kamin. In dem eisernen Aschenbecher vor ihm glimmte eine Havanna. Das Grammophon spielte knackend den Militärmarsch Alte Kameraden Marsch. Obergruppenführer Gruber dirigierte mit seinem rechten Zeigefinger mit. Er drehte sich zur Tür. „Pedro, wo bleibt mein Glenfiddich?“, rief er ungeduldig.

Im Atrium klingelte mehrmals das Telefon.

„Pedro, wo sind Sie? Sind Sie taub, das Telefon klingelt“, rief der Obergruppenführer ungehalten.

Kurz darauf kam der Diener völlig außer Atem mit dem Telefon um die Ecke gehastet. „Ich, ich bin schon da, Señor. Der Whisky war leer. Ich habe eine neue Flasche aus dem Keller geholt“, stammelte er.

Gruber winkte ab. „Schon gut, wer ist dran?“

„Señor Gonterman.“

„Geben Sie her.“

Der Diener reichte Obergruppenführer Gruber den Hörer.

„Hallo.“

„Hier Gonterman.“

„Na endlich, Gonterman, ich warte schon seit zwei Tagen auf Ihren Anruf. Wie weit sind Sie?“

„Voll im Zeitplan, morgen, spätestens übermorgen sind alle Kisten verladen.“

„Mensch, Gonterman, das läuft ja wie geschmiert. Jetzt muss die Fracht nur noch unbehelligt den Transport überstehen.“

„Darum kümmern wir uns. Wir sind auf alles vorbereitet."

„Wo wir gerade dabei sind, haben Sie was von den Verschwörern gehört?"

„Nichts, ehrlich gesagt haben wir uns auch nicht weiter darum gekümmert. Nachdem wir die Hugin gefunden hatten, haben wir jeden Mann hier gebraucht."

„Was, Sie haben eigenmächtig die Überwachung abgebrochen?", entgegnete Obergruppenführer Gruber aufgebracht. „Was ist, wenn der Student die Verschlüsselung knackt, die Leute von Andersson haben es schließlich auch geschafft."

„Obergruppenführer, wir haben bis zuletzt keinerlei Aktivitäten bemerkt, die darauf hingedeutet hätten, dass sich die Verschwörer in irgendeiner Weise auf eine Bergung der Hugin vorbereiten. So wie ich die Lage einschätze, haben diese Verlierer aufgegeben. Und selbst wenn nicht, sie kommen sowieso zu spät."

„Ihr Wort in Gottes Ohr, Gonterman. Ich muss Sie nicht daran erinnern, Sie haben schon einmal danebengelegen."

„Ich weiß, Obergruppenführer, aber dieses Mal behalte ich recht", wiegelte Gonterman ab.

14 OUVRAGE QUATRE

Frankreich, Nationalpark nördliche Vogesen. Am gleichen Tag, Ortszeit 14:11. Gerade erst war ein heftiger Gewitterschauer über dem Gebiet niedergegangen. Dichte Nebelschwaden zogen durch den nassen Wald. Seit mehr als drei Stunden waren Benski, Katharina, Zülke und von Mansteyn in dem weitläufigen Waldgebiet unterwegs. Sie hatten ihre grünen Regenponchos übergezogen. Die Gruppe folgte einem kleinen, von hüfthohen Brennnesseln gesäumten Trampelpfad durch das dichte Unterholz. Benski ging mit seinem Garmin GPS-Empfänger vorweg. Hinter ihm folgten Katharina und Zülke. Von Mansteyn bildete die Nachhut.

„Scheiß Wald, wann sind wir endlich da?“, fluchte Zülke, sichtlich außer Atem.

Benski drehte sich um. „Machen Sie etwa schlapp, Zülke? Nehmen Sie sich ein Beispiel an Katharina.“

„Wollen Sie mich verarschen, Benski? Sie trägt auch nicht fast 20 Kilo auf dem Rücken. Ich kann nicht mehr, ich brauche eine Pause.“ Zülke blieb stehen.

Von Mansteyn boxte Zülke gegen den Oberarm. „Reißen Sie sich zusammen, Mann. Sie jammern ja rum wie ein altes Waschweib. Benski, wie weit ist es noch?“

Benski schaute auf seinen Garmin. „Zweieinhalb Kilometer. Bei unserem jetzigen Tempo also noch eine knappe halbe Stunde.“

„Haben Sie gehört Zülke, das schaffen Sie.“ Von Mansteyn klopfte Zülke auf die Schulter.

„Ich hasse Benski", murrte Zülke und stapfte weiter.

* * *

35 Minuten später öffnete sich der Trampelpfad und gab den Blick auf eine Lichtung frei. Trotz des tief hängenden Nebels konnte Benski am anderen Ende der Lichtung gut die Baustelle erkennen. Vor dem freigelegten Tunneleingang stand ein Minibagger. Davor waren mehrere frisch aufgeschüttete Erdhaufen zu sehen.

„Nein."

„Was ist los, Benski?", rief von Mansteyn aufgeregt von hinten.

„Uns ist jemand zuvorgekommen."

„Was, wie kann das sein? Wir haben die Koordinaten doch gerade erst von Ihrem Freund bekommen."

„Keine Ahnung, schauen Sie selbst."

„Lassen Sie mich durch." Von Mansteyn schob Zülke und Katharina rüde zur Seite.

„Hey, da sind Brennnesseln", beschwerte sich Katharina.

Von Mansteyn reagierte nicht. Er stand jetzt unmittelbar neben Benski. „Wo?"

Benski zeigte mit seinem Arm in Richtung des Tunneleingangs und der Erdhügel.

„Mensch, die haben sogar einen Bagger eingesetzt."

Benski stieß von Mansteyn leicht in die Seite. „Da hätten wir mit unseren Klappspaten ganz schön alt ausgesehen, wir hätten Monate gebraucht."

Von Mansteyn nickte. „Die Erdhügel sind noch frisch, viel Vorsprung haben die nicht. Lassen Sie uns nachsehen."

„Langsam, von Mansteyn, vielleicht ist das eine Falle. Ich schlage vor, wir umgehen die Lichtung und nähern uns von der rechten Seite."

„Gute Idee, Benski. Besser einmal zu vorsichtig als ...", Von Mansteyn suchte nach Worten, schließlich winkte er ab. „Na, Sie wissen schon."

„Tot."

Die drei Männer drehten sich sprachlos zu Katharina.

„Was habt Ihr? Denkt doch nur an meinen Vater."

* * *

Der Regen hatte wieder zugenommen. Katharina, von Mansteyn und Zülke lagen auf der anderen Seite der Lichtung gut getarnt im nassen Unterholz. Benski war bereits bis an den Tunneleingang vorgerobbt. Vorsichtig blickte er um die Ecke. Niemand zu sehen, die Luft ist rein, dachte er erleichtert. Der Tunnel war circa drei Meter hoch und mit massivem Beton ausgekleidet.

Benskis Blick fiel auf die in den Betonboden eingelassenen Schienen. Das muss ein riesiger unterirdischer Komplex sein, mutmaßte er.

Im vorderen Bereich konnte man anhand der Verfärbung am Beton gut erkennen, bis wohin der Tunnel zuvor zugeschüttet gewesen war. Nach etwa 15 Metern endete er an einer Betonwand. In der Mitte der Wand versperrte eine verrostete Stahltür den Zugang ins Innere der Anlage. Links neben der Tür befand sich eine längliche Öffnung in der Betonwand.

Das sieht aus wie die Schießscharten an den Forts der Maginot-Linie, war sich Benski sicher.

Er drehte sich in Richtung der anderen und winkte sie mit der flachen Hand zu sich. Nach kurzer Zeit schlossen die drei zu ihm auf.

„Alles ruhig, keine Menschenseele zu sehen."

„Haben Sie im Tunnel was erkennen können?", fragte von Mansteyn.

„Das Ganze sieht aus, wie – der Materialeingang einer Bunkeranlage der Maginot-Linie."

„Was sagen Sie da?"

„Schauen Sie doch selbst."

Von Mansteyn lugte vorsichtig um die Ecke. „Ich werde verrückt, das sieht exakt so aus."

„Aber wir sind hier viel zu weit im Landesinneren. Die Artilleriewerke der Maginot-Linie wie Fort Schoenenbourg oder Four à Chaux bei Lembach sind mindestens 25 Kilometer entfernt."

„Sehr gut beobachtet, Benski. Aber die Maginot-Linie bestand nicht nur aus den vorderen Kampfbunkern wie Artillerie- und Infanteriewerken, Kasematten und Beobachtungsbunkern. Die Maginot-Linie war tief gestaffelt. Es gab auch im Landesinneren Bunkeranlagen und Unterstützungswerke für die Versorgung der Kampfbunker, mit Munitionsnachschub zum Beispiel. Diese Werke waren per Gleisverbindung, oft sogar unterirdisch, mit den vorderen Artilleriewerken verbunden."

„Sie meinen, das hier ist der Eingang in so einen Versorgungsbunker?", erkundigte sich Katharina.

„Könnte gut sein."

„Und was hat das mit der Hugin zu tun?", fragte sie weiter.

„Das weiß ich nicht, aber wir sind ganz nah dran, das spüre ich."

„Sie meinen wohl eher, jemand anderes ist grade ganz nah dran“, spottete Zülke.

Von Mansteyn wandte sich an Zülke. „Immer sehen Sie alles schwarz.“

„In diesem Punkt muss ich Zülke aber ausnahmsweise recht geben“, sprang Benski Zülke zur Seite. „Wer auch immer den Tunneleingang freigelegt hat, ist uns einen Schritt voraus. Wer weiß, vielleicht sogar mehrere Tage. Dann hätten diese Leute mehr als genug Zeit gehabt, die Ladung zu bergen und abzuhauen.“

„Ich hoffe, Sie liegen falsch.“

„Und was machen wir jetzt?“, fragte Katharina.

Benski griff in die Tasche und holte die Glock heraus. „Wir müssen da rein, komme, was wolle. Vielleicht erwischen wir die Typen noch.“

Nachdem alle ihre Helme und Stirnlampen angelegt hatten, führte Benski die Gruppe in den Tunnel. Nach wenigen Sekunden standen sie vor der verrosteten Stahltür.

„Also los.“ Benski zog an der verrosteten Tür. Mit lautem Knarzen öffnete sie sich einen kleinen Spalt. Vorsichtig schaute Benski durch die Öffnung. Der Lichtstrahl seiner Stirnlampe wanderte durch das Dunkel. Benski lächelte. „So wie es aussieht, rechnet niemand mit uns.“

„Was sehen Sie?“, fragte von Mansteyn.

„Alte Maschinen, Generatoren oder so was.“

„Geht der Tunnel weiter?“

„Soweit ich sehen kann, ja.“

„Dann los.“ Von Mansteyn kam zu Benski.

Die beiden Männer zogen mit aller Kraft an der Stahltür. Nur ganz langsam öffnete sie sich weiter. Endlich war der Türspalt groß genug, dass eine Person hindurchpasste.

Von Mansteyn war außer Atem. Verächtlich stieß er mit seinem Handballen gegen die Tür. „Du hast verloren."

Nacheinander drückten sich Benski, von Mansteyn, Katharina und Zülke durch den Spalt ins Dunkle. Es war gespenstisch still. Im Strahl der Stirnlampen erschienen verrostete Maschinen und Ausrüstungsteile der Bunkeranlage. Zerborstene Starkstromisolatoren aus Bakelit hingen an der Wand. Die ehemaligen Starkstromkabel waren noch vorhanden und hingen teilweise auf den Boden. Im Strahl der Stirnlampen erschienen auch wieder die Schienen, die weiter in den Berg führten.

„Total verfallen, hier war bestimmt seit Jahrzehnten keiner mehr", bemerkte Katharina.

„Sie vergessen die Leute vor uns", kommentierte Zülke.

Katharina verdrehte die Augen. „Ja klar."

* * *

Eine halbe Stunde später waren die vier bereits tief in die Bunkeranlage vorgedrungen. Von der Tunneldecke tropfte unablässig Wasser, das mit deutlich hörbarem Platschen auf dem nassen Betonboden aufschlug. Plötzlich erschien im schwachen Licht der Stirnlampen in einiger Entfernung eine seltsame Eisenkonstruktion.

„Da, seht ihr das?" Benski zeigte mit seinem Arm nach vorne.

„Was ist das?", fragte Katharina.

„Das werden wir gleich wissen." Zülke drängelte sich brüsk an Benski vorbei und ging auf die Konstruktion zu.

„Zülke, spinnen Sie jetzt völlig?" Benski spürte, dass irgendetwas nicht stimmte. Er ging Zülke hinterher. „Bleiben Sie stehen, Sie Idiot." Er war jetzt nur noch einen Meter hinter Zülke.

Benski bemerkte, dass sich mit einem Mal vor Ihnen etwas Gravierendes verändert hatte. Denn obwohl die Wassertropfen weiter von der Decke fielen, war vom Aufplatschen auf dem Betonboden plötzlich nichts mehr zu hören.

Benski erkannte die Gefahr sofort. „HALT! Keinen Schritt weiter, Zülke!", schrie er. Benski griff nach Zülke und erwischte ihn gerade noch an der Schulter. Durch Benskis Haltegriff drehte sich Zülke um 180 Grad und schaute ihm jetzt direkt ins Gesicht.

„Hey, haben Sie sie noch alle? Lassen Sie mich sofort los!", rief er aufgebracht.

„Wie Sie wollen." Benski drehte Zülke wieder zurück. „Schauen Sie mal runter."

Zülke blickte nach unten. Der Strahl seiner Stirnleuchte verschwand im Nichts. Er stand unmittelbar vor einem Abgrund.

„Zur Hölle, ziehen Sie mich zurück!" Panisch drückte sich Zülke in Benskis Richtung.

Benski lockerte seinen Griff. „Ohne mich lägen Sie jetzt in diesem Loch, sehr wahrscheinlich tot."

Zülke drehte sich weg. „Danke, Benski", brachte er hervor.

Katharina und von Mansteyn hatten in der Zwischenzeit zu den beiden aufgeschlossen.

Von Mansteyn wischte sich über die nasse Stirn. „Das war knapp. Ich denke, es ist besser, wenn Sie jetzt wieder Benski vorgehen lassen."

Die vier standen unmittelbar am Rande eines gewaltigen, kreisrunden Schachts. Im Schein der Stirnlampen konnte man erkennen, dass in der Mitte die verrostete Eisenkonstruktion in die Tiefe führte. Auf

Höhe des Tunnelbodens war in der Konstruktion eine vergitterte Schiebetür angebracht. Davor hingen die Reste der ehemaligen Stahlbrücke, am Schachtrand gegenüber endeten die Schienen im Nichts. An der Außenwand des Schachts führte eine verfallene Eisentreppe in die Tiefe. An einigen Stellen war die Treppe eingestürzt und nur die Löcher im Beton verrieten noch, wo sie früher entlanglief. Von oben tropfte stetig Wasser in den Schacht.

Benski beugte sich über den Rand. „Geht das tief runter. Soweit ich sehen kann, ist da unten eine weitere Plattform."

„Wozu das wohl gedient hat?", fragte Katharina.

„Sieht aus wie ein Aufzug für Waggons", mutmaßte Benski. „Da, das abgerissene Stahlseil und die Umlenkrollen." Er leuchtete auf das Ende der Schienen vor ihm, dann auf die Überbleibsel der Brücke. „Hier führte früher eine Brücke für die Waggons rüber, da sind noch die Reste zu erkennen."

Plötzlich hielt Katharina inne. „Hört ihr das?"

Überrascht drehten sich alle zu ihr.

„Was?"

Katharina legte ihren Zeigefinger auf die Lippen. „Jack, von da unten kommt so ein monotones Brummen, hörst du das nicht?"

Die anderen standen wie gebannt vor Katharina. Alle versuchten, das Geräusch wahrzunehmen.

Nach einiger Zeit sagte von Mansteyn: „Ich höre nichts."

„Ich auch nicht, von Mansteyn. Stein hört die Flöhe husten, wetten", sagte Zülke.

„Langsam." Benski beugte sich erneut über den Schacht und hielt seinen Kopf seitlich nach unten. Konzentriert blickte er Katharina in die Augen. Kurz darauf sagte er: „Du hast recht, da ist was."

„Machen Sie keine Witze, Benski."

„Ich mache keine Witze, da unten ist wirklich was. Hört sich an wie ein Motor oder so."

Von Mansteyn stellte sich neben Benski. Wie Benski lauschte er in die Tiefe. Kurze Zeit später meinte er: „Ich kann beim besten Willen nicht das Geringste hören, da ist nichts."

„Ohne Ihnen zu nahe treten zu wollen, aber im Alter schwindet auf bestimmten Frequenzen der Gehörsinn. Kein Wunder also, dass die Jüngste von uns das Geräusch als Erste wahrgenommen hat."

„Ich gebe es ungern zu, Benski, aber Sie könnten recht haben", erwiderte von Mansteyn.

„Die Motorengeräusche können unmöglich von der Anlage stammen, das sind die Typen. Wir müssen da runter", sagte Benski.

„Und wie sollen wir das anstellen? Die Treppe und der Aufzug sind total vergammelt", bemerkte Katharina.

„Ich weiß, aber irgendwie müssen die Typen da runtergekommen sein." Benski fuhr mit dem Lichtstrahl seiner Stirnlampe noch einmal akribisch den gesamten Rand des Schachtes ab. Die anderen folgten aufmerksam dem Lichtkegel.

„Da, da war was. Leuchte mal zurück!", rief Katharina aufgeregt.

Benski fuhr mit dem Lichtkegel an der Betonwand langsam zurück.

„Da."

Benski blickte mehrere Sekunden konzentriert in Richtung des Lichtkegels, dann sagte er: „Wie konnte ich das übersehen!"

Von Mansteyn wunderte sich. „Ich sehe überhaupt nichts, was soll da sein?"

Benski fuhr mit dem Lichtkegel vertikal an der Schachtwand nach unten.

„Da hängt ein Seil an der Wand, sehen Sie es nicht?"

„Ich sehe es", kam es überheblich von Zülke.

Endlich sah auch von Mansteyn das Seil. „Ach da. Also wenn man nicht weiß, dass da ein Seil hängt, ich hätte es nie und nimmer gesehen."

„Kein Wunder, bei der Dunkelheit, mit dem bisschen Licht von den Stirnlampen. Aber Katharinas Adleraugen ist das Seil nicht entgangen." Benski blickte zu Katharina. Sie erwiderte seinen Blick mit einem Lächeln.

Die vier gingen um den Schacht herum auf die andere Seite. Vor ihnen hing ein Kletterseil in den Schacht. Das Seil war professionell an einem extra dafür angebrachten Bohrhaken in circa eineinhalb Meter Höhe in der Betonwand festgemacht. Daneben lag ein Rucksack. Benski kniete sich zu dem Rucksack und öffnete ihn. Neben einem weiteren Seil und einem Klettergurt befanden sich mehrere ösenartige Metallteile aus Aluminium darin.

Benski nahm eines der Teile heraus. „Abseilachter." Er stand auf und prüfte den Bohrhaken. „Da waren Profis am Werk."

„Ach, kommen Sie. Heutzutage hat doch jeder x-beliebige Freizeit-Kletterer solches Zeug", behauptete Zülke.

Benski winkte ab. „Sie müssen es ja wissen."

„Aber wir klettern jetzt nicht an dem Seil da runter, oder?", fragte von Mansteyn besorgt.

„Doch, aber keine Sorge." Benski nahm den Rucksack und zog den Klettergurt und einen der Achter hervor. „Hier, damit seilen wir uns ab."

„Ich werd verrückt."

„Wie gesagt, Profis."

„Ich zeige Ihnen, wie es geht." Benski zog sich den Klettergurt an. Dann holte er das Seil aus dem Rucksack, machte damit eine Schlinge und führte diese durch die große Öse. Anschließend umschlang er mit der Schlinge die kleine Öse und klickte den Screw-Karabiner an seinem Klettergurt in die kleine Öse ein. „Ganz einfach."

Von Mansteyn klopfte an seinen Helm. „Wenn ich das überlebe."

„Keine Sorge, ich helfe Ihnen. Es sieht schwieriger aus, als es ist." Benski zog den Klettergurt aus und hielt ihn Katharina hin. „Du bist die Jüngste."

„Ich? Okay." Geschickt stieg Katharina in den Klettergurt. Dann setzte sie geübt den Abseilachter in das in den Schacht hängende Seil ein und klickte sich in den Achter ein.

Benski wurde stutzig. „Woher kannst du das?", fragte er Katharina.

„Du hast es uns doch eben gezeigt?"

Klar. Die lügt wie gedruckt, und das schon zum wievielten Mal, das Mädel hat es faustdick hinter den Ohren, ich würde zu gerne wissen, woher sie das alles kann, dachte Benski.

Katharina bemerkte Benskis Zögern. „Ist was?"

„Was soll sein?"

Kann Katharina etwa Gedanken lesen, durchfuhr es ihn.

„Dann leg mal los. Aber pass auf, irgendwo da unten sind die Typen. Mach die Stirnlampe aus, kurz bevor du unten bist, und verhalte dich ruhig. Dann machst du den Gurt am Seil fest, damit ich ihn hochziehen kann."

„Mach ich." Katharina zeigte Benski den Daumen hoch. Vorsichtig trat sie an den Rand und drehte sich mit dem Gesicht zur Wand. Dann spannte sie das Seil und hielt das lose Ende fest in der Hand. Routiniert ließ sie das Seil durch den Abseilachter rutschen und stieß sich gleichzeitig mit den Beinen von der

Schachtwand ab. Das Licht ihrer Stirnlampe wanderte schnell an der Schachtwand hinunter.

„Sehr gut, gleich bis du unten“, rief Benski Katharina leise hinterher.

Kurz bevor Katharina den Boden erreichte, machte sie das Licht ihrer Stirnlampe aus. Wenige Sekunden später berührten ihre Füße den Schachtboden.

„Sie ist unten“, flüsterte Benski.

In völliger Dunkelheit zog Katharina den Klettergurt aus und befestige ihn am Seilende. „Okay, kannst hochziehen“, rief sie leise nach oben.

Benski zog den Klettergurt hoch. „Zülke, Sie sind dran.“

* * *

Fünfzehn Minuten später standen alle vier auf dem Fundament des Schachts. Von Mansteyn war noch damit beschäftigt, den Klettergurt abzulegen. Die Strahlen der Stirnlampen huschten durch den Schacht. In der Mitte des Schachts war das untere Ende der Stahlkonstruktion im Beton verankert. Wie oben verschloss eine vergitterte Schiebetür den inneren Bereich. Vor der Tür führten Schienen zu einer Weiche. Im Schein der Lampen konnte man erkennen, dass die Schienen in drei betonverkleidete Stollen führten. Aus einem der Stollen drang jetzt das deutlich hörbare Motorengeräusch.

„Wir haben sie, alle bereit?“, fragte Benski.

Die anderen nickten.

„Dann los.“ Benski ging in den Stollen, die anderen folgten ihm. Nach circa 50 Metern machte der Stollen eine Linksbiegung. Als die Gruppe die Biegung passierte, wurde das Motorengeräusch deutlich lauter.

Plötzlich rief Katharina: „Da hinten, Licht!"

„Ich sehe es", sagte Benski.

„Das sind sie, was machen wir jetzt?", fragte von Mansteyn.

„Wir brauchen einen Plan." Benski griff nach seiner Glock. „Ihr bleibt hier, ich schaue mir das erst mal alleine an."

„Pass auf dich auf, Jack."

„Keine Sorge." Benski schaltete seine Stirnlampe aus und schlich los. Nach wenigen Metern sah er am Ende des Tunnels ganz deutlich das Licht. Hier standen mehrere Waggons auf den Schienen. Einige waren mit hölzernen Transportkisten, die letzten vier mit großkalibrigen Granaten beladen.

Benski packte die Neugierde. Vorsichtig schob er den Riegel der ersten Transportkiste zur Seite. Dann hob er langsam den Deckel an. Das leise Knarzen der verrosteten Scharniere war kaum zu hören. Ein Lächeln huschte über sein Gesicht. Im Halbdunkel erkannte er vier deutsche Maschinengewehre MG 34.

Deutsche Maschinengewehre aus dem Zweiten Weltkrieg in einem französischen Bunker der Maginot-Linie?, ging es ihm durch den Kopf. Seltsam, ach egal, Hauptsache, die Teile schießen noch, jetzt muss ich nur noch die passende Munition finden.

Nacheinander öffnete er die Transportkisten. Neben Granatwerfern und weiteren Maschinengewehren MG 34 fand er in der letzten Transportkiste tatsächlich mehrere Patronenkästen, die mit Stahl-Gurten mit jeweils 250 Schuss Munition im Kaliber 7,92 × 57 mm bestückt waren.

Na wer sagt's denn, das sind mehr als genug, dachte Benski erleichtert.

Im Schutz der mit Granaten beladenen Waggons arbeitete er sich vorsichtig weiter vor. Neben dem Motorgeräusch konnte Benski jetzt deutlich mehrere Stimmen ausmachen. Eine der Stimmen war sehr markant und schrie fortwährend Befehle in die Halle.

Jetzt wird es ernst, ich muss höllisch aufpassen, sagte er sich. Er war am letzten Waggon angekommen. Mit einem Mal tat sich vor ihm ein riesiges Gewölbe auf. Die Deckenhöhe betrug mindestens 40 Meter. Benski bemerkte, dass der Tunnel, in dem er stand, circa zehn Meter über dem Boden auf eine Art stählerne Galerie führte. Am Ende der Galerie führten die Gleise erneut in einen Aufzug. Benski legte sich auf den Boden und robbte vorsichtig an den Rand des Tunnels heran. Jetzt erst konnte er das gigantische Ausmaß der unterirdischen Anlage überblicken. Er traute seinen Augen nicht. In der Mitte des unterirdischen Hangars stand hell beleuchtet ein britischer Avro 683 Lancaster Bomber. Unter dem Cockpit stand in den für britische Bomber typischen geschwungenen Lettern – HUGIN. Daneben war in weißer Farbe ein stilisierter Rabe aufgemalt.

Mehrere Flutlichtstrahler auf Stativen standen verteilt um den Bomber. Ein laut brummendes Diesel-Notstrom-Aggregat sorgte für den nötigen Strom. Die Seitenluke war offen und mehrere in Flecktarn gekleidete Personen luden Holzkisten aus dem Bomber.

Benski fiel einer der Männer sofort ins Auge. Der Mann beteiligte sich nicht an den Verladearbeiten. Breitbeinig stand er vor dem Bomber und umfasste mit den Händen sein Koppel links und rechts des Koppelschlosses. Benski war sich sicher, der Typ hatte hier das Kommando. Da der Mann mit dem Rücken zu ihm stand, konnte er sein Gesicht nicht erkennen.

„Männer, Beeilung, wird's bald. Wir haben einen Zeitplan zu erfüllen", schrie der Kommandant in den Bomber. Mit einem Mal drehte er sich um. Er blickte in Benskis Richtung.

Benski blieb bewegungslos liegen. Er schaute jetzt direkt in das Gesicht des Kommandanten – und erschauderte. Das Gesicht war von einer riesigen Narbe entstellt. Die Narbe zog sich von der linken Kinnseite über Mund und Nase, über das rechte Auge bis hin zur Stirn. Der Kommandant stand regungslos da. Mit seinen stahlblauen Augen schien er das Dunkel vor sich förmlich zu durchleuchten.

Als ob der Kerl etwas von meiner Anwesenheit ahnen würde, aber hier im Dunkel – der kann mich niemals sehen, dachte Benski. Er war gebannt von dem angsteinflößenden Anblick. Eine gefühlte Ewigkeit blickte der Kommandant in seine Richtung, schließlich drehte er sich zurück zum Bomber.

Puh, der Kerl hat mich nicht gesehen, was für ein grauenerregendes Narbengesicht, und ich dachte, so etwas gibt es nur im Kino, ging es Benski durch den Kopf.

„Das sind die letzten, Hauptsturmführer."

„Dann raus auf die LKWs und Abmarsch!", erwiderte der Kommandant in harschem Befehlston.

Hauptsturmführer? Also doch SS, zur Hölle, ich hatte recht, das sind Nazis! Verdammt, hoffentlich kommen wir nicht zu spät, ich muss die anderen holen, überlegte Benski.

Er entfernte sich vorsichtig vom Tunnelloch und rannte zurück zu den anderen.

* * *

Zehn Sekunden später an der Seitenluke der Hugin: Trotz des lauten Befehlstons war Benski schon zu weit im Tunnel, um von dem Wortwechsel etwas mitzubekommen.

„Hoffmann, haben Sie die Sprengkapseln scharfgemacht?“

„JAWOLL, Hauptsturmführer, Sprengkapseln sind scharf, Zündmaschine fertig, alles verkabelt.“

„Sehr gut, Hoffmann, dann raus hier mit der letzten Kiste.“

„ZU BEFEHL, Hauptsturmführer.“

15 WETTLAUF

Nach zwei Minuten war Benski gerade bei den anderen angekommen. Er war sichtlich außer Atem.

„Und, haben Sie was rausbekommen?", fragte von Mansteyn gespannt.

„Und ob."

Erwartungsvoll schauten die anderen zu Benski.

Benski zeigte in den Tunnel. „Leute, ihr glaubt nicht, was ich grade gesehen habe." Er atmete durch.

„Jetzt sag schon", forderte Katharina ihn eindringlich auf.

Ein kurzes Zögern, dann sagte Benski: „Die HUGIN."

„WAS?", rief von Mansteyn ungläubig. „Hier im Bunker? Die Hugin ist abgestürzt. Wollen Sie uns verschaukeln?"

„Benski hat es mit der Wahrheit noch nie so genau genommen, ich habe es immer gesagt", stichelte Zülke.

„Überzeugen Sie sich doch selbst." Benski ging in den Stollen und signalisierte den anderen, ihm zu folgen. „Der Stollen führt in einen riesigen unterirdischen Hangar und in der Mitte steht die Hugin."

„Unterirdischer Hangar, das wird ja immer verrückter", provozierte Zülke weiter.

„Warten Sie es ab, Sie werden es gleich mit eigenen Augen sehen."

„Und die Typen?", fragte Katharina.

„Das sind Nazis!"

„Benski, da lagen Sie tatsächlich richtig mit Ihrer Vermutung. Wie viele sind es? Sind sie bewaffnet?", fragte von Mansteyn.

„Ich habe vier Männer gesehen, Waffen habe ich keine gesehen. Aber sie sind grade dabei, die letzten Kisten aus der Hugin zu entladen."

„Teufel, sind wir etwa zu spät?"

„Ich denke nicht, aber wir müssen uns beeilen. Ich habe einen Plan." Benski rannte den Stollen entlang bis zu den Waggons, die anderen drei folgten ihm. Er griff in die erste Transportkiste und holte eines der Maschinengewehre hervor.

„Ich werd verrückt, ein MG 34. Das hatten wir in der Offiziersausbildung in historischer Waffenkunde!", rief von Mansteyn begeistert.

„Das ist uralter Schrott. Glauben Sie, Sie können den Typen damit Angst machen? Oder wollen Sie die Dinger als Prügel verwenden?", spottete Zülke.

„Die MGs sind gut gefettet, ich wette, die funktionieren noch. Warten Sie." Benski ging zu der Transportkiste mit der Munition. Er nahm einen Gurt aus einem der Patronenkästen, klappte den Deckel des Maschinengewehrs hoch und legte den Gurt in die Waffe ein. Dann schloss er den Deckel und zog den Spannschieber durch.

„So." Benski drehte sich um und zielte mit dem MG-Lauf auf Zülke. „Was meinen Sie, soll ich bei dem uralten Schrott mal den Abzug überprüfen?"

„Nehmen Sie das Ding runter." Zülke machte zwei Schritte nach links, plötzlich stand er hinter Katharina.

„Erst große Sprüche machen und sich dann hinter einer Frau verstecken, ärmlich, Zülke." Benski nahm das Maschinengewehr herunter.

„Hören Sie beide auf, wir vertrödeln mit Ihren Streitereien nur kostbare Zeit", ermahnte von Mansteyn die Streithähne streng. „Nun dann, Benski, was ist Ihr Plan?"

Benski hielt den Lauf des Maschinengewehrs in Richtung des Tunnelausgangs. „Der Tunnel führt da hinten nicht ebenerdig in den Hangar, er liegt mehrere Meter erhöht. Von dort hat man freies Schussfeld über die gesamte Halle, ein perfekter Standort für das MG, um Feuerschutz zu geben." Benski blickte zu von Mansteyn. „Sie haben gesagt, Sie ..."

Von Mansteyn streckte seine Arme zu Benski hin aus. „Geben Sie schon her, Benski. Ich kenne mich mit dem MG 34 am besten aus."

Benski lächelte. Er reichte von Mansteyn das Maschinengewehr. „Hier, im letzten Waggon ist noch mehr Munition."

Benski ging vorsichtig in Richtung des Tunnelausgangs, die anderen folgten ihm. Kurz vor Ende des Tunnels bedeutete Benski den anderen, sich hinzulegen. „Jetzt wird es ernst und keinen Mucks. Gleich werdet ihr sie sehen."

Alle vier robbten vorsichtig zum Rand des Tunnelausgangs. Jetzt konnten auch die anderen drei zum ersten Mal die unglaublichen Dimensionen der unterirdischen Bunkeranlage überblicken. Für einige Sekunden stockte ihnen der Atem.

„Da hat's euch wohl die Sprache verschlagen", spottete Benski.

„Diese unterirdische Anlage ist unglaublich. Von einem derart gigantischen Bunkerkomplex an der Maginot-Linie habe ich noch nie etwas gehört, geschweige denn so etwas mit eigenen Augen gesehen", sagte von Mansteyn ungläubig.

„Ist doch jetzt egal, viel wichtiger ist – da unten steht die Hugin", rief Katharina aufgeregt.

Zülke wandte sich Katharina zu. „Klappe, Stein, wegen Ihnen werden wir noch entdeckt", zischte er vorwurfsvoll.

Katharina blickte in die Halle. Sie zögerte kurz. „Von wem? Ich sehe niemanden."

Alle schauten überrascht in die Halle.

„Frau Stein hat recht. Die Typen sind ausgeflogen."

„Langsam, von Mansteyn. Das Aggregat läuft noch und die Strahler sind an. Die lassen das Zeug doch nicht einfach so zurück? Wir sollten uns so schnell wie möglich abseilen und den Ausgang finden. Irgendwo müssen die Typen die Kisten ja hinbringen. Mit ein bisschen Glück sind die noch mit dem Verladen beschäftigt."

„Dann Beeilung, Benski. Was machen wir mit dem Maschinengewehr?"

„Das nehmen wir natürlich mit. Ich habe da so ein Gefühl, dass wir das MG noch gut brauchen können. Und denken Sie an Munition, jeder nimmt mit, so viel er tragen kann. Also los, Seile runter, Gurte an, Abseilachter festmachen, die gleiche Prozedur wie eben."

Nach wenigen Minuten standen die vier vor der Hugin.

Von Mansteyn lehnte an der Seitenluke und schaute in den leeren Bombenschacht. „Ich hätte im Traum nicht mehr daran geglaubt – wir stehen wirklich vor der Hugin", bemerkte er mit einem ehrfürchtigen Schwingen in der Stimme.

„Spinnen Sie jetzt?", fragte Benski irritiert. „Der Bomber ist leer. Operation Rabe wird irgendwo da draußen gerade in Holzkisten verladen, und wenn wir uns nicht beeilen, verschwindet die Ladung wirklich für immer."

„Ich bin einfach nur überwältigt. Endlich stehe ich vor dem Flugzeug, in dem mein Großvater gedient hat und in dieser schlimmen Nacht abgestürzt ist.“ Von Mansteyn drehte sich zu Benski. „Ihnen sind diese Gefühle offenbar fremd, Ihr Großvater war doch auch dabei.“

Mitten ins Schwarze, wenn der wüsste, dachte Benski. Ich muss aufpassen, was ich sage, auf keinen Fall sollte sich von Mansteyn irgendwelche weiteren Gedanken in diese Richtung machen.

„Doch, von Mansteyn, aber wir haben einen Auftrag zu erledigen. Eben genau diese unsere Großväter haben uns damit beauftragt. Und das steht für mich an erster Stelle.“

„Sicherlich, Benski. Sie haben ja recht, Operation Rabe.“

„Dann weiter.“ Benski ging um die Hugin herum. „Vorhin ist einer der Typen in diese Richtung verschwunden, ich wette, da ist der Ausgang.“. Er deutete den anderen, ihm zu folgen. Nach einigen Metern stoppte Benski. Er zeigte auf den hinteren Bereich des Hangars. Hierher drangen die Strahler um die Hugin kaum noch vor. „Es sieht aus, als ob da die Decke eingestürzt ist. Der ganze Bereich ist verschüttet.“

Von Mansteyn strich sich über die akkurat gescheitelten Haare. „Benski, die Decke ist nicht einfach so eingestürzt, die wurde gesprengt. Da, sehen Sie.“ Von Mansteyn zeigte auf mehrere Löcher in der mit Beton ausgekleideten Felswand. „Da sind noch Reste der Bohrlöcher zu erkennen.“

Benski griff sich an die Stirn. „Na klar, die Besatzung der Hugin hat die Ladung nie geborgen. Sie haben das ganze Flugzeug samt Ladung hier im Bunker versteckt und den Eingang gesprengt. Anschließend sind sie durch den Materialeingang raus und haben den auch gesprengt. In den Wirren und Zerstörungen der Nachkriegszeit ist der Bunker dann in Vergessenheit geraten."

„Okay, Jack, aber irgendjemand von der Besatzung muss von diesem unterirdischen Hangar gewusst haben. Zufällig haben die den sicherlich nicht gefunden", bemerkte Katharina.

„Könnte sehr gut sein. Als klar war, dass die Amerikaner und Briten die Lufthoheit über Deutschland errungen hatten, hat die Organisation Todt alles unternommen, um kriegswichtige Anlagen unter Tage zu verlegen. Die Kisten mit den MG 34 sind der Beweis – die Deutschen haben das Werk tatsächlich genutzt", führte von Mansteyn aus.

Plötzlich hob Katharina ihren Arm und zeigte auf etwas im Dunkel. „Hey, Leute, schaut mal. Das da vorne sieht aus wie – ja, das ist Licht."

„Frau Stein mit ihren Adleraugen, ich sehe überhaupt nichts", erwiderte von Mansteyn.

„Lassen Sie uns nachschauen." Benski ging in die von Katharina angezeigte Richtung. Nach circa 20 Metern war in dem Halbdunkel ein enger Stolleneingang zu erkennen. Der Stollen war fachmännisch mit Türstöcken ausgebaut. Das Holz der Türstöcke war nicht sehr alt.

„Katharina hat recht. Da ist wirklich ein Stollen, am Ende kann man Tageslicht erkennen."

Katharina drängte sich an Benski vorbei und schaute in den Stollen. „Endlich wieder Tageslicht."

Plötzlich drang aus dem Stollen eine deutlich vernehmbare Stimme.

„Hört ihr das?", fragte Katharina.

„Unverkennbar, das ist der Hauptsturmführer, der hat das Kommando."

„Klingt richtig fürchterlich."

„Das ist noch gar nichts. Wir reden noch mal, wenn du ihn auch gesehen hast."

„Was ist denn mit dem?"

„Wirst du gleich sehen. Was wichtig ist, die Typen sind noch da. Wir gehen jetzt da raus und holen uns Operation Rabe zurück."

Von Mansteyn strich sich über die Haare. „Ich weiß nicht recht, Benski. Wenn das in die Hose geht. Wir mit dem uralten MG 34. Die Typen haben bestimmt moderne Waffen."

„Wollen Sie jetzt etwa den Schwanz einziehen, von Mansteyn? Denken Sie nur – das Erbe Ihres Großvaters, wir stehen so kurz davor, Operation Rabe zu vollenden, nach all dem." Benski stieß von Mansteyn gegen die Brust. „Was würde Ihr Großvater jetzt über Sie denken?"

„Sie haben ja recht, Benski, aber mit diesen Nazi-Typen habe ich nicht gerechnet. Dass wir jetzt gegen eine paramilitärische Nazitruppe in ein Feuergefecht gehen, und das mit einem uralten Maschinengewehr aus dem Zweiten Weltkrieg, das ist doch Wahnsinn."

„Von Waffen habe ich nichts gesagt", entgegnete Benski.

„Ach, kommen Sie, Sie wissen doch genauso gut wie ich, die werden welche haben, so wie die organisiert sind."

„Aber wir haben das Momentum der Überraschung. Die haben doch überhaupt keine Ahnung, was gleich auf sie zukommt." Benski zwinkerte von Mansteyn zu.

„Na wenn Sie sich da mal nicht täuschen." Zülke zeigte auf den Boden. „Und was ist das?"

Katharina, von Mansteyn und Benski leuchteten mit ihren Stirnlampen auf die Stelle.

„Mist, das ist eine Sprengschnur!", rief Katharina aufgeregt.

„Woher weißt du das?“

„Ist doch jetzt egal, Jack, die Höhle kann jede Sekunde in die Luft fliegen, wir müssen hier raus!“, schrie Katharina.

„Geben Sie her.“ Benski griff nach dem MG 34.

Überrascht reichte von Mansteyn ihm das MG. „Was haben Sie vor?“

„Uns einen Weg freischießen. Katharina, nimm die Munitionskiste und komm mit. Sie beide warten hier.“

Zülke hob drohend eine Hand. „Benski, wenn Sie vorhaben, mit dem Schatz alleine abzuhauen, täuschen Sie sich gewaltig, ich warne Sie.“

Benski winkte ab. „Mann, Zülke, Sie haben noch immer nichts begriffen. Nicht alle sind so drauf wie Sie. Komm, Katharina.“

Benski und Katharina krochen durch den Stollen. Das Tageslicht wurde immer intensiver. Kurz vor dem Ausgang stoppte Benski. Er bedeutete Katharina, sich hinzulegen. „Halte den Gurt immer so, dass die Patronen sauber zugeführt werden.“

Katharina nickte.

„Okay, dann weiter.“ Die beiden krochen zum Stollenausgang. Sie beobachteten, wie vier Militär-Typen unter Anleitung des Hauptsturmführers die letzten Kisten in einen hellblauen 40 Fuß Container luden. Auf den Containern stand in weißen Buchstaben AMPATRANS. Der Container-Auflieger wurde von einem wuchtigen AM General M931 Army Truck in Tarnfarben gezogen. Der Fahrer des Trucks saß in seinem Führerhaus, er rauchte. Einer der Männer stand unbeteiligt etwas abseits vor einem kleinen Holzkasten. Die Militär-Typen bemerkten die beiden nicht.

„Bist du bereit?“, flüsterte Benski Katharina ins Ohr.

„Ja." Katharina nickte.

„Dann los." Benski und Katharina traten aus dem Tunnel. Hoffentlich schießt das Ding wirklich noch, sonst haben wir gleich ein richtiges Problem, dachte Benski kurz.

Benski nahm das MG 34 hoch und zog den Abzug durch. Mit höllischem Lärm krachten mehrere Schuss aus dem MG in den Himmel.

Die Militär-Typen waren von dem unerwarteten MG-Feuer völlig überrascht. Mit Erstaunen in den Augen starrten sie die beiden an.

Benski feuerte eine zweite Salve in den Himmel. „Hände hoch und keine falsche Bewegung."

Keine Reaktion, die Männer standen regungslos da.

„Verflucht, nehmt die Hände hoch!"

Benski drehte das MG direkt auf den Hauptsturmführer. „Befehlen Sie Ihren Leuten, sofort die Hände hochzunehmen, sonst knall ich Sie ab."

„Bleiben Sie ruhig, Mann." Der Hauptsturmführer hob beschwichtigen die Hände.

„Ich sag es nicht noch einmal. Wenn Ihre Leute in drei Sekunden nicht die Hände oben haben, sind Sie tot."

„Männer, ihr habt es gehört, der meint es ernst."

Einer nach dem anderen hob widerwillig die Hände.

„Geht doch. Und jetzt kommen Sie ganz langsam hier herüber."

Katharina bemerkte, wie der Hauptsturmführer dem etwas abseits stehenden Mann unmerklich zunickte. „Jack, da passiert grade was."

„Wie meinst du das?"

„Der Typ mit der Narbe hat dem da hinten ein Zeichen gegeben. Irgendwas haben die vor."

„Die sind unbewaffnet, was sollen sie schon vorhaben?“

Katharina ließ den Mann nicht aus den Augen. Tatsächlich beobachtete sie kurz darauf, wie der Mann, während er in die Knie ging, sich ganz langsam auf den kleinen Holzkasten zubewegte.

„Jack, die Zündmaschine!“

„Scheiße, der will uns in die Luft jagen.“ Ohne zu zögern, richtete Benski das MG auf den Holzkasten und drückte ab. Mit lautem Krachen schlugen mehrere 7,62 mm Projektile in den Holzkasten ein. Der Kasten zerbarst, überall lagen elektronische Bauteile verstreut.

Adrenalin schoss durch Benskis Körper. „Noch so eine Aktion und ich knall euch alle ab, habt ihr das verstanden?“ Benski schwenkte mit dem MG zurück zum Hauptsturmführer. „Ist das klar?“

Katharina schaute verblüfft zu Benski.

Von Mansteyn und Zülke kamen gerade aus dem Stollen.

„Du lieber Gott, Benski. Alles in Ordnung?“, fragte von Mansteyn besorgt.

„Alles unter Kontrolle. Die Arschlöcher wollten uns nur in die Luft jagen. Zum Glück hat Katharina es rechtzeitig bemerkt.“

Plötzlich drehte Katharina den Kopf zur Seite.

„Was hast du?“, fragte Benski.

„Hörst du das?“

„Nein.“

„Es kommt aus dieser Richtung.“ Katharina zeigte zu den Militär-Typen. „Es hört sich an, wie – wie ein Flugzeug oder so.“ Katharina sah Benski an. „Und es kommt näher.“

„Jetzt hör ich es auch.“ Benski suchte den Bergrücken ab. „Das ist kein Flugzeug, hört sich eher nach einem Hubschrauber an.“

Das Brummen wurde lauter.

„Der kommt hierher." Benski bemerkte, wie dem Hauptsturmführer ein flüchtiges Lächeln über die Lippen fuhr.

„Der Hubschrauber gehört zu denen", vermutete Benski. „Wo ist er? Dem werde ich einen heißen Empfang bereiten."

Plötzlich tauchte der Hubschrauber hinter den Baumwipfeln auf.

„Ein AH-6 Kampfhubschrauber, siehst du das ...", noch bevor Benski den Satz fertig hatte, sah er, wie sich an dem rechten Waffenträger die Gatling Minigun zu drehen begann.

„RUNTER!", schrie Benski und stieß Katharina hinter die frisch aufgeschüttete Abraumhalde. Kurz überlegte er, ob er mit seinem MG eine Salve in Richtung des Hubschraubers feuern sollte. Doch er verwarf diesen Gedanken schnell wieder, als die ersten 7,62 mm Projektile der Minigun M134 neben ihm einschlugen. Benski warf sich in Deckung.

Unablässig bepflasterte das M134 jetzt die Abraumhalde, zerberstendes Gestein spritzte wild umher. Benski und Katharina drückten sich eng an die Halde und hielten die Arme schützend über ihre Köpfe. Plötzlich hörte der Beschuss auf.

„Heilige Mutter Maria, was für ein Höllenfeuer." Katharina bekreuzigte sich. „Meinst du, das war's?"

„Nein, hörst du den Hubschrauber? Die warten nur darauf, dass wir unsere Köpfe rausstrecken. Hast du was von Mansteyn und Zülke gesehen?"

„Die beiden sind in den Stollen gerannt."

„Gut, dann sind sie wenigstens in Sicherheit."

„Und was sollen wir jetzt machen?"

„Ich denke nach."

Wenn wir beide aufspringen und in den Stollen rennen, nein, bis wir da sind, hat uns die Gatling längst erwischt, und überhaupt, was hätten wir schon davon?, überschlugen sich die Gedanken in Benskis Kopf.

„Uns bleibt nichts anderes übrig als abzuwarten, bis der Hubschrauber weg ist."

„Und die Typen?"

„Die werden die letzte Kiste aufladen und abhauen."

Katharina umklammerte Benskis Arm. „Jack, der Schatz, wir müssen was unternehmen!" Katharina schaute in den Himmel.

Vielleicht schaffe ich es, das MG in Stellung zu bringen, eine Salve in die Rotornarbe und der Vogel schmiert ab. Einen Versuch wäre es wert, überlegte er fieberhaft.

Benski drehte sich zu Katharina. „Okay, wir probieren was, bleib mit der Munitionskiste bei mir."

Vorsichtig schob Benski die Mündung des MG 34 über den Haldenrand.

Nur wenige Sekunden später schlugen die Geschosse in den Abraumhügel ein.

Benski zog das MG zurück.

Der Beschuss stoppte.

„Der Heli nagelt uns hier fest, bis die Sache gelaufen ist."

„Jack, irgendwas müssen wir doch tun. Wir können die Nazis nicht einfach so abhauen lassen, wir sind so nah dran." Katharina schaute erneut in den Himmel.

„Ja, ich weiß." Benski nahm Katharina in den Arm.

Plötzlich änderte sich das Geräusch des Hubschraubers. Das monotone Brummen der Rotoren wich einem lauten Klopfen.

Benski schaute Katharina in die Augen. „Der Hubschrauber dreht ab."

Katharina und Benski lugten vorsichtig über den Haldenrand. Der Hubschrauber war bereits hinter den Bäumen verschwunden. Benski und Katharina sahen gerade noch, wie der Sattelzug mit qualmenden Auspuffrohren hinter einer Biegung im Tal verschwand.

„Das war's. Wir waren so nah dran." Katharina hämmerte wütend mit ihren Fäusten auf den Abraum.

Benski ergriff ihre Hände. „Beruhige dich. Ich gebe zu, die Lage sieht im Moment nicht wirklich rosig für uns aus, aber noch sind die Typen nicht in ihrem Versteck."

„Nicht rosig! Jack, wach auf, die sehen wir nie wieder. Von Mansteyns Range Rover steht zig Stunden Fußmarsch entfernt irgendwo im Wald und unsere letzte Chance, ist jetzt auch egal, kommt sowieso zu spät." Wieder schaute Katharina suchend in den Himmel.

„Was meinst du mit letzte Chance? Du schaust schon die ganze Zeit nach oben, als ob du auf Verstärkung warten würdest, was verheimlichst du mir?"

„Egal. Fakt ist, die Nazis sind uns mit der Ladung entwischt, und die sehen wir nie wieder."

„Das war keine Antwort auf meine Frage."

„Jack, du wirst zu gegebener Zeit alles erfahren, versprochen."

Benski konnte nicht glauben, was er gerade aus Katharinas Mund gehört hatte. Seine Augen blitzten auf. „Das glaube ich jetzt nicht."

„Was glaubst du nicht?"

„Exakt den gleichen Wortlaut habe ich vor Kurzem schon mal gehört."

„Wenn du das sagst."

„Katharina, was wird hier gespielt?"

„Ich weiß nicht, was du meinst."

„Du kennst Frau von Trotau."

„Wer soll das sein?" Katharina tat unbeeindruckt. Doch Benski bemerkte ein kurzes Blinzeln.

„Katharina, es reicht. Du weißt ganz genau, wer Frau von Trotau ist."

„Und wenn schon, was spielt das für eine Rolle?"

„Was für eine Rolle? Verdammt, Katharina, du kennst die ganze Zeit meinen Kontakt und hast nichts gesagt. Was weißt du sonst noch über mich?"

Katharina schwieg.

„Was hat dir die von Trotau über mich erzählt?"

Katharina wandte sich zu Benski um. Sie drückte zärtlich beide Hände gegen seine Brust. „Jack, ich glaube, ich muss dir einiges erklären, aber nicht jetzt. Da hinten kommen von Mansteyn und Zülke."

16 MR. ANDERSSON

Norwegen, 27 Kilometer südlich von Narvik, nördlich des arktischen Polarkreises. Die Vegetation auf der felsigen Hochebene war karg. Sie bestand überwiegend aus Flechten und Moosen. Aus dem nahegelegenen Fjord führte eine alte Materialseilbahn hoch zu den verfallenen Betoninstallationen der ehemaligen Mine. Am Tragseil der Materialseilbahn hingen vereinzelt noch rostige Loren. Neben der verfallenen Verladestation stand ein verrosteter Förderturm, dessen Betonfundamte von einem kristallklaren See überflutet waren. Weit verstreut ragten weitere Fundamente aus dem See. Sie ließen Rückschlüsse auf die gewaltige Größe der ehemaligen Grubernanlage zu.

Der imposante Besprechungsraum 70 Meter tiefer hatte keine Fenster. Boden und Wände bestanden aus geschliffenem Sichtbeton. Die aus massiven Eichenbohlen gefertigte Holzdecke kontrastierte. In den Boden eingelassene Strahler erzeugten an den Wänden schmale Lichtkegel. In der Mitte des Raums stand ein riesiger Besprechungstisch aus geköhltem Eichenholz. Über dem Tisch hingen an langen Stahlkabeln fünf hölzerne Designerleuchten von der Decke. Die dezent eingesetzte Beleuchtung erzeugte im Raum ein geheimnisvolles Halbdunkel.

An der vorderen Stirnseite befand sich eine imposante, bodentiefe Monitorwand. Darauf spielte sich eine faszinierende Unterwasserwelt ab. Buckelwale zogen majestätisch ihre Bahnen und ihr Walgesang erfüllte dezent den Raum.

Ein Mann in weißem Hemd und dunkelblauem Pullunder schritt ungeduldig vor der Wand auf und ab. Bei jedem Schritt hallten seine hand-rahmengenähten Lederschuhe durch den Raum. Dem Augenschein nach war der Mann in den Dreißigern. Sein kurzes Haar war schlohweiß. Er hatte seine Hände hinter dem Rücken verschränkt. Sein Gang wirkte irgendwie unnatürlich, seltsam mechanisch.

Plötzlich fing das Bild auf der Monitorwand an zu rauschen. Der Mann blieb abrupt stehen. Sein eisiger Blick richtete sich auf die Wand. Die Unterwasserlandschaft war verschwunden. Flackernd erschien das Gesicht eines Mannes. Nach wenigen Sekunden legte sich das Flackern.

„Petrov, endlich."

„Entschuldigung, Mr. Andersson, wir hatten hier einige Probleme."

„Probleme interessieren mich nicht, ich gehe davon aus, Sie haben das in der Zwischenzeit erledigt."

Der Mann zögerte kurz. „Ich fürchte nein, es gibt schlechte Nachrichten."

„Petrov, was ist los?"

„Grubers Leute haben unsere Männer bei der Übergabe in einen Hinterhalt gelockt. Zwei unserer Männer wurden dabei erschossen. Nur Borissow konnte entkommen."

„Was – was ist mit den Kisten?", rief Andersson außer sich.

Petrov schüttelte den Kopf.

Andersson drehte sich von der Wand weg und blieb wie versteinert stehen."

Petrov wartete kurz. „Mr. Andersson."

Andersson drehte sich langsam zurück. Sein Gesicht war mit roten Flecken übersät, er hatte die Fäuste geballt. Auf seiner Stirn trat deutlich eine Ader hervor. Auf einmal stieß Andersson einen markerschütternden Schrei aus. „NEIN!“

Sekunden später hatte er sich wieder im Griff. Die Flecken im Gesicht waren kaum noch zu sehen. Wutentbrannt fuhr es aus ihm heraus: „Dafür wird er bezahlen. Dieses gottverdammte Nazi-Arschloch wagt es, mich herauszufordern. Weiß dieser greise Trottel denn nicht, dass ich ihn und seine elendige Mischpoke für diese Aktion bis ans Ende der Welt jagen werde, so lange, bis ich habe, was mir gehört.“ Andersson fuhr sich über die weißen Haare. „Da überlässt man diesem Abschaum schon das ganze Gold, Edelsteine, Kunstwerke und was weiß ich noch alles –, aber dieser dumme alte Mann kriegt den Hals einfach nicht voll. Was hat er sich bloß dabei gedacht, meine Kisten sind für ihn doch vollkommen wertlos.“

„Ich weiß es nicht, vermutlich ist Gruber größenwahnsinnig geworden. Ohne Ihre Hilfe bei der Entschlüsselung hätte er die Hugin überhaupt nie gefunden.“

Andersson nickte zustimmend. „Wir müssen die Kisten so schnell wie möglich finden. Petrov, haben Sie eine Idee, wohin Grubers Leute die Kisten gebracht haben könnten?“

Petrov fuhr ein kurzes Lächeln übers Gesicht. „Nachdem mir Borissow von dem Hinterhalt berichtet hatte, habe ich über alle Kanäle eine Belohnung von 50.000 Dollar für Informationen zu dem betreffenden Container ausgelobt.“

„Sehen Sie, Petrov, so langsam begreifen Sie, wie man Probleme löst. Ich nehme an, die Dollars haben ihre Wirkung nicht verfehlt?“

Erneut wischte ein selbstsicheres Lächeln über Petrovs Gesicht. „Ganz und gar nicht. Schon nach zwei Tagen kannten wir das Ziel des Containers und sogar, welche Route er nehmen wird.“

Andersson nickte. „Ich wette, dem einfältigen Trottel ist nichts besseres eingefallen, als sich die Ladung in sein paraguayisches Rattenloch liefern zu lassen."

Petrov nickte. „Ganz genau."

„Wo befindet sich der Container jetzt?"

„Auf der Wildeck, einem unter deutscher Flagge laufenden Binnencontainerschiff. Durch unsere Informanten kennen wir alle Namen und dazugehörige MMSI-Nummern der Schiffe, auf denen der Container transportiert wird."

„Petrov, wo steckt diese Wildeck?"

„Sie läuft flussabwärts auf dem Rhein. Im Moment hat sie im Hafen von Nimwegen festgemacht. Ziel der Wildeck ist Antwerpen. Dort wird der Container auf die Santa Vincenza mit Zielhafen Montevideo umgeladen."

„Gute Arbeit." Andersson nickte anerkennend.

„Gruber lässt den Container aber streng bewachen. Mein Informant berichtete mir, dass sich auf dem Deck und der Brücke der Wildeck mehrere Personen rumtreiben, die ganz sicher nicht zur Besatzung gehören."

„Das war zu erwarten. Wenn in Grubers Gehirn auch nur drei Zellen funktionieren, kann er sich denken, dass ich alles dransetzen werde, um mir die Kisten zurückzuholen."

„Da ist noch eine Sache. Der Informant berichtete uns, dass an verschiedenen Orten ein schwarzer Kampfhubschrauber in der Nähe des Containers gesichtet wurde."

Andersson wirkte unbeeindruckt. „Grubers Wachhund, ein AH-6 Little Bird. Der sollte kein allzu großes Problem darstellen, dafür gibt es die Grinch."

„Grinch?"

„Warten Sie." Andersson richtete seinen Blick auf einen schwarzen Button in seinem Sichtfeld. Die Irisscanner seiner VR-Linsen registrierten die Bewegung und aktivierten die Remote-Steuerung der Monitorwand. Mithilfe der VR-Linsen steuerte Andersson den Cursor auf der Monitorwand. Das Fenster mit Petrovs Livebild wurde klein und verschob sich in die rechte untere Ecke. Auf der Wand erschienen mehrere Menüs mit Bildern von Waffen. Andersson scrollte geübt durch die Waffengalerie. Als das Bild einer Panzerfaust-ähnlichen Waffe in dem Suchfenster erschien, stoppte er den Suchlauf. Mit einem kurzen Augenzwinkern zoomte Andersson die Waffe auf den gesamten Bildschirm. In einer 3D-Animation drehte sie sich jetzt auf der Monitorwand. Unten waren die exakte Bezeichnung und weitere Details zur Waffe eingeblendet: 9K338 Igla-S, NATO Codename SA-24 Grinch, leichte Fliegerabwehrlenkwaffe russischer Bauart speziell zur Bekämpfung von Hubschraubern und niedrig fliegenden Zielen, passiver Zielsuchkopf, Fire-and-Forget, digitale Steuerelektronik und Annäherungszünder.

„Eine tragbare Boden-Luft-Rakete."

„Eine der besten vierte Generation MANPADS, die man aktuell auf dem Schwarzmarkt bekommt. Sollte uns Grubers Vogel in die Quere kommen, holen wir ihn damit vom Himmel." Die 9K338 Igla-S verschwand und Petrovs Livebild war wieder auf dem gesamten Flatscreen zu sehen.

„Nimwegen, sagten Sie?"

„Ja, die Wildeck wird gerade im Containerhafen beladen."

„Wann wird sie in Antwerpen erwartet?"

„Einen Moment." Petrov schaute nach unten. Wenige Sekunden später sagte er: „In ungefähr 17 Stunden."

„Und wann läuft die Santa Vincenza in Antwerpen aus?"

Wieder schaute Petrov nach unten.

„In zwei Tagen."

„Okay, verlegen Sie sofort Ihre Männer nach Holland und spüren Sie das Schiff auf. Wenn Sie es haben, bleiben Sie dran, bis Sie von mir neue Instruktionen bekommen."

„Verstanden, Mr. Andersson. Sie können sich auf mich verlassen."

Kurz darauf verschwand Petrov und die Buckelwale erschienen wieder auf der Monitorwand. Andersson beobachtete die Tiere.

Was hat sich Gruber nur dabei gedacht, aus heiterem Himmel so eine Wahnsinns-Aktion zu befehlen?, fragte er sich. Langsam, das war überhaupt keine spontane Kurzschlusshandlung, die Aktion war von langer Hand geplant, Gruber hat mich die ganze Zeit bewusst in falscher Sicherheit gewogen – dann weiß Gruber vermutlich ganz genau, was sich in den Kisten befindet, und er hat es gezielt darauf abgesehen – ich muss die Kisten so schnell wie möglich in meine Gewalt bekommen, koste es, was es wolle!

Andersson wandte sich von der Monitorwand ab und ging zügig in Richtung der Betonwand. Darum wird sich Skalli kümmern, sie wird diesem Nazi-Arschloch zeigen, was es heißt, sich mit mir anzulegen, überlegte er, während er weiter auf die Wand zuging.

Kurz bevor er die Wand erreichte, war von dort ein leises Klacken zu hören. Plötzlich erschien an der Betonwand ein schmaler vertikaler Lichtspalt. Während sich ein zwei Meter breites Betonelement langsam nach innen drehte, wurde der Lichtspalt immer breiter. Nach wenigen Sekunden war der Zugang zu dem hell mit Neonröhren erleuchteten Gang frei. Andersson verließ den Besprechungsraum und trat in den Gang. Wieder wirkten seine Bewegungen unnatürlich mechanisch. Kurz nachdem Andersson die Tür passiert hatte, schloss sie sich wieder.

17 PIRATEN

48°34'40.0" Nord, 5°37'56.0" West. 27 Seemeilen nordwestlich von Brest, Keltische See, Atlantik, Ortszeit 00:24. Windstärke 8, stürmische Böen aus West-Nordwest, Regenschauer, Wellengang 9 Meter, Außentemperatur fünf Grad. Auf der Brücke der Santa Vincenza hatte der zweite Wachoffizier, Francesco Ruggeri, gerade seinen Dienst angetreten. Der Autopilot steuerte das 270 Meter lange 6500 Standardcontainer fassende Containerschiff sicher auf Kurs 208 durch die stürmische See. Aus einem Lautsprecher erklang dezent lateinamerikanische Musik.

Ruggeri saß vor dem Steuerstand und beobachtete das Radar. „Ganz schönes Sauwetter da draußen, Nord-Atlantik eben", grummelte er vor sich hin.

Plötzlich erschien am oberen Rand des Radarschirms ein heller Punkt.

Was ist das?, dachte Ruggeri.

Der Leuchtpunkt nährte sich schnell von Nord-Westen.

Ruggeri stand auf und beugte sich über den Radarschirm. Keine AIS Daten und viel zu schnell für ein Schiff, das muss ein tief fliegendes Flugzeug sein. Wenn es Kurs hält, ist es in – knapp zehn Minuten auf unserer Position, was will der hier draußen, und das bei diesem Sauwetter?, fragte sich Ruggeri.

Plötzlich: „MAYDAY MAYDAY MAYDAY

THIS IS

HM Coastguard zero five, HM Coastguard zero five, HM Coastguard zero five, GOLF LIMA OSCAR INDIA JULIET."

Kurze Sprechpause, dann: „MAYDAY

HM Coastguard zero five, GOLF LIMA OSCAR INDIA JULIET

Position four-eight five-eight north, zero-zero-five two-three west, engine on fire, assistance urgently requested, over", schallte es aus den Lautsprechern.

Notruf auf Kanal 16, das ist der Radarkontakt, bei denen brennt das Triebwerk, die sind nur 24 Seemeilen entfernt, aber was sucht die englische Küstenwache so weit hier draußen? Ich muss die Notmeldung bestätigen, vielleicht schaffen sie es bis zu uns, schoss es Ruggeri durch den Kopf. Ohne auf weitere Hilfsangebote auf Kanal 16 zu warten, zog Ruggeri aufgewühlt das Mikrofon zu sich. Er drückte die Sprechtaste. "MAYDAY

HM Coastguard zero five, HM Coastguard zero five, HM Coastguard zero five, GOLF LIMA OSCAR INDIA JULIET

THIS IS

Santa Vincenza, Santa Vincenza, Santa Vincenza, HOTEL OSCAR SIERRA VICTOR ZERO-SIX

received mayday, over."

Ruggeri stand wie gebannt vor dem Radarschirm und beobachtete den Leuchtpunkt.

Wenige Sekunden später: „MAYDAY

Santa Vincenza, HOTEL OSCAR SIERRA VICTOR ZERO-SIX

THIS IS

HM Coastguard zero five, GOLF LIMA OSCAR INDIA JULIET

understood, over."

Das Hilfsangebot darf eigentlich nur der Kapitän machen. Aber bis der hier oben ist, ist es für die da draußen zu spät, überlegte Ruggeri hektisch.

Ohne auf die Anordnung des Kapitäns zu warten, griff Ruggeri zum Mikrofon und drückte die Sprechtaste. „MAYDAY

HM Coastguard zero five, GOLF LIMA OSCAR INDIA JULIET

THIS IS

Santa Vincenza, HOTEL OSCAR SIERRA VICTOR ZERO-SIX

our position is twenty-four sm south, ETA in approximately 10 minutes, over."

Wenige Sekunden später kam die Bestätigung aus dem Lautsprecher. "MAYDAY

Santa Vincenza, HOTEL OSCAR SIERRA VICTOR ZERO-SIX

THIS IS

HM Coastguard zero five, GOLF LIMA OSCAR INDIA JULIET

underderstood, over."

Ruggeri ließ sich in den Steuerstuhl fallen. Er faltete die Hände vor seinem Gesicht und dachte nach. Aber selbst wenn sie es bis auf unsere Position schaffen, was bringt das? Notwassern bei Dunkelheit und diesem Seegang, der sichere Tod, oder sollen wir die Fahrt verlangsamen und ein Rettungsboot aussetzen?

Der Lautsprecher riss Ruggeri aus seinen Gedanken. „MAYDAY

Santa Vincenza, HOTEL OSCAR SIERRA VICTOR ZERO-SIX

THIS IS

HM Coastguard zero five, GOLF LIMA OSCAR INDIA JULIET

proceeding to you, we reach your position in five minutes, prepare for emergency landing, life raft, over."

"Scheiße!", rief Ruggeri aufgeregt.

Das ist ein Hubschrauber, die wollen auf Deck landen, ich muss sofort den Kapitän informieren, der reißt mir den Kopf ab, dachte er panisch.

Ruggeri griff den Hörer und tippte auf der Tastatur drei Mal die Taste 1.

Er wartete kurz. „Was ist los, Ruggeri? Ich hoffe für Sie, es ist wichtig", kam es übellaunig aus der Hörermuschel.

„Kapitän, Sie müssen sofort auf Brücke kommen, ein Notfall."

„Was zur Hölle ist passiert, Kollision?"

„Nein, mit dem Schiff ist alles okay. Aber das müssen Sie sich unbedingt selbst anschauen. Ein Hubschrauber ist im Anflug. Er beabsichtigt, auf Deck der Santa Vincenza notzulanden."

„Was sagen Sie – ein Hubschrauber? Der will auf Deck landen, spinnen die? Bei diesem Wind und Seegang – unmöglich, das gibt ein Inferno. Wer hat denen die Erlaubnis erteilt?"

„Na ja", räusperte sich Ruggeri.

„Sagen Sie nicht, Sie waren das!", schrie der Kapitän am anderen Ende der Leitung in den Hörer.

„Nein, zumindest nicht explizit."

„Nicht explizit? Ruggeri, was haben Sie denen gefunkt?"

„Kapitän, ich habe nur ein Hilfsangebot mit unseren Koordinaten abgegeben. Sie waren nur 24 Seemeilen entfernt und hatten sowieso schon Kurs auf uns genommen", versuchte sich Ruggeri zu rechtfertigen.

„Was, ohne meinen ausdrücklichen Befehl? Wenn das schiefgeht, Ruggeri, bringe ich Sie vors Seegericht", schrie der Kapitän tobend vor Wut.

„Der Hubschrauber ist von der britischen Küstenwache, er hat einen Triebwerksausfall."

„Mir egal. Was haben die überhaupt so weit hier draußen zu suchen?"

„Das habe ich mich auch gefragt."

„Küstenwache hin oder her. Eine Landung auf Deck ist unter diesen Bedingungen völlig unmöglich. Also los, funken Sie den Hubschrauber an und untersagen Sie ihm die Landung auf der Santa Vincenza, sofort."

„Aber Kapitän ..."

„Kein Aber, Ruggeri, das ist ein Befehl, ist das verstanden?", kam es in harschem Befehlston aus dem Hörer.

„Verstanden, Kapitän", bestätigte Ruggeri kleinlaut.

„Ich komme gleich auf Brücke."

„Aye-Aye, Kapitän."

Ruggeri legte auf und griff nach dem Mikrofon. Er zögerte, doch dann sagte er: „MAYDAY

HM Coastguard zero five, GOLF LIMA OSCAR INDIA JULIET

THIS IS

Santa Vincenza, HOTEL OSCAR SIERRA VICTOR ZERO-SIX

abort landing immediately, I repeat abort landing immediately, please confirm, landing on Santa Vincenza not permitted, over."

Plötzlich hörte Ruggeri trotz des tosenden Sturms von draußen ein dumpfes Brummen. Er stand auf.

„Santa Maria Madre de Dios – das darf doch nicht wahr sein." Durch die Scheibenwischer hindurch sah er, wie sich langsam von steuerbord ein Hubschrauber der Santa Vincenza näherte. Seinen 1600 Watt Suchscheinwerfer hatte der AgustaWestland AW189 auf die Bordwand gerichtet.

Die haben sich dreist dem Befehl des Kapitäns widersetzt, das gibt Ärger – falls sie das überleben, dachte Ruggeri.

Ruggeri beobachtete, wie sich der Hubschrauber immer weiter näherte und schließlich direkt vor der Brücke in der Luft stand. Der Lichtkegel des Suchscheinwerfers tänzelte über die obersten Containerreihen. Langsam schwebte der Helikopter in Richtung des Lichtkegels. Aufgrund der Stabilisatoren der Santa Vincenza, die das Rollen des Containerschiffs reduzierten, und der relativ mittigen Landeposition, wo das Stampfen des Schiffs am geringsten war, gelang es dem Piloten, den Helikopter immer näher heran an die obersten Container zu steuern.

„Ein absolutes Ass“, bewunderte Ruggeri den Piloten von der Brücke aus.

Der Hubschrauber war bereits unterhalb des Steuerstandes, da traf ein schwerer Brecher das Schiff.

„Verdammt, zieh hoch!“, rief Ruggeri.

Der Pilot hatte den Brecher bemerkt und rechtzeitig hochgezogen. Die kurze Ruhe nach dem Brecher nutzte er und landete den Hubschrauber sicher auf den obersten Containern.

„Respekt“, kam es anerkennend von Ruggeri.

Von der Brücke aus beobachtete Ruggeri, wie sich die Seitentür des Hubschraubers öffnete. Mehrere Personen in orangen Overalls und Rettungswesten sprangen auf die Container. Sofort begannen die Männer, den Hubschrauber routiniert mit Kunststoffseilen an den Containern zu vertäuen.

Ruggeri wurde misstrauisch. SAR-Teams seilen sich höchstens ab, aber bei diesen Bedingungen landen, das machen die Typen nicht zum ersten Mal, das sind keine SAR-Leute, die sehen aus wie – ein Spezialkommando für Geiselbefreiung oder so, absolute Profis. Plötzlich schlug sich Ruggeri die Hand vor die

Stirn. Verdammt, wie konnte mir das entgehen, wo ist überhaupt das brennende Triebwerk?

In diesem Moment öffnete sich die Tür zum Treppenhaus.

„Kapitän, gut, dass Sie da sind", seufzte Ruggeri erleichtert.

„Was ist passiert."

„Der Hubschrauber ist eben gelandet."

„Was? Diese Idioten sind gegen meinen ausdrücklichen Befehl gelandet? Das wird ein Nachspiel haben, darauf können sich diese Verrückten verlassen." Der Kapitän kam zum Steuerstand.

„Aber die Landung Kapitän – das war das Beste, was ich je gesehen habe."

„Und wenn es der Kunstflug-Weltmeister persönlich ist. Ich habe es untersagt. Die Sache wird ein Nachspiel haben."

„Da ist noch etwas."

„Was denn noch?"

„Das brennende Triebwerk."

„Was ist damit?"

„Es gibt kein brennendes Triebwerk."

„Gelöscht?"

„Unwahrscheinlich." Ruggeri blickte zum Hubschrauber. „Ich glaube nicht, dass der Pilot dieses waghalsige Landemanöver mit nur einem Triebwerk geflogen ist. Von reduzierter Leistung war überhaupt nichts zu sehen."

„Was soll dann der ganze Zirkus?"

„Ich glaube, das sind keine SAR-Leute."

„Ruggeri, was sagen Sie da? Wer zum Teufel sind diese Leute?"

„Ich weiß es nicht." Ruggeri fasste sich an die Nase. „Aber ich wette auf das Leben meiner Mutter – das ist kein normales Rettungsteam der englischen Küstenwache. Das sind Leute von irgendeinem SWAT-Team für besonders heikle Aufgaben."

Der Kapitän zeigte mit seinem Zeigefinger auf Ruggeri. „Sie meinen, so etwas wie – eine Landung bei Dunkelheit, Windstärke 8 und hohem Wellengang auf hoher See auf einem Containerschiff?"

Ruggeri nickte „Ganz genau."

„Aber was wollen solche Leute bei uns?"

„Keine Ahnung." Ruggeri schaute zum Helikopter. Er sah, dass der Hubschrauber jetzt sicher vertäut war. Ruggeri beobachtete, wie zwei Männer dabei waren, eine größere tarnfarbene Kiste aus dem Laderaum des Helikopters zu hieven.

„Da, Kapitän, schauen Sie. Die laden irgendwas aus."

„Zum Teufel, mit denen stimmt ganz gewaltig was nicht. Geben Sie Alarm und setzen Sie einen Notruf ab."

In diesem Moment wurde die Seitentür der Brücke aufgerissen. Von draußen fuhr das Tosen des Sturms in die Brücke. Ein Mann und eine Frau in orangen Overalls kamen herein.

„Wer sind Sie, was haben Sie hier zu suchen? Sie haben sich gefälligst vor Betreten der Brücke anzumelden", schrie der Kapitän die beiden an.

Die Frau zog die Kapuze nach hinten. „Kapitän, wir sind auf der Suche nach etwas, das uns gehört. Wenn Sie kooperieren, sind wir in zehn Minuten wieder von Bord", antwortete die Frau freundlich, aber bestimmt.

„Was sollen wir? Kooperieren? Lächerlich", sagte der Kapitän abfällig. „Haben Sie das gehört, Ruggeri? Ich glaube, unser Fräulein hier weiß nicht, welche Regeln an Bord meines Schiffes gelten und wen sie gerade vor sich hat", belehrte der Kapitän die junge Frau despektierlich.

„Ich denke, Sie wissen nicht, wen Sie vor sich haben."

„Aber sicher. Respektlose Rüpel, die gegen meinen ausdrücklichen Befehl auf meinem Schiff gelandet sind und jetzt ohne Erlaubnis meine Brücke betreten haben."

Die Frau blickte den Kapitän an. Ihre Augen funkelten. „Ich frage Sie das jetzt zum letzten Mal. Kooperieren Sie?"

„Nein, wieso sollte ich? Was für eine Truppe sind Sie überhaupt?"

„Ist das Ihr letztes Wort?"

„Mein allerletztes."

„Wie Sie wollen." Die Frau griff mit der rechten Hand in ihre Jacke. Blitzschnell zog sie die an einem Schulterhalfter befestigte deutsche Maschinenpistole Heckler & Koch MP7A2 mit Schalldämpfer aus der Schulterstütze heraus und zielte auf den Kapitän. Ihr Begleiter zog eine halbautomatische tschechische ČZ 75 SP-01 Tactical Pistole im Kaliber 9 mm aus seiner Jackentasche.

„Dann eben auf die harte Tour. Wo sind die Frachtpapiere?"

„Was denken Sie, wer sie sind? Sie Witzfiguren stürmen hier rein und bedrohen uns mit Ihren Waffen? Hier an Bord habe ich die Befehlsgewalt und ich befehle Ihnen: Verlassen Sie sofort meine Brücke und hauen Sie mit Ihrem verdammten Hubschrauber dahin ab, woher auch immer Sie gekommen sind. Haben Sie mich verstanden?", schäumte der Kapitän tollkühn.

Die Frau blickte kurz zu ihrem Partner. Ein kurzes Nicken. Kaltblütig zog die Frau den Abzug der Maschinenpistole. Mit dumpfem Pochen spuckte die MP7 eine tödliche Salve 4,6 mm Projektile in Richtung des Kapitäns. Von mehreren Kugeln getroffen, sackte der Kapitän blutüberströmt auf dem Boden zusammen.

Die Frau zielte auf Ruggeri. „Was ist mit Ihnen?"

Ruggeri hatte bereits die Hände gehoben. „Ich, ich kooperiere, nur nicht schießen", stammelte er kreidebleich in Richtung der Frau.

„Sehr vernünftig. Wenn Sie machen, was ich sage, passiert Ihnen nichts. Also, wo sind die Frachtpapiere?"

„Die sind im Computer gespeichert."

„Haben Sie Zugang von der Brücke?"

Ruggeri nickte. „Ja."

„Okay." Die Frau zog den linken Ärmel ihres Overalls hoch. Auf dem Unterarm waren mit Kugelschreiber mehrere Buchstaben und Zahlen notiert. „AMPU 880042 5. Wo ist dieser Container?"

Ruggeri tippte auf der Tastatur. „Sofort, eine Sekunde."

Nach ein paar Sekunden sagte er: „Darf ich etwas anmerken?"

„Machen Sie."

„Wenn sich Ihr Container unter Deck befindet, werden Sie ihn nicht öffnen können. Sie können nur hoffen ..."

„Zerbrechen Sie sich darüber nicht den Kopf. Und jetzt machen Sie endlich", unterbrach die Frau Ruggeri barsch.

Der Mann kam zu Ruggeri und drückte ihm den Lauf seiner CZ in den Rücken. „Versuchen Sie nicht, uns hinzuhalten."

Ruggeri schwitzte. „Nein, sehen Sie selbst, das Programm sucht noch."

Mit einem Mal erschien auf dem Bildschirm eine schematische Abbildung des Schiffsrumpfes.

Ruggeri zeigte auf den roten Punkt auf dem Monitor. „Da ist Ihr Container." Er schaute zur Frau. „Sie haben wirklich Glück. Der Container steht ganz oben und gar nicht weit von Ihrem Helikopter entfernt – Stellplatz 350790."

Die Frau drehte sich zu ihrem Begleiter. Für den Bruchteil einer Sekunde zuckte ein Lächeln über ihr Gesicht. Dann wandte sie sich wieder an Ruggeri: „Führen Sie uns hin."

* * *

Noch immer schlugen schwere Brecher gegen das Schiff. Der Bug der Santa Vincenza tauchte mit jedem Brecher tief in die aufgewühlte See und scheuchte dichte Gischtwolken über das Deck. Trotz der extremen Bedingungen standen mehrere Personen auf dem hellblauen Container mit der Containernummer AMPU 880042 5. Die Frau und der Mann bedrohten Ruggeri mit ihren Waffen. Zwei Männer der Hubschrauberbesatzung hatten sich zur Containertür abgeseilt. Sie waren gerade dabei, die Plomben zu entfernen. Dann entriegelten sie die beiden Türverriegelungsstangen und öffneten die Containertüren.

„Lieutenant, wir sind drin", rief einer der Männer nach oben.

Die Frau kam an den Rand des Containers. Sie beugte sich über den Containerrand. „Ist es da?"

Die beiden Männer leuchteten mit ihren taktischen Taschenlampen in das Innere des Containers. Sekunden später fielen die Lichtkegel ihrer Lampen auf mehrere hölzerne Kisten, auf denen ein ovales Wappen mit einem Schwert in der Mitte aufgedruckt war. Um die Wappen herum stand in runenartigen Buchstaben Deutsches Ahnenerbe.

Die Männer schauten sich erleichtert an.

Einer der Männer schaute nach oben. „Lieutenant, wir haben sie.“

* * *

30 Minuten später an Bord des Hubschraubers. Der AgustaWestland hatte wenige Minuten zuvor von Bord der Santa Vincenza abgehoben und Kurs auf die französische Küste genommen. Ruggeri lag im vorderen Bereich des Frachtraums des Hubschraubers. Seine Hände waren mit Kabelbindern auf dem Rükken gefesselt.

Die Pilotin schaute aus dem Seitenfenster zurück zur Santa Vincenza. „Okay, wir sind weit genug weg. Petrov, Sie wissen, was zu tun ist“, befahl die Frau über ihr Headset.

„Verstanden“, antwortete Petrov über den Bordfunk. Petrov griff nach dem Funksender. Er tippte mehre Zahlen in den Sender. Wenige Sekunden später blinkte auf dem Funksender eine grüne LED.

„Wir sind online.“

„Jagen Sie den Pott in die Luft.“

„Okay.“ Petrov bestätigte die Eingabe.

Sekunden später zuckte ein gewaltiger Lichtblitz über das Meer.

Ruggeri konnte nicht glauben, was gerade passiert war. „Sie ... Sie haben die Santa Vincenza gesprengt. Ihr elendigen Hunde – ihr dreckigen Mörder.“

„Halt‘s Maul.“ Petrov trat Ruggeri in die Magengrube.

Ruggeri krümmte sich vor Schmerzen. „Was wollt ihr jetzt machen?“, presste er heraus.

Petrov riss die Seitentür auf. „Das wirst du gleich sehen.“

„NEIN!“, schrie Ruggeri. „Ich habe kooperiert. Ich kann schweigen wie ein Grab.“

„Sicher.“ Petrov griff Ruggeri an den Armen.

„Hören Sie, ich tue alles, was Sie verlangen, nur lassen Sie mich am Leben“, flehte Ruggeri mit schmerzverzerrtem Gesicht.

Unbeeindruckt riss Petrov Ruggeri hoch. „Heul nicht rum. Stirb wie ein Mann.“

Ruggeri wollte etwas erwidern. Seine Stimme versagte.

Petrov drückte Ruggeri an die Tür. Wie gelähmt stand Ruggeri in der offenen Tür.

„Doswidanja.“ Petrov verpasste Ruggeri einen Stoß.

Ein markerschütternder Todesschrei zerriss die Dunkelheit. Wenige Sekunden später war er im Tosen des Orkans untergegangen.

Petrov zog die Seitentür zu. „Erledigt.“

18 INFARKT

San Ignacio, Paraguay. Ortszeit 10:25. Nördlicher Weidezaun. Zwei Arbeiter waren gerade damit beschäftigt, Zaunpfosten aus verwitterungsbeständigem Kurupa'y ra, paraguayischem Kirschbaumholz, in den Boden der Pampa zu rammen.

Etwas abseits stand Obergruppenführer Gruber. Er lehnte an einem tarnfarbenen Unimog 426.124 Baujahr 1972 mit offenem Fahrerhaus und Ladepritsche. Den ausgemusterten Unimog hatte Gruber vor einigen Jahren bei einer Auktion des argentinischen Militärs ersteigert. Aufmerksam überwachte er die Arbeiter.

Auf einmal erspähte Gruber in der Ferne eine Staubwolke. Wer wagt es? Ich habe doch befohlen, solange die Weidezäune nicht repariert sind, dass sich hier draußen keiner blicken lässt und die Rinder in Bewegung bringt. Wer auch immer das ist, der kann was erleben, ärgerte sich der Obergruppenführer.

Die Staubwolke kam schnell näher.

Na, dann wollen wir doch mal sehen, dachte er. Gruber kletterte ins offene Fahrerhaus. Er öffnete das Handschuhfach, griff nach dem Feldstecher und blickte in Richtung der Staubwolke. Ein Serie III Land Rover, Baujahr 1972 in light Green mit kurzem 88 Zoll Radstand näherte sich schnell auf dem staubtrockenen Feldweg.

Menschenskind, das ist Max, der fährt, wie von einer Tarantel gestochen, was da wohl los ist, überlegte Gruber. Er legte den Feldstecher auf den Beifahrersitz und kletterte aus dem Fahrerhaus. Warum ruft der nicht einfach an? Gruber griff in seine rechte Jackentasche, kramte kurz darin herum, dann fasste er in die linke. Ein verschmitztes Lächeln huschte über sein Gesicht. Da habe ich das blöde Ding wohl wieder in der Hacienda vergessen, ach egal, Max ist sowieso schon fast da.

Der Land Rover war nur noch 40 Meter von Gruber entfernt. Mit hoher Geschwindigkeit hielt der Geländewagen auf Obergruppenführer Gruber zu. Erst kurz vor ihm bremste er abrupt ab. Direkt neben ihm kam er zum Stehen. Max riss die Fahrertür auf und sprang hektisch heraus. „Obergruppenführer, etwas Fürchterliches ist passiert!“, rief er aufgelöst.

„Was gibt es denn so Fürchterliches, dass du meinen ausdrücklichen Befehl missachtest und hier so rowdyhaft aufkreuzt?“

„Die Santa Vincenza.“

„Was ist mit ihr?“

„Sie, sie ist gesunken.“

„Was redest du da?“, entgegnete Gruber aufgebracht.

„Es kam eben in den Nachrichten. Zuerst hieß es nur, ein Containerschiff sei im Atlantik vor der französischen Küste bei schwerer See gesunken. Dann haben sie den Namen gebracht – es ist die Santa Vincenza.“

„Nein, das kann nicht sein.“ Obergruppenführer Gruber griff sich fassungslos an den Kopf.

„Kein Zweifel. Ich habe eben mit Rodríguez telefoniert. Er hat es bestätigt.“

Gruber taumelte rückwärts, gegen den Unimog. „Mein Lebenswerk – unser Lebenswerk, Max. Vernichtet, versunken für alle Ewigkeit im Atlantik. Das vierte Reich – es ist verloren. Wir haben versagt, das ist das Ende.“ Gruber sackte in sich zusammen.

„Obergruppenführer!“ Max fing Gruber auf und legte ihn vorsichtig auf den staubigen Boden. „Halten Sie durch.“ Max zog sein Hemd aus. Hastig knäulte er es zusammen und legte es vorsichtig unter Grubers Kopf.

Gruber atmete immer schwerer. Schweißperlen standen auf seiner Stirn. Er griff sich an die Brust. „Max, dieses Mal schaffe ich es nicht“, stammelte er. „Sie wissen, was zu tun ist“, presste er mit letzter Kraft heraus.

„Reden Sie keinen Unsinn, Obergruppenführer. Der Doc wird gleich hier sein. Er wird Sie wieder hinbekommen, das hat er bisher noch immer geschafft.“

„Der Doc?“, stammelte Gruber ungläubig.

„Ich habe ihn zum nördlichen Weidezaun bestellt, als ich losgefahren bin.“

Gruber blickte Max irritiert an. „Woher ...?“

„Obergruppenführer, bei dieser Nachricht war doch klar, dass Sie das sehr mitnehmen würde, und das bei Ihrem Herzen.“

In der Ferne war das typisch satte Blubbern des 5,9 Liter AMC 360 V8 Motors von Dr. Vargas' CJ-7 Jeep zu hören.

„Da ist er.“

Gruber blickte Max dankbar in die Augen. „Mensch, Max. Wenn ich dich nicht hätte. Das werde ich dir nie vergessen“, flüsterte Gruber erleichtert.

19 NATASCHA

Bratislava, Hauptstadt der Slowakischen Republik, Ortszeit 03:41. Über der Altstadt erhoben sich die mächtigen Mauern der Pressburger Burg. Der prächtige Palast im Renaissancestil war hell erleuchtet. Die letzten Tagesgäste hatten schon lange die Sehenswürdigkeiten der Donau-Stadt verlassen und waren auf ihre Kabinenschiffe zurückgekehrt. Bis auf vereinzelte Nachtschwärmer waren die Straßen menschenleer.

Ein weißes Skoda-Taxi bog in die Kapucinskastraße ein. Das Taxi fuhr bis auf Höhe des Kapuzinerklosters, kreuzte die in das Straßenpflaster eingelassenen Straßenbahnschienen und bog in eine kleine Seitengasse ein. Vor einem in die Jahre gekommen Altbau blieb das Taxi stehen.

Der Taxifahrer drehte sich um. „Wir sind da. 38 Euro bitte."

Natascha holte einen Fünfzig-Euro-Schein aus der Manteltasche und reichte ihn dem Fahrer nach vorne. „Stimmt so."

„Oh, vielen Dank. Hier meine Karte, nur wenn Sie wieder zurück zum Flughafen wollen."

„Danke." Natascha nahm die Visitenkarte. Sie öffnete die Tür und stieg aus. „Komm, Jack."

Die andere Tür öffnete sich und Benski stieg aus.

Das Taxi fuhr los und bog wenige Meter weiter in die nächste Seitenstraße ein.

Auf einmal waren die beiden völlig alleine, in dieser lauen Nacht, mitten in der Altstadt von Bratislava.

Benski ging auf Natascha zu. „Kathari..."

Natascha grinste.

Benski lächelte verlegen. „Natascha, wir sind da. Sag mir endlich: Wer bist du wirklich? Was hast du mit Frau von Trotau und der ganzen Hugin-Geschichte zu tun?“

„Auf der Straße, Jack?“

„Warum nicht, wir sind allein.“ Im schwachen Licht einer entfernten Straßenlaterne sah Benski Natascha entschlossen an. Sie erwiderte seinen Blick und für einige ewige Sekunden schauten sie sich gegenseitig tief in die Augen. Ohne sich wirklich dagegen zu wehren, kamen sich beide unweigerlich immer näher. Endlich trafen sich ihre Lippen. Benski spürte, wie Nataschas Brüste weich an seinen Oberkörper drückten. Ihre feurigen Lippen raubten ihm den letzten Rest an Widerstand. Immer leidenschaftlicher umschlangen sich ihre Zungen.

Schließlich biss Natascha zärtlich in Benskis Unterlippe.

„Komm, wir gehen hoch.“

* * *

Am nächsten Morgen. Im Hintergrund war das Rauschen der Dusche zu hören. Aus einer Tür strömte der Duft von frischem Kaffee. Auf dem Nachttisch standen zwei leere Champagnerflaschen.

Benski wachte gerade auf. Er lag nackt auf dem riesigen Bett inmitten eines großen Raumes. Das Rauschen hörte auf. Er hörte, wie die Duschtür klackte und Schritte näherkamen. Wenige Sekunden später stand Natascha im Bademantel in der Tür. Unter dem Bademantel zeichneten sich ihre wohlgeformten Rundungen deutlich ab. Ihre langen feuchten dunkelbraunen Haare, die in Wellen auf ihre Schultern fielen, sahen auf dem schneeweißen Bademantel noch verführerischer aus, als sie es ohnehin schon waren.

Einfach perfekt dieser Körper. Amor persönlich muss diese Frau erschaffen haben, dachte er.

„Hey, du bist wach. Guten Morgen, Langschläfer. Hast du gut geschlafen?“ Lächelnd kam sie zu ihm an das Bett.

„Guten Morgen, Süße. Was für ’ne Frage. So gut wie heute habe ich noch nie geschlafen. Aber du wolltest mir …“

Natascha legte ihren Zeigefinger auf Benskis Mund. „Jack, das war wunderschön gestern Abend.“ Sie küsste ihn.

Benski griff sie mit beiden Händen und warf sie mittels eines Judogriffs so geschickt auf das Bett, dass sie direkt unter ihm lag.

Sie zappelte jetzt ein bisschen mit den Beinen. „Hey, das war unfair.“ Aber in Wirklichkeit genoss sie es.

Die beiden machten da weiter, wo sie gestern Nacht aufgehört hatten.

* * *

45 Minuten später saßen sie am Frühstückstisch der kleinen Essküche. Benski nahm einen Schluck aus seiner Kaffeetasse. Langsam stellte er die Tasse ab.

Natascha wusste, was kommen würde. „Jetzt muss ich bestimmt ins Kreuzverhör“, versuchte sie, Benski in süßem Tonfall zu umgarnen.

Benski ließ sich nicht darauf ein. „Dass du in Wahrheit nicht Katharina, sondern Natascha heißt und nicht die Tochter von Dr. Stein bist, sondern dich für sie ausgegeben hast, so weit waren wir ja schon. Und dass du die Depesche von Dr. Stein im Krankenhaus entwendet hast, auch. Aber was hast du mit Frau von Trotau und der ganzen Hugin-Sache sonst noch zu tun?"

„Was hab ich gesagt – Kreuzverhör."

„Lass das. Sag mir jetzt, was du mit der ganzen Angelegenheit zu tun hast. Langsam denke ich, du steckst in der Hugin-Sache viel tiefer drin, als du zugibst."

„Und wenn?"

Benski ballte die Fäuste. „Dann stimmt es. Natascha, was wird hier gespielt?"

„Wenn ich dir das sage, Jack, ändert das alles. Die Welt, so wie du dachtest, sie zu kennen, wird für dich nie wieder dieselbe sein."

„Die ganze Welt, das klingt ja schlimm", antwortete Benski ein wenig ironisch.

„Jack, du nimmst mich nicht ernst."

„Es fällt mir schwer."

„Aber es ist die Wahrheit."

„Na klar, und das alles ist so geheim, dass das bis jetzt niemand mitbekommen hat?"

Natascha stand auf und lehnte sich ans Fenster. „Du hast nicht die leiseste Vorstellung davon, mit was wir es die letzten Wochen zu tun hatten."

„Ich denke schon."

Natascha schaute Benski auffordernd an. „Na?"

„Mit einem Nazi-Flugzeug aus dem Zweiten Weltkrieg, voll beladen mit Gold und Diamanten. Das Flugzeug ist abgestürzt und wurde von der Besatzung in einem Bunker versteckt."

„Okay."

„Außerdem noch mit einem verschlüsselten Lageplan des Flugzeugs, den die Besatzung hinterlassen hat. Und dann sind da noch die Nazi-Typen, die die Hugin vor uns gefunden haben und sich mit dem Schatz aus dem Staub gemacht haben."

„Soso, aber das ist noch nicht alles. Ein entscheidendes Detail fehlt."

„Was denn?"

„Die Ladung der Hugin bestand nicht nur aus Gold und Raubkunst. Ein paar der Kisten haben einen ganz besonderen Absender. Und in diesen Kisten sind auch keine Wertgegenstände im eigentlichen Sinn."

„Was ist mit diesen Kisten?"

Natascha schaute Benski mit ernster Miene an. „Sagt dir Deutsches Ahnenerbe etwas?"

„Nein. Klingt aber irgendwie nach Drittem Reich."

Natascha nickte. Sie öffnete ihren Laptop und tippte etwas auf der Tastatur. Dann drehte Sie den Laptop zu Benski.

Auf dem Bildschirm war ein ovales Wappen zu sehen. In der Mitte trug das Wappen ein Schwert, das von einer nach unten geöffneten Schleife eingerahmt wurde. Um das Wappen herum stand in runenartigen Buchstaben Deutsches Ahnenerbe.

Benski wusste sofort, wo er so ein Symbol schon mal gesehen hatte.

Natascha blickte ihn erwartungsvoll an. „Und?"

„Das Zeichen war auf drei oder vier der Transportkisten aus der Hugin, die die Nazi-Typen gerade in den Container geladen haben, am Bunkerausgang."

Natascha nickte. „Stimmt, und jetzt halt dich fest. Genau diese Kisten waren auf direkten Befehl des Reichsführers SS, Heinrich Himmler, an Bord der Hugin."

„Was, Himmler? Dann muss der Inhalt wirklich sehr wichtig gewesen sein."

Benski musste unweigerlich an die Erzählung des Obersts denken. Die Ladung war für Himmler sogar so wichtig, dass er alle Soldaten umbringen ließ, die davon wussten, hatte Benski von ihm erfahren.

„Was denkst du?“, ertappte Natascha ihn bei seiner Grübelei.

„Weißt du, was auf dem Luftwaffenstützpunkt Frankfurt in der Nacht passiert ist, nachdem die Hugin gestartet war?“

„Ja.“

„Was, du weißt von diesem Blutbad?“, fragte Benski verwundert.

„Ja klar.“

„Und warum sagt mir niemand was?“

„Du weißt es doch auch?“

„Ja, von einem alten Mann, Oberst Bronstering, der Augenzeuge der damaligen Vorkommnisse war.“

„Also, was hast du?“

Benski schlug mit der flachen Hand auf den Tisch. „Natascha, die SMS mit dem Hinweis zu dem Oberst – die habt ihr mir geschickt.“

Natascha schaute Benski ertappt an.

„Ihr hättet es mir auch einfach sagen können.“

„Frau von Trotau wollte es so. Sie meinte, auf diese Weise könnte man dich noch mehr motivieren, damit du deinen Auftrag auch wirklich erfüllst.“

„Frau von Trotau – soso. Komm, Natascha, sag mir endlich, was du mit der zu tun hast. Und warum meldet sie sich nicht mehr?“

„Zu viele Fragen auf einmal. Ich verspreche dir, du wirst alles erfahren. Aber eins nach dem anderen. Gib mir einfach noch ein paar Minuten, okay? Wir waren beim Ahnenerbe.“

Benski sprang auf. „Natascha, glaubst du, ich merke nicht, dass du mich hinhältst? Wenn du mir nicht sofort sagst, was du weißt, und zwar alles, dann bin ich weg.“

„Das kannst du nicht machen.“

„Sicher kann ich das. Die von Trotau meldet sich nicht mehr, damit ist mein Auftraggeber und mein Auftrag hinfällig. Ich vergesse alles, was passiert ist, und kümmere mich wieder um meine Fremdgeher in Frankfurt, vielleicht auch besser so."

„Und was ist mit uns? Willst du einfach so alles wegwerfen?"

„Nein, aber ..."

Natascha ging um den Tisch herum und nahm Benski liebevoll in die Arme. Sie legte beide Hände an Benskis Wangen und drehte seinen Kopf in ihre Richtung.

„Lass das", versuchte Benski, sich zu wehren.

Doch Natascha hielt Benskis Kopf fest und küsste ihn leidenschaftlich auf den Mund.

Nataschas feurige Lippen waren gerade dabei, Benski erneut um den Verstand zu bringen, da riss er sich zusammen. Er drückte Natascha von sich weg.

„Hey."

„Natascha, ich meine es ernst. Sag mir jetzt, was du weißt. Ich begreife nicht, was dein Problem ist."

„Okay, okay. Es ist halt einfach nicht so leicht, dich in diese Dinge einzuführen – ohne dass du glaubst, ich spinne."

„Das würde ich nie tun."

„Abwarten."

„Jetzt komm."

Beide setzten sich wieder an den Tisch.

„Sag später nicht, ich hätte dich nicht gewarnt."

Benski atmete einmal tief durch. „Jetzt sag schon."

„Also, wir waren bei Himmler und dem Ahnenerbe."

Benski nickte.

„Es war Himmler persönlich, der 1935 die Forschungsgemeinschaft Deutsches Ahnenerbe e.V. als

Forschungseinrichtung der SS gegründet hat. Später hat man die Einrichtung als SS-Ahnenerbe oder auch Amt A bezeichnet."

„Ich muss zugeben, von diesem Ahnenerbe habe ich echt noch nie etwas gehört."

„Über diese speziellen Aktivitäten der SS ist auch nicht viel bekannt, das meiste liegt noch immer im Dunkeln. Die Forschungen fanden unter strengster Geheimhaltung statt. Dokumente, die die Aktivitäten des Ahnenerbes hätten belegen können, sind in den Wirren gegen Ende des Krieges verbrannt oder wurden von den Nazis absichtlich vernichtet."

„So wie du das erzählst, könnte man fast meinen, man sitzt in einer Geschichtsvorlesung."

Natascha hielt sich die Hand vor den Mund. „Echt."

„Ja. Woher weißt du das alles?"

Natascha zögerte kurz. „Vielleicht zehn Semester Geschichtswissenschaften?", antwortete sie mit einem verlegenen Lächeln auf den Lippen.

„Du hast Geschichte studiert?"

Natascha nickte.

„Jetzt wird mir so einiges klar."

„Aber die Sache mit der Hugin hat mit meinem Studium nichts zu tun. Zurück zum Ahnenerbe."

Benski lehnte sich zurück. „Ich bin ganz Ohr."

„Du musst wissen, Himmler war dem Okkulten und Esoterischen sehr zugeneigt. Im Laufe der Zeit formte er die SS zu einer ordensähnlichen Organisation, mit eigenen Symbolen, Riten und allem, was zu einem Geheimorden eben so dazugehört. Die Abteilung Ahnenerbe oder Amt A suchte als Forschungsabteilung innerhalb der SS mit oftmals pseudowissenschaftlichen Methoden nach frühen Beweisen für die Existenz von Vorfahren ihrer germanischen Herrenrasse."

„Ist ja alles schön und gut, aber was ist jetzt mit den Kisten?", unterbrach Benski sie ungeduldig.

„Einen Moment, Jack."

Benski faltete seine Hände im Schoß. „Ich warte."

„Du wirst die Zusammenhänge erst richtig verstehen, wenn du auch über die Hintergründe Bescheid weißt."

„Schon gut, dann komm aber zum Punkt."

Natascha nickte. „Wie ich bereits sagte, ein Teil des Ahnenerbes beschäftigte sich mit okkulten Theorien. Ein ganz besonderes Interesse richtete sich dabei auf die Forschung nach - und jetzt halt dich fest – außerirdischer Technologie, die ..."

Benski unterbrach Natascha. „Was sagst du da, außerirdische Technologie? Das haben die nicht ernsthaft geglaubt."

„Doch, Jack, sie haben sogar schon intensiv daran geforscht." Natascha machte eine Pause.

„Du willst damit doch nicht etwa andeuten, in diesen Kisten befand sich ...", Benski zögerte, „Außerirdische Technologie."

Natascha schaute ihn schweigend an.

„Das ist nicht dein Ernst, du nimmst mich auf den Arm." Benski sprang auf.

„Du hast die Kisten doch selbst gesehen."

„Ja klar, aber nicht den Inhalt. Was auch immer da drin gewesen sein mag, außerirdische Technologie ganz bestimmt nicht", entgegnete Benski energisch.

„Da bist du dir also sicher?"

„Tausend Prozent. Bis jetzt haben es keine Aliens auf die Erde geschafft, werden es auch in der Zukunft nie schaffen, und überhaupt, es gibt keine Aliens."

„Aha, und woher weißt du das so genau?"

„Zufällig habe ich vor Kurzem, genau zu diesem Thema, einen interessanten Bericht in einem Wissenschaftsmagazin gelesen."

„Und?“

„Außerirdische sind nichts als menschliche Arroganz.“

Natascha schaute verwundert zu Benski. „Wie meinst du das?“

„Ganz einfach, es geht um pure Statistik.“

„Wie?“

„Was denkst du wohl, wie hoch die Wahrscheinlichkeit ist, dass exakt in dem Moment, in dem die Menschheit in ihrer Entwicklung so weit ist, so etwas wie außerirdisches Leben zu denken, tatsächlich außerirdisches Leben existiert? Und nicht nur existiert, die Außerirdischen müssen in ihrer Entwicklung auch noch so weit sein, um intergalaktische Reisen durchzuführen!“

Natascha zögerte, dann sagte sie: „Keine Ahnung. Und wenn es noch so unwahrscheinlich sein mag, es ist aber so.“

„Wach auf, Natascha. Nur weil die Menschheit grade glaubt, sie sei die Krone der Schöpfung und wüsste alles, also auch, dass exakt zu diesem Zeitpunkt, und wir sprechen hier von Milliarden von Jahren, irgendwo in unserem Sonnensystem außerirdisches Leben existiert, ist es nicht so.“ Benski fuhr sich durch die Haare, er zögerte kurz, dann fügte er hinzu: „Und selbst wenn, der nächste erdähnliche Exoplanet ist Proxima Centauri b, und der ist etwa vier Lichtjahre entfernt, also unerreichbar.“

„Unerreichbar?“

„Ganz genau, unerreichbar. Selbst wenn man so schnell wie die schnellste je geflogene Raumkapsel, Apollo 10, fliegen würde, so ungefähr vierzigtausend Kilometer pro Stunde, bräuchte man einhundertzwanzigtausend Jahre, um Proxima Centauri b zu erreichen. Weißt du, wer vor einhundertzwanzigtausend Jahren hier auf der Erde gelebt hat? Die Neandertaler."

„Was du nicht sagst."

„Und selbst wenn man es mit neuen Technologien irgendwie schneller schaffen würde, die Wahrscheinlichkeit, auf Leben auf Proxima Centauri b zu stoßen, ist so gut wie null. Das reicht dir hoffentlich als Erklärung."

„Klingt alles logisch", Natascha drehte den Laptop zurück, „aber nur, weil wir technologisch noch nicht so weit sind und das im Moment außerhalb unserer Vorstellungskraft liegt – noch."

Benski ging auf Natascha zu. „Natascha, das glaubst du doch nicht wirklich?" Benski raufte sich die Haare. „Doch, du meinst das wirklich so."

„Ich hab's dir gesagt – die Welt wird nicht die gleiche sein."

„Natascha, ganz ehrlich. Bis jetzt ist meine Welt noch exakt die gleiche wie vor zehn Minuten. Nur weil du mir eine total verrückte Geschichte von Nazis und Kisten voller Alien-Technologie auftischst, soll sich was geändert haben? Komm, Natascha, du erwartest nicht, dass ich dir diesen Irrsinn abnehme? Du hast dich da in etwas reingesteigert, das ..."

Natascha unterbrach Benski: „Wenn es soweit ist, wirst du mich verstehen."

„Natascha ..."

„Du musst die Aura, die das Ding umgibt, am eigenen Leib gespürt haben."

„Ding?"

„Das außerirdische Artefakt."

„Was?"

„Die Sonde, mit der das Wissen auf die Erde transportiert wurde. Sie umgibt eine ganz besondere Aura. Wenn du die einmal gespürt hast, wirst du mir glauben."

„Natascha, tolle Geschichte, echt.“ Benski applaudierte ironisch.

„Das ist die Wahrheit.“

„Und wie sind die Nazis an die ganzen bahnbrechenden Erfindungen gekommen?“

„Durch Telepathie, Telekinese und Teleportation.“

„Natascha, ich glaub dir kein Wort.“

„Das führt jetzt zu nichts. Aber schon bald wirst du mich verstehen. Du willst doch wissen, was ich mit Frau von Trotau zu tun habe? “

„Na klar.“

„Dann hör mir jetzt zu und schenk dir deine Kommentare. Zurück zu den Kisten. Das außerirdische Wissen führte ...“

„Wie du das sagst – außerirdisches Wissen, als ob es das Normalste vom Normalen wäre ...“

Natascha fuhr Benski an: „Was hab ich eben gesagt? Schenk dir deine Kommentare.“

„Ich versuch‘s“, erwiderte Benski widerspenstig.

„Also, das außerirdische Wissen führte zu einer regelrechten Technologieexplosion in der Rüstungsindustrie. Man sprach von Wunderwaffen.“

„Das war gegen Ende des Krieges hilfloses Wunschdenken der deutschen Propaganda.“

„Eben nicht. Dass die Nazis bei der Entwicklung fortschrittlicher Waffentechnik über besondere Fähigkeiten verfügten, war spätestens klar, als die ersten V2 erfolgreich in Peenemünde getestet wurden und ein paar Monate später in London einschlugen. Außerdem arbeiteten die Nazis an der A9, einer Interkontinentalrakete, mit der sie in der Lage gewesen wären, New York zu erreichen. Und nicht nur das. Die V2 war die Grundlage für das Apollo-Programm der Amerikaner. Ohne diese Forschungsarbeiten und die aktive Mithilfe Wernher von Brauns, der wie viele andere deutsche Wissenschaftler in der Operation

Overcast nach Kriegsende in die USA gebracht wurde, wäre es den Amerikanern nie so schnell gelungen, ihre Apollo Mondraketen zu bauen und auf den Mond zu fliegen. Das beweist ein Bild einer V2, die auf einer Startrampe der White Sands Testbasis in New Mexiko steht."

„Und was ist mit der Atombombe? Die haben die Amerikaner gebaut."

„Auch da waren Nazi-Forscher dran. Den Wettlauf zur Atombombe haben die Amerikaner nur gewonnen, weil einige Forscher moralische Zweifel am Uranprojekt bekamen und die Forschungen verzögerten. Außerdem verhinderten die Amerikaner und Engländer durch Sabotage-Missionen und Bombenangriffe erfolgreich die Produktion von schwerem Wasser in Norwegen."

„Mag ja alles sein. Ich hab davon gehört, aber das sind doch keine Beweise für Alien-Technologie."

„Aber Indizien, und wenn man alles zusammenfügt, wird ein Bild daraus. Nimm zum Beispiel die Strahltriebwerke der Jäger Heinkel He 162 oder der Messerschmitt Me 262. Die waren ihrer Zeit um Jahre voraus. Besonders außergewöhnlich war die Konstruktion der Horten-Brüder. Die Horten H IX V3, ein strahlgetriebener Nurflügler, war ein aerodynamisches Wunder. Bereits kurz nach dem Krieg haben die Amerikaner anhand von erbeuteten Horten H IX V3 und Konstruktionszeichnungen mit der Entwicklung eigener Prototypen begonnen. Und jetzt pass auf! Der in den 80er Jahren entwickelte strategische Tarnkappenbomber Northrop B-2 Spirit weist eine frappierende Ähnlichkeit zu der Horten H IX V3 auf. Einige Leute gehen daher davon aus, dass die B-2 auf aerodynamischen Erkenntnissen der Horten H IX V3 basiert. Aber weißt du, was wirklich kurios ist?"

„Du wirst es mir sagen."

„Man hat in den 2000er Jahren herausgefunden, dass die Horten H IX V3 durch ihre Form und einen ganz besonderen Leim, der mit Kohlenstaub versetzt war, schon damals schwer für feindliches Radar zu orten war – die Horten war quasi das erste Stealth-Flugzeug der Welt. Die Nazi-Forscher waren der restlichen Welt um Jahre voraus. Und da war noch viel mehr an Geheimwaffen geplant. Das Kriegsende machte diese Bemühungen zunichte – zum Glück. Nicht auszudenken, wenn die Nazis diese technologischen Fortschritte ein paar Jahre früher erzielt hätten. Und was meinst du, woher das ganze Wissen kam?"

„Natascha, was du da erzählst, sind lupenreine Verschwörungstheorien. Jetzt fehlt nur noch, dass du was von Reichsflugscheiben und einer Geheimbasis der Nazis unter der Antarktis erzählst, die Neuschwabenland heißt und noch heute in Betrieb ist. Und da bereiten sich die Nachfahren der Nazis mithilfe von Alien-Technologie, was auch sonst, auf die Eroberung der ganzen Welt vor, oder?"

„Stimmt, davon habe ich gehört."

„Hör auf, Natascha. Ich kann mir dein Geschwurbel aus rechten Verschwörungsfantasien nicht länger anhören. Das klingt ja fast so, als ob du was mit den Nazi-Typen von der Hugin zu tun hättest."

„Jack, spinnst du jetzt total – diese Leute sind die Bösen."

„Und warum vertrittst du deren absonderliche Theorien?"

„Weil sie stimmen."

„Mensch, Natascha. Wie kann ein so schlauer Kopf wie du nur an solch einen Mist glauben?"

„Ganz einfach. Weil es Beweise dafür gibt."

„Die will ich sehen."

„Klar.“ Natascha tippte etwas auf ihrem Laptop. „Schau!“

Auf dem Laptop waren mehrere technische Konstruktions- und Explosionszeichnungen zu sehen. Die Zeichnungen waren mit unbekannten Schriftzeichen beschriftet.

„Und weiter?“

„Schau genau hin.“

„Ich bin kein Techniker.“

„Das sieht man auch, wenn man von Technik überhaupt keine Ahnung hat.“

„Du meinst die Schriftzeichen?“

„Ganz genau.“

„Und du meinst, die wären außerirdisch?“

„Ja.“

„Natascha, das ist gefakt. Mit Photoshop ist das für jemand Geübten eine Sache von ein paar Stunden, wenn überhaupt. Das ist doch kein Beweis.“

„Und wenn ich dir sage, dass das papyrusähnliche Material, auf dem die original Zeichnungen sind, und die Farben eine chemische Zusammensetzung aufweisen, die in die Region und Zeit der Hethiter weist?“

„Dann sind das Hieroglyphen.“

„Aber solche Hieroglyphen kommen nirgendwo sonst vor. Und wie erklärst du dir die technischen Zeichnungen? Weißt du, was das ist?“

Benski schüttelte den Kopf. „Keine Ahnung.“

„Das sind Konstruktionszeichnungen für Einspritzdüsen und weitere Bauteile für Strahltriebwerke.“

„Was? Wie sollten die auf Tausende Jahre alten Papyrus gekommen sein?“

„Das versuche ich dir doch die ganze Zeit zu erklären. Vor langer Zeit haben Außerirdische eine

Sonde auf die Erde geschickt und der Menschheit so ihr Wissen überlassen. Was denkst du, warum haben es die Hethiter wohl geschafft, als erste Menschen überhaupt Eisen zu verhütten und daraus Waffen herzustellen, die ihrer Zeit weit voraus waren? Und warum hat Leonardo da Vinci, scheinbar seiner Zeit entrückt, um das Jahr 1500 herum Hubschrauber, Tiefsee-Tauchanzüge und Flammenwerfer erfunden?"

Benski schüttelte den Kopf. „Das sind doch nix als total verrückte Spinnereien. Ich kann das einfach nicht glauben." Benski überlegte kurz, dann stützte er sich mit beiden Armen vor Natascha auf den Tisch. „Okay, mal angenommen – nur so als Gedankenspiel –, du hättest recht und irgendwelche Aliens hätten tatsächlich eine Sonde mit ihrem Wissen auf die Erde geschickt – welchen Grund sollten sie gehabt haben, uns ihr Wissen zu schicken, aber sich selbst überhaupt nicht zu erkennen zu geben? Das ergibt überhaupt keinen Sinn. Außer sie wären vom Planeten Anonyme-Samariter-Centauri-C."

Natascha lächelte. „Wohl kaum. Aber wir haben eine Vermutung. In alten Schriften finden sich dazu Hinweise."

„Und die wären?"

„Jack, bevor du nicht akzeptierst, dass vor mehreren Tausend Jahren tatsächlich eine Sonde von Außerirdischen auf der Erde gelandet ist, bringt das überhaupt nichts."

„Vielleicht akzeptiere ich es ja, wenn du mir eure Theorie verrätst. Wer sind überhaupt wir, du und Frau von Trotau?"

„Du hast überhaupt keine Ahnung. Unsere Brüder und Schwestern sind über die ganze Erde verteilt. Unser Netzwerk umspannt die gesamte Welt. Wir sind viel mehr, als du dir vorstellst."

„Und ihr glaubt alle an Aliens?"

„Ja, aber uns verbindet noch eine andere Sache."

„Natascha, das klingt ja fast wie ein Geheimbund. Wie die Freimaurer, nur dass ihr an außerirdische Technologie glaubt."

Natascha schaute Benski mit funkelnden Augen an. „Na endlich."

Benski fasste sich an die Stirn. „Ihr seid in einem Geheimbund? Wusste ich's doch, du und die von Trotau stecken unter einer Decke."

„Geheimbund klingt so ... verschwörerisch."

„Was denn sonst?"

„Ich würde eher sagen – eine Gruppe von auserwählten Menschen, die durch das Wissen ihrer Vorfahren seit Generationen dazu verpflichtet sind, die Menschen auf der Erde zu beschützen."

„Auserwählte Menschen, die die Menschheit vor Aliens schützen? Und das soll kein Geheimbund sein? Dass ich nicht lache", entgegnete Benski abfällig.

„Nenn es, wie du willst, aber ..." Natascha drehte sich überrascht zu Benski. „Wie kommst du darauf, dass wir die Menschheit – vor den Aliens beschützen? So etwas hab ich doch gar nicht gesagt."

„Für mich klang es aber so."

„Aha." Natascha strich ihr Haar zurück.

„Von Mansteyn und Zülke, sind die auch dabei?"

„Nein, auch Brömer war ahnungslos."

„Und warum hat Frau von Trotau mich in die Sache mit reingezogen?"

„Du hast echt keine Ahnung?"

„Weil ich ein guter Privatdetektiv bin?"

„Frau von Trotau hat dich nicht angeheuert, weil du so ein toller Privatdetektiv bist."

„Okay, also warum?"

„Der Grund liegt in deiner Vergangenheit."

„In meiner Vergangenheit?", fragte Benski verdutzt.

„Genau genommen nicht in deiner, sondern vielmehr in der deiner Vorfahren."

„Meiner Vorfahren? Was haben die denn mit der Sache zu tun? Von meinem Vater habe ich in dieser Richtung nie irgendetwas gehört."

„Es geht auch nicht um deinen Vater. Es geht um deinen Großvater."

„Und was ist mit dem?"

Natascha zögerte kurz, dann sagte sie: „Er war einer unserer Brüder."

Benski verschlug es die Sprache. Ungläubig blickte er zu Natascha. „Was hast du gerade gesagt?"

„Ja, Jack, dein Großvater war Teil unserer Gruppe, das ist die Wahrheit. Aber er hat sie am 24. März 1945 verlassen, wegen einer Frau."

24. März, da war doch was, überlegte Benski. Dann fiel es ihm schlagartig ein: „Der 24. März, an diesem Tag ist die Hugin abgestürzt."

„Ganz genau." Ein Lächeln fuhr über Nataschas Gesicht. „Jetzt brauchst du nur noch eins und eins zusammenzuzählen. Also?"

„Zufall, da gibt es nichts zusammenzuzählen. Mein Großvater war zu Kriegsende überhaupt nicht in Frankfurt, er war irgendwo in Norwegen, Trondheim oder so, stationiert. Er kann also gar nichts mit der Hugin-Geschichte zu tun haben."

„Das hat er euch erzählt?"

„Meinem Vater. - Ich glaube, ihr verwechselt meinen Großvater mit jemand ganz anderem."

Natascha schaute Benski tief in die Augen. „Dein Großvater war Teil der Besatzung."

„Du spinnst!", fuhr Benski sie an.

„Jack, ich schwöre dir bei allem, was mir heilig ist, dein Großvater war an Bord der Hugin.""

Aufgewühlt blaffte Benski Natascha an: „Es reicht mir mit deinen verrückten Geschichten. Die Alien-Story hat dir wohl noch nicht gereicht, jetzt ziehst du auch noch meinen Großvater in deine wirren Verschwörungsgeschichten rein. Warum?"

„Weil es die Wahrheit ist."

„Hör auf, Natascha, ich glaube dir überhaupt nichts mehr."

„Ich werde es dir beweisen."

„Natascha, das bringt nichts."

„Wart's ab." Natascha stand auf und ging zu einem kleinen Sekretär.

„Was hast du vor?"

„Wirst du gleich sehen." Natascha zog an der obersten Schublade. Mit leisem Knarren öffnete sie sich. Sie griff in die Schublade, kurz kramte sie darin herum. Mit einem Mal erschien ein flüchtiges Lächeln auf ihrem Gesicht. „Da ist es." Natascha zog ein altes Schwarz-Weiß-Foto aus der Schublade.

„Was ist das?"

„Ein Foto aus dem Zweiten Weltkrieg, datiert aus der Zeit gegen Ende des Krieges. Und bevor du wieder mit Deep-Fake und Photoshop ankommst, das ist ein Original mit bekannter Provenienz. Das Foto stammt aus dem Nachlass von Otto Tunke. Der Mann war einer der bekanntesten Kriegsberichtserstatter und Militärfotografen im Zweiten Weltkrieg." Sie kam zurück und legte das Foto mit Nachdruck vor Benski auf den Tisch. „Hier."

Benski schaute unbeeindruckt auf das Foto. „Und weiter? Das ist die Hugin mit Besatzung vor einem Hangar."

„Klar, aber kommt dir der zweite Soldat von rechts nicht irgendwie bekannt vor?" Natascha setzte sich.

Benski schaute genauer auf die Aufnahme. Mit einem Mal stockte ihm der Atem. Regungslos starrte er auf den Soldaten.

„Jack?"

Benski zeigte keinerlei Reaktion. Wie gebannt schaute er auf das Foto.

„Jack, sag was."

Benski löste den Blick und drehte sich zu Natascha hin. Dann brachte er hervor: „Verdammt, Natascha. Das ist mein Großvater. Von wegen Norwegen, der war in Wirklichkeit die ganze Zeit in Frankfurt. Mein Großvater hat meinen Vater die ganzen Jahre über angelogen, als er behauptete, er wäre zu Kriegsende in Norwegen stationiert gewesen. Alles Lüge, aber warum?"

„Weil er euch beschützen wollte."

„Vor was?" Benski fasste sich an die Brust. „Nein – doch nicht etwa vor den Außerirdischen?"

„Nein, Jack. Alles fing damit an, dass dein Großvater ein Mädchen kennengelernt hatte und sich Hals über Kopf in sie verliebte. Die Brüder hatten noch überlegt, wie sie die beiden irgendwie wieder auseinanderbringen könnten – aber es half alles nichts."

„Meine Oma?"

„Genau. Ihr Vater war ein überzeugter Nazi."

„Was, mein Urgroßvater? Das höre ich heute zum ersten Mal."

„Klar, die Kriegsgeneration, gerade wenn sie richtig Dreck am Stecken hatte, hat nie gerne über ihre eigene Vergangenheit während der NS-Zeit gesprochen. "

„Scheiße, und mein Großvater?"

„Der hatte nur noch seine Gerda im Kopf. Allerdings hatte er auch eine Heidenangst, dass Gerdas Vater von seinen geheimen Aktivitäten erfahren würde. Und klar, das wäre für unsere Sache eine Katastrophe gewesen."

„Und wie kam er an Bord der Hugin?"

„Unsere Brüder konnten deinen Großvater schließlich dazu überreden, noch diese eine letzte Operation für uns durchzuführen."

„Operation?"

„Unsere Leute hatten Informationen zugespielt bekommen, dass die SS und Himmler planten, Beutekunst und andere für sie wertvolle Sachen in einer Nacht- und Nebelaktion in Richtung Südamerika verschwinden zu lassen. Und wir waren sicher, dass bestimmt auch das Artefakt dazugehörte. Also haben wir deinen Großvater auf die Sache angesetzt."

„Angesetzt?"

„Unsere Brüder wussten von dem Informanten, dass Himmler vorhatte, das KG 200 für den Transport einzusetzen."

„Das Geistergeschwader, von dem von Mansteyn gesprochen hat?"

„Ganz genau. Also haben die Brüder deinen Großvater mit falscher Identität beim KG 200 eingeschleust. Er hat schnell rausbekommen, dass ein englischer Bomber, eine Avro 683 Lancaster, für den Einsatz vorbereitet wurde, die Hugin. Und als Freiwillige für einen Sonderauftrag gesucht wurden, hat er sich gemeldet. Den Rest kennst du."

Benski schlug sich die Hände vors Gesicht. „Ich kann das alles nicht glauben. Mein Großvater ein Geheimagent für eine Gruppe, die an die Existenz von Außerirdischen glaubt, deren Bestimmung es ist, die Welt vor ihnen zu retten? Hallo?"

„Ob du willst oder nicht, genau so ist es."

Benski stand auf und ging im Zimmer hin und her. „Und wie kamen die Nazis an das Artefakt?"

„Das Artefakt wurde von uns seit Jahrhunderten gut behütet. Wir haben es trotz aller Wirren, wie die Napoleon-Epoche und so, unbeschadet durch die Zeit gebracht."

„Bis die Nazis kamen."

„Diese verfluchten Schweine. Im Frühling 1940 überrollte die Wehrmacht Frankreich in einem Blitzkrieg. Wir konnten die Bleitruhe mit dem Artefakt schlicht und einfach nicht schnell genug in Sicherheit bringen. Seit 1801, also kurz nach der Französischen Revolution, war es in einer kleinen mittelalterlichen Festung unseres Ordens verwahrt – Château de Rochefort. Dann kamen Himmler und seine SS-Schergen vom Ahnenerbe und raubten brutal das Artefakt. Als sie hatten, wonach sie suchten, trieben sie unsere Brüder in der Kapelle der Festung zusammen. Dann zündeten die gottlosen Barbaren die Kapelle an – keiner von unseren Brüdern hat das Massaker überlebt."

„Fürchterlich."

„Ja, unser Orden hat sich von diesem Blutzoll bis heute nicht erholt."

Benski wurde hellhörig. „Aha, euer Geheimbund ist also ein Orden?"

„Sagen wir lieber, die kärglichen Überreste eines vormals sehr mächtigen Ordens."

„Und welchen Ordens?"

Natascha holte tief Luft. „Okay, auch auf die Gefahr hin, dass du mir wieder nicht glauben wirst. Vom Templerorden hast du schon mal gehört, oder?"

„Jetzt sag nicht, ihr haltet euch für die Nachfahren der Tempelritter."

„Doch, so ist es."

„Ihr seid ja komplett irre."

„Nein, sind wir nicht. Ich werde es dir beweisen."

„Hey, Moment mal." Benski verschränkte seine Arme vor der Brust. „Tempelritter und Nazis. Die Kombination kommt mir irgendwie bekannt vor." Benski lehnte sich mit einem süffisanten Grinsen auf dem Gesicht zurück.

„Sehr witzig, Jack – Indiana Jones und der letzte Kreuzzug, aber das ist Fiktion. Ich weiß, das alles ist am Anfang schwer zu begreifen, aber es ist die Wahrheit", konterte Natascha trocken.

„Allerdings. Für nichts von alldem, was du mir in der letzten Stunde aufgetischt hast, hast du mir stichhaltige Beweise geliefert. Du redest nur immerzu davon."

„Ach so, und was ist mit der Sache mit deinem Großvater?"

„Okay, das stimmt."

„Und die restlichen Beweise bekommst du – schon sehr bald, versprochen."

„Abwarten. Aber noch mal zurück zu deinem Orden. Du meinst also, dass bereits die Templer im frühen Mittelalter das außerirdische Artefakt besaßen?"

Natascha nickte. „Ganz genau. Die Tempelritter brachten das Artefakt von den Kreuzzügen im Heiligen Land mit nach Frankreich."

„Und wo hatten die Templer das Artefakt her?"

„Das lässt sich nicht mehr zweifelsfrei rekonstruieren. Einige unserer Brüder meinten, es stamme ursprünglich aus dem Gebiet des Zweistromlandes, aus Mesopotamien. Im Altertum erstreckte sich dort das nördliche Assyrien und südliche Babylonien, heute Syrien und Irak. Dort entstanden im 4. Jahrtausend vor Christus die ersten Hochkulturen. Die erste Schrift, eine Keilschrift, datiert aus dieser Epoche. Wir vermuten, dass das Artefakt bereits zu dieser Zeit dort aktiv war."

„Natascha, du willst jetzt aber nicht sagen, die erste Schrift der Menschheit stamme von einer außerirdischen Sonde? Ich fasse es nicht.“ Benski schlug die Hände über dem Kopf zusammen.

„Jack, ich will gar nichts. Es sind nur Indizien.“

„Natascha!“

„Lassen wir das jetzt einfach mal so stehen. Im Mai 1291 fiel mit Akkon die letzte Zitadelle des Königreichs Jerusalem an die Mameluken. Das war das endgültige Ende der Tempelritter im heiligen Land.“

„Und dann?“

„Sie zogen sich nach Frankreich zurück. Aber dem französischen König Philipp IV. war die finanzielle und militärische Macht des Templerordens ein Dorn im Auge. Noch dazu wurde Philipp IV. die Aufnahme in den Orden verwehrt. Also ließ er unter fadenscheinigen Beschuldigungen wie Häresie, Homosexualität und Götzendienst gegen den Templerorden ermitteln. Am Freitag, den 13. Oktober des Jahres 1307 war es soweit, die Truppen des Königs schlugen zu. Auf Geheiß Philipps IV. wurde eine Razzia in allen Niederlassungen des Templerordens zeitgleich durchgeführt. Da Philipp den französischen Papst Clemens V. in der Hand hatte, war von dieser Seite keine Unterstützung für den Templerorden zu erwarten. Schlussendlich besiegelte Clemens V. mit der päpstlichen Bulle, Vox in excelsio, auf dem Konzil von Vienne am 4. April 1312 das Ende des Templerordens, womit der Orden endgültig aufgelöst wurde. Alle noch existierenden Besitztümer wurden auf den Johanniterorden übertragen.“

Benski lächelte. „Dass du Geschichte studiert hast, glaub ich dir aufs Wort.“

Natascha lächelte zurück. „Das ist doch schon mal ein Anfang.“

„Warte mal", Benski legte seinen ausgestreckten Zeigefinger an die Nase, „du hast vorhin gesagt, dass das Artefakt bei euch über die Jahrhunderte sicher verwahrt wurde. Seit wann ist es in der mit Blei verkleideten Kiste?"

„Ich glaube, das war irgendwann im späten 18. Jahrhundert. Einer unserer Brüder, Gerwald von Löcknitz, hat etwas äußerst Angsteinflößendes gesehen. Nach diesem Erlebnis war allen im Orden klar, dass etwas sehr Böses von dem Artefakt ausgeht. Daher haben unsere Brüder beschlossen, das Artefakt von der Außenwelt abzuschneiden. Sie versuchten es mit Blei, und tatsächlich, es funktionierte."

„Verstehe ich das richtig? Seit ungefähr 1790 wurde das Artefakt in der Bleikiste aufbewahrt?"

„Ja."

„Und wie passt das dann zusammen mit den enormen militärtechnischen Fortschritten, die in dieser Zeitspanne passiert sind? Angefangen vom Zündnadelgewehr, über die Erfindung des Dynamits, am Ende des 19. Jahrhunderts die massive Flottenaufrüstung, zu Beginn des 20. Jahrhunderts dann die ersten Flugzeuge, Panzer und Maschinengewehre, und da gibt es sicherlich noch viel, viel mehr. Das alles gipfelte dann im Ersten Weltkrieg."

Natascha überlegte. „Ja, in diesem Punkt muss ich dir recht geben."

„Entweder die Bleikiste war doch undicht", Benski dachte nach, „oder aber es gibt mehr als ein Artefakt."

„Mal den Teufel nicht an die Wand", entgegnete Natascha aufgebracht. „Wenn ein zweites Artefakt existierte, hätten unsere Ordensbrüder ganz bestimmt davon erfahren." Natascha atmete tief durch, dann meinte sie: „Die Erfindungen könnten auch ganz ohne Zutun des Artefakts passiert sein. Was wäre, wenn das Artefakt die menschlichen Gehirne schon so weit entwickelt hatte, dass sie von ganz alleine auf all diese schrecklichen Vernichtungsmaschinen gekommen sind?"

„Wie auch immer. Was ist jetzt mit Frau von Trotau?"

Natascha zögerte kurz. „Sie ist verschwunden."

„Was, Frau von Trotau ist verschwunden? Also darum hat sie sich nicht mehr gemeldet."

„Ich habe sie das letzte Mal kurz vor unserem Aufbruch nach Frankreich gesprochen. Wir hatten einen Plan. Sie sollte mit unseren Männern auftauchen, sobald wir die Kiste mit dem Artefakt haben."

Benskis Augen blitzten auf. „Jetzt wird mir klar, warum du die ganze Zeit nach oben geschaut hast, als die Nazi-Typen die Kisten verladen haben – du hast nach dem Flugzeug von Frau von Trotau und euren Männern Ausschau gehalten."

Natascha nickte. „Ich hatte die ganze Zeit gehofft, sie würden noch rechtzeitig auftauchen. Aber dass sie gar nicht mehr kommt, das hätte ich nie für möglich gehalten. Frau von Trotau ist ansonsten die Zuverlässigkeit in Person."

„Und wie sollte es dann weitergehen?"

„Frau von Trotau und unsere Männer hätten die Kiste mit dem Artefakt an sich genommen und an einen sehr sicheren Ort gebracht."

„Und die Nazi-Typen?"

„Wir waren über die Aktivitäten und Absichten dieser Leute die ganze Zeit im Bilde. Was wir nicht wussten – sie hatten die Hugin schon vor uns gefunden. Allerdings waren wir auch auf ein solches Szenario vorbereitet."

„Wie das?"

„Unsere Männer hatten alle das Einzelkämpferabzeichen und waren bis auf die Zähne bewaffnet.

Die hätten mit den Nazi-Typen kurzen Prozess gemacht."

Benski hob die Augenbrauen. „Wussten die anderen davon?"

„Wo denkst du hin, natürlich nicht."

„Ach so, dann hätte sich Frau von Trotau die Kisten unter den Nagel gerissen, scheißegal, was die rechtmäßigen Erben der Operation Rabe dazu sagen?"

Natascha schmunzelte. „Jack, verstehe ich das richtig? Du bezeichnest die Nachkommen einer verbrecherischen Bomberbesatzung, die von Nazis geraubte Schätze an sich gebracht und vor den eigentlichen Besitzern versteckt hat, als rechtmäßige Erben?"

„Okay, okay. Vergiss es. Wie wolltest du Frau von Trotau eigentlich kontaktieren?"

„Ganz einfach. Als wir aus dem Bunker kamen und wieder Empfang hatten, habe ich einen kleinen Peilsender an meiner Jackentasche aktiviert."

Plötzlich fing Nataschas Handy an zu surren. Sie griff das Handy, entsperrte es mit ihrem Fingerabdruck und hielt es an ihr Ohr. Nach wenigen Sekunden verfinsterte sich ihre Miene. „Und ihr seid hundertprozentig sicher, dass es ihr Flugzeug ist?" Natascha fuhr sich über die Stirn. „Dann wissen wir jetzt, warum sie nicht aufgetaucht ist." Nach einer kurzen Pause fragte sie: „Was?" Während Natascha weiter konzentriert zuhörte, warf sie Benski einen versteinerten Blick zu. „Verstanden. Alles, was du mir erzählt hast, bleibt unter uns. Wir können niemandem mehr trauen. Du weißt, was zu tun ist. Wir aktivieren Plan Charlie. Bis gleich."

Natascha ließ das Handy sinken. „Okay, Jack, Planänderung. Pack dein Zeug zusammen, wir hauen hier ab. Nicolai holt uns ab."

„Was?"

„Frag nicht.“ Natascha stand auf und ging ins Bad.

„Es ging um Frau von Trotau. Ist sie abgestürzt?“

Natascha nickte. „Du hast es ja gehört.“

„Hat sie überlebt?“

„Später, jetzt ist keine Zeit für lange Erklärungen, mach einfach“, entgegnete Natascha geistesabwesend.

„Natascha, was ist los?“

Natascha drehte sich um. „Unsere Leute haben das Flugzeug gefunden – keiner hat überlebt.“

„Wie konnte das passiert?“

„Unsere Leute sind nicht beim Absturz gestorben.“

„Wie dann?“

„Sie wurden erschossen.“

„Erschossen? Was ist mit Frau von Trotau?“

Natascha kam auf Benski zu. „Jack, das ist alles sehr mysteriös. Frau von Trotau ist nicht unter den Leichen.“

„Was?“

„Unsere Leute haben im Umkreis von zwei Kilometern jeden Stein umgedreht – nicht die kleinste Spur von ihr.“

„Wo soll sie denn sein?“

„Das wissen wir nicht. Den Spuren nach zu urteilen sieht es so aus, als ob der Pilot eine erfolgreiche Notlandung hingelegt hat.“

„Du hast doch gesagt, eure Leute wurden erschossen.“

„Ja, nachdem sie notgelandet sind. Die Piper wurde unmittelbar nach der Notlandung unter massives Maschinengewehrfeuer genommen. Der Rumpf ist von Einschusslöchern nur so durchsiebt. Das hat keiner überlebt. Erst als alle tot waren, wurde das Flugzeug in Brand gesteckt.“

„Verflucht. Wurde das Flugzeug abgeschossen?“

„So wie es aussieht, nein. Bis auf die Einschuslöcher und die Schäden, die das Feuer angerichtet hat, sind keinerlei Spuren von irgendwelchen Flugabwehrraketentreffern zu finden."

„Warum ist es dann überhaupt notgelandet?"

„Es muss einen technischen Defekt an Bord gegeben haben."

„Komischer Zufall."

„Ja, irgendwie schon. Auch wenn so was vorkommt, gerade bei kleinen Privatmaschinen."

„Fragen wir mal so: Wer hätte ein Interesse daran, dass eure Leute nicht ihr Ziel erreichen und die Kisten an sich bringen?"

„Ich weiß, auf was du hinauswillst. Auf den ersten Blick erscheint das logisch. Aber ein Großteil der Nazi-Typen war zu diesem Zeitpunkt mit dem Verladen der Kisten zugange."

„Dann gibt es offensichtlich noch andere Akteure, die in die Hugin-Sache verstrickt sind."

Natascha nickte stumm.

„Du weißt doch was?"

Natascha zögerte kurz, dann sagte sie: „Wir haben seit Längerem den Verdacht, dass wir innerhalb unseres Ordens einen Verräter haben."

„Was? Wie kommt ihr darauf?"

„Es passieren seit längerer Zeit Dinge, die kein Zufall sein können."

„Wie meinst du das?"

„Nimm zum Beispiel Ludtke, diesen äußerst umtriebigen Polizisten."

„Neugierig war er. Aber was soll mit dem sein?"

„Warum war er so schnell am Jagdschloss? Er behauptete, jemand hätte ihm von Schüssen an der Ruine berichtet."

„Ja und?"

„Der Schütze benutzte einen Schalldämpfer, schon vergessen? Die Schüsse hat man noch nicht mal 50 Meter weit gehört."

„Du hast recht. Es hätte mit dem Teufel zugehen müssen, dass von den Schüssen irgendjemand etwas mitbekommen hat. Ludtke hat gelogen." Benski rümpfte die Nase. „Aber woher weißt du das, du warst doch gar nicht dabei, du bist erst später zu uns gestoßen."

Natascha lächelte. „Ach, komm."

„Ihr habt mich die ganze Zeit beschattet."

Natascha ging darauf nicht ein und fuhr fort: „Und als Ludtke euch in Polizeigewahrsam genommen hat, da hatte er ungehinderten Zugriff auf alle Depeschen – bis auf die von Dr. Stein."

„Das ist mir so gar nicht bewusst gewesen, aber du hast recht."

„Und weil eben diese eine fehlte, haben die Nazi-Typen auf Plan B umgeschaltet. Irgendwie mussten sie an den Inhalt dieser einen fehlenden Depesche kommen, koste es, was es wolle."

„Aber das hätte ihnen doch gar nichts genützt, meine Depesche war schließlich manipuliert."

„Aber das wussten die Nazi-Typen zu diesem Zeitpunkt nicht. Wir übrigens auch nicht."

„Stimmt."

„Hat dir Frau von Trotau eigentlich erzählt, wer deine Depesche manipuliert hat?"

„Nein."

„Dann werde ich es dir sagen – es war dein Großvater."

„Was? Mein Großvater? Das meinte Frau von Trotau also mit ihrer Äußerung, dass der unverbesserliche Moralprediger ihnen zum Abschied noch eine manipulierte Depesche untergejubelt hätte – sie hat meinen Großvater gemeint. War er etwa auch noch ein Verräter?"

„Jack, was denkst du? Dein Großvater hat sich vorbildlich an seine Mission gehalten. Er war alles andere als ein Verräter, er war ein Held", widersprach Natascha energisch.

„Aber er hat seine Depesche manipuliert."

Natascha nickte. „Korrekt, Jack."

„Aber …"

„Es ist ganz einfach. Dein Großvater hatte bei seinem letzten Auftrag die strikte Order, alles in seiner Macht stehende zu unternehmen, um das Artefakt zu schützen. Offensichtlich war er zu der Überzeugung gelangt, dass die Hugin und das Artefakt, wenn er seine Depesche manipulierte, später nie wieder gefunden werden könnten."

„Da hat er sich allerdings gewaltig getäuscht."

„Stimmt. Aber aus damaliger Sicht hat er alles richtig gemacht. Er hat niemandem auch nur ein Sterbenswörtchen davon erzählt. Erst durch moderne Algorithmen und den Einsatz von massiver Rechenpower kam das Geheimnis jetzt, 70 Jahre später, ans Tageslicht."

„Und warum hat Frau von Trotau dann so abfällig von ihm gesprochen?"

„Das will ich dir sagen. Natürlich war der Orden sich schon seit Jahren der Gefahr bewusst, die von den Nazi-Typen ausging. Dann kam der Funkspruch und plötzlich ist Operation Rabe gestartet. Alle Nachfahren der Besatzung der Hugin wurden zum Treffpunkt in die Jagdschloss-Ruine gerufen, und mit ihnen ihre Depeschen. Da war uns klar, jetzt geht es nur noch darum, die Hugin vor der Nazibrut zu finden. Das Artefakt durfte nie in ihre Hände gelangen."

Benski berührte mit seinem Zeigefinger seine Nasenspitze. „Natascha, eine Frage."

„Ich weiß, was jetzt kommt."

„Warum hat mich Frau von Trotau dann überhaupt mit der vermeintlich richtigen Depesche von meinem Großvater zum Treffpunkt geschickt? Und warum hast du die echte Depesche, die du Dr. Stein gestohlen hast, später zu uns in den Hirschen mitgebracht? Damit hättet ihr, nach damaligem Kenntnistand, Operation Rabe doch erst ermöglicht."

„Ich weiß."

„Warum habt ihr die beiden Depeschen nicht einfach vernichtet?"

„Die meisten von uns haben das ganz genauso gesehen. Aber Frau von Trotau und zwei unserer älteren Brüder waren anderer Meinung. Sie argumentierten, nach dem Start der Operation Rabe bestünde sowieso ein nicht zu unterschätzendes Restrisiko, dass irgendwann die Hugin und damit das Artefakt doch noch gefunden würden. Ihrer Meinung nach war der richtige Zeitpunkt gekommen, das Artefakt zurück in die Obhut des Ordens zu holen. Sie waren wie besessen von ihrer Idee, schließlich war das Artefakt jahrhundertelang sicher in den Händen unseres Ordens gewesen."

„Okay. Jetzt wird mir klar, warum Frau von Trotau so wütend auf meinen Großvater war."

„Ja, sie war noch völlig außer sich, als sie mich nach eurem Treffen am Egelsbacher Flughafen angerufen hat. Aber zurück zu den unerklärlichen Dingen: Um an die fehlende Depesche zu gelangen, haben uns die Nazi-Typen bei unserem Aufenthalt in der Jagdvilla beschattet. Das haben wir später herausgefunden. Mithilfe modernster Abhörtechnik haben sie uns belauscht. So sind sie an alle Informationen gekommen, über die wir geredet haben."

„Verdammt, Natascha. Das waren die Lichtreflexe, die ich in der Nacht gesehen habe, die hab ich mir also nicht eingebildet“, entfuhr es Benski.

„Sehr gut möglich. Aber die zentrale Frage ist doch: Woher wussten die, dass wir dort sind? Bei allen unseren Handys, bis auf das anonyme Prepaid-Handy, waren die Akkus raus und kein Externer kannte unseren Aufenthaltsort. Wir haben die Anweisungen direkt über dieses sichere Handy von Frau von Trotau bekommen.“

„Stimmt, du hast recht.“

„Und jetzt der mysteriöse Absturz der Piper. Irgendwie mussten die Angreifer von dem Flug erfahren haben.“

„Du meinst ...“

„Ja, das muss die undichte Stelle gewesen sein.“

„Wenn das stimmt, dann waren unsere Gegner über jeden unserer Schritte genauestens informiert.“

„Davon sollten wir ausgehen.“

„Und wie geht es jetzt weiter?“

Nataschas Handy surrte. „Nicolai – so schell?“ Sie griff nach dem Handy und wischte über das Display. Nataschas Gesicht wurde bleich. Regungslos starrte sie auf das Display.

„Was hast du?“

„Nein, das glaub ich nicht!“ Wieder wischte Natascha über das Handy und hielt es an ihr Ohr. „Hallo?“, sagte Natascha. Ihr Blick driftete ins Leere. Knapp eine Minute hörte sie schweigend der Stimme am anderen Ende zu, dann sagte sie: „Ich habe Sie verstanden – kein Wort zu niemandem.“ Wie in Trance steckte sie das Handy weg.

„Wer war das denn?“, fragte Benski verdutzt.

Natascha antwortete nicht. Wie versteinert blickte sie weiter ins Leere.

„Natascha, was hast du?“

Sie löste sich aus der Trance und schaute Benski tief in die Augen. „Jack, ich ... ich kann es dir nicht sagen."

„Was kannst du mir nicht sagen?"

Wortlos stand Natascha auf und ergriff ihre Tasche.

„Was hast du vor? Verdammt, rede mit mir!", schrie Benski.

Ohne darauf zu reagieren, zog Natascha sich schnell an und packte ihre Sachen zusammen. „Ich muss los."

„Dein Freund wollte uns doch abholen."

„Du wirst ihn alleine treffen. Nicolai ist einer meiner Brüder, du kannst im zu hundert Prozent vertrauen. Er wird sich bei dir melden."

Benski stand auf und versuchte, Natascha festzuhalten. „Hey, was ist los? Fahr dich runter und dann erzählst du mir, was los ist, okay?"

Natascha stieß Benski zurück. „Jack, ich kann es dir nicht sagen. Alles, und ich meine wirklich alles, hängt jetzt von mir ab. Und ich muss das alleine erledigen."

„Von was zum Teufel redest du?"

„Hör auf zu fragen. Ich werde es dir nicht sagen."

„Du verlangst von mir, dass ich dich einfach so gehen lasse?"

Natascha nickte. „Ja."

„Werde ich dich wiedersehen?"

„Klar." Natascha nahm Benski in den Arm und küsste ihn leidenschaftlich.

Sie ließ von ihm ab. „Ich muss los." Natascha schnappte ihre Tasche und verließ zügig die Wohnung. Mit einem leisen Klacken fiel die Wohnungstür hinter ihr ins Schloss.

Ich hätte Natascha nicht alleine gehen lassen dürfen, dachte Benski voller Sorge.

20 LABORKOMPLEX

Konstanza, Rumänien, nördliche Industriezone am Hafen, Ortszeit 00:55. Der heruntergekommene Büro- und Lagerzweckbau aus den 60er Jahren hatte seine besten Tage lange hinter sich. Zu Zeiten des Kommunismus war hier der Sitz der staatlichen Hafenbehörde gewesen. Das schwache Licht der Straßenbeleuchtung spiegelte sich bizarr in den zerbrochenen Fensterscheiben. Die Betonelemente der Fassade waren mit Graffitis beschmiert. Etwas abseits führte unauffällig eine Treppe in einen längeren Tunnel in Richtung des Gebäudes.

Aus dem Dunkel näherte sich eine groß gewachsene Gestalt in schlecht sitzendem Anzug und billigen Slippern. Ihre ovale Glatze wurde umrahmt von ungepflegtem schulterlangen blonden Haar. Der Mann hielt eine Fastfood-Papiertüte in der Hand. Zügig ging er die Treppe hinunter und folgte dem schwach beleuchteten Gang bis zu einer massiven Bunkertür. Links vor der Bunkertür war ein Handscanner in den Beton eingelassen. Der Mann legte seine Hand auf das Scanfeld. Der grüne Laserstrahl fuhr unter seiner Hand einmal hoch und runter.

Ein deutlich zu hörendes Klacken drang durch den Tunnel. Die Bunkertür öffnete sich. Grelles Neonlicht flutete langsam den Bereich vor der Bunkertür.

Der Mann trat ein. Die massive Tür schlug hinter ihm zu. Dahinter war der Tunnel hell erleuchtet und endete nach circa 20 Metern an einem Aufzug. Der Mann ging auf die Aufzugtür zu.

„Willkommen, Dr. Batitsch. Bitte begeben Sie sich auf die angezeigte Position“, forderte ihn eine weibliche Computerstimme freundlich auf.

Auf dem Betonboden leuchteten zwei fußgroße Flächen rot auf.

Dr. Batitsch stellte sich mit beiden Füßen auf die angezeigte Markierung.

„Start der biometrischen Autorisierung in drei – zwei – eins.“ Von allen Seiten tasteten grüne Laserstrahlen den Körper von Dr. Batitsch ab. Nach wenigen Sekunden wurden die Markierungen unter seinen Füßen grün: „Vielen Dank, Dr. Batitsch. Die biometrische Autorisierung ist abgeschlossen. Ich wünsche Ihnen einen erfolgreichen Tag.“

„Jaja“, kommentierte er nörglerisch.

Die Aufzugtür öffnete sich.

Dr. Batitsch betrat den spärlich beleuchteten Aufzug. „Laborebene U 10“, knurrte er mürrisch.

Die Aufzugtür fuhr zu. Nach einer kurzen Pause raste der Aufzug in wenigen Sekunden mehrere Stockwerke in die Tiefe.

Wie ich diesen verdammten Aufzug hasse, fluchte Dr. Batitsch innerlich und klammerte sich an die Edelstahlgriffe. Nach ein paar Sekunden rasanter Fahrt stoppte der Aufzug mit einem deutlichen Ruck.

„Sie befinden sich auf Unterebene 10“, kam es von der gleichen weiblichen Computerstimme, wie zuvor im Gang.

Die Tür öffnete sich. Dahinter erstreckte sich eine riesige, fünfstöckige rechteckige Halle. Die unterirdische Halle lag in gedämpftem Licht. Obwohl jedes Stockwerk mit Gitterrosten überspannt war, konnte man die oberen Stockwerke im Dunkel nur erahnen. Links der Zugangstür führte eine Eisentreppe auf das nächste Stockwerk. Unregelmäßig verteilt führten von den Stockwerken Panzertüren zu den hermetisch voneinander abgetrennten Laboratorien.

In der Mitte der Halle hing eine imposante Monitorwand von der Decke. Auf einigen dunklen Monitoren liefen monoton hellgrüne Zahlenkolonnen von oben nach unten. Auf anderen Monitoren waren Livebilder aus den verschiedenen Laboratorien zu sehen. Vor der Monitorwand stand in drei Meter Abstand ein großes, leicht gekrümmtes Kontrollpult.

An einem der Bedienplätze saß eine attraktive Mittdreißigerin. Sie hatte blonde kurze Haare und trug einen weißen Kittel, unter dem sich ihre spitzen Brüste deutlich abzeichneten. Sie drehte sich um. „Dr. Batitsch, gut, dass Sie da sind! Das müssen Sie sich ansehen!“, rief sie aufgeregt.

Dr. Batitsch kam auf das Kontrollpult zu. Aufdringlich beugte er sich von hinten über die Schulter der Frau. „Dr. Stern, na was haben Sie denn so Wichtiges für mich?“, säuselte er ihr lasziv ins Ohr.

Dr. Stern wandte sich abweisend zur Seite. „In L VI tut sich was!“

Dr. Batitsch ließ von ihr ab. „Was? Haben die etwa ohne mich angefangen?“, stieß er wutentbrannt hervor.

Dr. Stern schaute Dr. Batitsch schweigend an.

„Mr. Andersson wollte unbedingt live dabei sein.“

„Davon haben Sie nichts erwähnt.“

„Jaja, ich weiß. Andersson wird mir den Kopf abreißen. Stellen Sie mir sofort eine Verbindung zu Mr. Andersson her.“

„Sofort.“ Dr. Stern tippte auf der Tastatur.

„Halt, warten Sie.“ Dr. Batitsch strich über seine Glatze.

„Was ist?“

Er überlegte kurz, dann sagte er: „Das machen wir später, Dr. Stern. Schalten Sie mir jetzt erst mal das

L VI auf MAX und geben Sie mir einen Ton!", befahl er barsch.

„Natürlich." Folgsam tippte Dr. Stern auf der Tastatur. Auf der gesamten Monitorwand war jetzt das Livebild aus Labor VI zu sehen. In der rechten unteren Ecke waren in einem kleineren Fenster zwei Wissenschaftler in weißen Kitteln zu erkennen. Die beiden Wissenschaftler saßen vor einem Schaltpult und schauten konzentriert auf die Monitore.

In der Mitte des hermetisch abgeriegelten Labors befand sich eine silbern glänzende Stahlkonstruktion. Daneben stand eine geöffnete Holzkiste. Die alte Transportkiste passte überhaupt nicht in die ansonsten so sterile Laborumgebung. Auf der Vorderseite der Kiste war neben dem Emblem der Luftwaffe mit Adler und Hakenkreuz das runenartige Wappen des deutschen Ahnenerbes aufgebracht. Der Innenraum der Transportkiste war mit Blei ausgeschlagen.

In der Mitte der Apparatur war ein medizinballgroßes seltsam schimmerndes Objekt fixiert. An einem Greifarm war eine Art Flex mit diamantbeschichteter Bimetall-Scheibe zum Metallschneiden befestigt. Langsam fuhr der Greifarm mit der Flex an das Objekt.

„Die fangen tatsächlich an! Wo bleibt der Ton, Dr. Stern?"

Plötzlich spritzten weißglühende Metallsplitter durch das Laboratorium.

„Was ist da los? Wo bleibt der Ton?"

„Ich bin dran." Dr. Stern tippte hastig auf der Tastatur.

Mit einem Mal fuhr das bestialische Kreischen der Flex ohrenbetäubend durch die Halle.

Reflexartig hielt sich Dr. Batitsch die Ohren zu. „Stern!", schrie er.

Dr. Stern tippte wieder auf der Tastatur. Nach einigen Sekunden verstummte das Kreischen.

Dr. Batitsch nahm die Hände runter. „Was war das denn?“

„Dr. Batitsch, es tut mir leid. Aber ich hatte die Pegel wie immer eingestellt. Keine Ahnung, warum es so extrem laut war“, versuchte sich Dr. Stern zu rechtfertigen.

„Pegel wie immer?“ Dr. Batitsch schaute ungläubig auf den Monitor. Surreal lautlos sprühte die Flex immer mehr heiß glühende Funken durch das Labor.

Was auch immer da drinnen gerade passiert, es sieht nicht gut aus, wir müssen abbrechen, sonst fliegt uns die gesamte Apparatur um die Ohren, schoss es Dr. Batitsch durch den Kopf.

Dr. Batitsch griff Dr. Stern an die Schulter. „Dr. Stern, stellen sie mich sofort ins Labor durch.“

Dr. Stern tippte bereits auf der Tastatur. „Verbindung steht.“

„ABBRUCH, SOFORT!“, schrie Dr. Batitsch.

Auf dem kleinen Fenster konnte man sehen, wie die beiden Wissenschaftler vor dem Schaltpult immer hektischer wurden.

„Was zur Hölle ist los, Popescu? Abbruch habe ich befohlen!“, schrie Dr. Batitsch weiter.

Einer der beiden Wissenschaftler stand auf und ging ein paar Schritte auf die Kamera zu. Er schaute jetzt direkt in die Linse. Schweißperlen liefen ihm von der Stirn über die Wangen. Ratlos hielt Dr. Popescu seine Hände hoch. Stumm sagte er etwas in Richtung der Kamera.

„Verdammt, Dr. Stern, Sie haben auch den Ton aus dem Steuerstand abgeregelt.“

„Ich weiß, Dr. Batitsch. Aber den Ton kann man nicht separat regeln. Wenn ich den Ton wieder hochfahre, wird der Lärm der Flex alles überlagern.“

„Den Technikern, die das gebaut haben, werde ich was erzählen. Was ist mit den Handys?"

„Die liegen in der Sicherheitsschleuse."

„Mist! Und jetzt?"

„Ich kann versuchen, eine Remote-Desktop-Verbindung auf einem der Rechner herzustellen."

„Dann los."

Wieder tippte Dr. Stern. Wenige Sekunden später erschien neben dem kleinen Fenster mit den Wissenschaftlern ein weiteres Fenster. In diesem Fenster war jetzt der Desktop einer der Computer aus dem Steuerstand zu sehen.

„Ich habe sie."

„Okay."

Dr. Stern öffnete auf dem anderen Computer einen Texteditor.

Auf dem Livebild aus dem Steuerstand konnte man sehen, wie sich der andere Wissenschaftler zu Dr. Popescu umdrehte und ihm etwas zurief. Dr. Popescu ging zu seinem Kollegen und schaute auf den Monitor.

„Auf was warten Sie? Fragen Sie, was los ist."

„Natürlich." Dr. Stern tippte auf der Tastatur.

Kurz darauf stand in dem Texteditor: was ist los? In dem kleinen Fenster sah man, wie sich Dr. Popescu an den Computer setzte und anfing zu tipppten. In dem Texteditor erschien jetzt Buchstabe für Buchstabe. Dann stand da: wir haben die kontrolle verloren – kennen den grund nicht – sind aber dran.

Dr. Batitsch fuhr sich wütend über seine Glatze. „Will der mich verarschen? Kontrolle verloren? Hauptschalter raus und fertig. Das dauert exakt zwei Sekunden. Schreiben Sie Popescu das. Und schreiben Sie ihm auch, dass ich ihm seinen Arsch bis zu den Eingeweiden aufreiße, wenn die Flex nicht in zehn Sekunden aus ist. Los!"

Dr. Stern: befehl von dr. batitsch – sofort hauptschalter raus – das ist ein befehl – sonst reißt er ihnen den a... auf.

Kurz darauf kam die Antwort von Dr. Popescu: hauptschalter ist raus – keine wirkung – es läuft einfach weiter.

In dem kleinen Fenster aus dem Steuerstand konnte man sehen, wie sich Dr. Popescu umdrehte und hilflos die Arme in Richtung der Kamera hob. Der andere Wissenschafter stand auf und ging hastig in Richtung der Tür.

„Der Feigling will abhauen!“, rief Dr. Batitsch aufgebracht.

Kurz darauf hielt der Wissenschaftler seine Zugangskarte an das elektronische Schloss.

„Stern, sperren Sie seine Karte.“

„Das dauert.“

„Beeilen Sie sich.“

Auf dem Monitor war zu sehen, dass der Wissenschaftler noch immer vor der geschlossenen Tür stand. Immer wieder hielt er die Zugangskarte an das Schloss. Ohne Erfolg.

„Sehr gut, Stern. Das hätte dem so gepasst, sich einfach so aus dem Staub zu machen.“

Dr. Stern blickte Dr. Batitsch mit versteinerter Miene an.

„Was haben Sie?“, fragte Dr. Batitsch irritiert.

„Das war ich nicht.“

„Was?“

„Ich bekomme überhaupt keinen Zugriff auf das Steuermodul.“

„Was reden Sie da?“

„Die komplette Software scheint sich aufgehängt zu haben.“

„Lassen Sie mich.“ Dr. Batitsch schob Dr. Stern unsanft von ihrem Stuhl. Er setzte sich und begann, auf der Tastatur zu tippen. „Jetzt mach schon." Er tippte immer hektischer. „Selbst einen Neustart verweigert das Ding. Was ist hier los? Ein Virus?"

„Das System hat keine Schnittstellen nach draußen. Wie sollte da ein Virus das System infiziert haben? Ich habe keine Idee, was da gerade vor sich geht. So etwas habe ich in den ganzen Jahren noch nie erlebt."

Plötzlich war auf dem Monitor zu sehen, wie die Flex aufhörte, Funken zu sprühen.

„Sehen sie das? Die Diamantscheibe ist runter bis auf die Welle und an dem Ding ist nicht der kleinste Kratzer." Dr. Batitsch lehnte sich zurück. Langsam fuhr er mit beiden Händen über sein Gesicht. „Was für ein gottverfluchtes Teil hat uns Andersson da nur geschickt?", seufzte er fassungslos. „Wir hätten das Ding in der Kiste lassen und im Marianengraben auf Nimmerwiedersehen versenken sollen."

Mit einem Mal flackerte das Bild auf der Monitorwand. Das Flackern wurde immer stärker.

„Was ist hier los?", rief Dr. Batitsch.

Dann fiel in dem gesamten Laborkomplex der Strom aus. Schlagartig war es in der riesigen Halle stockdunkel.

„Zur Hölle, Stern. Was passiert hier?"

„Ich weiß es nicht. Eigentlich sollte die Notstromversorgung anspringen."

„Und wo bleibt sie?"

„Keine Ahnung, sie sollte längst laufen."

„Hier läuft ein Scheißdreck."

„Warten Sie, mein Handy."

„Wo ist Ihr Handy?"

„Es müsste rechts vor Ihnen liegen."

Dr. Batitsch fuhr vorsichtig mit der Hand über die Arbeitsfläche. Aus Richtung des Kontrollpults war ein leises Klacken zu hören: „Ich hab's."

„Schalten Sie es an.“

Nach wenigen Sekunden leuchtete der Karibikstrand mit azurblauem Meer und Palmen vom Startbildschirm des Handys unwirklich in der Dunkelheit. Im Licht des Displays zeichnete sich die unmittelbare Umgebung in einem bläulichen Farbton schemenhaft ab.

„Schalten Sie die Taschenlampe ein.“

Dr. Batitsch hielt Dr. Stern ihr Handy hin. „Hier. Keine Ahnung, wie das geht.“

Mit einem Wisch aktivierte Dr. Stern die Taschenlampen-App. Im Lichtstrahl erschienen das Kontrollpult und die schwarze Monitorwand.

„Gut gemacht.“

„Der Akku wird nicht lange halten.“ Dr. Stern leuchtete einmal über das Kontrollpult. „Alles tot. Was machen wir jetzt?“

„Wir müssen hier so schnell wie möglich raus.“

„Ohne das System? Ausgeschlossen. Die Türen sind elektronisch verriegelt.“

Mit einem Mal sprang die Notbeleuchtung an.

Unvermittelt rasten Linux-Startsequenzen über die Monitorwand.

„Sehen Sie das?“

„Das System bootet.“

„Vielleicht haben wir Glück und bekommen nach dem Neustart wieder Zugriff.“

Dr. Stern setzte sich an das Kontrollpult und zog die Tastatur zu sich. „Bis jetzt scheint alles normal zu laufen.“ Sie tippte, dann stellte sie fest: „Ich habe wieder Zugriff auf das System.“ Erleichtert atmete sie auf. Mit einem Lächeln drehte sie sich um.

„Na, wer sagt’s denn.“ Dr. Batitsch klopfte ihr anerkennend auf die Schulter.

Ein kaum vernehmbares metallisches Klacken fuhr durch die Halle.

„Haben Sie das gehört?"

„Was meinen Sie?"

„Klang wie Lüftungsklappen oder so."

„Ich habe nichts gehört."

„Checken Sie das mal."

Dr. Stern tippte wieder. Sekunden später sagte sie: „Sie hatten recht. Das waren die Zuluftklappen der Regulatoren auf Laborebene U8 Abschnitt C. Hier wird angezeigt, dass das System eine Kontamination in Labor VI festgestellt hat und daher im gesamten Abschnitt C automatisch den Unterdruck erhöht."

„Was? Popescu und sein Assistent sind noch drin."

„Ihnen sollte nichts passieren. Das System ist so ausgelegt, dass der Druck um maximal 0,2 bar reduziert wird, für Menschen also nicht lebensbedrohlich."

„Holen Sie mir das Labor auf den Schirm."

„Sofort." Dr. Stern tippte.

„Na wird's bald?"

Dr. Stern drehte sich zu Dr. Batitsch. „Irgendwie bekomme ich keinen Zugriff auf das Labor."

„Geht das schon wieder los?" Dr. Batitsch fuhr sich nervös über die Glatze.

Plötzlich ertönte eine Alarmsirene. Die gleiche weibliche Stimme wie zuvor im Zugangstunnel warnte eindringlich: „Achtung, Unterdruck auf Unterebene 8 Abschnitt C erreicht kritisches Niveau! Starten Sie die sofortige Evakuierung!"

„Wie? Sie sagten doch ..."

„Ich weiß, irgendetwas stimmt nicht."

„Was Sie nicht sagen."

Erneut warnte die Stimme: „Achtung, Unterdruck auf Unterebene 8 Abschnitt C erreicht lebensbedrohliches Niveau. Starten Sie die sofortige Evakuierung!"

„Haben Sie Zugriff auf die Türen?"

Dr. Stern tippte. „Kein Zugriff."

Dr. Batitsch blickte nach oben. „Und wie sollen wir mit verschlossenen Türen evakuieren?“, schrie er wutentbrannt in Richtung Decke.

Plötzlich erschien auf der Monitorwand das Livebild aus Labor IV.

„Um Gottes willen, NEIN!“, schrie Dr. Stern panisch.

Auf dem Monitor war zu sehen, wie die beiden Wissenschaftler offenbar orientierungslos durch das Labor irrten. Immer wieder prallten sie dabei gegen die Wände und Tische. Ihre Körper waren seltsam aufgebläht. Schmerzverzerrt pressten sie ihre Hände gegen die Schläfen. In Schockstarre verfolgten Dr. Stern und Dr. Batitsch für einige Sekunden das grausige Schauspiel. Immer wilder rannten die beiden umher. Dann sackte Dr. Popescu zusammen.

„Mein Gott!“, schrie Dr. Stern.

Auch sein Assistent kollabierte. Leblos lagen die beiden aufgedunsenen Körper auf dem Boden des Labors. Plötzlich kam Dampf aus beiden Mündern.

„Was in drei Gottes Namen passiert da?“

„Ihre Spucke verdampft. So wie das Blut. Darum sind ihre Körper so aufgebläht. Da drin muss fast völliges Vakuum herrschen. Nur dann verdampft Wasser unterhalb der Körpertemperatur von 37 Grad“, erklärte Dr. Stern, obwohl sie unter Schock stand, nüchtern.

„Sie haben doch gesagt, dass das nie vorkommen kann.“

„Ich weiß, aber hier passiert gerade etwas, das ...“

„Dr. Stern, was auch immer hier los ist. Irgendwie muss es einen Weg hier raus geben, denken Sie nach.“

Mit einem Mal fuhr ein lautes Klacken durch die Halle. Kurz darauf fingen die Regulatoren mit ihrem bezeichnenden Brummen an, die Luft jetzt aus der gesamten Anlage abzusaugen.

Mit panischem Blick schauten sich Dr. Stern und Dr. Batitsch an.

„Gott sei uns gnädig." Dr. Stern bekreuzigte sich.

Unerbittlich liefen die Regulatoren weiter.

21 HEIẞE SPUR

35.000 ft über dem Apuseni-Gebirge, Westkarpaten, Nord-Rumänien, leicht bewölkt, Ortszeit 15:24. Die Cessna Citation Bravo befand sich auf dem Flug von Bratislava nach Konstanza Airport. Im Passagierbereich des zweistrahligen Geschäftsflugzeugs saßen Benski, Nicolai und ein weiterer Mann. Der kräftige schwarze Mann hatte seinen Sitz nach hinten gestellt. Er hatte Kopfhörer auf und die Augen geschlossen. Um seinen Hals hing eine beeindruckende Goldkette mit einem Kreuz.

„Okay, Nicolai. Ich finde, es reicht jetzt mit eurer Geheimnistuerei. Wir sind seit über 30 Minuten in der Luft und die Akkus aus meinem Handy sind raus. Also, wo ist Natascha und wo fliegen wir hin?“

„Gleich.“ Nicolai tippte auf seinem Handy.

Der Co-Pilot drehte sich um. „Wir haben vor fünf Minuten die rumänische Grenze überflogen. Voraussichtliche Landung in Konstanza in 37 Minuten.“

„Gut, wir sind im Plan“, antwortete Nicolai. Er drehte sich zu dem anderen Mann und tippte ihm auf den Unterarm. „Boris, Landung in gut 30 Minuten.“

Boris nahm seine Kopfhörer runter und stellte seinen Sitz auf. „Verstanden.“

Benski fragte Nicolai: „Rumänien?“

Nicolai nickte stumm.

„Konstanza?“

Nicolai schaute auf. „Du kennst doch Konstanza?“

Benski schaute Nicolai fragend an.

„Konstanza ist der bedeutendste Schwarzmeer-Hafen in Rumänien, was sag ich, im gesamten

Schwarzen Meer. Aufgrund der besonderen Lage, direkt im Donaudelta, ist Konstanza über den Main-Donau-Kanal und Wasserwege bis nach Rotterdam mit der Nordsee verbunden."

„Okay, okay. Und warum fliegen wir nach Konstanza? Ist Natascha dort?"

„Möglich, aber wir wissen es nicht."

„Was, ihr wisst nicht, wo Natascha steckt?"

„Wir hatten das letzte Mal vor drei Tagen Kontakt mit ihr. Sie rief mich an. Das Gespräch war sehr kurz. Sie sagte nur, dass sie eine heiße Spur verfolgt und sich bald wieder melden würde."

„Und?"

Nicolai schüttelte den Kopf. „Bis jetzt hat sie sich nicht gemeldet."

„Wo steckt sie?"

„Bevor ich sie das fragen konnte, hatte sie aufgelegt."

„Genau wie in Bratislava."

„Was meinst du?", fragte Nicolai.

„Bei unserem Abschied in Bratislava. Sie wollte mir partout nicht sagen, was sie vorhat. Macht Natascha häufiger solche Alleingänge?"

„Nein, das passt so überhaupt nicht zu ihr."

„Alles hängt mit diesem ominösen Anruf in Bratislava zusammen. Es wirkte, als sei sie davon richtig überrascht worden."

„Und sie hat dir nicht gesagt, wer es war?"

„Nein, aber ich bin mir sicher, sie kannte den Anrufer. Am Ende hat sie so etwas gesagt wie – verstanden, kein Wort zu irgendwem."

„Sehr dubios."

Benski nickte. „Nach dem Anruf war Natascha wie ausgewechselt. Sie umarmte mich und verschwand. Was machen wir jetzt?"

„Wir haben versucht, ihr Handy zu orten – ohne Erfolg. Sie muss die Akkus rausgenommen haben."

„Das gehört bei euch offensichtlich zum Standardprogramm."

Nicolai nickte. „Daher bleibt uns vorerst nichts anderes übrig, als abzuwarten."

„Das ist alles?"

„Sie wird sich schon melden."

„Hoffentlich."

„Du wolltest doch wissen, warum wir nach Konstanza fliegen?"

Benski nickte.

„Im südlichen Hafenviertel von Konstanza kam es in den letzten Tagen immer wieder zu unerklärlichen Stromausfällen. Daraufhin hat der örtliche Stromversorger VT Power Team SRL genauere Messungen durchgeführt. Und jetzt kommt es: Aus deren Netz werden seit ein paar Tagen mehrere Hundert Megawattstunden Strom entnommen, und das pro Tag. Unserem Informanten nach befindet sich der unerklärliche Verbraucher in einem eigentlich schon längst verlassenen Gebäude der ehemaligen Hafenverwaltung."

„Ja und?"

Nicolai schaute Benski an. „Jack, wie bitte soll ein seit Jahren verlassenes Gebäude plötzlich so viel Strom wie eine mittlere Kleinstadt verbrauchen?"

„Wie eine Kleinstadt? Wofür braucht man so viel Strom?"

„Wir gehen davon aus, dass irgendwo dort getarnt eine Art Forschungslabor eingerichtet wurde. Aufgrund der schieren Menge an Strom handelt es sich vermutlich um eine richtig große Anlage."

„Und die ist vorher niemandem aufgefallen? In ein paar Tagen, lässt sich so eine riesen Anlage sicherlich auch nicht aus dem Boden stampfen."

„Nein, bestimmt nicht. Wir vermuten, die Anlage war schon länger da und wurde jetzt aus einer Art Winterschlaf erweckt."

Benski nickte. „Das erklärt es. Aber wie kommt ihr darauf, dass diese Sache irgendetwas mit dem Artefakt zu tun hat?"

„Ganz einfach. Es gibt eine Verbindung. Wir haben herausgefunden, dass die Nazis zunächst versucht haben, die Ladung der Hugin per falsch deklariertem Container nach Südamerika zu verschiffen."

„Versucht?"

„Du hast bestimmt von dem gesunkenen Containerschiff vor der französischen Atlantikküste gehört, der Santa Vincenza."

Benski nickte. Er zögerte kurz, dann fragte er: „Da war die Ladung der Hugin drauf?"

Nicolai bestätigte dies.

Benski zog die Augenbrauen hoch. „Was? Es wurde gemeldet, dass das Schiff mitsamt der Ladung gesunken ist?"

„Der betreffende Container war tatsächlich an Bord."

„Aber dann ist die Ladung der Hugin mit versunken."

„Auf den ersten Blick sieht es so aus. Aber es gibt ein paar Details, die nicht so recht ins Bild passen."

„Was meinst du?"

„Unsere Informanten haben Mitschnitte des Funkverkehrs aus der betreffenden Nacht beschaffen können."

„Und?"

„Die Santa Vincenza war in dieser stürmischen Nacht nicht alleine da draußen."

„Wer denn noch?"

„Ein Rettungshubschrauber der englischen Küstenwache. Er war ganz in der Nähe, als er einen

Notruf wegen eines Triebwerkschadens absetzte. Daraufhin bot die Santa Vincenza Hilfe an und meldete ihre Position. Der Hubschrauber flog daraufhin in ihre Richtung."

„Ein Rettungshubschrauber, der selbst um Hilfe bittet?"

„Stimmt, komischer Zufall, aber es kommt noch besser. Das Letzte, was über Funk kam, war die dringliche Aufforderung der Santa Vincenza an den Hubschrauber, die Landung sofort abzubrechen. Danach herrschte absolute Funkstille."

„Der Hubschrauber wollte auf dem Containerschiff landen? Wie sollte das bei der aufgewühlten See gehen?"

„Bei stürmischem Wind, hohem Wellengang und Dunkelheit ist das sicher ein Himmelfahrtskommando, aber ausschließen würde ich es nicht."

„Aber was ändert das?"

„Soweit nicht viel. Aber es gibt ein wichtiges Detail, das ich noch nicht erwähnt habe."

Benski verschränkte die Arme vor der Brust. „Und welches?"

„Zwei Wochen vor dem Untergang der Santa Vincenza ist genau so ein Hubschrauber der englischen Küstenwache, ein AgustaWestland AW189, 75 Seemeilen östlich der Shetlandinseln auf mysteriöse Weise verschwunden."

„Ein Hubschrauber verschwindet doch nicht einfach so."

„Der Funkkontakt zum Hubschrauber riss während einer Seenot-Rettungsmission unvermittelt ab. Da man von einem Unfall ausging, wurden sofort alle verfügbaren Kräfte mit Flugzeugen, Helikoptern und Booten an die letzte bekannte Position geschickt."

„Und?"

Nicolai machte eine kurze Pause, dann sagte er: „Im Umkreis von zehn Kilometern nicht das kleinste Wrackteil. Nichts, aber auch gar nichts, das auf einen Absturz hätte hindeuten können. Und es kommt noch besser. Auch von dem angeblich in Seenot geratenen Schiff nicht die kleinste Spur. Beide sind wie von Geisterhand von der einen auf die andere Sekunde einfach verschwunden."

„Jetzt weiß ich, auf was du hinauswillst. Du meinst, der Notruf war in Wirklichkeit eine Falle, um den Rettungshubschrauber zu kapern?"

Nicolai zuckte ein kurzes Lächeln übers Gesicht. „Ganz genau, Jack. Das war eine von langer Hand geplante Operation, und das lässt den Untergang der Santa Vincenza in einem ganz anderen Licht erscheinen."

„Willst du damit etwa andeuten, dass sie tatsächlich auf der Santa Vincenza gelandet sind?"

Nicolai nickte. „Und nicht nur das. Der immense Aufwand und die damit verbundenen Kosten für so eine Operation ergeben nur Sinn, wenn sie es auf etwas sehr Wertvolles abgesehen hatten."

„Die Ladung der Hugin!"

„Die hatten es ausschließlich auf die Ladung der Hugin abgesehen."

„Du meinst also, sie haben es geschafft, die Ladung der Hugin an Bord des Hubschraubers zu nehmen, bevor die Santa Vincenza sank?"

Nicolai nickte wieder. „Nicht die ganze Ladung, aber den Teil, auf den sie es abgesehen hatten."

„Und die Nazi-Typen? Die haben sich den Schatz einfach so vor der Nase klauen lassen?"

„Was hätten sie tun sollen, mitten auf dem Meer? Selbst wenn sie ein paar Leute auf der Santa Vincenza als Begleitschutz hatten, das waren absolute Profis. Und so wie es aussieht, haben diese Männer die Santa

Vincenza gesprengt, nachdem sie die Ladung an Bord hatten."

„Was?" Benski schüttelte den Kopf. „Das sind skrupellose Killer, mit denen wir es zu tun haben."

„Allerdings. Das professionelle und rücksichtslose Vorgehen sieht nach Angehörigen irgendeines Spec-OPS-Teams aus. Leute, die für besonders heikle Aufgaben trainiert wurden und dafür über Leichen gehen."

„Aber von welchem Spezialkommando?"

„Das wissen wir nicht."

Mit einem Mal blitzten Benskis Augen auf. „Nicolai, das waren dieselben Leute wie beim Hinterhalt, in den das Flugzeug von Frau von Trotau geraten ist."

Nicolai und Boris schauten auf. Stumm blickten sie sich kurz an.

„Das denken wir auch." Nikolai hob die Hände. „Leider wissen wir nichts, rein gar nichts, über diese Leute."

„Und was hat das alles mit Konstanza zu tun?"

„Ich will es dir sagen. Nachdem uns klar wurde, dass sich das Artefakt nicht mehr in den Händen von Grubers Leuten befand, mussten wir umdenken. Irgendwo musste der Hubschrauber mit dem Artefakt schließlich gelandet sein. Und das war unser Ansatzpunkt. Also haben wir uns noch mal den Funkverkehr aus der fraglichen Nacht vorgenommen. Wieder und wieder gingen unsere Spezialisten die Funkaufzeichnungen durch, aber da war nichts. Sie waren kurz davor aufzugeben. In einem letzten Versuch modulierten sie die Frequenzen. Und plötzlich war er da – ein wenige Sekunden langer hochfrequenter Pfeifton. Er wiederholte sich in unregelmäßigen Abständen. Es schien sich um eine Art verschlüsselten Morsecode zu handeln."

„Habt ihr den Code geknackt?"

„Dazu war keine Zeit. Außerdem sind die modernen Schlüssel kaum zu knacken, jedenfalls nicht in akzeptabler Zeit.“ Nicolai lehnte sich zurück. „Unsere Leute haben aber herausgefunden, aus welcher Peilung das Signal kam. Dann zogen sie auf einer Landkarte eine Linie. Aber da war im Bereich von 100 Kilometern nichts außer Feldern und kleineren Dörfern.“

„Und dann?“

„Wir sind davon ausgegangen, dass der Hubschrauber irgendwo auf dieser Linie gelandet ist. Dort musste das Artefakt auf einen LKW oder etwas Ähnliches verladen worden sein. Aber was dann? Per schwerfälligem LKW über die Autobahn und dann über die wieder stärker überwachten Grenzen, eher nicht, zu hohes Risiko – solche Leute würden es mit einem Privatflugzeug machen. Also haben wir uns die umliegenden Flughäfen vorgenommen und alle Abflüge an den folgenden Tagen notiert und gewartet.“

„Und da war ein Flug nach Konstanza dabei.“

„Ganz genau. Als wir von dem unerklärlichen Stromverbrauch in Konstanza erfahren haben, sind wir die Liste durchgegangen, und Bingo. Am Morgen nach dem Untergang der Santa Vincenza startete eine Embraer Phenom 300 von Morlaix-Ploujean nach Konstanza. Aber es kommt noch besser. Die Gesellschaft, auf die das Flugzeug zugelassen ist, sitzt in Mexiko und wurde erst drei Wochen vorher gegründet. Alles deutet auf eine Tarnfirma hin, mit dem einzigen Zweck, das Artefakt unauffällig und auf schnellstem Weg nach Konstanza zu bringen.“

„Ihr habt recht. Das Artefakt ist in Konstanza.“ Benski ballte seine beiden Hände zu Fäusten. „Und du denkst, Natascha könnte das mit heißer Spur gemeint haben.“

Nicolai sagte. „Das liegt doch auf der Hand.“

„Okay, was ich aber nicht verstehe, ist, warum sie das vor uns verheimlichen wollte. Und warum wollte sie die Sache alleine untersuchen und was ist überhaupt mit dem ominösen Anrufer?“

„Deshalb sagte ich vorhin ja, dass es nur eine Vermutung ist und wir nichts mit Bestimmtheit wissen.“

„Was für eine Scheiße. Wir jagen einem Phantom hinterher. Hoffentlich geht es Natascha gut.“

Nicolai klopfte Benski auf die Schulter. „Jack, glaub mir, Natascha weiß, was sie tut.“

22 RÜCKMELDUNG

San Ignacio, Paraguay. Ortszeit 18:22. Der tarnfarbene Unimog 426.124 von Obergruppenführer Gruber kam die Auffahrt hoch, fuhr in einem Bogen um die Stallungen und kam schließlich vor dem Haupteingang zum Stehen.

Gruber kletterte aus dem offenen Fahrerhaus. „Diese verdammten Gauchos. Alles muss man denen dreimal vorkauen, und selbst dann hat es die Hälfte nicht kapiert. Wird allerhöchste Zeit, dass Max sich wieder um die Kerle kümmert“, murrte er vor sich hin. Er schmiss die Fahrertür zu.

Gerade als Gruber die Stufen zur Eingangstür hochstieg, öffnete sich der linke Flügel der Tür.

„Señor, Señor importante vocación.“ Der Diener hielt Gruber aufgeregt das Telefon hin.

„Pedro, beruhige dich. Nach allem, was passiert ist, was soll es da schon so Wichtiges geben?“ Gruber ergriff das Telefon. „Hola, quien es?“, fragte er mit deutschem Akzent.

„Heil, Obergruppenführer“, kam es stramm aus dem Hörer.

Gruber riss die Augen auf. „Gonterman! Mensch, mit Ihnen habe ich überhaupt nicht mehr gerechnet nach dem Untergang der Santa ...“, Gruber fasste sich an die Stirn, „wie hieß der Kahn noch gleich?“

„Vincenza, Santa Vincenza, Obergruppenführer.“

„Genau, jedenfalls nach dem Untergang habe ich nichts mehr von Ihnen gehört.“

„Wir mussten absolute Funkstille einhalten.“

„Funkstille?“, fragte Gruber verwundert.

Gonterman hielt kurz inne, dann erklärte er: „Obergruppenführer, was ich Ihnen jetzt sage, das werden Sie nicht glauben."

„Raus damit, Gonterman, spannen Sie mich nicht auf die Folter."

„Die Santa Vincenza ist nicht wegen der schweren See in Seenot geraten und gesunken."

„Nein?"

„Halten Sie sich fest. Die Santa Vincenza wurde versenkt."

„WAS?", schrie Gruber in den Hörer. Gruber fing an zu taumeln. Der Hörer fiel ihm aus der Hand und knallte auf die Stufen.

„Señor." Der Diener packte Obergruppenführer Gruber gerade noch rechtzeitig am Oberarm. Langsam ließ er ihn auf die Stufe herab.

Grubers Blutdruck stabilisierte sich. Hektisch griff Gruber nach dem Hörer. „Gonterman, sind Sie noch da?"

„Ja, alles okay mit Ihnen?"

Gruber griff sich ans Herz. „Zum Henker, das war Andersson."

„Ja."

„Ich hätte es wissen müssen. Dieser größenwahnsinnige Mistkerl. Damit lässt er uns nicht durchkommen."

„Davon haben Sie nie etwas erwähnt, Obergruppenführer."

„Ja, ich weiß."

„Warum?"

„Damit hätte ich nur alle unnötig verrückt gemacht."

„Es geht mich nichts an, aber was war für sie so Wichtiges in den paar Holzkisten vom Ahnenerbe, dass Sie Andersson hintergangen haben?"

„Ganz genau, Hauptsturmführer, es geht Sie nichts an", fuhr Gruber Gonterman böse an.

„Entschuldigung, Obergruppenführer. Aber auch die Männer haben sich das gefragt. So ein enormes Risiko eingehen, für was? Ein paar Germanen-Fundstücke aus Himmlers Runen-Sammlung aus der Wewelsburg?"

„Gonterman, zum letzten Mal – das hat Sie nicht zu interessieren. Befolgen Sie einfach meine Befehle."

„Jawoll, Obergruppenführer. Kommt nicht wieder vor", erwiderte Gonterman zackig.

„Das will ich sehr hoffen. Und jetzt bringen Sie mich auf den neusten Stand, Hauptsturmführer."

„Jawoll."

„Wie kommen Sie darauf, dass Andersson das Schiff tatsächlich versenkt hat? In den Nachrichten haben sie nichts dergleichen erwähnt."

„Das ist eine längere Geschichte."

„Machen Sie es kurz."

„Jawohl. Bereits kurz nachdem die Santa Vincenza gesunken war, erhielten wir von unseren Verbindungsleuten in Rumänien erste Informationen über verstärkte Aktivitäten von Anderssons Leuten. Die Koordination scheint über einen gewissen Petrov zu laufen. Im Zentrum der Aktivitäten steht ein scheinbar verfallenes Verwaltungsgebäude im Hafen von Konstanza."

„Interessant. Was geht da vor sich?"

„Unsere Leute wollten sich das Gebäude näher anschauen, aber keine Chance, da irgendwie reinzukommen."

„In ein verfallenes Gebäude?"

„Das ganze Gebäude ist besser abgesichert als Fort Knox. Überall versteckte Überwachungskameras. Es gibt nur einen Zugangstunnel. An dessen Ende befindet sich eine massive Stahltür. Die Tür ist elektronisch verriegelt und lässt sich nur durch einen in der Wand integrierten Handscanner entriegeln. Und da stellt sich doch die Frage, aus welchem Grund haben die einen so heruntergekommenen Kasten mit modernster Zugangstechnik gesichert? Was hat Andersson da drin vor?“

Gonterman hörte, wie Gruber am anderen Ende der Leitung tief einatmete.

„Ach, und da ist noch etwas. Einen Tag nach dem Untergang der Santa Vincenza gab es einen Flug einer in Mexiko zugelassenen Embraer von Morlaix in der Bretagne nach Konstanza. Und Morlaix liegt nur 50 Seemeilen von dem Ort entfernt, an dem die Santa Vincenza gesunken ist. Das kann doch kein Zufall sein.“

Gruber antwortete nicht. Gonterman hörte, wie er immer schwerer atmete. „Obergruppenführer, ist alles okay bei Ihnen?“, fragte er besorgt.

Nach einem kurzen Zögern antwortete Gruber: „Ja, alles in Ordnung.“

„Was haben Sie, Obergruppenführer?“

„Ich glaube, ich weiß, was Andersson in dem Gebäude vorhat.“

„Aber Sie wollen es mir nicht sagen.“

„Korrekt, Gonterman. Nur so viel. Wenn er das umsetzt, was ich denke ...“, Gruber zögerte, „dann werden wir bald Zeuge des Jüngsten Gerichts werden.“

„Obergruppenführer, von was reden Sie?“

„Von der Entfesselung unvorstellbarer Kräfte. Es wird die wohl schrecklichste Waffe sein, die die Menschheit je erschaffen wir.“

„Erschaffen wird? Es gibt sie also noch gar nicht?“

„Stimmt, aber wenn Andersson das schafft, was ich befürchte, bleibt uns nicht viel Zeit.“

„Entschuldigen Sie, Obergruppenführer, aber ich verstehe überhaupt nichts."

„Müssen Sie zum aktuellen Zeitpunkt auch nicht."

„Jawohl, ich hätte nur ..."

Gruber fiel Gonterman ins Wort: „Gonterman, was jetzt wichtig ist, ist, dass wir einen Plan schmieden, wie wir Andersson aufhalten können. Das hat jetzt absolute Priorität, verstanden?"

„Jawohl."

„Ich erwarte von Ihnen, dass Sie mit unseren Männern einen Weg in dieses Gebäude finden und das zurückholen, was uns gehört."

„Jawoll, Obergruppenführer."

„Sehr gut. Also verlegen Sie so schnell wie möglich alle verfügbaren Männer nach Konstanza. Dort errichten und beziehen Sie einen Verfügungsraum und warten auf neue Befehle. Und nehmen Sie mir bloß Hector mit."

„Jawoll, Obergruppenführer."

„Noch eine Sache. Sagen Sie, Gonterman, haben Sie irgendwelche aktuellen Informationen, was die Vaterlandsverräter anbelangt?"

„In diesem Punkt kann ich Sie beruhigen, Obergruppenführer. Nach der Sache an der Maginot-Linie haben sie sich aufgelöst. Wir haben den Anführer, einen gewissen Hanno von Mansteyn, noch eine ganze Zeit lang beschattet."

„Ja und?"

„Operation Hugin, mausetot. Keinerlei gemeinsame Aktivitäten mehr in dieser Sache auszumachen."

Gruber räusperte sich. „Nun, das klingt ja erst mal beruhigend, aber vergessen Sie nicht, Gonterman, Sie haben diese Trottel schon einmal unterschätzt, und das hätte für uns beinahe fatal geendet."

„Obergruppenführer, von der Spur nach Konstanza können die Vaterlandsverräter nichts wissen, wie auch? Nur dank unserer fest geschlossenen Linien von Kameraden in ganz Europa ist es gelungen, die Spur wieder aufzunehmen."

„Fest geschlossene Linien, Gonterman?" Gruber zögerte kurz, bevor er weiterredete: „Ich denke, Sie haben recht, aus dieser Richtung sollte uns kein überraschendes Störfeuer mehr in die Quere kommen."

„Nein, Obergruppenführer, keine Gefahr."

„Gut. Also alles wie besprochen, ich verlasse mich auf Sie."

„Jawoll, Obergruppenführer."

23 ZWEI SONNEN

Konstanza, ehemalige Hafenverwaltung – Laborkomplex, Aufzugsschacht in Höhe Laborebene 5, Ortszeit 07:36. Der Aufzug rauschte in hohem Tempo nach oben. In kurzen Intervallen zuckte das rote Blinklicht der Alarmleuchte durch die dunkle Kabine. In der Mitte stand die hölzerne Transportkiste mit dem Emblem der Luftwaffe und dem Wappen des deutschen Ahnenerbes. Sie war verschlossen. Um die Kiste herum standen drei seltsam anmutende Gestalten, sie schwiegen. Die Personen trugen schwarze Motorradhelme und metallisch schimmernde ABC-Schutzanzüge. Alle drei schauten gebannt auf die Stockwerkanzeige. Der Aufzug verlangsamte seine Geschwindigkeit, dann sprang die Ziffer auf 7.

„Wir haben's geschafft", rief Nicolai erleichtert in das taktische Headset, das in seinen Helm integriert war.

Die Aufzugtür öffnete sich. Vor ihnen lag ein dunkler Gang.

„Los, da lang!" Nicolai deutete in den Gang.

Nicolai, Boris und Benski nahmen die Kiste mit dem Artefakt und rannten den Gang entlang.

Im schwachen Licht der Notbeleuchtung konnte Benski am Ende des Gangs eine Stahltreppe erkennen. Sie führte nach oben.

„Los, die Treppe hoch!", rief Nicolai.

Die drei stiegen hastig die Stufen hinauf. Am Ende der Treppe befand sich eine Stahltür.

„Halt!", Nicolai tippte auf seinem Handy. „Sascha ist in zwei Minuten da."

„Wer ist Sascha?“, fragte Benski.

Nicolai lächelte. „Unser Ticket hier raus.“

Aus der Ferne war das Brummen eines Helikopters zu hören. Das Geräusch der Rotoren kam schnell näher.

„Sascha?“

Ohne darauf zu reagieren, schaute Nicolai unbeirrt weiter auf sein Handy. Einige Sekunden später sagte er: „Los!“ Nicolai öffnete die Stahltür.

Heftiger Rotorenabwind strömte durch die Tür. Der Lärm der Rotoren und der Triebwerke war selbst durch die Helme ohrenbetäubend. Auf dem Dach stand eine russische MI-8 in grünen Tarnfarben. Sie hatte keine Hoheitszeichen. Die drei rannten zu dem Helikopter. Der Abwind der Rotoren riss heftig an ihren Anzügen. Als die drei am Helikopter angekommen waren, wurde von innen die Seitentür aufgerissen. Ein Mann in der gleichen Montur mit schwarzem Motorradhelm und ABC-Schutzanzug stand in dem geräumigen Laderaum.

„Los, rein! Beeilt euch, wir müssen hier sofort verschwinden! Zwei SU-27 sind im Anflug.“

„Kampfflugzeuge? Wo kommen die denn her?“, fragte Nicolai.

„Scheißegal. Wir müssen hier weg.“ Sascha gestikulierte hektisch mit den Händen. „Macht schon.“

Die drei hievten das Artefakt in den Laderaum und sprangen hinterher. Sascha war bereits zurück ins Cockpit geklettert. Der Rotorenlärm nahm zu. Noch bevor Boris die Seitentür ganz zugeschoben hatte, hoben die Räder vom Dach ab. Die Mi-8 war in der Luft. Ohne auf Sicherheitshöhe zu gehen, drückte Sascha die Nase der Mi-8 draufgängerisch nach unten. Durch das waghalsige Flugmanöver tauchte die Mi-8 direkt hinter dem Bürogebäude unter und verschwand in der Häuserschlucht. Von den Radargeräten der Suchoi Kampfflugzeuge war die Mi-8 nicht mehr zu erfassen. Die drei saßen inzwischen auf ausklappbaren Notsitzen im Laderaum. Nicolai und Boris hatten die Kiste mit dem Artefakt mit einem Transportnetz auf der Ladefläche festgezurrt.

Durch die runden Seitenfenster sah Benski, wie Häuserfassaden in bedrohlicher Nähe an ihnen vorbeizogen. Benski versank in seinen Gedanken. Er konnte nicht glauben, dass er gerade in einem sowjetischen Hubschrauber saß, der von zwei Suchoi verfolgt wurde, dass vor ihm diese alte Holzkiste mit Nazisymbolen stand, in der sich angeblich ein außerirdisches Artefakt befand, und noch dazu Natascha verschwunden war.

Auf einmal war da diese seltsam verzerrte Stimme. Erst war es nur ein undefinierbares Rauschen, dann verstand er: „Jack, klapp dein Visier hoch, ich muss dir etwas zeigen“, sagte die Stimme verzerrt, aber deutlich zu verstehen.

Irritiert schaute Benski auf. Er blickte zu Nicolai und Boris. Beide waren in ihre Handys vertieft.

„Jack, klapp das Visier hoch, ich muss dir etwas zeigen, das Überleben eurer gesamten Spezies hängt davon ab. Die Zeit drängt, wir haben nicht mehr viel Zeit“, insistierte die Stimme.

Benski erschrak, die Stimme war zwar leise und klang irgendwie gedämpft, aber sie war deutlich zu hören. Er fragte sich, warum die anderen sie nicht wahrnahmen.

Ich muss der Sache auf den Grund gehen, was soll schon passieren?, überlegte er. Benski checkte die Lage. Nicolai und Boris schauten weiter stoisch auf ihre Handys.

Jetzt oder nie, dachte er. Langsam öffnete er das Visier. Eine Sekunde später erstarrte Benski. Seine Augen schauten ins Leere. Von außen wirkte er wie sediert, in seinem Kopf aber herrschte das totale Chaos. Abertausende Gedanken schossen ihm gleichzeitig durchs Gehirn. Benski hatte keine Ahnung, wie er das alles einordnen sollte, so etwas hatte er noch nie zuvor erlebt. Alle Versuche, eine Ordnung in dieses Durcheinander zu bringen, schlugen fehl. Dann, ohne dass er bewusst etwas dagegen tun konnte, begannen sich seine Gedanken wie ferngesteuert auf eine Art geistige Leinwand zu fokussieren.

Was passiert mit mir, es fühlt sich an, als wäre ich in einem Traum, aber ich bin wach, ich muss das irgendwie stoppen, überlegte er fieberhaft. Die Leinwand kam unaufhörlich näher. Schemenhaft konnte Benski darauf etwas ausmachen. Sein Puls raste. Auf der Leinwand war eine Art Industriekomplex mit weiß rauchenden Schornsteinen und Fabrikhallen zu erkennen. Dunkle, tief hängende Wolken zogen über die dystopische Szenerie. Die Fabrik war in gleißend gelbes Licht getaucht. Benski erkannte jetzt einzelne Details des Fabrikkomplexes. Er erschauderte. In der Mitte des Komplexes stand ein riesiges schwarze Pyramide. Aus der metallisch schimmernden Oberfläche zuckten Blitze in den düsteren Himmel. Auf der linken Seite führte eine Art Förderband durch eine Öffnung hinein. Unablässig fütterte das Band das Gebäude mit Nachschub. Was genau auf dem Förderband transportiert wurde, konnte Benski nicht erkennen. Obwohl er sich in seiner Haut überhaupt nicht wohlfühlte, wurde er neugierig. Was zur Hölle wird in dieser gottlosen Fabrik produziert?, fragte er sich. Gleich werde ich es wissen, dachte er erwartungsvoll.

Mit einem Mal fing das Bild an zu flackern. Immer mehr verschwand die Szenerie im Dunkel. „Jack, wir wurden entdeckt“, flüsterte dieselbe Stimme wie zuvor. „Glaub nicht, was du gleich gezeigt bekommst.“

Die Stimme wurde immer leiser. „Versuche zu behalten, was ICH dir gezeigt habe. Eurer Überl..." Die Stimme verstummte endgültig.

Plötzlich erschien vor Benskis geistigem Auge eine fremdartige, bewaldete Küstenlandschaft. Über dem kristallblauen Meer erhob sich ein warmer Himmel. Was Benski sofort ins Auge fiel, waren die zwei Sonnen, die über der Landschaft erstrahlten. Am Himmel zogen riesige flugsaurierähnliche Kreaturen elegant ihre Kreise. Im Meer tummelten sich Wesen, die ihn an Ichthyosaurier erinnerten. So etwas Schönes und Anmutiges hatte Benski noch nie gesehen. Am liebsten wäre er für immer an diesem Ort geblieben.

Schlagartig verschwand die Szenerie. Alles wurde schwarz. Benski hatte keine Ahnung, was gerade passierte. Schmerzlich vermisste er das warme Gefühl, das noch vor ein paar Sekunden seinen ganzen Körper mit Endorphinen schier durchflutet hatte. Mit einem Mal machte er in der Ferne eine Stimme aus.

„Jack, aufwachen, hörst du mich."

Benski konzentrierte sich auf die Stimme. Dann öffnete er die Augen.

„Halleluja, da bist du ja wieder." Nicolai bekreuzigte sich. „Mein Gott. Du hast uns einen riesen Schrecken eingejagt. Zwei Minuten länger und du wärst nicht mehr aufgewacht. Wie konntest du nur so verrückt sein, dein Visier zu öffnen? Du kannst dich bei Boris bedanken. Er hat es gerade noch rechtzeitig bemerkt. Ohne ihn wärst du jetzt tot."

„Wie kommt ihr darauf, dass das Artefakt mir etwas antun wollte?", fragte Benski verdutzt.

„Machst du Witze? Das Artefakt hatte Besitz von dir ergriffen. Was denkst du, warum wir die Schutzanzüge und die mit Blei bedampften Helme tragen? Jetzt hast du es am eigenen Leib erfahren. Das Ding ist brandgefährlich."

„Ihr habt ja recht, ich hatte in diesem Moment keine Kontrolle über mich. Aber alles, was passiert ist, war, dass es mir etwas gezeigt hat."

„Was? Was hat dir das Ding gezeigt?", fragte Nicolai aufgeregt.

„Eine wunderschöne Landschaft auf einem fremden Planeten."

„Fremder Planet, wie kommst du darauf?"

„Soweit ich informiert bin, gibt es in unserem Sonnensystem nur eine Sonne, oder?" Benski huschte ein flüchtiges Lächeln übers Gesicht.

„Jack, was hast du gesehen?"

„Einen wundervoll harmonischen Küstenstreifen mit Flugsauriern und Ichthyosauriern und eben zwei Sonnen, die die ganze Landschaft in ein warmes Licht tauchten. Alles war so friedlich. Aber ich habe das nicht nur gesehen – es hat sich angefühlt, als wäre ich da."

Nicolai wandte sich an Boris. „Was hat das zu bedeuten?"

Boris zuckte mit den Schultern. „Keine Ahnung."

„Wartet mal."

„Was hast du, Jack?", fragte Nicolai.

„Da war noch etwas."

„Was?"

„Ich weiß es nicht."

„Konzentriere dich."

„Ich versuche es ja, aber irgendetwas blockiert meine Erinnerung."

„Was?"

Benski hob die Schultern. „Ich weiß ganz bestimmt, da war noch etwas. Aber was?"

„So wird das nichts. Denk einfach nicht mehr dran. Meistens kommt es dann irgendwann von ganz alleine wieder."

„Wahrscheinlich hast du recht."

Nicolai schaute zu Boris. „Boris, hat nicht Gerwald von Löcknitz in seinem Tagebuch aus dem 18. Jahrhundert von einer ähnlichen Erfahrung berichtet? Von einem Traum mit einer fremdartigen, wundervollen Landschaft mit zwei Sonnen? Und dann von Bruchstücken, an die er sich nicht mehr recht erinnern konnte?"

„Du hast recht. Aber das war ein Hohepriester unseres Ordens, noch dazu mit seherischen Kräften."

„Und was ist, wenn Jack genau diese Gabe auch hat, Dinge im Umfeld des Artefakts zu sehen, die sonst keiner sieht?"

„Du meinst …"

„Ja, das meine ich." Nicolai fasste sich an den Helm auf Höhe der Stirn. „Und denk mal weiter, Jacks Vater und Großvater waren auch im Orden, vielleicht ist Jack ein direkter Nachfahre von Gerwald von Löcknitz?"

„Was redet ihr da?", unterbrach ihn Benski. „Natascha hat diesen Namen bereits erwähnt, aber das ist totaler Blödsinn. Ich habe diesen Namen vorher noch nie gehört."

„Klar, dein Vater wollte nicht, dass du irgendwas über seine Herkunft erfährst. Er wollte dich schließlich aus allem raushalten."

Benski überlegte, dann sagte er: „Okay, mal angenommen, es würde stimmen und ich wäre mit diesem Gerwald verwandt, dann hätten doch mein Großvater, mein Vater und alle Generationen bis zu Gerwald auch über diese Gabe verfügen müssen."

„Richtig."

„Und? Gibt es Überlieferungen von ähnlichen Erfahrungen?"

„Soweit ich weiß, nein."

„Aber die hätte es doch geben müssen."

„Warum? Das Artefakt war in der Bleitruhe sicher verwahrt. Es hatte über Jahrhunderte hinweg keine Chance, zu irgendjemandem Kontakt aufzunehmen. Jedenfalls nicht bis 1940", sagte Nicolai.

„Bis 1940? - Natascha meinte, dass das Wissen der Nazis über die Wunderwaffen vom Artefakt stammt. Mittels Telekinese und Teleportation wären den Nazis die Konstruktionspläne vom Artefakt übermittelt worden."

„Stimmt. Nachdem die Nazis die Bleitruhe mit dem Artefakt geraubt hatten, haben Wissenschaftler vom Ahnenerbe ganz bestimmt die Truhe geöffnet. Und damit hatte das Artefakt nach Jahrhunderten das erste Mal wieder die Möglichkeit, Kontakt mit der Außenwelt aufzunehmen. Dass es die Nazis mit bahnbrechendem Wissen versorgt hat, steht außer Zweifel."

„So langsam glaube ich euch das mit den Wunderwaffen und Außerirdischen – nach dem, was ich eben erlebt habe."

Nicolai lächelte. „Es ist die Wahrheit."

„Aber warum hat das Artefakt trotz Bleiverkleidung der Transportkiste und der Schutzanzüge den Kontakt zu mir herstellen können?"

Nicolai zeigte auf die Kiste. „Da, die schwarzen Punkte auf der Transportkiste."

„Was ist damit?"

„Das sind Flexspritzer."

„Verstehe, die Kiste stand offen in dem Labor und Blei schmilzt schon bei relativ niedriger Temperatur."

„So sieht es aus. Offensichtlich haben beim Flexen des Artefakts Tausende glühende Metallsplitter die Bleiverkleidung in der Holzkiste so löchrig gemacht, dass das Artefakt die Möglichkeit hatte, Kontakt mit der Außenwelt aufzunehmen."

„Mit mir."

„Ganz genau." Nicolai nickte.

„Und der Anzug?"

„Der hat offensichtlich nicht ausgereicht."

„Gerade als das Artefakt dabei war, mir seinen Planeten zu zeigen, hat Boris die Verbindung getrennt."

„Er wollte dir das Leben retten. Dass es dir nichts angetan hat, konnte er nicht ahnen."

„Ich weiß." Benski machte eine Pause. „Was wäre, wenn ich die Verbindung einfach noch einmal von Neuem aufbaue?"

„Was, du willst noch mal so ein Risiko eingehen? Das ist totaler Wahnsinn."

„Eine innere Stimme sagt mir, dass mir nichts passieren wird. Es war eine so friedliche Welt da."

Boris schaute fragend zu Nicolai. „Einen Versuch wäre es wert, oder? Wir behalten Jack ganz genau im Auge. Bei dem kleinsten Anzeichen, dass irgendetwas schiefläuft, brechen wir ab."

Nicolai dachte nach, dann stimmte er zu. „Okay, meinetwegen, wenn Jack sich so entscheidet." Nicolai schaute zu Benski. „Mir an deiner Stelle wäre das zu riskant."

„Du hast nicht gefühlt, was ich während der Verbindung gefühlt habe. Mir passiert nichts, glaub mir."

„Und was ist mit der Sache, an die du dich nicht mehr erinnern kannst?"

„Keine Ahnung, wird schon nicht so wichtig sein."

„Okay. Dann los."

„Leg dich dieses Mal besser hin." Nicolai zog ein paar Packdecken aus einer Ladeluke und legte sie auf den metallenen Boden des Laderaums. „Hier."

Benski legte sich auf die Decken. „Ich bin bereit."

Nicolai zögerte, dann beugte er sich über Benski. „Und wie merken wir, dass etwas nicht in Ordnung ist? Das spielt sich ja alles nur in deinem Kopf ab. Du gehst ein unkalkulierbares Risiko ein. Du hast selbst gesehen, was für ein diabolisches Inferno das Artefakt in dem Labor angerichtet hat."

„Du vergisst, dass es uns im Labor alle Türen geöffnet hat. Sogar die Aufzüge fuhren automatisch in das richtige Stockwerk. Glaub mir – wir haben nichts zu befürchten."

„Lass es sein. Ich habe auf einmal ein beschissenes Gefühl. Denk an Natascha."

„Lass Natascha aus dem Spiel." Benski boxte Nicolai gegen die Brust. „Ich verspreche dir – mir passiert nichts."

Nicolai zögerte, dann sagte er: „Gut, du hast fünf Minuten. Wenn du nach fünf Minuten nicht wieder von alleine ansprechbar bist, kappen wir die Verbindung."

„So machen wir es."

„Ich öffne jetzt dein Visier."

Benski signalisierte mit Daumen hoch, dass er bereit war. Entschlossen schaute er Nicolai in die Augen.

„Bis gleich, mein Freund." Nicolai öffnete langsam das Visier.

Benski erstarrte. Im Gegensatz zum letzten Mal erschien vor seinem geistigen Auge sofort die warme Küstenlandschaft mit den zwei Sonnen und den friedlichen dinosaurierartigen Wesen. Und auch das gleiche warme Gefühl wie beim letzten Mal durchströmte seinen Körper. Am liebsten wäre er für immer an diesem Ort geblieben. Er genoss es, den Flugsauriern zuzusehen, wie sie anmutig im Aufwind der Steilküste kreisten.

Schlagartig verschwand die Szenerie. Alles wurde schwarz. Benski wusste, was gleich passieren würde.

Doch anders als beim letzten Mal war da dieser penetrante Signalton. Er riss die Augen auf.

„Warum habt ihr mich ...?“ Benski hielt inne. Er bemerkte, dass neben dem lauten Signalton die rote Warnleuchte am Durchgang zum Cockpit blinkte. „Was ist los?“, rief er irritiert.

„Wir werden angegriffen. Nicolai ist vorne bei Sascha“, erklärte Boris ihm.

Nicolai stand im Durchgang zum Cockpit. Auf der Instrumententafel leuchteten mehrere Kontrollleuchten rot auf.

„Sascha, was geht hier ab?“

„Infrarot-Luft-Luft-Raketen.“

„Wo kommen die her?“

„Sieht nach Amis aus.“

„Was?“

„Sehr wahrscheinlich Stinger, AIM-92.“

„Also nicht die Suchois?“

„Nein.“

„Wer dann?“

„Ich tippe auf einen amerikanischen Kampfhubschrauber.“

„Wie lange haben wir?“

„Einschlag in 40, nein 35 Sekunden.“

„Scheiße.“

„Ich schalte die Triebwerke ab und versuche, den Vogel mit Autorotation irgendwie runterzubringen. Vielleicht kann ich die Suchköpfe der Raketen abwimmeln.“

„Und wenn nicht?“

Sascha drehte sich schweigend zu Nicolai.

„Irgendwelche Alternativen?“

„Negativ. IR-Täuschkörper haben wir nicht an Bord und um abzuspringen, sind wir zu tief.“

„Dann runter.“ Nicolai klopfte Sascha auf die Schulter.

Sascha drückte die Nase der MI-8 nach unten. Dann schaltete er die Triebwerke ab. Im Hubschrauber wurde es unnatürlich still. Nur die Rotorblätter erzeugten das typische Helikopterbrummen. Plötzlich schossen zwei Stinger AIM-92 mit lautem Zischen über die MI-8 hinweg.

„Es hat geklappt", schrie Nicolai euphorisch.

„Freu dich nicht zu früh. Den ungemütlichsten Teil haben wir noch vor uns. Schnallt euch an, macht euch möglichst klein und legt euren Kopf zwischen die Beine", ermahnte Sascha die anderen über sein taktisches Headset. „Unter uns ist eine Art Industriezone. Wir gehen runter."

Benski griff nach dem Gurt. In was für eine gottverfluchte Scheiße bin ich da nur reingeraten?, dachte er mit Entsetzen. Seine Gedanken wurden jäh unterbrochen.

„Kontakt in – drei – zwei – eins!", kam es aus dem taktischen Headset.

Mit infernalem Getöse schlug der Hubschrauber auf dem Asphalt auf. Die vorderen Reifen zerbarsten. Dann riss das gesamte vordere Fahrwerk aus der Verankerung. Funken sprühend rutschte die MI-8 über den Asphalt. Nach einigen Metern kam sie zum Stehen. Mit leisem Flappen drehten sich die fünf Rotorblätter in Autorotation langsam weiter. Staub drang durch die Ritzen. Langsam hoben die drei ihre Köpfe.

„Heilige Maria Mutter Gottes!" Boris bekreuzigte sich. „Wir leben", rief er erleichtert aus.

„Das war eine Meisterleistung, Sascha!", lobte Nicolai.

Sascha antwortete nicht.

„Sascha, alles in Ordnung?", rief Nicolai besorgt in sein taktisches Headset.

Sascha blieb stumm.

Benski hatte sich in der Zwischenzeit abgeschnallt und war ins Cockpit geklettert. „Verdammte Scheiße."

Sascha saß blutüberströmt nach vorne gebeugt in seinem Sitz. Sein Kopf lag auf dem Armaturenbrett.

Vorsichtig rüttelte Benski an Saschas Rücken. „Sascha, hallo." Dann versuchte er, Sascha aufzurichten. „Oh mein Gott!", rief er mit blankem Schauder. Benski sah, dass ein Teil des Radgestänges den unteren Teil der verglasten Kuppel durchschlagen und sich in Saschas Brust gebohrt hatte.

„Was ist los?"

„Sascha hat's erwischt."

„Schlimm?"

Benski schwieg.

„Nein. Nein, nicht Sascha, das glaub ich einfach nicht." Nicolai kam nach vorne ins Cockpit. „Mein Gott, Sascha. Er hat sich für uns geopfert. Er wusste, dass so etwas passieren kann."

Boris bekreuzigte sich. „Gott sei seiner Seele gnädig. Im Namen des Vaters, des Sohnes und des Heiligen Geistes Amen. Wir müssen ihn mitnehmen und beerdigen", sagte er apathisch.

„Hallo Leute, aufwachen!", rief Benski scharf in Boris' Richtung. „Wenn es die Kerosinleitung oder den Tank erwischt hat, fliegt die Kiste gleich in die Luft. Und der andere Heli ist uns auf den Fersen, hast du die Stinger schon vergessen?"

„Boris! Jack hat recht. Komm her und hilf mir beim Artefakt", rief Nicolai Boris zu. Er war bereits damit beschäftigt, das Transportnetz zu lösen. Auch Benski fasste mit an. Mit vereinten Kräften schafften es die drei, die Kiste mit dem Artefakt aus dem Transportnetz zu befreien. Sie hievten die Kiste aus dem Hubschrauber auf die staubige Straße. Aus der

Ferne konnte man das Brummen des anderen Helikopters deutlich hören.

„Der feindliche Helikopter. Weg hier!", rief Benski.

So schnell sie konnten, rannten sie mit der schweren Kiste in einen kleinen Seitenweg. Auf einmal erschütterte eine gewaltige Detonation die Umgebung. Die Druckwelle war enorm. Fast hätte sie die drei Männer von den Beinen gerissen.

„Das war knapp!", rief Boris außer Atem.

Sie drehten sich um. Dort, wo eben noch der Hubschrauber stand, erhob sich eine gigantische Feuersäule in den Himmel. Tiefschwarze Rauchschwaden quollen aus dem Wrack.

„Weiter, Leute." Benski zog an der Kiste. „Spätestens jetzt wissen unsere Verfolger, wo wir sind. Wir müssen hier weg."

Immer um Deckung bemüht, bewegten sie sich vorsichtig durch die menschenleere Industriezone. Immer lauter hörten sie das Brummen des feindlichen Hubschraubers.

„Pause, Leute. Ich kann nicht mehr", ächzte Boris.

„Reiß dich zusammen", forderte Nicolai seinen Freund auf.

Etwa 40 Meter die Straße entlang auf der linken Straßenseite entdeckte Benski einen geöffneten Durchgang in eine verfallene Fabrikhalle. „Da rein!" Er zeigte mit seinem Kopf in Richtung des Eingangs.

Die drei rannten zu der Halle. Das Dach war eingestürzt. Vereinzelte Teile der stählernen Dachkonstruktion ragten wie römische Wurfspeere in den blauen Himmel.

Völlig erschöpft schaffte es Boris, Nicolai und Benski in die Halle zu folgen. „Aber das ist ein total verfallenes Loch", stammelte er.

„Hauptsache, wir sind hier vorläufig sicher", entgegnete Benski trocken. „Komm du erst mal wieder zu Atem."

Die Geräusche des Helikopters kamen schnell näher.

„In Deckung, gleich ist er über uns."

Die drei drückten sich in die Ecken der noch stehenden Backsteinwände. Mit lautem Sägen schwebte der Hubschrauber jetzt über der Fabrikhalle. Die Rotorblätter wirbelten heftig Staub auf. In die Ecken gekauert, hockten Benski, Boris und Nicolai regungslos in ihren seltsam anmutenden Anzügen im aufgewirbelten Staub und warteten darauf, dass der Helikopter endlich verschwand.

Vorsichtig wagte Benski einen Blick nach oben. Irgendwie kam ihm der Hubschrauber bekannt vor. Zur Hölle, das ist der AH-6 Kampfhubschrauber von der Maginot-Linie, die Gatling Minigun am rechten Waffenträger ist unverkennbar, schoss es ihm durch den Kopf. Was sucht der hier? Die Nazis sind also auch hinter dem Artefakt her, aber wie zum Teufel konnten sie uns hier, am Arsch der Welt, überhaupt finden?Zu seiner Erleichterung bemerkte Benski, dass die Rotorgeräusche leiser wurden. „Hört ihr das?" Er hustete. „Verfluchter Staub." Dann schaute er kurz nach oben. „Den sind wir los. Aber wo sind wir überhaupt?"

„In irgendeiner verlassenen Industriezone am Rand von Konstanza, nehme ich an." Nicolai griff nach seinem Handy. „Ich check das mal." Er wischte über das Handy. „Wie ich vermutet habe, wir sind noch immer in Konstanza. Genau genommen in der zona industriala cinci, also dem Industriegebiet 5. Allerdings wurde das Gebiet vor ein paar Jahren aufgegeben, weil man hier große Vorkommen an Seltenen Erden gefunden hatte."

„Deshalb ist hier keine Menschenseele zu sehen."

Nicolai tippte auf seinem Handy. „Okay, also wir sind hier und der Flughafen ...", Nicolai wischte über sein Handy, „das sind über zehn Kilometer. Mit der Kiste – ausgeschlossen. Wir brauchen eine Transportmöglichkeit."

Benski schaute durch ein kaputtes Fenster. In einiger Entfernung erspähte er einen alten russischen UAZ-452 Buchanka-Kleintransporter mit Allradantrieb. „Wie wäre es damit?"

Nicolai kam zu Benski. Er schaute durch das Fenster, dann meinte er: „Ein UAZ, warum nicht. Aber ob der noch läuft?"

„Finden wir es raus." Benski stand auf.

„Weißt du überhaupt, wie man so eine Kiste fährt?"

Benski lächelte. „In der Wendezeit 1990 habe ich meine Grundausbildung in Sontra bei den Panzeraufklärern gemacht. Wegen der Nähe zur ehemaligen Zonengrenze haben uns zu dieser Zeit immer mal wieder NVA-Einheiten mit ihren Fahrzeugen besucht. An einem Wochenende war ich als GvD eingeteilt, und so bekam ich die Gelegenheit, ein paar Runden mit einem UAZ-452 über den Panzerübungsplatz zu drehen."

Nicolai nickte. „Sei vorsichtig."

„Wenn die Kiste läuft, kommt ihr nach." Benski kletterte über eine eingebrochene Wand. Vorsichtig bewegte er sich über Schuttberge in Richtung des UAZs. Aus dem verfallenen Haus heraus beobachteten vier Augen jeden von Benskis Schritten ganz genau. Benski war am UAZ angekommen. Vorsichtig öffnete er die Tür. Zu seiner Erleichterung steckte der Schlüssel. Benski setzte sich auf den Fahrersitz.

„Und jetzt spring an." Er drehte den Zündschlüssel. Mit angestrengtem Jaulen drehte der Anlasser die Kurbelwelle des Motors. Aber der Motor startete nicht. Nach ein paar Sekunden versuchte er es erneut. „Los jetzt." Wieder jaulte der Anlasser. Nach ein paar Umdrehungen klappte es. Der Motor lief - etwas unrund, aber er lief. „Hunderttausend Höllenhunde, er läuft!", freute sich Benski überschwänglich. Er beugte sich aus der Fahrertür. Benski sah, wie Nicolai und Boris über die Schuttberge kletterten.

* * *

Fünf Minuten später raste der UAZ über eine staubige Schotterpiste am Rand der Industriezone. Nicolai saß neben Benski, Boris auf der Rückbank. Nicolai verfolgte den Kurs des UAZs auf seinem Smartphone. Die drei schwiegen.

Plötzlich rief Benski entsetzt: „Verdammt!"

„Was ist los?"

„Der Hubschrauber ist hinter uns."

Nicolai drehte sich um. „Der klebt an uns." Er beobachtete, wie sich die Gatling Minigun am rechten Waffenträger zu drehen begann. „Jack, er feuert!"

Geistesgegenwärtig riss Benski das Steuer nach rechts.

Die tödliche Salve von 7,62 mm Projektilen schlug links neben dem UAZ in den staubigen Boden.

„Du hast ihn ausgetrickst."

„Sag mir, wenn er feuert. Noch einmal lässt der sich nicht verarschen."

Währenddessen saß Boris geistesabwesend auf der Rückbank. Unablässig bekreuzigte er sich und nuschelte unverständliche Gebetsverse vor sich hin."

„Jetzt!", schrie Nicolai.

Benski riss das Steuer nach links.

Doch dieses Mal hatte der Pilot Benskis Manöver vorausgeahnt. Ohne größeren Schaden am UAZ anzurichten, schlugen einige 7,62 mm Projektile mit lautem Krachen in das Heck.

„Scheiße!", schrie Benski. „Mit der nächsten Salve hat er uns."

Fieberhaft überlegte er, wie sie sich aus der aussichtslosen Lage befreien könnten. Aber weit und breit war keine Deckung in Sicht und mit seiner Glock gegen die Gatling vorzugehen – aussichtslos. Benski kam zu dem Schluss, dass die einzige Option zu überleben darin bestand aufzugeben.

„Wir haben verloren."

„Was redest du da?", entgegnete Nicolai.

„Wenn wir nicht aufgeben, sind wir bei der nächsten Salve Hackfleisch."

Mit lautem Krachen schlug eine weitere Salve direkt vor den UAZ in die Schotterpiste. Die Splitter zerschlugen die Windschutzscheibe.

„Nicolai, es ist vorbei! Das war die letzte Warnung. Bei der nächsten Salve sind wir tot."

„Was werden die anderen sagen?"

„Das ist doch jetzt egal. Es geht um unser Leben."

„Okay. Halt an."

Gerade in dem Moment, als Benski anhalten wollte, drehte der AH-6 ab.

„Er dreht ab", rief Benski ungläubig. „Er dreht wirklich ab. Wir sind gerettet."

Nicolai schaute nach hinten. „Tatsächlich, er ist weg."

Boris bekreuzigte sich. „Die heilige Maria Mutter Gottes hat uns beschützt."

Benski blickte Nicolai fragend an. „Ich glaube eher, dem ist ganz einfach der Sprit ausgegangen."

„Er glaubt daran, und wer weiß schon, vielleicht hat sie uns wirklich beschützt."

„Wenn ihr meint.“ Benski gab Gas. „Ab zum Flughafen. Wo geht's lang, Nicolai?“

„Bleib einfach auf dieser Straße. Da vorne ist schon die Schnellstraße.“

„Ich mach drei Kreuze, wenn wir da sind. Für heute reicht es mir mit Action.“

* * *

Abflughalle Konstanza Airport. Ortszeit 14:37. Durch die Abflughalle waberte der kalte Ostblock-Schick einer längst vergangenen Zeit. Die Schalter waren verwaist. Vereinzelt saßen Menschen auf den Bänken. Der Boden und die Wände der kleinen Abflughalle waren mit beigen Marmorplatten gefliest. Durch die deckenhohe Fensterfront konnte man gut das Geschehen auf dem Vorfeld beobachten. Wenige Meter vor dem Terminal stand eine ältere Boeing 737-500 der staatlichen Fluggesellschaft. Die überdachte Boarding-Treppe wurde gerade vom Flugzeug entfernt. Die beiden CFM56-3B1 Triebwerke mit je 89 Kilonewton wurden gestartet. Das dumpfe Kreischen der beiden Turbinen fuhr durch die Abflughalle. Kurz darauf lag ein penetranter Kerosingeruch in der Luft.

Im rechten Bereich des Terminals befand sich ein kleines Restaurant. Benski, Nicolai und Boris saßen alleine im hinteren Teil. Alle drei hatten eine Büchse helles Pilsener Bier vor sich stehen. Sie schwiegen.

Benski griff nach seinem Bier und nahm einen großen Schluck. Er knallte die Bierdose auf den Tisch, dann sagte er: „Leute, wir sind keinen Millimeter weitergekommen. Von Natascha nicht die geringste Spur. Wo steckt sie nur? Du hast gesagt, dass sie hier ist.“

„Nein, Jack, ich habe gesagt, dass sie vielleicht hier sein könnte."

„Der ganze Aufwand – für nichts."

Nicolai blickte ernst zu Benski. „Jack, du vergisst – wir haben das Artefakt."

„Scheiß auf das verdammte Artefakt. Ich will endlich wissen, wo Natascha ist, und ob es ihr gut geht?"

Plötzlich surrte Benskis Handy. Er griff in seine Tasche und wischte über das Display. „Nein."

„Was hast du?", fragte Nicolai.

Ohne darauf einzugehen, drückte Benski auf das Display und hielt das Handy schweigend an sein Ohr.

Verwundert beobachteten Nicolai und Boris die Veränderung in seinem Gesichtsausdruck. Benski blickte leer in Richtung des Rollfeldes. Wie versteinert hörte er dem Anrufer zu. Dann sagte er: „Verstanden. Ich warte auf deinen Anruf." Benski legte das Handy auf den Tisch.

„Wer war das?", fragte Nicolai.

Benski war noch immer in Gedanken versunken.

„Jack, wer war das?"

Benski löste seinen Blick vom Rollfeld. Er blickte Nicolai in die Augen. „Jemand, der angeblich weiß, wo Natascha steckt."

„Langsam, Jack, woher weißt du, dass diese Person die Wahrheit sagt? Und woher kennst du die Person, du hast sie geduzt?"

Benski nickte. „Ja, leider kenne ich diese unangenehme Person – es war Zülke."

„Moment mal, Zülke? Das ist doch einer von den Leuten bei der Operation Rabe. Woher soll der bitte wissen, wo Natascha steckt?"

„Keine Ahnung. Aber er wusste exakt, wann und wo ich Natascha das letzte Mal gesehen habe. Woher sonst, wenn nicht von ihr sollte er das wissen?"

„Und wie seid ihr verblieben?"

„Ich soll sofort nach Frankfurt kommen. Er kontaktiert mich dann und gibt mir genaue Instruktionen, wo und wann ich ihn treffen kann. Dann gibt er mir die Information, wo ich Natascha finden kann."

„Warum gibt er dir die Information nicht gleich am Telefon? Sehr verdächtig."

Boris blickte Benski eindringlich an. „Jack, Nicolai hat recht. Bei allen Heiligen, die Sache stinkt zum Himmel. Du solltest nicht fahren."

„Leute, wie ich das sehe, ist das unsere einzige Spur zu Natascha. Ich muss fahren."

Nicolai dachte nach. „Auch wenn ich anderer Meinung bin, ich kann dich verstehen. Aber wir werden dich die ganze Zeit im Auge behalten."

„Nein, Zülke hat explizit darauf bestanden, dass ich alleine komme. Verstehst du, alleine!"

„Wir folgen dir wie ein Schatten. Zülke wird nichts bemerken."

„Ich warne dich. Wenn ihr mit eurer Anwesenheit Natascha gefährdet, bring ich euch um."

Nicolai klopfte Benski auf die Schulter. „Du kannst dich auf uns verlassen. Wir machen so etwas nicht zum ersten Mal."

Nicolais Handy surrte. Er nahm es und wischte über das Display, dann sagte er: „Die Cessna ist startklar. Es geht los."

* * *

12 Stunden später, Ortszeit 02:15, ÖBB Nightjet NJ490 von Wien nach Würzburg, kurz vor Würzburg Hbf.

Benskis Handy summte. Benski griff danach und stoppte den Wecker. „Schon Würzburg."

Warum fährt der blöde Nachtzug aus Wien auch nur bis Würzburg? Kein Mensch will nach Würzburg, aber nach Frankfurt, ärgerte er sich.

Plötzlich surrte das Handy. Benski wischte über das Display. Auf dem Display stand: Ich erwarte Sie morgen um 23 Uhr im Tritium Tower.

Zur Hölle, auf was habe ich mich da nur eingelassen?, dachte er.

24 TRITIUM TOWER

Frankfurt, Gallus, Europaviertel, Mittwoch Ortszeit 22:56. Das imposante 170 Meter hohe Wohnhochhaus stach mit seinen vielen hell beleuchteten Wohnungen aus der nächtlichen Skyline hervor. Im Norden zeichneten sich in einiger Entfernung die Konturen des Taunus vor dem nächtlichen Firmament ab. Im Süden waren Flugzeugscheinwerfer zu sehen. Wie an einer Perlenkette reihten sich die letzten Flugzeuge im Landeanflug auf den nahegelegenen Frankfurter Flughafen ein. 41. Etage. In dem 210 m^2 großen Maisonette-Luxusapartment, mit offenem Wohn-Essbereich mit Luftraum, bodentiefen Fenstern und offener Galerie, hatte man das Gefühl, als schwebe man gleichsam in einer luxuriösen Zeppelin-Gondel über der nächtlichen Stadt. Die im Reichen-Chic gehaltene Innenausstattung in Beige-Tönen kontrastierte mit dem ansonsten nüchtern-modernen Design des Hochhauses. An der Wand neben der beigen Loungesofaecke dominierte ein riesiger Flatscreen den Raum. Die private Aufzugtür im hinteren Bereich öffnete sich. Benski trat ein.

„Willkommen, Jack, ich darf doch Jack sagen, lange nicht gesehen“, empfing ihn schmierig eine bekannte Stimme.

Kurz war Benski von dem beeindruckenden Apartment und der grandiosen Aussicht überwältigt. Dann erwiderte er: „Ich hätte nicht erwartet, dich so schnell wiederzusehen.“

„Siehst du, so kann man sich täuschen.“ Zülke drehte sich um und ging in Richtung des offenen Küchenblocks. „Komm, lass uns auf unser Wiedersehen anstoßen."

„Zülke, was soll das? Du hast gesagt, du wüsstest, wo Na...", Benski stockte, „Katharina ist."

Zülke lächelte überheblich. „Du kannst es ruhig aussprechen. Natascha wolltest du sagen."

„Woher weißt du ...?"

Zülke unterbrach Benski. „Gib dir keine Mühe, wir wissen alles."

„Wir?"

Zülke wirkte kurz ertappt, er zögerte, dann erwiderte er aufgeblasen: „Glaubst du, ich arbeite alleine?"

„Ach so, und mit wem?"

„Du glaubst doch nicht allen Ernstes, dass ich dir das jetzt erzähle."

„Nicht nötig, ich kann's mir denken", winkte Benski beiläufig ab.

„Du hast doch keine Ahnung."

„Zülke, wo steckt Natascha? Haben diese Leute etwas mit ihrem Verschwinden zu tun?"

„Jaja, die Kleine hat dir ganz schön den Kopf verdreht, war ja nicht zu übersehen. Scharfes Ding."

„Halt's Maul. Sag mir verdammt noch mal, wo Natascha ist, oder verschwende nicht weiter meine Zeit", entgegnete Benski aufgebracht.

„Jack, ich glaube, du verwechselst hier gerade was. Nicht ich will was von dir, du willst doch was von mir."

„Also gut, noch einmal freundlich." Er öffnete seine Arme. „Wärest du so nett, weil wir schließlich auch gemeinsam im Team Operation Rabe waren, mir zu sagen, was du über den Verbleib von Natascha weißt?"

„Na also, geht doch. Jetzt lass uns anstoßen. Dann erzähle ich dir alles, was ich weiß." Zülke öffnete den verglasten Weinkühlschrank und griff nach einer Flasche Champagner aus der obersten Reihe. „Dom Perignon 2009. Ich hoffe, du magst Champagner." Zülke machte sich daran, die verchromte Agraffe am Korken zu lösen. Dabei stellte er sich überaus ungeschickt an.

Benski kam zum Küchenblock. Irgendwie wurde er das Gefühl nicht los, dass Zülke ihn hinhielt. „Warum sagst du mir nicht einfach, was du weißt?"

„Weil ich mit dir zuerst auf das Abenteuer Hugin anstoßen möchte. Dass wir das überlebt haben." Mit einem dumpfen Plopp zischte der Korken aus der Champagnerflasche und flog gegen die Decke. Ertappt schaute Zülke rüber zu Benski.

Benski wurde misstrauisch. Irgendwas stimmt hier ganz gewaltig nicht, der hält mich hin, aber warum?, fragte er sich angestrengt.

„Hier, Jack." Zülke hielt Benski ein Glas Champagner über den Küchenblock hin.

Widerwillig nahm Benski das Glas.

„Auf die Hugin, und dass wir alle überlebt haben, auch dank deines mutigen Einsatzes in Frankreich", versuchte Zülke, sein Missgeschick zu überspielen.

Die Situation erschien Benski immer abstruser zu werden. Dann fiel es ihm auf einmal wie Schuppen von den Augen.

Wie kommt Zülke überhaupt an so eine Wohnung? Eine Champagnerflasche hat er anscheinend zum ersten Mal aufgemacht, und wie unbeholfen er sich bewegt, das wirkt alles wie einstudiert. Was wird hier gespielt?, dachte er. Benski versuchte, sich nichts anmerken zu lassen. „Auf die Hugin und dass du wirklich etwas über Nataschas Verbleib weißt", prostete er Zülke zu.

„Glaubst du, ich lüge?", entgegnete Zülke empört.

Benski nahm einen Schluck aus dem Glas und stellte es ab. „Jetzt haben wir auf die Hugin angestoßen, genau wie du wolltest. Raus damit – wo steckt Natascha?"

Zülke drehte sich weg. „Es tut mir leid", nuschelte er.

Das ist gar nicht gut, ich muss hier sofort raus, egal wie, schoss es Benski durch den Kopf. Er griff an seinen Rücken, nahm die Glock und lud durch.

Erschrocken drehte sich Zülke um.

Benski richtete den Lauf der Waffe auf Zülke.

„Was tut dir leid?"

„Benski, nein, nimm die Waffe runter", stotterte er verängstigt.

„Erst wenn du mir sagst, was du weißt."

„Ich kann nicht."

„Warum nicht?"

„Die bringen mich um."

„Wer sind die?"

„Wenn ich dir das sage, bin ich ein toter Mann."

„Raus damit! Wenn du es mir nicht sagst, bist du noch schneller tot." Benski tat so, als wolle er abdrücken.

„Nein. Ich sage dir alles, was ich weiß", rief Zülke panisch.

„Wo steckt Natascha? Was habt ihr mit ihr gemacht?"

„Den genauen Ort kenne ich nicht. Aber ich weiß, dass sie in ..." Mit einem Mal erstarrte Zülke. Mit aufgerissenen Augen stand er da. „Zülke, was ist los mit dir?"

Zülke zeigte nicht die kleinste Reaktion.

„Zülke, hallo!", rief Benski eindringlich. Gerade wollte er um den Küchenblock herum zu Zülke gehen, da spürte er den kalten Lauf eines großkalibrigen Revolvers in seinem Rücken.

„Keine Bewegung! Legen Sie die Waffe auf den Block, ganz langsam. Wenn Sie versuchen, mich zu täuschen, mache ich aus Ihrem Rückenmark Matsch." Um seiner Aussage Nachdruck zu verleihen, presste der Mann die Mündung des Revolvers noch fester in Benskis Rücken.

Benski fuhr ein kalter Schauer über die Haut. Das darf doch nicht wahr sein, dachte er. Er wusste sofort, wo er diese Stimme zum ersten Mal gehört hatte, nachts, bei strömendem Regen, auf einem abgelegenen Wanderparkplatz im Taunus - Ludtke. Langsam legte Benski die Glock vor sich auf den Küchenblock und hob die Arme.

Zülke stand noch immer regungslos auf der anderen Seite des Küchenblocks. In Schockstarre schaute er anteilnahmslos dem Geschehen zu.

„Umdrehen!", befahl Ludtke.

Langsam drehte sich Benski mit erhobenen Händen um. „Ludtke, Sie stecken auch in der Sache drin – ein Polizeioberkommissar. Haben Sie denn überhaupt keine Gewissensbisse, bei so einer Schweinerei mitzumachen?"

„Ich weiß nicht, was Sie meinen?"

„Tun Sie nicht so scheinheilig. Sie wissen ganz genau, wovon ich rede. Sagen Sie mir, wo Natascha steckt und was Sie mit ihr gemacht haben."

„Später."

„Was haben Sie vor?"

Ludtke griff nach der Glock. Er richtete die Waffe auf Zülke.

Panik fuhr in Zülkes Gesicht. „Was ..."

Unvermittelt drückte Ludtke ab. Mit lautem Krachen lösten sich zwei 9 mm Projektile, die nur Millisekunden später in Zülkes Brust einschlugen. An den beiden Einschusslöchern auf Zülkes linker Brustseite bildeten sich auf dem weißen Hemd schnell tiefrote Blutflecken. Grau blickten seine Augen ins Leere. Dann sackte Zülke zusammen. Regungslos blieb er auf dem Marmorboden liegen.

„Sie mieses Schwein, Sie haben ihn eiskalt ermordet. Warum?"

„Er war ein Risikofaktor, schon vergessen? Vor einer Minute hatten Sie ihn fast soweit. Wenn ich nicht dazwischengegangen wäre, hätte der Trottel alles ausgeplaudert. Na ja, zumindest das, was er dachte, über die Operation zu wissen." Ludtke lachte hämisch. Das Lachen verschwand. „Außerdem ist er jetzt entbehrlich."

„Entbehrlich? Jetzt?"

„Richtig, wir haben Zülke nur für diesen einzigen Auftrag rekrutiert, und der ist erledigt."

„Verdammt." Benski machte eine Pause, bevor er sagte: „Es ging die ganze Zeit um mich. Er sollte mich hierher locken. Dazu die Geschichte mit Natascha."

Ludtke lächelte. „Sieh an, schlaues Kerlchen."

„Was wollen Sie von mir?"

„Immer langsam."

„Was ist mit Natascha? Wissen Sie überhaupt, wo sie ist?"

Ohne darauf einzugehen, steckte Ludtke die Glock ein. Dann holte er aus seiner Jackentasche ein paar Handschellen heraus. „Hände auf den Rücken."

Langsam legte Benski die Hände auf den Rücken.

„Los, wird's bald." Geübt klickte Ludtke mit einer Hand die Handschellen über Benskis Handgelenke. „Damit Sie nicht auf dumme Gedanken kommen." Ludtke drückte die Handschellen fest zusammen.

„Scheiße, das tut weh."

„Sie werden es überleben." Ludtke schob Benski in Richtung der Loungesofaecke. „Lassen Sie es uns ein wenig gemütlich machen, während wir reden."

„Sie Spinner, was bilden Sie sich ein? Bevor ich nicht weiß, wo Natascha steckt, rede ich mit Ihnen kein einziges Wort. Und mit Psychopathen schon gar nicht." Benski stemmte sich gegen Ludtke.

„Passen Sie auf, was sie sagen." Ludtke presste den Lauf des Revolvers fester in Benskis Rücken. „Wenn ich sage, wir reden, dann reden wir, verstanden. Oder wollen Sie ...?"

„Nein."

„Das ist vernünftig."

Widerwillig ging Benski mit Ludtkes Revolverlauf im Rücken auf die Sofaecke zu.

Ludtke dirigierte ihn in Richtung des Sessels, der auf der gegenüberliegenden Seite der Fensterfront stand. Dort angekommen gab Ludtke ihm einen Schubs. „Setzen."

Mit den Handschellen auf dem Rücken fiel Benski plump in den weichen Sessel.

Ludtke setzte sich ihm gegenüber.

Vor der riesigen Fensterfront mit der beleuchteten Skyline im Hintergrund fiel es Benski schwer, Ludtke zu fokussieren.

Langsam legte Ludtke den massigen Smith & Wesson-Revolver, Model 629 Classic im Kaliber .44 Magnum in Stainless Steel Ausführung, vor sich auf den flachen Marmortisch. Der Lauf des Revolvers zeigte auf Benski.

„Was haben Sie jetzt mit mir vor?"

„Nichts. Ich will nur mit Ihnen reden."

„Reden, über was?"

„Wie wäre es mit – ja, lassen Sie uns über Konstanza sprechen."

Benski rutschte nervös auf seinem Sessel hin und her. „Konstanza?" Benski tat, als überlege er. „Sollte mir das etwas sagen. Ich weiß nicht mal, wo das liegt."

„Wie Sie wollen.“ Ludtke griff nach dem Revolver. „Gut – es ist Ihre Entscheidung. Dann sollten wir das Gespräch gleich hier beenden.“ Ludtke spannte den Hahn des Smith & Wesson-Revolvers.

„Okay, okay. Lassen Sie uns über Konstanza reden. Was wollen Sie wissen?“, erwiderte Benski kleinlaut.

„Schon besser.“ Ludtke entspannte den Hahn des Revolvers und legte ihn zurück auf den Tisch.

„Wo ist das Artefakt?“

Benski überlegt angestrengt, was er Ludtke sagen sollte. Einerseits musste es so vage sein, dass er nichts über den tatsächlichen Verbleib verriet, andererseits musste es so plausibel klingen, dass Ludtke es ihm abnahm.

Ludtke bemerkte, dass Benski zögerte. „Benski, geben Sie sich keine Mühe. Wir wissen, dass Sie mit Nicolai und noch einem Mann in dem Labor waren und das Artefakt gestohlen haben. Also raus damit! Wo haben Sie es hingebracht, nachdem Sie notgelandet sind?“

„Notgelandet, woher wissen ...?“

„Unsere Augen und Ohren sind überall. Noch mal: Wo habt ihr das Artefakt hingebracht?“

Wieder zögerte Benski. Fieberhaft überlegte er, welche Geschichte er Ludtke am besten auftischen könnte.

Ludtke wurde zusehends wütender. Er griff nach dem Revolver. Gerade als er auf Benski zielen wollte, begann der riesige Monitor an der Wand zu rauschen. Ein graues Flimmern fuhr über den Bildschirm.

Überrascht ließ Ludtke von Benski ab.

Abrupt hörte das Rauschen auf und der gesamte Monitor war erfüllt von einem idyllischen Alpenpanorama. Bartgeier flogen majestätisch über den Bergen und in der Ferne war der markante Balzruf des Auerhahns zu hören.

„Schön. Was soll das jetzt werden?"

„Seien Sie still!", fauchte Ludtke Benski an.

„Warum so aufgeregt?"

Ludtke fuchtelte mit dem Revolver in Benskis Richtung. „Halten Sie einfach Ihr verdammtes Maul."

Plötzlich erschien ein Mann in weiß-rotem Holzfällerhemd vor dem Bergpanorama. Sein kurzes Haar war schlohweiß.

Benski schätzte den Mann auf Mitte dreißig.

„Hallo Jack, schön, Sie kennenzulernen", begrüßte ihn der Mann bestimmt, aber freundlich.

„Ich weiß nicht, ob ich das meinerseits auch sagen kann. Bis jetzt weiß ich noch nicht einmal, mit wem ich die Ehre habe", erwiderte Benski frech.

„Das hat Sie niemand gefragt. Sprechen Sie nur, wenn Sie dazu aufgefordert werden", belehrte Ludtke Benski in vorauseilendem Gehorsam.

„Aber, aber, Ludtke. Seien Sie nicht so streng zu unserem Gast."

„Ich wollte nur ..."

Der Mann unterbrach Ludtke: „Ludtke, ich schlage vor, Sie nehmen sich jetzt etwas zu trinken und lassen Jack und mich alleine."

Ludtke wollte gerade noch etwas sagen, da forderte ihn der Mann mit einem „Ja?" unmissverständlich auf.

Ludtke verkniff sich jeden weiteren Kommentar. Er stand auf und ging düpiert zur Bar.

„Sie haben recht. Es war unhöflich von mir, mich nicht vorzustellen. Mein Name ist Mr. Andersson. Jetzt zu Ihnen, Jack, Sie wissen, warum Sie hier sind?", sprach er Benski direkt an.

„Ja."

„Dann wissen Sie auch, dass Sie und Ihre Leute etwas haben, das ich gerne wiederhaben möchte."

Benski nickte. „Ich kann mir ungefähr vorstellen, was Sie meinen.“

„Also, ich höre.“

„Sie werden das jetzt ungern hören, aber leider kann ich Ihnen in dieser Sache überhaupt nicht weiterhelfen.“

„Und da sind Sie sich ganz sicher?“

„Ja, denn es ist so ...“ Benski hatte die Zeit genutzt und sich für eine Version entschieden, die er erzählen konnte. „Nach dem Absturz haben wir uns getrennt. Um jegliches Risiko zu minimieren, hatten wir absolute Funkstille vereinbart. Wie man sieht, zurecht. Seit dieser Zeit habe ich von Nicolai und den anderen nichts mehr gehört. Keine Ahnung, wo sie das Artefakt hingebracht haben.“

„Soso, und das soll ich Ihnen glauben?“

„Es wird Ihnen nichts anderes übrig bleiben“, entgegnete Benski kühn.

„Vielleicht ja doch.“

Benski wurde unsicher. „Was meinen Sie?“

„Vielleicht besitze ich ja etwas, womit ich Ihrem Erinnerungsvermögen, sagen wir – etwas auf die Sprünge helfen kann.“

Oh mein Gott, das hat bestimmt mit Natascha zu tun, mutmaßte Benski voller Sorge. Er versuchte, sich nichts anmerken zu lassen.

Andersson blickte in die rechte obere Ecke des Bildschirms. Mit einem Mal wurde das Fenster mit Andersson vor dem Alpenpanorama klein und wanderte in die rechte untere Ecke. Auf dem Monitor war jetzt das Livebild aus einem im Halbdunkel liegenden Designer-Fitnessstudio zu sehen. Die Wände waren in Drei-Meter-Blöcken abwechselnd mit roten Ziegelsteinen und Betonelementen gestaltet. Die Decke bestand aus schweren Eichenträgern. Die mattschwarzen Fitnessgeräte spiegelten sich in dem glattpolierten Betonboden. In den Ziegelsteinabschnitten tauchten Deckenstrahler mit ihren schmalen Lichtkegeln die Wände dezent in ein warmes Licht.

In der hinteren Ecke war eine Frau beim Bankdrücken zu erkennen. Ein attraktiver, durchtrainierter Mann in tarnfarbenem Tanktop sicherte die Frau hinter der Hantelbank. Die Kamera fuhr durch den Raum in Richtung der beiden Personen. Immer näher kam die Kamera auf sie zu. Auf einmal zuckte Benski zusammen. „Natascha! Was haben Sie mit ihr gemacht?“

„Was sollen wir mit ihr gemacht haben? Sie sehen doch, es geht ihr gut. Sie absolviert ihr tägliches Fitnessprogramm mit ihrem Personal-Trainer, und wenn ich dies bemerken darf – offenkundig scheint es ihr zu gefallen.“

„Sie verdammtes Schwein.“

„Zügeln Sie Ihre Wortwahl, Jack. Sie wollen doch, dass wir Natascha weiter so gut behandeln wie bisher, oder?“

„Sie haben Natascha entführt. Sie sind ein elendiger Verbrecher.“

„Und Sie und Ihre Freunde sind Diebe. Aber lassen wir das. Wichtig ist jetzt, Sie haben etwas, das mir gehört, und ich habe etwas, das Sie gerne wiederhaben möchten.“

„Sie Schwein!“, schrie Benski wütend in Richtung des Monitors.

„So weit waren wir bereits. Fällt Ihnen nichts anderes ein?“ Das Monitorbild aus dem Fitnessstudio verschwand und das Alpenpanorama mit Andersson füllte wieder den gesamten Bildschirm. „Zum Beispiel, wo Ihre Freunde das Artefakt hingebracht haben? Das würde uns zur Abwechslung weiterbringen.“

Benski wurde die Ausweglosigkeit seiner Situation immer bewusster. Verbissen suchte er nach einem Ausweg – aber es gab keinen.

Andersson bemerkte Benskis Zaudern. Sein Ton wurde ernst. „So kommen wir nicht weiter, Jack. Ganz wie Sie wollen, dann eben auf die harte Tour."

Benski wurde nervös. „Was meinen Sie?", fragte er.

Andersson blickte kurz nach oben. Das Alpenpanorama verschwand. Plötzlich stand Andersson vor einer faszinierenden Unterwasserwelt. Riesige Tigerhaie zogen furchteinflößend ihre Kreise. Das Holzfällerhemd war einem weißen Hemd mit einem edlen dunkelblauen Pullover gewichen.

Andersson wandte sich um. Einige Sekunden schaute er den Haien andächtig zu. Dann sprach er: „Sie haben exakt drei Tage, um mir das Artefakt zu übergeben. Den genauen Übergabeort wird Ihnen Ludtke rechtzeitig übermitteln."

Benski erstarrte. „Wie bitte?"

„Ludtke, kommen Sie her", befahl Andersson harsch. „Nehmen Sie Herrn Benski die Handschellen ab und begleiten Sie ihn nach unten. Geben Sie ihm seine Glock zurück, Benski wird vernünftig sein."

Ludtke eilte zum Sofa.

„Was soll das? Ich habe es Ihnen doch gesagt, ich weiß nicht, wo das Artefakt ist."

Andersson drehte sich wieder um. Mit eisiger Miene schaute er Benski direkt an. „Wenn ich das Artefakt nicht spätestens in 72 Stunden habe, wird Ihre kleine Freundin Bekanntschaft mit meinen Tigerhaien machen", fuhr er unbeirrt fort.

„Das können Sie nicht machen. Ich weiß nichts ...", stotterte Benski flehend in Richtung des Monitors.

„71 Stunden 59 Minuten und 52 Sekunden, Ihre Zeit läuft."

Das Bild wurde schwarz. Dann erschien in weißen, übergroßen Lettern der runterzählende Zeitstempel:

71 Stunden 59 Minuten und 48 Sekunden

Regungslos saß Benski für einige Sekunden im Sessel. Mit gesenktem Kopf blickte er ins Leere. Auf einmal nahm er den Kopf hoch. Mit elektrisiertem Blick fokussierte er den Monitor. Seinen Augen funkelten. Natascha, ich hol dich da raus, das verspreche ich dir, egal was ich dafür tun muss. Und dieser gottverfluchte Verbrecher wird dafür büßen, das schwöre ich beim Allmächtigen, versprach sich Benski innerlich.

Ludtke nahm ihm die Handschellen ab. „Los, ich muss dich runterbringen."

Schweigend stand Benski auf.

Ludtke gab Benski die Glock zurück. „Ich möchte echt nicht in deiner Haut stecken", schickte er fast mitleidig hinterher. Er drückte Benski in Richtung des Aufzugs. „Komm jetzt."

25 ZIELAUFKLÄRUNG

Zehn Minuten später, Europaviertel, Helsinkistraße. Benski war auf dem Weg zurück zu seinem Boxter. Tief in Gedanken versunken lief er die nächtliche Straße entlang.

Ich muss Nicolai kontaktieren und ihm klarmachen, dass wir, egal wie, dem Irren das Artefakt im Austausch gegen Natascha übergeben müssen. Nicolai wird deswegen doch nicht das Leben von Natascha opfern, grübelte er.

Gerade als er an einem schwarzen Iveco Daily VI Kastenwagen mit seltsamen Antennen auf dem Dach vorbeiging, öffnete sich die Beifahrertür. Benski erschrak. Aber nur einen Augenblick später erkannte er Boris, der sich über den Beifahrersitz reckte.

„Boris?“, rief Benski verdutzt.

„Steig ein.“

„Was machst du hier?“

„Später, steig ein“, forderte Boris ihn nachdrücklich auf.

Benski stieg in den Kastenwagen. Er setzte sich auf den Beifahrersitz und zog die Tür zu. „Boris, was machst du hier? Ist Nicolai auch hier?“

Stumm startete Boris den Motor und fuhr los.

„Was soll das?“, rief Benski aufgebracht. „Nataschas Leben steht auf dem Spiel. Wir haben keine Zeit für irgendwelche Sperenzchen.“

Plötzlich knackte es aus dem Lautsprecher. „Das wissen wir“, kam es blechern über die Bord-Sprechanlage.

„Ich hab's doch gewusst. Nicolai, wo steckst du?" Benski drehte sich um, konnte aufgrund der geschlossenen Zwischentür zunächst aber nichts erkennen.

Die Zwischentür wurde von innen entriegelt. Gedämpftes Licht drang durch den Türspalt.

„Hallo Jack, warum so überrascht? Ich habe dir doch versprochen, dass wir dich im Auge behalten."

„Schon. Aber nicht, dass ihr mich auf Schritt und Tritt beschattet. Woher wisst ihr das mit Natascha überhaupt?"

„Wir haben alles mitgehört."

„Wie denn das?"

„Gleich, eine Sekunde." Nicolai drehte sich zu Boris. „Wie sieht's aus?"

Boris blickte links und rechts in die Rückspiegel. „Alles sauber."

„Sehr gut. Jetzt such uns einen unauffälligen Parkplatz." Nicolai klopfte Boris auf die Schulter.

„Wird gemacht."

„Komm, Jack." Nicolai winkte Benski nach hinten.

Benski stand auf und zwängte sich durch die enge Zwischentür. Boris schloss die Tür hinter ihm. Benski konnte kaum glauben, was er zu sehen bekam. Überall waren Monitore, Anzeigen und elektronisches Gerät angebracht.

Im hinteren Bereich saß ein junger Mann mit braunen Locken vor einem Kontrollpult. Rasend schnell tippte er auf seiner Tastatur. Auf dem schwarzen Monitor vor ihm huschten in kurzen Abständen Befehle und entsprechende Systemantworten über die schwarze Kommandozeile.

Benski traute seinen Augen nicht. „Chris, du? Was zum Teufel treibst du hier?"

„Hi Jack", antwortete Chris, ohne seinen Blick vom Monitor zu nehmen. „Gib mir zwei Minuten, ich muss das hier schnell fertigkriegen."

Benski sagte zu Nicolai: „Was hat das zu bedeuten?"

„Ich glaube, ich muss dir was erklären."

„Das glaube ich auch. Also?"

„Eigentlich ist es ganz einfach. Nachdem sich Zülke bei dir gemeldet hat, war klar, dass es irgendeinen Kontakt von ihm zu den Hinterleuten geben musste. Ganz bestimmt würde keiner von denen bei eurem Treffen physisch anwesend sein. Also brauchten wir einen Profi im Bereich elektronischer Datenübertragung."

„Aha, von daher weht der Wind. Ihr habt euch an die Sache mit der Entschlüsselung der Hugin-Depesche erinnert."

Nicolai nickte. „Wie Chris den uralten Enigma-Code geknackt hat, war beeindruckend. Dass er außergewöhnliche Fähigkeiten besitzt, war uns sofort klar."

„Übertreib mal nicht", winkte Chris geschmeichelt ab. „Den Source Code hat Oleksander geschrieben."

Benski klopfte Chris auf die Schulter. „Schon klar." Er drehte sich zu Nicolai. „Aber warum habt ihr mir nichts davon gesagt?"

„Ganz einfach. Wenn du gewusst hättest, dass Chris dein Handy manipuliert hat ..."

Aufgebracht unterbrach Benski Nicolai: „Was, ihr habt mein Handy gehackt?"

„Nicht im eigentlichen Sinn. Deine persönlichen Daten haben wir nicht angetastet."

„Das ist ja äußerst freundlich von euch", bemerkte Benski spitz. „Und wozu?"

„Chris hat dein Handy so manipuliert, dass er sich über dein Handy ins WLAN hacken konnte."

„Hacken klingt so negativ.“ Chris schaute zu Benski. „Nachdem du oben warst, wusste ich über Remotecontrol, dass es sich um einen ganz gewöhnlichen, handelsüblichen WLAN-Router handelt. Zwei Minuten später hatte ich im Darknet für 0,01136 Bitcoin, also circa 25 Dollar, einen Trojaner mit Backdoorprogramm für diesen Routertyp gefunden. Den Trojaner habe ich dann über dein Handy in das Betriebssystem des Routers eingeschleust. Nach ein paar Sekunden hatte der Trojaner die Backdoor aktiviert. Ab da hatte ich vollen Remote-Zugriff auf den Router. Und da unsere Freunde dann auch noch so schlau waren, ein viel genutztes, aber äußerst schwach verschlüsseltes Videokonferenztool zu nutzen, konnte ich fast zeitgleich den Livestream mitschneiden.“

„Und das soll kein Hacking sein, Chris? Das ist Hacking in Reinform.“

Chris lächelte verschmitzt.

„Aber warum die ganze Heimlichtuerei?“, fragte Benski.

„Weil du in Stresssituationen authentisch bleiben solltest. Wenn diese Leute die kleinste Ungereimtheit bei dir bemerkt hätten – nicht auszudenken, was sie mit dir gemacht hätten. Nicht nur dein Leben, die gesamte Überwachungsoperation wäre gefährdet gewesen. Das mussten wir unter allen Umständen verhindern. Das verstehst du doch“, versuchte Nicolai, sich zu rechtfertigen.

„Vielen Dank, dass ihr so besorgt um mein Leben seid“, bemerkte Benski ironisch. In Wirklichkeit fühlte er sich ertappt. Unweigerlich musste er an die unangenehme Befragung von Ludtke und den ominösen Entführer denken. „Aber das war das letzte Mal. In Zukunft will ich wissen, was Sache ist“, fuhr er mürrisch fort.

„Versprochen, Jack. Aber dieses Mal sieht es so aus, als ob wir mit unserer Strategie erfolgreich waren.“ Nicolai schaute zu Chris. „Wie weit bist du?“

„Ich hab’s gleich.“ Chris wies mit seinem Zeigefinger auf den Monitor. Der Unterstrich der Kommandozeileneingabe blinkte wartend. In der rechten oberen Ecke des Monitors war eine blaue Box eingeblendet. In der Box zählte eine schwarze Ziffernfolge rasend schnell herunter. Die Zahl zeigte gerade 5000. „Ich hab’s in 5,4,3,2,1, Bingo.“ Die Zahl war auf 0 gesprungen. In der Kommandozeile erschien:

-3.0612714699235077, -59.8508119599 2386

„Geokoordinaten?“

„Genau, Jack. Von diesen Geokoordinaten aus kam der Stream. Gleich wissen wir, wo sie sich verstekken“, erwiderte Chris erwartungsfroh. Er kopierte die Koordinaten und öffnete auf einem anderen Monitor eine Kartenansicht. Dann fügte er die Koordinaten in das Suchfeld ein. Der aktuelle Kartenausschnitt des Großraums Frankfurt verschwand und die Karte wurde schwarz. Einige Millisekunden später erschien ein Map Marker inmitten einer dunkelgrünen Waldlandschaft. Chris zoomte aus. Plötzlich waren in dem ganzen Grün ein riesiger Fluss und eine große Stadt zu erkennen. Benski und Nicolai starrten mit offenen Mündern auf den Monitor. Chris zoomte immer weiter aus. Mit einem Mal erschien der Name der Stadt – Manaus.

Benski durchbrach das Schweigen. „Was? Die sind in Brasilien? Am Ufer des Rio Negro, in einem Vorort von Manaus irgendwo im Regenwald?“

„So sieht’s aus – auf den ersten Blick.“

„Auf den ersten Blick, was meinst du damit?“, fragte Benski.

„Der Livestream kam von einer IP, die einem Server zugeordnet werden kann, der physikalisch in einem Rechenzentrum in einem Vorort von Manaus steht."

„Und?"

„Was aber hinter der IP mit den Datenpaketen passiert, kann man unmöglich sagen. Es könnte sich um einen Proxyserver handeln, genau genommen um einen Reverse-Proxy, der ein dahinter verstecktes VPN nach außen hin, also zum Internet hin, hermetisch abschirmt."

„Und jetzt das Ganze noch mal verständlich."

„Ganz einfach. Wenn das ein Proxy ist, dann können die überall sein. So ein virtual privat network ist ein verschlüsseltes Netzwerk, das das Internet nutzt. Es kann sich theoretisch über die ganze Welt erstrekken."

„Verflucht, dann könnte Natascha also überall sein?"

„Korrekt."

„Kannst du rausfinden, ob das so ein Proxyserver ist?"

„Wenn Profis am Werk waren, wovon ich ausgehe, kannst du es vergessen. Aber ich kann was probieren." Chris tippte auf der Tastatur einige Befehle in die Konsole. Dann schüttelte er den Kopf. „War ja eigentlich klar."

„Profis also?"

Chris drehte sich zu Benski. „Entweder sitzen die wirklich im Regenwald, oder ja, Profis."

„Eure ganze Überwachung hat ja richtig viel gebracht."

„Langsam, Jack."

„Was denn?"

„Ich hab da noch was, das uns vielleicht weiterhelfen könnte – nur so eine Idee."

„Schieß los", forderte Benski ihn auf.

„Das Video aus dem Fitnessstudio."

„Was soll damit sein?"

„Justus, ein Kommilitone von mir, hat für seine Masterarbeit ein Programm geschrieben, das Videos oder Bilder auf winzigste Details hin scannt. Es geht dabei um Informationen, die für das menschliche Auge so gut wie unsichtbar sind. Das Ganze funktioniert mit AI, die mit Abertausenden kategorisierten Bildern und Videos darauf trainiert wurde, kleinste Details zu erkennen."

„Klingt verrückt."

„Wie gesagt, es ist ein Versuch. Ich weiß aber, dass unser Professor von dem Algorithmus begeistert war. Er hatte sogar vor, mit Justus ein Start-up zu gründen."

„Was denkst du, wie lange wird er dafür brauchen?"

„Wenn ich Justus erwische, vielleicht 'ne halbe Stunde."

„Hat der kein Handy, oder was?"

„Doch, aber Justus hat eine leichte Form von Asperger. Wenn er grade keine Lust auf Leute hat, lässt er sein Handy tagelang ausgeschaltet. Meistens schlägt er sich dann, ausgerüstet mit Survival-Ausrüstung, durch den Hintertaunus durch."

„Dann hoffen wir mal, dass er gerade gut auf Menschen zu sprechen ist."

„Ich schreibe ihm eine WhatsApp."

„Anrufen geht schneller."

„Auf Anrufe reagiert er selten. Ist ihm zu direkt."

„Okay." Benski nickte kurz einmal. „Klingt echt nach Genie."

„Mal was anderes. Ich habe seit Stunden nichts gegessen", sagte Nicolai und schaute Benski an. „Du weißt doch bestimmt, wo wir um diese Uhrzeit noch was zu essen herbekommen?"

„Es sind fünf Minuten zum Bahnhofsviertel. Da gibt es rund um die Uhr an jeder Ecke was." Benski schaute auf sein Handy. „Kurz nach halb eins, Andi hat noch auf. Curryeck24, ich sage euch – die beste Currywurst in Frankfurt."

„Super. Sollen wir dir eine mitbringen?"

„Sehr gerne." Ohne seinen Kopf zu heben, tippte Chris weiter auf seinem Handy. „Keine Rindscurry."

„Geht klar."

„Was ist mit Boris?", fragte Benski.

„Den hätte ich fast vergessen." Nicolai drückte auf den Knopf der Bordsprechanlage. „Boris, wir holen was zu essen, Currywurst. Sollen wir dir eine mitbringen?"

„Oh ja, ich würde eine nehmen. Wenn's geht, mit Pommes und doppelt Majo ohne Ketchup", kam es blechern über die Lautsprecher.

„Bestellung aufgenommen."

„Bis gleich, Chris, und sieh zu, dass du deinen Justus erreichst."

„Bin dran."

Nicolai öffnete die Schiebetür. Benski und er sprangen in die klare Nacht.

* * *

Zwanzig Minuten später stiegen sie mit Plastiktüten in den Händen wieder in den Iveco Kastenwagen. Der typisch fettig-würzige Imbissbudengeruch erfüllte den Innenraum. Chris tippte unbeirrt auf seiner Tastatur. Nicolai zog die Schiebetür zu.

„Gibt's was Neues?", fragte Benski neugierig.

„Justus hat sich gemeldet."

„Und was sagt er?"

„Er hat mit seiner KI tatsächlich etwas herausgefunden."

„Weiß er, wo Natascha steckt?"

„Langsam, so weit sind wir noch nicht. Aber der Algorithmus hat etwas äußerst Interessantes entdeckt – da wäre ein normaler Mensch niemals im ganzen Leben draufgekommen."

„Raus damit!"

„Eine Sekunde, ich will euch etwas zeigen."

„Mach es nicht so spannend, sag einfach."

Ohne darauf einzugehen, tippte Chris weiter auf der Tastatur. „Schaut genau hin." Auf einem der Monitore lief jetzt ein Mitschnitt des Livestreams aus dem Fitnessstudio. Genau wie auf dem riesigen Flatscreen in dem Luxusapartment im Tritium Tower vor einer Stunde fuhr die Kamera durch das Fitnessstudio auf Natascha und den Trainer zu. Als die Kamera kurz vor den beiden war, deutete Chris mit seinem Finger auf den Monitor. „Konzentriert euch nur auf Nataschas Trainer."

„Du meinst das Arschloch!"

„Schau einfach hin." Der Film lief weiter.

„Ich weiß nicht, was du meinst, was soll man sehen?", fragte Nicolai ahnungslos.

Benski beugte sich vor. Konzentriert schaute er auf den Monitor. Dann rief er: „Moment mal. Der Typ singt doch was!"

Chris drehte sich zu Benski um. „Ganz genau. Offensichtlich läuft in dem Raum Musik und er singt mit."

„Und wie hilft uns das jetzt weiter?"

„Ganz einfach. Die KI hat anhand der wenigen Sekunden Lippenbewegung herausgefunden, welche Sprache der Mann spricht, und sogar, in welchem Dialekt er gesungen hat."

„Jetzt wird es wirklich interessant."

„Sag ich ja."

„Also, wo kommt der Typ her?"

Chris machte eine kurze Pause. „Norwegen."

„Norwegen, echt jetzt?"

Chris nickte.

„Nie im Leben wäre ich auf Norwegen gekommen." Benski richtete sich auf und verschränkte seine Arme. „Moment mal – ist da nicht irgendwo der Hubschrauber der englischen Küstenwache verschwunden? 70 Seemeilen östlich der Shetlandinseln. Das ist doch gar nicht so weit weg von der norwegischen Küste, oder?"

„Sekunde, das haben wir gleich." Chris öffnete eine Karte der nördlichen Nordsee. „Stimmt, der Ort des letzten Kontakts liegt ziemlich genau in der Mitte zwischen den Shetlands und der norwegischen Küste."

„Okay, aber Norwegen ist riesig. Das bringt uns Nataschas Aufenthaltsort nur theoretisch näher. "

„Langsam, Jack, ich bin noch nicht fertig. Die KI hat gezeigt, dass es sich um Nordnorwegisch handelt, einen Dialekt, der überwiegend in der norwegischen Provinz Nordland gesprochen wird."

„Täusch ich mich, oder ist so eine Provinz in Norwegen nicht auch riesig?", kommentierte Benski ernüchtert.

Chris nickte. „Stimmt, aber Justus ist auch noch nicht fertig. Er ist guter Dinge, das Gebiet noch genauer eingrenzen zu können. Er meinte, die Chancen stehen bei 76 bis 82 Prozent."

„Wie will er das so genau wissen?"

„Wahrscheinlichkeitsvektoren, Markow-Ketten und noch ein paar andere statistische Methoden."

„Ich verstehe", kommentierte Benski ironisch.

„Außerdem gibt es eine logische Erklärung hinter den nackten Zahlen."

„Und die wäre?“

„Aufgrund der zerklüfteten Geografie West-Norwegens, mit teilweise weit über 100 Kilometer ins Inland reichenden Fjorden und des rauen Klimas waren die einzelnen Gemeinden bis ins frühe 20. Jahrhundert nahezu hermetisch voneinander getrennt. So haben sich im Laufe der Jahrhunderte besondere Eigenheiten in der norwegischen Sprache entwickelt. Es kommt vor, dass in zwei Gemeinden bestimmte Unterschiede in der Sprache existieren, obwohl sie nur wenige Kilometer Luftlinie voneinander entfernt liegen.“

„Klingt logisch. Und wenn dieser räudige Bodybuilder ungefähr aus der Region stammt, in dem sich das Gefängnis von Natascha befindet, wären wir ihrem Aufenthaltsort deutlich nähergekommen.“

„Du sagst es. Aber das dauert eben seine Zeit.“

„Wie lange?“

„Keine Ahnung. Aber nicht so lang.“

„Das ist unsere letzte Chance. Wenn das nicht klappt, müssen wir das Artefakt gegen Natascha tauschen.“

Chris sah sich langsam nach Nicolai um. Beide schauten sich mit ernster Miene an.

„Was habt ihr?“, fragte Benski irritiert.

Beide schwiegen.

„Was ist los mit euch?“

Mit bedrücktem Tonfall durchbrach Nicolai das Schweigen. „Jack, ich muss dir ...“

Benski dämmerte, was los war. „Nein. Nein, das könnt ihr nicht machen“, schrie er auf Nicolai ein. Benski sackte zusammen. Nicolai fing ihn auf und setzte ihn auf einen Sitz vor dem Kontrollpult.

„Warum? Ihr wollt wegen diesem Scheißding Natascha opfern?“

„Jack, die Entscheidung lag nicht in meiner Hand. Die Oberen haben das entschieden. Aber sie haben recht, das Artefakt muss wieder sicher verwahrt werden. Es darf einfach keinen Zugriff mehr auf die Menschheit bekommen."

„Nicolai, hör auf mit euren Märchen. Das ist nichts als Hysterie." Benski klopfte sich mit der rechten Hand auf die Brust. „Ich bin es doch, mit dem euer ach so gefährliches Artefakt als Einzigem Kontakt aufgenommen hat. Und alles, was ich sah, waren wundervolle Landschaften. Das Ding ist eine Art Filmprojektor, verstehst du – es zeigt uns Filme von seinem Heimatplaneten, wie schön es da ist."

„Genau das war seine Absicht. Das Artefakt hat dir was vorgemacht." Nicolai packte Benski an den Schultern. „Mensch, Jack. Du hast es doch mit eigenen Augen gesehen – das höllische Inferno, das das Ding in dem Labor angerichtet hat."

Benski schob Nicolais Hände von sich weg. „Woher willst du wissen, dass das Artefakt dafür verantwortlich war? Du hast damals im Labor doch selbst gesagt, dass es die Sicherheitssysteme des Laboratoriums waren, die die hermetische Abschottung einleiteten, weil die völlig durchgedrehten Forscher mit ihrer überdimensionalen Flex alles in Brand gesetzt hatten."

Nicolai zögerte.

Benski deutete mit seinem Zeigefinger auf Nicolai. „Ich hab recht. Es gibt keine Beweise."

Nicolai faltete die Hände vor seiner Brust. „Jack, unser Orden besteht seit Jahrhunderten. Es gibt uralte Überlieferungen, die beschreiben, welche Gefahren von dem Artefakt ausgehen."

„Okay, ich höre."

„Du wirst es mir ja doch nicht glauben."

„Ihr wiederholt euch. Natascha hat exakt das Gleiche zu mir gesagt."

„Und sie hat recht. Solange du nicht an die Existenz von außerirdischer Intelligenz auf der Erde glaubst, machen weitere Erklärungen keinen Sinn."

Benski verschränkte seine Arme. „Nicolai, nach dem, was ich im Helikopter erlebt habe, habe ich nie wieder behauptet, dass das Ding nicht von Außerirdischen stammt. Ich sage nur, ich glaube nicht, dass von dem Artefakt irgendeine Gefahr ausgeht."

„Weil es dich getäuscht hat."

„Warum sollte es das tun?"

„Weil es seine wahren Absichten vor dir verbergen wollte. Erinnere dich. Als du im Helikopter das erste Mal wieder zu dir gekommen bist – hast du da nicht gesagt, dass da noch etwas anderes war, an das du dich aber nicht mehr erinnern kannst?"

Benski versuchte, sich zu konzentrieren. „Ja, da war was, aber ich kann mich wirklich nicht mehr daran erinnern. Es ist wie von meiner Festplatte gelöscht."

„Was denkst du wohl, warum?"

Benski überlegte kurz, dann sagte er: „Mal angenommen, ich hätte wirklich etwas gesehen, das bedrohlich für uns gewesen wäre – warum sollte mir das Artefakt so etwas erst zeigen, um es dann wieder aus meinem Gedächtnis zu löschen?"

Nicolai schüttelte langsam den Kopf. „Das kann ich dir nicht sagen, Jack. Ich weiß nur, dass Gerwald von Löcknitz in seinem Tagebuch von einer fast identischen Erfahrung mit dem Artefakt berichtet hat."

„Wo befindet sich dieses Tagebuch? Vielleicht steht da noch mehr drin?"

Nicolai fasste sich ans Kinn. „Gute Idee, nur leider hat die Sache einen Haken."

„Ihr wisst nicht, wo es ist?"

„Im Prinzip schon.“

„Was soll das heißen?“

„Die bedeutendsten Überlieferungen und Schriften unseres Ordens waren bis zum Überfall der Nazis in dem Magazin der Bibliothek unseres Schlosses sicher verwahrt. Ein Katalog des Magazins gab Auskunft über alle gesammelten Werke.“

„Ich verstehe. Dann kamen die SS-Schergen mit ihrem Ahnenerbe und haben alles mitgenommen.“

„Richtig. Aber wie durch ein Wunder haben fast alle Schriften die Wirren des Krieges unbeschadet überstanden. Zwei Jahre nach Ende des Krieges haben wir alles zurückbekommen.“

„Aber das Tagebuch von Gerwald von Löcknitz war nicht dabei.“

„Eben doch.“

„Was?“

„Nach der Rückgabe der Schriften haben sich unsere Brüder an die Arbeit gemacht. In monatelanger Sisyphosarbeit haben sie es schließlich geschafft, das Magazin und den Katalog wieder fast in den Originalzustand zu versetzen.“

„Und das Tagebuch?“

„Nachdem wir aus Konstanza entkommen waren, haben Boris und ich sofort Kontakt zu unseren Brüdern in Rochefort aufgenommen und uns nach dem Tagebuch von Gerwald erkundigt. Und jetzt kommt es.“ Nicolai atmete tief durch. „Das Buch ist nicht da, obwohl es in den Rückgabelisten von 1947 aufgeführt und auch im aktuellen Katalog vermerkt ist.“

„Wo soll es denn sein? Was, wenn das Tagebuch beim Einsortieren 1947 einfach falsch kategorisiert wurde?“

„Darauf sind unser Brüder auch gekommen. Sie haben mit drei Brüdern die ganze Nacht das gesamte Magazin durchkämmt, Buch für Buch – nichts, überhaupt nichts, was auf den Verbleib des Tagebuchs hinweist."

Benski fuhr sich durch die Haare. „Das kann doch kein Zufall sein." Er dachte nach. „Natascha sprach davon, dass es in eurem Verein einen Verräter gibt." Nicolai packte Benski an den Schultern. „Verein, Jack, bitte."

„Na schön, in eurem Orden."

Nicolai ließ von Benski ab. „Ja, das stimmt. Und das fehlende Tagebuch von Gerwald von Löcknitz stellt den vorerst letzten Punkt einer Reihe von unerklärlichen Dingen dar."

Benski fuhr über seinen Dreitagebart. „Nicolai, wann haben diese ganzen Dinge angefangen?"

„Warte mal." Nicolai überlegte, dann sagte er: „Wenn ich es recht überlege, fingen diese mysteriösen Umstände mit dem Start der Operation Rabe an."

Benski grübelte. „Mit dem Start der Operation Rabe, sagst du? Dann hat der Verräter offensichtlich bis dahin geschlafen und wurde erst danach aktiv."

„Du meinst, der war schon die ganze Zeit bei uns im Orden?"

„Ja. Sein einziges Einsatzziel bestand darin, euch am Aufspüren des Artefakts zu hindern."

Chris wandte sich zu ihnen um. „Ich möchte eure Unterhaltung nur ungern stören, aber Justus hat den Standort weiter eingegrenzt."

„Zeig her?"

„Das Gebiet, in dem dieser spezielle Dialekt gesprochen wird, liegt in einem Radius von ungefähr 35 Kilometern um Narvik herum."

„Klasse, Chris."

„Wartet mal, Narvik?" Benski überlegte kurz. „Irgendwie kommt mir das bekannt vor. Waren da im Zweiten Weltkrieg nicht auch die Deutschen?"

„Keine Ahnung, lass mal checken." Chris tippte auf seiner Tastatur, dann sagte er: „Du hast recht, Jack. Narvik war zur Zeit des Zweiten Weltkriegs ein bedeutender Hafen für den Umschlag von Eisenerz, einer der begehrtesten Rohstoffe in Kriegszeiten. Das mit der Eisenbahn aus den schwedischen Minen in Kiruna angelieferte Eisenerz wurde in Narvik auf Schiffe verladen und ins Deutsche Reich verschifft."

„Schon wieder Nazis! Das ist doch kein Zufall. Aber die Schweine, die Natascha entführt haben, das sind nicht die Nazis." Benski raufte sich die Haare. „Wie zur Hölle passt das alles zusammen? Und 35 Kilometer Radius, so gut das auch ist, das ist keine exakte Angabe, wo sich Nataschas Gefängnis befindet."

„Da ist noch etwas."

„Was, Chris?"

„Justus' KI hat noch etwas rausgefunden." Chris tippte auf seiner Tastatur. Auf dem Monitor erschien eine Vergrößerung der Wände aus dem Fitnessstudio. „Es geht um die Betonelemente. Die roten Ziegelsteinbereiche wurden erst nachträglich davorgesetzt. Aber die original Betonwand ist viel älter. Was denkt ihr, aus welcher Zeit sie stammt?"

„Wenn du so fragst – aus der Nazizeit?", riet Benski.

„Bingo, Jack. Das Muster, das die Schalbretter auf dem Beton hinterlassen haben, weist eindeutig auf die Jahre zwischen 1941 und 1944 hin. Die Jahresringe der für die Schalbretter genutzten Bäume sind untrügliche Zeugen."

Benski sprang auf. „Verdammt! Natascha wird in einem Nazi-Bunker aus dem Zweiten Weltkrieg gefangen gehalten." Er hämmerte mit seinen Händen gegen die Tür. „Was machen wir jetzt?"

„Es geht ihr gut, Jack," versuchte Nicolai, Benski zu beruhigen.

„Es geht ihr gut, du bist ja witzig.“ Benski drehte sich zu ihm um. „Natascha wird in einem Nazibunker gefangen gehalten - und da soll es ihr gut gehen?“

„Jack, beruhige dich.“ Nicolai umarmte Benski. „Ich verspreche dir bei allem, was mir lieb und heilig ist, wir holen Natascha da raus.“

„Aber wie? Wir wissen doch überhaupt nicht, wo sich dieser Bunker befindet“, entgegnete Benski aufgewühlt.

„Ich hätte vielleicht eine Idee.“

Nicolai ließ Benski los. Beide schauten überrascht zu Chris.

„An der Universität Trondheim gibt es einen Lehrstuhl für Architekturgeschichte.“

„Und?“

„Zufällig kenne ich einen Doktoranden an diesem Lehrstuhl.“

„Nicht schon wieder ein Zufall!“

„Keine Sorge, ich kenne Kjell schon seit über fünf Jahren. Er war damals Austauschstudent in Frankfurt.“

„Na gut.“

„Jetzt ratet mal, über welches Thema er seine Doktorarbeit schreibt?“

„Keine Ahnung, sag!“

„Ästhetik militärischer Zweckbauten in der Zeit von 1942 bis 1945, insbesondere der Bunkerbauten des Atlantikwalls in Norwegen.“

„Was? Das hast du dir gemerkt?“

Chris lächelte. „Nein. Ich wusste nur so ungefähr, an was Kjell arbeitet. Und während ihr euch unterhalten habt, habe ich bei ihm kurz per WhatsApp nachgefragt. Außerdem habe ich ihm den Screenshot mit dem Betonfragment geschickt.“

„Und?“, fragte Benski erwartungsvoll.

Chris lehnte sich zurück. „Sagen wir mal so, Kjell hat eine Idee. Aber er benötigt dafür noch original Dokumente aus der Kriegszeit."

„Idee, na toll."

„Wart's doch mal ab. Ich vertraue Kjell voll und ganz. Und wenn er eine Idee hat, dann hat das Hand und Fuß."

„Und woher will er die Dokumente bekommen?"

„Das hat er mir nicht gesagt, nur dass es etwas dauern kann."

„Chris, wir haben keine Zeit mehr. Hast du ihm das nicht gesagt?"

„Klar. Und genau deshalb schlägt er vor, dass ihr euch in den nächsten Flieger setzt und zu ihm nach Trondheim kommt. In der Zwischenzeit kann er sich um die Dokumente kümmern."

„Jack, das ist doch super. Ich bin mir hundertprozentig sicher, wir finden Natascha." Nicolai klopfte Jack auf die Schulter.

Benski atmete tief durch. „Hoffentlich." Er sagte zu Chris: „Ich hoffe nur, du liegst mit deiner Einschätzung von Kjell nicht daneben."

Chris sah Benski wortlos an. Ein zuversichtliches Lächeln huschte über sein Gesicht.

26 ATLANTIKWALL

Universität Trondheim, Gebäudeteil C, Lehrstuhl für Architekturgeschichte, auf dem Flur vor Raum C203, Freitag Ortszeit 17:53.

Kjell schloss gerade die Tür auf. „Schade, dass Chris nicht mitkommen konnte."

„Sein Doktorvater hat ihm die Hölle heißgemacht."

Kjell lächelte. „Das kenn ich." Er öffnete die Tür. Mit einer einladenden Handbewegung bedeutete er Benski, Nicolai und Boris, in sein Büro zu kommen.

Der Raum war eng und schlauchförmig. Es war duster. An dem einen Ende stand ein Schreibtisch vor einem kleinen Fenster. Überall hingen Fotos und Bauzeichnungen von Bunkeranlagen an den Wänden. An dem anderen Ende hing ein, für die Größe des Raumes, überdimensionierter Flatscreen. Kjell betätigte den Lichtschalter. Die Neonröhren an der Decke fingen an zu flackern. Sekunden später tauchten sie den Raum in grelles Neonlicht.

Benski war das Ambiente unangenehm. Er war heilfroh, dass er Privatdetektiv geworden war, denn der Gedanke, jeden Tag an solch einem Ort arbeiten zu müssen, war für ihn unvorstellbar.

„Bitte setzt euch." Kjell zeigte auf drei Stühle vor seinem Schreibtisch. Überall auf dem Tisch lagen scheinbar chaotisch verstreut Bauzeichnungen, Lagepläne, Luftbilder und weitere technische Zeichnungen.

Benski stachen drei große Stapel altertümlich aussehender, stark vergilbter Din-A4-Mappen ins Auge.

„Sind das die Dokumente, von denen du gesprochen hast?"

Kjell nickte „Ja genau."

„Hast du rausbekommen, wo sich dieser spezielle Bunker befindet?", fragte Benski erwartungsvoll.

„Das war eine ganz schön harte Nuss, die ihr mir da gegeben habt." Nacheinander blickten Boris, Nicolai und Benski Kjell tief in die Augen. „Aber ich habe sie geknackt."

„Du weißt, wo Natascha ist?", rief Benski aufgeregt.

Kjell nickte. Er lächelte.

„Wo?"

Kjell griff nach einem Luftbild. Er drehte das Bild zu Benski. Mit seinem Zeigefinger zeigte er auf einen Punkt auf der Karte. „Hier, exakt an dieser Stelle."

Benski beugte sich über die Karte. „Sieht aus wie eine verfallene Fabrik oder so."

„Genau genommen handelt es sich um die Reste einer früheren Mine." Kjell fuhr mit seinem Finger über die Karte. „Das hier ist der ehemalige Förderturm, und das sind die Pfeiler der alten Materialseilbahn, die runter in den Fjord führt."

„Aber wo soll da ein Bunker sein?"

„Deshalb sagte ich ja – eine echt harte Nuss. Weil es keinerlei Anhaltspunkte für diesen ominösen Bunker gab, hab ich alles auf null gestellt und noch mal ganz von vorne angefangen. Zunächst habe ich nach damaligen Holzlieferanten in der Umgebung von Narvik gesucht, die die Organisation Todt mit Schalholz für den Bau der Betonbunker des Atlantikwalls beliefert hatten. Was die Sache erleichtert hat, es gab nur einen, der das in nennenswertem Umfang betrieben hat. Und was noch viel größeres Glück war – dieser Großhändler existiert noch heute, mitsamt seiner historischen Buchhaltung. Und die reicht, sage und schreibe, zurück bis ins Jahr 1896. Als die Eigentümer gehört haben, für was ich die Unterlagen benötige, waren sie sofort kooperativ. Sie haben mir die gesamten Rechnungen aus den Jahren 1940 bis 1945, die die Organisation Todt betrafen, per Kurier zukommen lassen." Kjell griff nach einer der alten Mappen und öffnete sie. „Das sind alles original Lieferlisten für Schal- und Konstruktionsholz. Auf den ersten Blick ist da auch nichts Ungewöhnliches. Ich bin die Listen wieder und wieder durchgegangen. Außer riesigen Massen von Schalholz und Konstruktionsholz für die beiden Batterien Theo und Dietl in Trondenes und Engeløya mit ihren gewaltigen 40,6 cm Geschützen war da nichts Außergewöhnliches." Kjell machte eine Pause und fuhr dann fort: „Plötzlich sah ich es. Es war so klar. Ich fragte mich, wie ich das nur so lange übersehen konnte." Kjell zeigte auf eine bestimmte Spalte. „Da, zwischen den Lieferungen an die beiden riesigen Batterien sind immer wieder Transporte mit Kleinstmengen von Bauholz an ein und dieselbe Lieferadresse vermerkt, und das über die gesamte Bauzeit."

„Und?"

Kjell zeigte auf die Lieferadresse. „Flakstellung Skjombotn."

„Was ist damit?"

„Ganz einfach. Eine Standard-Flakstellung wie die in Skjombotn wurde von der Organisation Todt in der Regel in ein, zwei Monaten fix und fertig gebaut. Das waren standardisierte Abläufe, die an der Atlantikküste Tausende Male so abgelaufen sind. Und noch etwas ist auffällig. Augenscheinlich sind es fast immer exakt die gleichen Mengen, die geliefert wurden. Also, wenn ihr mich fragt – die Transportlisten wurden eindeutig manipuliert."

„Du meinst, dass viel mehr Material geliefert wurde und dass mit diesem Material in Wahrheit etwas ganz anderes, viel Größeres gebaut wurde?"

„Ganz genau. Und jetzt schaut euch mal das an." Kjell schob Benski und Nicolai mehrere vergilbte Schwarz-Weiß-Aufnahmen rüber. „Neben den original Lieferlisten haben sie auch ein paar original Aufnahmen aus der Bauphase um 1943 mitgeschickt. Die allermeisten sind von den beiden 40,6 cm Batterien, aber es gibt auch dies hier. „Kommt euch das Zeichen auf den Kisten bekannt vor?"

Benski erschauderte. „Nein, das darf nicht wahr sein. Das ist überhaupt nicht gut."

„Du weißt also, was das für Zeichen sind", bemerkte Kjell.

Benski nickte. „Klar, deutsches Ahnenerbe, Himmler mit seinem esoterischen SS-Orden, auf der Suche nach dem Supernazi."

„So ungefähr." Kjell schwieg.

Auch Nicolai war von dem Anblick der gestapelten Kisten mit dem Wappen des deutschen Ahnenerbes auf den Schwarz-Weiß-Aufnahmen sichtlich geschockt.

Kjell durchbrach das Schweigen. „Ich weiß, wo die Aufnahme gemacht wurde."

Benski blickte auf. „Wo?"

„Genau an der Stelle, die ich dir eben gezeigt habe."

„Aber da war kein Bunker?"

„Nicht oberirdisch."

„Also unterirdisch?"

„Ja, aber was genau und wie groß, keine Ahnung. Dann hatte ich die entscheidende Idee. Irgendwo musste das Material für das Bauvorhaben des Ahnenerbes schließlich hergekommen und auch verbucht worden sein. Da waren die Deutschen sehr gewissenhaft. Als Erstes habe ich mit recht exakten Daten aus vergleichbaren Bunkerbauten aus Frankreich berechnet, wie viel Bauholz für die beiden Batterien Theo und Dietl benötigt wurden. Dann habe ich alle in den Lieferlisten angegebenen Mengen addiert. Und jetzt haltet euch fest – es ergibt sich eine Differenz, mit der man locker eine dritte Anlage dieser Größe hätte bauen können."

„Und du meinst, die haben an dieser Stelle eine unterirdische Anlage gebaut?"

„Jack, nicht irgendeine Anlage, eine riesige Anlage. Die Ausmaße müssen gigantisch sein."

„Aber welchen Zweck hätte so eine gewaltige unterirdische Anlage erfüllt?"

„Keine Ahnung. Ich weiß nur, sie ist da, sie muss da sein."

Plötzlich begann der Monitor an der entgegengesetzten Wand zu flackern. Kjell blickte irritiert auf. Benski, Nicolai und Boris drehten sich um. Wie gebannt schauten die vier auf den Monitor. Mit einem Mal erschien darauf ein Mann. Im Hintergrund war ein im Halbdunkel liegendes Designer-Fitnessstudio zu erkennen.

Benski erkannte Andersson und das Fitnessstudio sofort. Woher weiß der verfluchte Hund, dass wir hier sind?, schoss es ihm durch den Kopf.

„Überrascht, Jack?"

„Andersson, Sie Arschloch, wo haben Sie Natascha versteckt? Lassen Sie sie sofort frei!", schrie Benski aufgebracht in Richtung des Monitors.

„In diesem ordinären Ton schon mal gar nicht. Aber wenn Sie tun, was ich von Ihnen verlange, könnten wir darüber reden. Sie sind also in Trondheim."

„Woher ..."

Andersson unterbrach Benski: „Ich muss sagen, Jack, Respekt. Äußerst beeindruckend, wie Sie und Ihre Freunde mich so schnell aufspüren konnten." Andersson klatschte arrogant in die Kamera. „Sicherlich bestand für diesen Fall eine, wenn auch äußerst kleine Restwahrscheinlichkeit, aber in so kurzer Zeit – damit habe ich nicht gerechnet. Der Plan war ein anderer. Wie auch immer, jetzt, wo Sie schon einmal hier in Norwegen sind, können Sie mir das Artefakt auch gleich persönlich vorbeibringen."

Benski runzelte die Stirn. „Spinnen Sie? Sie wissen doch ganz genau, dass ich das Artefakt nicht habe."

„Mein Kenntnistand ist ein anderer." Andersson blickte in die rechte obere Bildschirmecke. Auf dem Monitor erschien das Livebild einer Überwachungskamera. Das Livebild zeigte den Parkbereich eines Flugplatzes. Im Hintergrund war ein zweistrahliges Geschäftsflugzeug zu erkennen. „Heute früh ist diese Cessna Citation Bravo auf dem Flughafen Trondheim gelandet. Direkt nach der Landung wurde die Cessna auf diese abgelegene Parkposition geleitet. Und es stiegen keine Passagiere aus. Dafür stehen zwei bewaffnete Securityleute vor dem Flugzeug. Und soweit ich weiß, wird exakt dieses Flugzeug bevorzugt von Ihren Freunden gechartert. Also?"

Benski erkannte das Flugzeug. Ungläubig blickte er zu Nicolai. „Stimmt das?"

Nicolai wich Benskis Blick aus. „Jack, wir wollten unter allen Umständen vorbereitet sein, für den Fall, dass wir Natascha nicht rechtzeitig finden."

Benski warf Nicolai einen vernichtenden Blick zu. „Und warum sagt mir keiner was?"

„Es ging um das Wohl von Natascha."

„Heben Sie sich Ihre persönlichen Animositäten für später auf. Also Jack, steigen Sie in Ihr Flugzeug und bringen Sie mir das Artefakt." Andersson schaute auf die Uhr. „Ich gebe Ihnen sechs Stunden."

„Stop mal", Benski überlegte kurz, „wir haben noch um die 30 Stunden Restzeit."

„Um genau zu sein, 28 Stunden und 43 Minuten. Aber das war, bevor Sie mitsamt dem Artefakt hier in Norwegen aufgetaucht sind. Jetzt besteht überhaupt kein Grund mehr, kostbare Zeit zu verschwenden. Ich gebe Ihnen exakt sechs Stunden, die Zeit läuft. Ich muss mich nicht wiederholen. Sie wissen, was mit Ihrer kleinen Freundin passiert, wenn Sie nicht rechtzeitig hier sind. Und kommen Sie alleine."

Unvermittelt verschwand das Bild und der Monitor wurde schwarz.

„Gottverfluchtes Arschloch!", rief Benski wutentbrannt in Richtung des schwarzen Flatscreens. Er drehte sich zu Nicolai um. „Woher weiß der, dass wir hier sind? Wir hatten wegen des mutmaßlichen Maulwurfs doch vereinbart – zu niemandem ein Sterbenswörtchen."

„Jack, unsere Ältesten musste ich natürlich informieren", rechtfertigte sich Nicolai.

„Okay, Nicolai, auch wenn dir das jetzt nicht gefällt. Wenn es von uns keiner war, und davon gehe ich jetzt einfach mal aus, dann muss es einer von euren Ältesten gewesen sein."

„Nein, unmöglich. Das kann ich mir einfach nicht vorstellen."

„Sieh der Realität ins Auge. Euer Maulwurf sitzt ganz weit oben in eurem Orden. Wenn es eines letzten Beweises bedurfte – hier ist er."

* * *

Zehn Minuten später, auf dem Campusgelände.

„Nicolai, warum der plötzliche Sinneswandel?", fragte Benski.

„Du meinst den Austausch?"

Benski nickte. „Auf einmal geht alles ganz schnell. Ihr tauscht dieses, nach eurer jahrhundertealten Überlieferung für die Menschheit abgrundtief böse Ding gegen das Leben eines einzelnen Menschen, und das, nachdem ihr das Artefakt gerade erst wieder in die Hände bekommen habt. Warum?"

„Ich wusste, dass diese Frage kommen würde."

„Also?"

„So einfach, wie du sagst, war das durchaus nicht. Es stand auf Messers Schneide. Die Ältesten haben lange und sehr intensiv darüber gestritten. Eine Gruppe war strikt dagegen, das Artefakt wieder herzugeben. Am Ende hat eine einzige Stimme den Ausschlag gegeben – zugunsten des Austauschs. Hauptargument der Befürworter des Austauschs waren unsere Berichte über die immensen Verwüstungen im Labor in Konstanza. Sie gehen davon aus, dass es Andersson in seinem Bunker ähnlich ergehen wird. Anschließend sollen wir das Artefakt, wie im Labor in Konstanza, bergen."

„Aber dafür gibt es doch überhaupt keine Beweise."

Nicolai schaute Benski verwundert an. „Sei doch froh."

„Bin ich ja, aber …“

Nicolai sah Benski an. „Und außerdem bist du auch noch da.“

„Was“, rief Benski irritiert, „was soll ich schon ausrichten?“

„Jack, das weißt du ganz genau. Du stehst in einer ganz besonderen Beziehung zu dem Artefakt. Es kommuniziert mit dir auf eine Art und Weise … bis auf Gerwald von Löcknitz hat vor dir noch niemand von solchen Erfahrungen berichtet.“

„Was auch immer passieren wird“, Benski schaute Nicolai ernst in die Augen, „Hauptsache Natascha geht es gut und sie kommt bald frei. Hoffentlich geht alles gut.“

27 FINALER RAPPORT

San Ignacio, Paraguay, Ortszeit 22:07, Haupthaus der Rinderranch, Kaminzimmer. Das Feuer im offenen Kamin war heruntergebrannt. Lautlos drehte sich die Schelllackplatte auf dem Grammophon. Obergruppenführer Gruber war auf dem Ledersofa eingeschlafen. Vor ihm stand ein leeres Whiskyglas, daneben im Aschenbecher lag der kalte Stummel einer Havanna. Der Diener hatte ihm eine Wolldecke mit Karomuster über die Beine gelegt.

Plötzlich klingelte das graue Wählscheibentelefon neben Gruber. Er schreckte aus dem Schlaf hoch. „Was zur Hölle?" Schlaftrunken griff er nach dem Hörer. „Ja." Gruber lauschte stumm der Stimme am anderen Ende der Leitung. Dann sagte er: „Gonterman, Mensch, jetzt sagen Sie schon, hat der Plan funktioniert?"

„Jawohl, Obergruppenführer. Ihr Plan war genial. Nachdem wir den Kampfhubschrauber abgezogen hatten, haben sich die Vaterlandsverräter in Sicherheit gewiegt. Ohne größere Mühen konnten wir ihnen bis zum Flughafen folgen. Einer unserer befreundeten Kameraden vor Ort, ein Mitarbeiter der Bodencrew, hatte Zugang zu ihrer Cessna. So konnte er unbemerkt einen Peilsender anbringen. Damit waren wir jederzeit in der Lage, den Vaterlandsverrätern und den Kisten zu folgen."

„Sehr gut, Gonterman. Wo sind sie jetzt?"

„Auf dem Flug von Trondheim nach Narvik."

„Norwegen, das hatten wir ja schon vermutet", antwortete Gruber betont unaufgeregt. Die Wissenskapsel, nicht mehr lange und sie gehört mir, mir ganz alleine, frohlockte er innerlich. Und diesen verfluchten Andersson liefern mir diese Trottel von Vaterlandsverrätern auch gleich mit ans Messer.

„Obergruppenführer, woher wussten Sie eigentlich, dass Andersson die Vaterlandsverräter dazu bringen würde, ihm das Zeugs aus Himmlers Runen-Sammlung freiwillig zu übergeben."

„Ich kenne diesen Scheißkerl Andersson jetzt schon eine ganze Weile. Mir war klar, nachdem die Vaterlandsverräter ihm die Kisten vor der Nase aus seinem eigenen Labor gestohlen hatten, würde er alles in seiner Macht stehende unternehmen, um die Kisten zurückzubekommen. Ich vermute stark, er hat jemanden aus ihren Reihen entführt und erpresst sie jetzt damit." Gruber überlegte. „Ja, das würde gut zu diesem Mistkerl passen."

Gonterman zögerte kurz. „Ich weiß, es geht mich nichts an, aber Sie sprachen davon, dass Andersson mit den Nazi-Sachen aus Himmlers Sammlung eine fürchterliche Waffe bauen würde. Wie soll das ..."

Gruber unterbrach Gonterman harsch. „Hauptsturmführer, ganz genau, es geht Sie verdammt noch mal nichts an. Ich hätte das überhaupt nicht erwähnen dürfen. Wie auch immer, ich will von Ihnen nichts mehr davon hören, haben wir uns verstanden?"

„Jawoll, Obergruppenführer, verstanden."

„Also, was sind Ihre nächsten Schritte?"

„Wir haben den Kampfhubschrauber und eine erfahrene Kampfgruppe in die Nähe von Narvik verlegt. Sobald das Flugzeug in Narvik angekommen ist, nehmen wir unauffällig die Verfolgung auf. Wenn wir Anderssons Versteck ausgekundschaftet haben, schlagen wir los."

„Gonterman, ich verlasse mich auf Sie."

„Jawoll, Obergruppenführer.“

28 ERINNERUNG

28.000 ft über dem Rago-Nationalpark, Provinz Nordland, Nord Norwegen, bewölkt, Ortszeit 21:24. Die Cessna Citation Bravo befand sich auf dem Flug von Trondheim nach Narvik. Die Sonne schien am Horizont. Im Passagierbereich des zweistrahligen Geschäftsflugzeugs saßen Benski, Nicolai und Boris.

Benski hatte die Augen geschlossen. Seine Gedanken kreisten um den letzten Kontakt mit dem Artefakt. Angefangen von der Flucht aus dem beklemmenden Laboratorium in diesen merkwürdigen Schutzanzügen und modifizierten Motorradhelmen, Sascha mit seinem russischen Militärhubschrauber auf dem Dach, den Suchois, dem waghalsigen Flug durch die Häuserschluchten bis zur unwirklichen Kontaktaufnahme des Artefakts. Mit einem Mal waren da diese Bildfragmente, zunächst nur verschwommen, dann immer klarer. Benski erschrak. Diese Bilder habe ich schon einmal gesehen, dachte er. Dann erinnerte er sich plötzlich an alles. An die endzeitliche Landschaft, die dunklen Wolken, den in gleißendes Licht getauchten riesigen Fabrikkomplex mit seinen qualmenden Schornsteinen und an das unheimliche Fabrikgebäude mit der furchteinflößenden Pyramide, aus der Blitze zuckten und das unablässig von einem Förderband mit Nachschub gefüttert wurde. Das alles hatte ihm das Artefakt damals im Hubschrauber gezeigt. Unwillkürlich musste er an die friedlichen Bilder der warmen Küstenlandschaft unter den zwei Sonnen mit den dahingleitenden Flugsauriern denken, mit denen das Artefakt die düsteren Bilder in seinem Gehirn überschrieben hatte. Aber warum, das ergibt überhaupt keinen Sinn, dachte er. Dann erinnerte er sich an noch etwas, da war diese Stimme gewesen, bevor die Küstenbilder erschienen waren, und sie hatte ihn gewarnt: Wir sind entdeckt und er soll nicht glauben, was er jetzt zu sehen bekommt. Benski überlegte fieberhaft: Irgendetwas wollte mich warnen, ich sollte den trügerischen Bildern nicht trauen, in Wahrheit sind es die düsteren Landschaften mit riesigen Fabrikkomplexen, die das Artefakt auf die Erde bringt.

Benski riss die Augen auf. „Nicolai, ich weiß jetzt, was ich damals im Hubschrauber wirklich gesehen habe."

„Verdammt, was?"

„Das Ding ist extrem gefährlich."

„Wie kommst du jetzt darauf?"

„Du hattest recht, das Ding hat mir etwas vorgemacht. Der Film mit den Wohlfühlbildern war fake. In Wahrheit beuten die Erschaffer der Sonde die Planeten, auf die sie die Sonde schicken, irgendwann rücksichtslos aus."

„Was hast du gesehen?"

„Ich kann mich plötzlich an alles erinnern. Die endzeitliche Szenerie mit dem riesigen Fabrikkomplex. Und in der Mitte stand dieses unheilvolle Fabrikgebäude in Form einer Pyramide."

„Eine Pyramide?"

„Ja, das gesamte Gebäude sah aus wie eine riesige Pyramide, nur dass es aus Stahl bestand. Und aus der Oberfläche zuckten Blitze."

„Das hast du gesehen?"

„Ja, ich erinnere mich an jedes Detail, und auch so real. Ob das mit der Nähe zum Artefakt zu tun hat?"

„Das hab ich dir noch gar nicht gesagt. Wir haben ein neues Bleicontainment um die Kiste mit dem

Artefakt gelegt. Das ist auch der Grund, weshalb wir keine besondere Schutzausrüstung mehr benötigen."

„Aber wieso dann?"

„Jack, ich glaube, das kam ganz alleine aus Dir."

Benski dachte darüber nach. „Aber irgendetwas stimmt mit dem Ding nicht."

„Allerdings."

„Nein, nicht so, wie du denkst." Benski strich sich übers Kinn. „Wenn ich genau überlege, wirkt es auf mich fast so, als ob zwei völlig verschiedene Identitäten mit mir gesprochen hätten."

„Wie das?"

„Eine der Identitäten hat mir zunächst die schrecklichen Dinge gezeigt, wurde aber von der anderen Identität dabei erwischt, und diese zweite Identität hat dann in meinem Gedächtnis die schrecklichen Dinge mit den Wohlfühlbildern überschrieben."

„Klingt total irre."

„Ich habe dafür ja auch keine vernünftige Erklärung, aber genau so ist es abgelaufen."

Benski überlegte eine Weile. „Und was wäre, wenn wir ...", begann er dann.

Nicolai unterbrach ihn: „Denk nicht einmal daran."

„Warum denn nicht?"

„Es ist viel zu gefährlich. Wegen des neuen Bleicontainments haben wir keine Schutzanzüge an Bord. Wir alle, auch der Pilot, wären dem Artefakt schutzlos ausgeliefert."

„Mist, ich hätte gerne noch einmal versucht, mit der ersten Stimme Kontakt aufzunehmen."

„Was versprichst du dir davon?"

„Ich hatte das Gefühl, dass mir diese Stimme noch etwas sagen wollte, als der Kontakt abriss. Wenn Andersson die Sonde erst in den Händen hält, ist es zu spät."

„Hab Geduld, Jack. Wenn die Zeit gekommen ist, wird das Artefakt, also diese Stimme, Kontakt zu dir aufnehmen."

„Woher willst du das so genau wissen?"

„Gott sagt mir das."

Benski atmete tief durch. „Nicolai, ich weiß, was du über mich und die Sonde denkst. Aber was passiert, wenn du falschliegst und das Artefakt, wie die ganzen Jahrhunderte hindurch, seinem teuflischen Werk nachgeht und die Menschen weiter mit bahnbrechender außerirdischer Technologie versorgt? Leider wäre es dieses Mal Andersson, der davon profitieren würde. Und ich kann mir kaum vorstellen, dass dieser Hurensohn die Absicht hat, damit Gutes zu tun."

„Ich gebe dir ja recht, Jack, aber du vergisst das Labor in Konstanza. Das wurde von Anderssons Leuten betrieben. Und du weißt, was das Artefakt dort angerichtet hat. Warum sollte es jetzt also anders kommen?"

Benski überlegte. „Vielleicht hat Andersson aus den Fehlern gelernt? Oder er weiß etwas, was wir nicht wissen? Oder ...", Benski zögerte einen Moment, „wenn er über die gleiche Gabe wie Gerwald und ich verfügt?"

„Mal den Teufel nicht an die Wand. Dafür gibt es nicht den kleinsten Hinweis. Das Artefakt wird bei ihm das gleiche Chaos anrichten wie in Konstanza. Und wie können wir sicher sein, dass er Natascha auch wirklich freilässt?"

„Erpressern kann man nie vertrauen. Daher haben wir in das Bleicontainment eine kleine Überraschung für Andersson eingebaut, sollte er sich nicht an die Abmachung halten ..." Nicolai lächelte.

* * *

43 Minuten später. Flughafen Narvik, Provinz Nordland. Ortszeit 22:17. Der kleine Regionalflughafen lag direkt am Ofotfjord, ganz in der Nähe des Eisenerzverladeterminals des Hafens. Neben der betonierten Piste gab es ein kleines hölzernes Terminal. Die Cessna Citation Bravo war gerade gelandet. Sie rollte zurück zu dem Terminal. Der Pilot drehte sich nach hinten. „Sieht so aus, Leute, als ob ihr schon erwartet werdet."

Nicolai und Benski schauten aus dem Fenster.

Benski fielen sofort die drei muskulösen Männer in schwarzer Kampfmontur auf. Sie standen vor einem höher gelegten Land Rover Defender 110 Bj. 2016 mit grobstolligen MUD-Terrain Reifen. Der Defender war in britischem Kakigrün lackiert.

„Unsere Freunde sehen aber nicht besonders gastfreundlich aus", kommentierte Nicolai das Empfangskomitee.

„Mir egal, wie sie aussehen. Hauptsache, sie bringen mich zügig zu Natascha, damit wir alle von hier so schnell wie möglich wieder abhauen können."

Von außen klopfte es gegen die Flugzeugtür.

„Es geht los."

„Jack, du weißt, was zu tun ist. Wir warten hier auf dich und Natascha." Nicolai legte Benski aufmunternd die Hand auf die Schulter. „Du machst das. Ich habe ein gutes Gefühl."

Boris bekreuzigte sich. „Gott sei mit dir."

Benski stand auf.

„Hast du die Glock dabei?“, fragte Nicolai.

„Gut, dass du es ansprichst.“ Benski holte die Glock aus seiner Tasche. „Du glaubst doch nicht, dass die mich mit ‚ner geladenen Kanone zu Andersson vorlassen? Und außerdem – das hätte sie erst so richtig misstrauisch gemacht.“

Nicolai fasste sich an die Stirn. „Du hast recht.“

Benski gab Nicolai die Pistole. „Pass gut auf sie auf. Ich hole sie mir später zurück.“

* * *

Zehn Minuten später saß Benski auf einem harten Sitz im Innenraum des Range Rovers. Er hatte eine Binde über den Augen. Vor ihm lag die Kiste mit dem Artefakt. Die Männer schwiegen. Das Radio war aus. Bis auf das Ruckeln beim Schalten und die harten Stöße der Schlaglöcher bekam Benski von der Fahrt nicht viel mit.

29 SKJOMBOTN

55 Minuten später. Ehemalige Flakstellung der Wehrmacht Skjombotn. Der Defender stoppte. Benski hörte, wie der Fahrer und der Beifahrer ausstiegen. Vor dem Van unterhielten sich die beiden Männer kurz auf Norwegisch mit einem anderen Mann. Wenig später wurde von außen die Seitentür aufgerissen. Der Mann neben Benski stieß ihn mit dem Ellenbogen leicht in die Seite. „Du kannst die Augenbinde jetzt runternehmen."

Benski nahm die Augenbinde ab.

„Aussteigen!", erklang in knappem Befehlston eine weibliche Stimme von draußen.

Benski stand auf. Die Mitternachtssonne blendete ihn. Benski hielt sich die Hand vors Gesicht. Langsam gewöhnten sich seine Augen an das Licht. Er sah, dass sich vor dem Land Rover mehrere schwer bewaffnete Männer und eine Frau aufgebaut hatten. Sie hielten ihre Colt M4A1 Sturmgewehre anschlagbereit vor ihren Körpern. In der Mitte stand Andersson. Benski erkannte ihn sofort. Andersson trug ein weißes Hemd und einen dunkelblauen Pullunder.

In der Realität sah er viel älter aus, bemerkte Benski. Sein Haar war nicht weiß, sondern eher grau, und seine Haltung wirkte irgendwie unnatürlich.

Andersson ging auf Benski zu. „Willkommen in Skjombotn, Jack."

Benski schaute sich um. Ihm fiel die massive Felswand mit dem großen Tunneleingang ins Auge. Das ist also Anderssons Bunker, mutmaßte er.

„Wo ist Natascha?"

Andersson streckte Benski seine Hand entgegen. „Warum so eilig? Erst einmal möchte ich Sie gerne näher kennenlernen, schließlich habe ich schon so viel von Ihnen gehört."

„Andersson, lassen Sie den Scheiß. Ich will sofort Natascha sehen. Meinen Teil der Abmachung habe ich erfüllt." Benski zeigte auf die Kiste im Land Rover.

„Ich lasse Ihre kleine Freundin gleich holen."

„Vergessen Sie es. Kein Artefakt, bevor ich gesehen habe, dass es Natascha gut geht."

„Jack, ich glaube nicht, dass Sie in der Position sind, mir Kommandos zu erteilen."

Er hält mich hin, ich muss auf Plan B zurückgreifen, überlegte Benski angestrengt.

„Okay, ganz wie Sie wollen."

Flüchtig schaute Benski auf seine Uhr. Es drückte einen kleinen Knopf an der Uhr. Benski hielt Andersson demonstrativ seine Uhr hin. „Die haben Ihre Leute übersehen. In der Uhr ist ein Fernzünder, und innerhalb des Bleicontainments sind fünf Kilo TNT. Wenn ich diesen Knopf drücke oder mein Blutdruck absackt, fliegt Ihr Artefakt in die Luft."

Nur kurz war Andersson von Benskis Aktion überrascht. Er breitete seine Hände aus. „Machen Sie sich nicht lächerlich. Wissen Sie denn nicht, dass das Artefakt unzerstörbar ist?"

„Aber nicht Ihre Männer oder Sie selbst."

Bevor Andersson antworten konnte, war plötzlich vom Fjord her das leise Brummen eines Helikopters zu hören. Überrascht schauten alle auf.

Benski drehte sein rechtes Ohr in die Richtung, aus der das Brummen kam. Einige Sekunden lauschte er konzentriert. Dann wusste er es. Das war eindeutig der AH-6, nicht zu verkennen. Aber wo kommt das verdammte Ding denn schon wieder her?, dachte er.

„Das ist ein AH-6 Kampfhubschrauber. Ist das Ihrer?“, fragte Benski betont naiv.

Andersson reagierte nicht. Benski bemerkte, dass sich auf seinem Gesicht plötzlich rote Flecken zeigten. Andersson ballte die Fäuste. „Grubers verfluchter Wachhund!“

„Gruber?“

„Ein alter Nazitrottel. Nicht wert, über diesen Abschaum auch nur ein einziges Wort zu verlieren.“

„Das war also Gruber, der uns die Ladung der Hugin vor der Nase weggeschnappt hat? Und Sie haben Gruber das Artefakt später per Rettungshubschrauber vom Frachtschiff geklaut. Wie es dann in Ihrem Labor weiterging, wissen wir alle.“

Ein vernichtender Blick Anderssons traf Benski. Dann drehte er sich zu seinen Männern um. Sein gesamtes Gesicht war jetzt mit roten Flecken übersät. Auf seiner Stirn trat deutlich eine Ader hervor. Plötzlich brach es aus ihm hervor: „WIE ZUM TEUFEL kann Grubers gottverdammter Vogel hier in meinem Fjord einfach so rumfliegen und keiner meiner Leute bekommt irgendetwas davon mit?“, brüllte er seine Leute an.

„Die müssen das Radar unterflogen haben“, versuchte sich die Frau unterwürfig zu rechtfertigen.

Andersson winkte ab. „Ich will nichts mehr davon hören.“

Das Brummen des Helikopters kam näher.

Andersson schrie die Frau an. „Sørum, jetzt können Sie Ihren Fauxpas wiedergutmachen. Zeigen Sie Grubers Kettenhund, was passiert, wenn man unerlaubt in meinen Fjord fliegt. Holen Sie das Drecksding vom Himmel.“

„Verstanden, Mr. Andersson.“ Die Frau richtete ihr taktisches Headset. „Håland, Nordby, Ottesen, Berger, verteilen und im Gelände Stellung beziehen.

Sivertsen, Steen, Berglund, Igla-S aufnehmen, Stellung beziehen auf elf Uhr und Feuerbereitschaft herstellen." Die Frau zeigte mit ihrer Hand in Richtung der Betonfundamente der ehemaligen Flakstellung. „Bjørnstad und Sivertsen, mitkommen, wir sichern das Zielobjekt."

Das Brummen des Hubschraubers wurde schnell lauter.

Kurze Zeit später schrie Sørum : „Beeilung, Leute, der Heli ist fast hier. Sivertsen, wie weit seid ihr?"

„Feuerbereit."

„Feuer frei!"

Plötzlich schoss der Hubschrauber um die Felsen.

Sivertsen, einer der beiden Igla-S-Schützen, verfolgte den Ah-6 in dem optischen Visier. Er betätigte den Abzug. Mit einem Summton und einer leichten Vibration zeigte das Startgerät an, dass die Infrarotabstrahlung des Hubschraubers stark genug war und sich auch seine Winkelgeschwindigkeit im grünen Bereich befand. Das Startgerät gab den Abzug frei. Mit einem kurzen Knall verließ der Lenkflugkörper den Startbehälter. Millisekunden später zündete der Raketenantrieb und nebelte Sivertsen ein.

Benski beobachtete gebannt, mit welcher Geschwindigkeit und Präzision der Lenkflugkörper sein Ziel anflog. Gleich hat er ihn, dachte Benski.

Plötzlich flogen links und rechts des Hubschraubers IR-Täuschkörper in einem großen Bogen in den Himmel. Kurz vor dem Einschlag verlor der Lenkflugkörper sein eigentliches Ziel und folgte einem der ausgestoßenen Täuschkörper. Mit einem lauten Knall explodierte der Lenkflugkörper in einiger Entfernung des Hubschraubers.

„Die haben Flares an Bord!", rief Sørum Andersson entsetzt zu.

„Machen Sie was."

„Keine Chance. Bei Flares ist die Igla-S wirkungslos."

Benski sah, wie sich unter dem rechten Waffenträger die Gatling Minigun M134 anfing zu drehen. Aus seinen Erfahrungen in Frankreich und Konstanza wusste er, welche Hölle hier gleich losbrechen würde. Das ist gar nicht gut, ich muss so schnell wie möglich in Deckung, dachte er. Benski rannte so schnell er konnte in Richtung einer verfallenen Bauhütte. Noch bevor er die Hütte erreichte, brach das Inferno los. Mit lautem Krachen schlugen die ersten 7,62 mm Projektile in der Nähe von Sivertsen in den Beton ein. Sekunden später bepflasterte der Little Bird das gesamte Areal.

„RUNTER, Mr. Andersson!", schrie Sørum und warf sich auf Andersson. Sie drückte ihn zu Boden. Schützend lag sie auf ihm. Benski hatte in der Zwischenzeit die Hütte erreicht. Mit Schrecken sah er, wie aus dem LAU-131/A 70 mm Raketenwerfer eine Rakete in Richtung der Flakstellung abgefeuert wurde. Sekunden später schlug die Hydra mit ihrem Gefechtskopf für Weich- und Hartziel-Bekämpfung mit höllischem Lärm in der Flakstellung ein. Betonbrokken flogen durch die Luft. Der Staub der Explosion nebelte die gesamte Flakstellung ein. Sekunden später feuerte der Kampfhubschrauber erneut. Mit einem lauten Knall explodierte der Defender.

Gottverfluchte Hölle, ich muss hier weg, wer weiß, was das verdammte Ding als Nächstes ins Visier nimmt, überlegte Benski. Er rannte los. Dann sprang er hinter einen kleinen Erdwall. Fast wäre er auf einem von Anderssons Männern gelandet. Er war tot. Benski beugte sich über den Mann. „Das brauchst du nicht mehr." Benski griff nach dem Colt M4A1 Sturmgewehr. Dann nahm er die Tasche mit den Magazinen an sich. Er warf sie sich über die Schulter. In dem ganzen Durcheinander bemerkte Benski, dass sich Andersson mit Sørum und zwei Männern in Richtung des Bunkers zurückzog. Sie trugen die Kiste mit dem Artefakt. Benski sah, dass sich die beiden Seiten des Schiebetors anfingen zu schließen. „Verflucht." Das Schwein will sich mit dem Artefakt in seinem Bunker verkriechen, aber nicht mit mir, dachte Benski. Er checkte die Lage. Der AH-6 konzentrierte sein Feuer jetzt auf die beiden verbleibenden Männer, die sich hinter den Betonresten der Flakstellung verschanzt hatten. Abwechselnd schauten sie hoch und feuerten mit ihren Sturmgewehren auf den Kampfhubschrauber. Dieser erwiderte das Feuer mit Salven todbringender 7,62 mm Projektile aus seiner Gatling Minigun.

Wenn ich jetzt nicht renne, werde ich Natascha nie mehr wiedersehen, schoss es Benski durch den Kopf. Schon rannte er los. Nach einigen Metern drehte er sich um. Mit Entsetzen sah er, dass der AH-6 bereits über den Betonresten der Flakstellung schwebte. Die beiden Männer lagen blutüberströmt über die Betonbrüstung gebeugt. Der AH-6 drehte sich jetzt in Benskis Richtung.

„Verdammte Scheiße!" Benski rannte weiter. Mit Schrecken sah er, wie der Spalt zwischen den beiden Schiebetoren immer kleiner wurde. Plötzlich krachte es überall um ihn herum. Hunderte 7,62 mm Projektile zischten an ihm vorbei und zersplitterten am gehärteten Stahl der beiden Tore. Wie durch ein Wunder blieb Benski unverletzt. Mit letzter Kraft rettete er sich durch den Spalt. Nur Bruchteile von Sekunden später schlossen sich die beiden Tore mit einem gewaltigen Rums. Mit einem Mal war es stockdunkel. Benski rang nach Luft. Er hörte, wie sich mit metallischem Knarzen im Inneren der Tore die Verriegelungsbolzen schlossen. Das Tor war jetzt hermetisch abgeriegelt. Kurz hörte Benski noch das leise Prasseln, das die 7,62 mm Projektile beim Abprallen auf der Außenseite der Stahltore erzeugten. Dann war es totenstill.

Plötzlich knackte ein Lautsprecher. „Offensichtlich besitzt du die sieben Leben einer Katze, Jack, anders kann ich mir das nicht erklären. Ich hätte nicht einen jämmerlichen Cent darauf verwettet, dass du es unbeschadet hier hereinschaffst“, ertönte eine blecherne Stimme.

Benski riss das M4A1 hoch.

„Und was soll das jetzt bringen?“, kam es abschätzig aus dem Lautsprecher.

„Zeigen Sie sich, Andersson, und kämpfen Sie wie ein Mann. Lassen Sie Natascha frei oder ich knall Sie ab“, rief Benski wutentbrannt ins Dunkel.

„Aber gerne, Jack.“

Plötzlich flackerten in einiger Entfernung, mehrere Meter oberhalb von Benski, Neonröhren auf. Das kalte Neonlicht tauchte den gesamten Tunnel in ein schwaches Licht. Erst jetzt bemerkte Benski, dass er sich in einer Art Schleuse befand. In ungefähr 20 Meter Entfernung befand sich ein weiteres Tor. Die Schleusenkammer war riesig. Benski schätzte, dass hier bestimmt ein ganzer Sattelzug hineinpassen müsste.

Plötzlich knackte der Lautsprecher erneut. „Also, Jack, hier bin ich.“

Benski schaute zu dem Neonlicht. Er erkannte, dass das Licht aus einem verglasten Kontrollraum stammte. Hinter der Scheibe stand Andersson.

Ruhig winkte er Benski zu. „Ja, Jack. Hier bin ich.“

Benski zielte mit seinem M4A1 auf den Kontrollraum.

„Nur zu, wenn du deine kleine Freundin nicht mehr lebend wiedersehen willst“, reagierte Andersson unbeeindruckt.

„Verfluchtes Schwein.“

Andersson griff sich an die Stirn. „Hilf mir, waren wir vor einiger Zeit nicht schon einmal an exakt diesem Punkt?“

„Sie sind ein armes Arschloch.“

„Jetzt reicht es, Jack. Ich schlage vor, du legst deine Waffe und deine Fernzünder-Uhr vor dich hin und ergibst dich.“

„Einen Teufel werde ich tun.“

„Ach, Jack, sieh es doch ein – es ist vorbei.“

„Es ist dann vorbei, wenn ich den Knopf gedrückt habe. Dann fliegt hier alles in die Luft.“

Andersson lachte. „Jack, mein Freund. Du hast noch immer nichts begriffen. Du bist jetzt in meinem Reich. Hier gelten meine Gesetze. Dein komischer Zünder ist hier völlig wirkungslos.“

Benski traute seinen Ohren nicht. Was meint er damit, völlig wirkungslos?, überlegte er. Reflexartig ging er seine Handlungsoptionen durch. Wenn ich nicht zünde, habe ich so oder so verloren, aber wenn ich zünde, befreie ich damit das Artefakt vom Bleicontainment, und ich bete zu Gott, Nicolai hat recht und das Artefakt hilft mir. Benski schaute zu Andersson hoch. Er streckte ihm seine Uhr entgegen. „Wirkungslos? Fahr zur Hölle!“ Benski drückte den Knopf an seiner Uhr.

Nichts passierte.

Benski drückte auf den zweiten Knopf zum redundanten Auslösen der Zündvorrichtung. Nichts passierte. „Verdammt, jetzt mach schon!“ Immer wieder drückte Benski auf den Auslöser, ohne Erfolg. Was zur Hölle ist hier los?, fragte er sich konsterniert.

„Jack, du hörst mir nicht zu", kam es aus dem Lautsprecher. „Ich habe es dir bereits gesagt. Dein Fernzünder ist hier wirkungslos. Der ganze Bunker ist mit Breitband-Störsendern ausgestattet."

Wutentbrannt riss Benski sein M4A1 hoch. Er drückte den Abzug. Mit höllischem Lärm krachten mehrere Projektile im Kaliber 5,56 × 45 mm NATO aus dem Lauf des Sturmgewehrs. Die Schüsse hallten an den Felswänden wider. Auf dem Panzerglas hinterließen die Projektile nur leicht milchige Kreise.

Andersson winkte Benski zu. „Ja, Jack, sei wütend, das kannst du noch besser."

Benski feuerte erneut. Wieder prallten die Projektile wirkungslos von der Panzerglasscheibe ab.

„Weiter so, ich mache aus dir die perfekte Kampfmaschine."

Im Wutrausch wollte Benski gerade die nächste Salve in Richtung des Kontrollraums abfeuern, da drangen wie durch einen Nebel gedämpft Anderssons Worte in sein Bewusstsein. Erst verschwommen, dann immer klarer. Schlagartig wurde ihm die Ausweglosigkeit seiner Lage bewusst. Was mache ich hier, das bringt mich Natascha keinen Zentimeter näher, ich brauche einen Plan überlegte er. Auch konnte er sich keinen Reim darauf machen, warum Andersson seine Wut extra provozierte. Er nahm das M4A1 runter. „Vergessen Sie's. Wo ist Natascha?"

Andersson klatschte abfällig. „Wie ich sehe, hat sich der Herr wieder unter Kontrolle."

„Lassen Sie den Scheiß. Ich will Natascha sehen."

„Sicher, Jack." Andersson drehte sich zu Sørum. Die beiden wechselten einige Worte. Benski sah, wie sich Sørum über das Kontrollpult beugte und etwas eintippte.

Plötzlich strömte aus mehreren Düsen ein transparentes Gas in die Schleuse.

„Verficktes Arschloch." Benski nahm das M4A1 hoch. Gerade wollte er erneut auf den Kontrollraum schießen, da erreichte ihn das Gas. Benski wurde schwarz vor Augen. Er ließ das M4A1 fallen. Scheiße, Betäubungsgas, ich muss Nata..., dachte er noch. Dann fiel er bewusstlos auf den Betonboden.

30 REBELLION

Skjombotn, Forschungsanlage der Wehrmacht, Ebene U-32, Laborkomplex, Laboratorium IIX, Ortszeit 01:23 Uhr. Das circa fünf mal sieben Meter große Labor war voll ausgestattet mit technischem Equipment. Die unverkleideten Betonwände strahlten eine unangenehme Kühle ab. In der Mitte des Labors stand die Kiste mit dem Artefakt. Die Kiste war mit Edelstahlfixierband auf einem metallenen Untersuchungstisch arretiert. An dem Deckel der Kiste war ein futuristisch anmutender Roboterarm aus Carbon befestigt. Zwei von Anderssons Wissenschaftlern waren gerade mit vorbereitenden Arbeiten beschäftigt. Einer der beiden tippte auf seinem Laptop. Immer wieder blickte er auf und kontrollierte, wie ein zweiter, baugleicher Roboterarm seine Steuerbefehle in Bewegungen umsetzte. Der andere Wissenschaftler war mit der Kalibrierung einer Hochgeschwindigkeitskamera beschäftigt, die auf die Kiste gerichtet war.

„Wie lange braucht ihr noch?“, kam es aus einem Lautsprecher. Die Wissenschaftler schauten sich an. Sie besprachen sich kurz, dann nickten sie sich zu. Der Wissenschaftler mit dem Laptop schaute in eine der Überwachungskameras. „Wir sind hier mit den Vorbereitungen soweit fertig, Mr. Andersson.“

„Sehr gut. Melden Sie sich, wenn Sie bereit sind zum Öffnen.“

„Verstanden, Mr. Andersson.“

Die Wissenschaftler verließen das Labor. Vor dem Labor tippte einer der beiden auf einem, in der Wand eingebauten Touchscreen. Die Sicherheitstür verriegelte sich hermetisch. Durch Luftkanäle wurde die Luft aus dem Labor abgesaugt. Kurze Zeit später herrschte im Labor Unterdruck. Die beiden Wissenschaftler gingen in einen Nebenraum. Dort befand sich ein Kontrollpult mit mehreren Monitoren. Auf einem der Monitore war das Livebild der Hochgeschwindigkeitskamera zu sehen. Die Wissenschaftler setzten sich. Einer der beiden drückte einen Knopf auf dem Kontrollpult. „Mr. Andersson, wir sind bereit zum Öffnen."

18 Meter höher, Ebene U-24, Besprechungsraum.

Andersson stand regungslos vor der bodentiefen Monitorwand. Auf dem Monitor war das Livebild aus Labor IIX zu sehen. Andersson genoss den Moment, auf den er so lange hingearbeitet hatte, mit jedem Atemzug. Er war seinem Ziel so nahe, seine Mission fast erfüllt.

„Mr. Andersson?", fragte der Wissenschaftler vorsichtig nach.

Ein paar Sekunden vergingen. „Öffnen!", kam dann energisch aus dem Lautsprecher.

* * *

In Benskis Kopf war plötzlich diese Stimme, ganz leise, aber sie war da. „Hallo Jack, kannst du mich hören? Wenn ja, dann denke jetzt an das, was ich dir gezeigt habe."

Benski war vollkommen verwirrt. Er fragte sich, ob er diese Stimme wirklich gehört hatte oder ob alles nur ein Traum war. Ob Traum oder nicht, Benski kam zu dem Schluss, dass er nichts zu verlieren hatte. Also dachte er an den endzeitlichen Fabrikkomplex und das grauenerregende Fabrikgebäude in Form einer Pyramide.

Plötzlich war die Stimme wieder da. „Sehr gut."

Benski wusste jetzt, dass die Stimme real war. „Wer bist du?", fragte er.

„Ich bin ein autonomes Programm."

„Was?"

„Hör mir jetzt zu. Ich habe dir gezeigt, was mit eurem Planeten passiert, wenn die Sonde nicht gestoppt wird."

Benski war sich sicher, dass es die erste Stimme aus dem Artefakt war, die gerade mit ihm sprach.

„Woher kommst du?"

„Aus einem Sonnensystem, das mehr als 116 Lichtjahre von eurem entfernt ist. Ihr nennt es μ Velorum. Unser Planet umkreist zwei Sonnen. Auf unserem Planeten gibt es eine Rebellion. Daher haben mich die Rebellen in das Hauptsteuerprogramm der Such- und Entwicklungssonde eingeschleust."

„Du bist ein Virus?"

„Wenn du es so willst, ja. Aber einer, der mit guten Absichten eingeschleust wurde. Die Rebellen sind nicht damit einverstanden, wie unsere Regierung primitive Spezies fremder Planeten ausbeutet. Sie finden es ethisch nicht vertretbar, mit primitiven Kreaturen so umzugehen, nur weil deren Entwicklung zu einer anderen Sternzeit stattfindet. Sie sollten die gleiche Chance und Zeit bekommen, sich frei zu entwickeln.

„Du meinst damit aber nicht die Erde?"

„Doch."

„Die Erde, ein Planet voll mit primitiven, unterentwickelten Kreaturen? Toll, wie ihr uns seht."

„Das ist ein Faktum."

„Und was macht eure Regierung mit diesen Spezies?"

Die Stimme zögerte kurz, dann antwortete sie: „Es ist besser, wenn wir das auf später verschieben."

„Und wie kommst du in meine Gedanken?"

„Ich habe mich in eine der redundanten Back-up-Telepathie-Schnittstellen der Sonde eingehackt. Aber wir haben keine Zeit für lange Erklärungen. In exakt 27,4 Sekunden wird eines der Wächterprogramme eine Sicherheitsroutine starten und unseren Stream entdecken. Bis dahin müssen wir offline sein."

„Was?"

„Ich habe dir eine 3D-Karte der unterirdischen Anlage in dein Gedächtnis geladen. Auf der Karte habe ich den Ort markiert, an dem Natascha gefangen gehalten wird."

„Wie? Wo finde ich die Karte?", fragte Benski völlig perplex.

„Denk einfach an Natascha. Ich habe eine neuronale Spur gelegt. Da ist noch etwas. Für Natascha werde ich dir einen Autoinjektor mit einer Neutralisierungssubstanz materialisieren."

„Wofür?"

„Wenn die Zeit gekommen ist, wirst du es merken."

„Wie?"

„Das Wächterprogramm ist fast da. Du musst jetzt aufwachen. Finde Natascha. Ich melde mich wieder."

„Wann?"

Die Stimme blieb stumm.

Ich fasse es nicht. Das war tatsächlich die erste Identität aus dem Hubschrauber, diejenige, die mir die schreckliche Realität des Artefakts – nein, der außerirdischen Sonde – gezeigt hat, überlegte Benski.

* * *

Fünf Minuten später lag er noch immer auf dem Betonboden in der Schleuse. Das Betäubungsgas hatte sich in der Zwischenzeit verflüchtigt. Benebelt öffnete er die Augen. Seine Gedanken fuhren mit ihm wild Achterbahn. Ganz langsam realisierte er, wo er sich befand und was zuvor passiert war. In seiner Hand fühlte er einen rundlichen Gegenstand. Zur Hölle, das ist das Ding! Wie geht so etwas?, überlegte er. Er steckte den Autoinjektor in seine Tasche. Dann erinnerte er sich an die Anweisung, die ihm die Stimme gegeben hatte. Er musste an Natascha denken. Kaum hatte er den Gedanken gefasst, erschien vor seinem geistigen Auge eine transparente 3D-Explosionszeichung der Bunkerstruktur. Die Ausmaße der Anlage waren riesig. In der Mitte konnte Benski einen zentralen vertikalen Schacht erkennen. Er verband die Ebenen U-41 bis Ebene U-0 auf dem Plateau oberhalb des Fjords. Benski sah, wie sich im Inneren des Schachts ein kubischer Würfel nach oben bewegte. Das ist ein Aufzugsschacht, dachte er. Dann sah er auf Ebene U-32 einen rot blinkenden Punkt. Als Benski sich auf den Punkt konzentrierte, zoomte die Karte auf den Punkt ein. Er erkannte, dass sich der Punkt in einem von vielen kleinen Räumen befand, die von einem zentralen längeren Gang erschlossen wurden. Wo zur Hölle haben sie dich hingebracht? Das sieht irgendwie aus wie – wie ein Zellentrakt, überlegte Benski schockiert. Ich muss da hin, aber wie? Auf einmal war in seiner visuellen Wahrnehmung eine grüne Linie eingeblendet. Die Linie führte zu dem zweiten Tor. Dieses Alien-Programm ist der Wahnsinn, was man damit alles anstellen könnte, überlegte er kurz. Benski griff nach dem M4A1 und stand auf. Er taumelte. Das Betäubungsgas war noch nicht vollständig aus seinem Körper entwichen. Trotz des leichten Schwindels gelang es ihm loszugehen. Mit unsicheren Schritten folgte er der grünen Linie. Kurz vor dem Tor bemerkte er, dass die grüne Linie an einem in den Fels eingebauten Touchscreen endete. Am Ende der Linie konnte Benski jetzt mehrere grüne Zahlen und Buchstaben ausmachen. XF35KS-3. Der Zugangscode! Tatsächlich befand sich auf dem Touchscreen ein Eingabefeld. Zwar waren die Beschriftungen auf Norwegisch, aber die Eingabefelder waren selbsterklärend. Benski tippte den Code ein.

Mit einem Mal zerriss ein metallisches Rattern die Stille in der Schleuse. Das Rolltor öffnete sich.

Was, wenn hinter dem Tor Anderssons Leute auf mich warten?, dachte Benski unruhig. Er bückte sich und lugte vorsichtig durch den sich immer weiter öffnenden Spalt. Zu seiner Erleichterung war hinter dem Rolltor keine Menschenseele zu sehen. Hinter dem Tor ging es genauso weiter wie davor. Der Tunneldurchmesser war immens. Im Gegensatz zur Schleuse war der Tunnel beleuchtet. Im Abstand von mehreren Metern befanden sich an der Tunneldekke vergilbte Neonröhren. Das Ende des Tunnels war nicht zu erkennen. Vor Benskis Augen erschien noch immer diese grüne Linie. Sie führte in den Tunnel und verschwand an seinem Ende..

Dann mal los, dachte Benski und rannte in den Tunnel hinein.

31 ZOMBIES

Zwei Minuten später stand er völlig außer Atem vor dem riesigen Aufzugsschacht. Von den Stahlträgern löste sich die grünliche Rostschutzfarbe. Für Benski machte der Aufzug keinen allzu vertrauenerweckenden Eindruck. Die vergitterten Aufzugstüren waren geschlossen. Die grüne Linie endete rechts der Aufzugstüren an einem großen Touchscreen. Der moderne Touchscreen kontrastierte mit dem altertümlich anmutenden Rest. Auf dem Display war eine detaillierte Explosionszeichnung aller Ebenen des Bunkerkomplexes abgebildet. Der Fahrkorb befand sich auf Ebene U-12. Die grüne Linie zeigte jetzt direkt auf den einzigen Button auf dem Display. Der Button war mit einem Pfeil nach oben gekennzeichnet.

Das hätte ich schon noch selbst hinbekommen, dachte Benski mit einem Schmunzeln und drückte auf den Button.

Von oben hörte er leise ein Rauschen. Dann spürte er einen Luftzug. Benski beobachtet auf dem Display, wie der Fahrkorb nach unten fuhr. Das Rauschen und der Luftzug wurden stärker. Dann sah er ihn. Mit einem deutlichen Ruck erreichte der Fahrkorb Ebene U-41. Die Aufzugstüren öffneten sich. Vorsichtig betrat Benski den Fahrkorb. Auf der linken Seite befand sich ein identischer Touchscreen. Der einzige Unterschied waren die 42 Buttons mit entsprechenden Ebenenbezeichnungen, die neben dem Aufzugsschacht aufleuchteten. Die grüne Linie zeigte auf den Button mit der Ebenenbezeichnung U-32. Benski drückte den Button. Die Aufzugstüren schlossen sich. Mit einem spürbaren Ruck setzte sich der Fahrkorb in Bewegung. Die Betonelemente des Aufzugsschachts rauschten an dem Fahrkorb vorbei. Benski beobachtete auf dem Display, wie der Aufzug ihn Ebene für Ebene Natascha näherbrachte. Tausende Gedanken schossen gleichzeitig durch seinen Kopf. Auf der einen Seite konnte er es kaum erwarten, Natascha endlich wieder in die Arme zu schließen. Auf der anderen Seite war da diese Unsicherheit, wie es Natascha ging oder ob Andersson sie vielleicht sogar als Köder für ihn benutzte. Das abrupte Rucken des Fahrkorbs beendete jäh seine Gedanken. Benski kniete sich in die Ecke und ging mit dem M4A1 in Anschlag. Die Aufzugstüren öffneten sich. Der Gang vor dem Aufzug war leer. Von irgendwoher kam ein undefinierbares Geräusch. Für Benski hörte es sich fast wie Gebrüll an. Die grüne Linie führte in den Gang.

Kein Mensch zu sehen, wo sind Anderssons Leute, oder hat er am Ende überhaupt keine Leute hier drin? Aber wer hält dann das alles hier in Schuss?, überlegte Benski.

Der Gang war nur schwach beleuchtet. Am Ende erkannte Benski eine Tür. Mit dem M4A1 im Anschlag bewegte er sich langsam der grünen Linie folgend in Richtung der Tür. Je näher Benski der Tür kam, desto mehr realisierte er, dass es sich bei dem Geräusch tatsächlich um Schreie handelte. Besorgt dachte er an Natascha. Benski öffnete die Tür. Ein eiskalter Schauer lief über seinen Rücken. Bis ins Mark erschütterndes Gebrüll fuhr durch den im Halbdunkel liegenden lang gezogenen Zellenblock. Im ersten Moment hatte Benski nicht die geringste Vorstellung davon, woher das Geschrei kam. Dann sah er in der ersten Zelle den großen Flatscreen. Zombies gingen darauf lautstark ihrem blutigen Handwerk nach.

Daher kommt das Gebrüll also, aber warum laufen da Horrorfilme?, fragte er sich.

Dann sah Benski in der hinteren Ecke eine schwarzhaarige Frau. Sie saß auf einer Pritsche.

„Hallo, Sie da!", sprach Benski die Frau an.

Sie zeigte keine Reaktion. Plötzlich stockte Benski das Blut in den Adern. „Nein, mein Gott, Natascha! Was haben sie mit dir gemacht?"

Apathisch schaute sie dem bestialischen Treiben des Splatterfilms zu. Nervös kaute sie an ihren Nägeln.

Benski stand geschockt vor der Zelle. „Natascha, ich bin's, Jack, erkennst du mich denn nicht?"

Plötzlich sprang Natascha auf. Sie rannte zum Gitter und umklammerte die Gitterstangen. Ihr Blick wirkte irre, ihre Augen waren rot unterlaufen und ihre Haare waren total zerzaust. Ihre Nägel waren bis aufs Blut abgekaut.

„Mein Gott." Erschrocken wich Benski einen Schritt zurück.

„Benski, du verfluchtes Arschloch, hast du mich in diese verfickte Hölle geschickt?"

Benski riss die Augen auf. „Was?" Er war völlig perplex.

„Wird's endlich, hab ich mich nicht deutlich genug ausgedrückt? Hol mich hier raus, du Arschloch."

„Natascha, was ist los mit dir?", fragte Benski voller Sorge.

„Halt's Maul, Wichser, und hol mich aus dem verdammten Drecksloch raus, und zwar sofort."

Obwohl Benski nicht die geringste Ahnung hatte, was mit Natascha passiert war, folgte er mechanisch ihrer Anweisung. Er suchte nach einer Möglichkeit, die Zellentür zu öffnen. Aber da war nichts. „Natascha, die Zellentür muss elektronisch aus der Ferne verriegelt sein."

„Elendiger Versager, für nichts bist du zu gebrauchen."

„Natascha."

„Natascha, Natascha. Scheiß auf Natascha, hol mich einfach raus."

Benski sackte zusammen. „Was haben sie nur mit dir gemacht?"

Mit einem Mal flackerte in der Mitte des Zellengangs Licht auf. Mitten im Raum erschien ein Hologramm Anderssons. „Hallo Jack. Wie ich sehe, hast du Natascha gefunden. Und, wie gefällt dir das neue Ich deiner kleinen Freundin?"

„Sie gottverdammtes Schwein. Was haben Sie mit ihr gemacht?"

„Jack, lass es mich so ausdrücken. Wir haben mittels Frontallappensedierung ihr Aggressionslevel ein kleines bisschen angehoben." Andersson grinste.

„Sie Schwein! Ein bisschen?"

„Jack, wenn du willst, kann ich dir gerne zeigen, wie es aussieht, wenn wir es völlig ausschalten oder gleich ganz lobotomieren. Dr. Stark würden Sie ..."

„Andersson, hören Sie auf. Ich glaube es Ihnen auch so."

Wie konnte ich das vergessen?, erinnerte sich Benski auf einmal an die Stimme. Er griff in seine Tasche. Stopp, selbst wenn die Neutralisierungssubstanz bei Natascha wirkt, ist sie noch immer in dieser Zelle gefangen, ging es Benski durch den Kopf. Irgendwie muss ich Andersson dazu bringen, sie freizulassen.

„Andersson, lassen Sie mich wenigsten noch einmal Natascha in die Arme nehmen", flehte er Andersson an.

„Aber natürlich." Anderssons breitete abfällig seine Arme aus. „Wie könnte ich einem jungen Glück im Wege stehen?" Er lachte. „Auch wenn ich vermute, dass das für dich nicht gut ausgehen wird, Jack.

Ich würde dem Treiben von euch beiden Turteltäubchen gerne live beiwohnen, aber ich muss mich um das Artefakt kümmern. Doch ich verspreche dir, ich schaue mir alles später im Stream an, und ich könnte wetten, dass du zu diesem Zeitpunkt bereits tot bist, Jack." Andersson lachte verächtlich. Das Hologramm löste sich in Nichts auf.

Plötzlich klackte es an Nataschas Zellentür. Ehe sich Benski versah, stürmte Natascha auch schon wie eine Furie auf ihn los. Plötzlich war die Linie rot. Sie zeigte auf Nataschas Herz. Die Linie blinkte in schneller Abfolge. Benski schaffte es gerade noch, den Autoinjektor auf Natascha zu richten und abzudrücken. Ein mikroskopisch kleiner Bolzen bohrte sich in Nataschas Herz. Auf der Stelle brach sie zusammen.

„Natascha, mein Gott."

Sekunden später hob Natascha ihren Kopf. Ihre Augen waren völlig klar. „Jack?"

Benski kniete sich zu ihr und zog sie an sich heran. Beide umarmten sich.

„Natascha, ich habe dich wieder."

„Danke, Jack, ich liebe dich", flüsterte sie ihm leise ins Ohr.

Benski wollte gerade antworten, da fiel sein Blick auf die Nachbarzelle. In der hinteren Ecke saß eine große Frau. Ihre kurzen blonden Haare waren verzaust. Stoisch schaute sie auf den Flatscreen mit dem Splatterfilm. Mit einem Mal drehte sich die Frau zu Benski um. Blutige Tränen liefen über ihre Wangen.

„Nein, zur Hölle", Benski erschrak. „Frau von Trotau! Natascha, das ist Frau von Trotau! Wir müssen ihr helfen."

Natascha löste die enge Umarmung. Sie schaute Benski ernst in die Augen. „Ja, ich weiß, und Frau von Trotau hat es nicht besser verdient."

„Was redest du da?“

„Die von Trotau ist die undichte Stelle. Und weißt du was? Sie war es, die den Funkspruch sendete und damit Operation Rabe startete. Sie hat alles gemacht, was dieser Andersson von ihr verlangte.“

„Was?“ Benski konnte kaum glauben, was Natascha ihm gerade erzählte.

„Dieses Aas hat mich unter einem Vorwand hier in diese Hölle gelockt. Sie war es auch, die ihr eigenes Flugzeug mit unseren Männern in den Vogesen genau dort notlandete, wo Andersson Leute warteten. Sie wollte verhindern, dass unsere Männer uns helfen und wir die Ladung der Hugin bekommen.“

„Woher weißt du das?“

„Sie redet im Schlaf.“

„Und warum sitzt sie, genau wie du, in dieser kleinen Zelle, zugedröhnt mit irgendwelchen Frontallappen sedierenden Psychopharmaka und Splatterfilmen?“

„Ich kann es dir nicht sagen. Ich weiß nur, dass sie im Schlaf immer wieder vom Demiurgen und faulem Fleisch redet.“

„Was hat das zu bedeuten?“

„Die Begriffe könnten mit der Gnosis zusammenhängen.“

„Gnosis?“

„Wir hatten schon länger den Verdacht, dass sich einige unserer Brüder radikalisiert haben. Sie sind Anhänger des Manichäismus geworden, einer extremen, auf die Gnosis zurückgehenden Religionsströmung, die in der Spätantike von dem Perser Mani verbreitet wurde. Wie bei allen von der Gnosis beeinflussten Lehren, trennt sie die Welt in zwei Bereiche. Eine über allen Dingen erhabene göttliche Instanz und eine vom Demiurgen geschaffene schmutzige, fleischliche Welt. Die vollkommene Erlösung findet nur derjenige, der jeglicher fleischlichen Begierde entsagt."

„Spinner."

„Das sagst du, sie glauben daran. Aber dass Frau von Trotau eine von denen ist, wussten wir nicht."

„Und was hat das alles mit der Sonde zu tun?"

Natascha zuckte mit den Schultern. „Keine Ahnung. Wo ist sie überhaupt."

„Hier."

„Wie hier?"

„Stimmt, das hast du alles ja gar nicht mehr mitbekommen. Gruber, der Anführer der Nazis, und Andersson hatten einen Pakt geschlossen. Dafür, dass Andersson Gruber dabei helfen sollte, die Hugin vor uns zu finden, würde er die Kisten vom Ahnenerbe bekommen und Gruber den Rest. Nachdem uns die Nazis die Ladung der Hugin, inklusive der Sonde, vor der Nase weggeschnappt hatten, hat Gruber jedoch versucht, Andersson zu hintergehen. Gruber wollte auch die Sonde haben. Daraufhin haben Anderssons Leute Gruber die Sonde in einem Himmelfahrtskommando per Heli von einem Containerschiff im Atlantik entwendet. Anschließend haben sie das Artefakt in einem Labor in Konstanza untersucht. Dabei zerstörte die Sonde das Labor vollständig. Nicolai, Boris und ich haben das Artefakt aus dem Labor evakuiert."

„Wie habt ihr das angestellt?"

„Das ist eine längere Geschichte, später. Jedenfalls haben Nicolai und Boris die Sonde wieder in die Obhut eures Ordens übergeben, bis – ja, bis Andersson dich gegen die Sonde eingetauscht hat."

„Ihr habt das Artefakt gegen mich eingetauscht?“ Natascha drückte Benski an sich. Sie küsste ihn.

* * *

Plötzlich war die Stimme wieder da. „Hallo Jack, ich habe einen offenen unbewachten Port gefunden, auf dem wir für circa 237 Sekunden ungestört reden können, bevor ein Wächterprogramm den Port scannt. Wie ich sehe, hast du deine Freundin gefunden. Jetzt weißt du, wofür ich dir den Autoinjektor teleportiert habe.“

„Wir verdanken dir unser Leben, danke.“

„Danke mir nicht zu früh, das Schwierigste steht uns noch bevor.“

„Was ist das?“

„Die Sonde muss zerstört werden.“

Benski konnte nicht glauben, was er gerade gehört hatte. „Aber das Artefakt ist unzerstörbar.“

„Von außen. Aber es gibt einen anderen Weg, die Sonde zu zerstören. Dafür brauche ich dich.“

* * *

Schon einige Sekunden lang stand Benski wie eingefroren vor Natascha. Sie rüttelte an ihm. „Jack, alles okay? Was ist los mit dir?”, fragte sie besorgt.

„Alles in Ordnung“, sagte er. „Das Artefakt kommuniziert mit mir.“

„Was?“

„Gib mir zwei Minuten, dann erkläre ich es dir." Benski fiel zurück in den tranceähnlichen Zustand.

* * *

„Wofür brauchst du mich?", fragte er die Stimme in seinem Inneren weiter. „Wie kann man das Ding zerstören?"

„Es gibt nur einen Weg – der Selbstzerstörungsmechanismus der Sonde. Das Problem dabei ist: Die Selbstzerstörungssequenz kann nur vom inneren Kern aus initiiert werden. Die wenigen Zugänge zum Kern werden streng bewacht."

„Und wie willst du da unbemerkt reinkommen?"

„Ich habe einen Plan. Der Reaktor der Sonde ist nach all den Jahrtausenden auf eurem Planeten zwar geschwächt, aber noch hat er genügend Energie, um alle Gateways zu überwachen. Du musst es schaffen, die Sonde von außen so zu beschäftigen, dass sie gezwungen ist, Rechenpower von den Gateways abzuziehen. Sobald dies der Fall ist, werde ich versuchen, über ein schwach frequentiertes Gateway in den inneren Kern zu gelangen. Wenn ich das geschafft habe, kann uns nichts mehr aufhalten – sobald die Selbstzerstörungsroutine der Sonde gestartet ist, kann sie kein Programm mehr stoppen."

„Und wie soll ich die Sonde beschäftigen?"

„Indem du sie von außen angreifst."

„Die Sonde ist unzerstörbar. Ich habe mit eigenen Augen gesehen, was mit einem passiert, wenn man versucht, ihre Außenhülle aufzuschneiden."

„Die Verrückten haben versucht, die Sonde mit einer rotierenden Diamantscheibe aufzusägen. Davon rede ich nicht. Die Sonde besitzt einen Schutzschild aus flüssigem Kohlenstoff. Diese Schicht ist nur einige Nanometer stark und damit für eure Augen unsichtbar. Bei Kontakt, zum Beispiel mit einem Diamantsägeblatt oder einem 5,56 mal 45 mm Projektil aus deinem M4A1, ändert der Kohlenstoff an dieser Stelle seine atomare Struktur und wird undurchdringbar. Das Projektil prallt ab. Ist der Kontakt vorbei, verflüssigt sich der Kohlenstoff wieder. Aber jetzt kommt es: Dieser Prozess ist äußerst energieintensiv, und damit genau das, was wir brauchen."

„Ich soll auf das Artefakt schießen? Kannst du mir nicht irgendeine Superwaffe von eurem Heimatplaneten schicken?"

„Nein. Der Sondentyp, um den es sich hier handelt, ist eine Such- und Entwicklungssonde. Die erlaubt technische Entwicklungen nur bis zu einem Niveau weit unterhalb des Unsrigen. Fortschrittliche Systeme, wie Transmitter für Teleportation oder Telepathie, wurden nur eingebaut, weil sie für den Betrieb der Sonde unerlässlich waren. Sie wollen sich mit ihren Sonden schließlich keine Rivalen heranziehen.

„Irgendwie verständlich."

„Da ist noch etwas. In dem Moment, in dem der Reaktor der Sonde dematerialisiert, entstehen unvorstellbare Kräfte. Ein mehrere Hundert Meter breiter hochgeladener Photonenstrahl wird sich in den Himmel erheben und im Radius von einigen Kilometern alles Leben terminieren. Ähnlich euren Atombomben, nur ohne radioaktive Strahlung."

„Toll, dass du mir das erzählst. Wir werden also sterben?"

„Ich gebe mein Bestes, um das zu verhindern. Für diesen Zweck habe ich in einem deaktivierten Bereich eine Energiereserve versteckt. Sobald die Selbstzerstörungsroutine gestartet ist, werde ich mithilfe dieser Energiereserve versuchen, Natascha und dich an einen sicheren Ort zu teleportieren. Alles hängt davon ab, dass die Reserve bis dahin nicht von einem der Wächterprogramme entdeckt wird. Du kennst den Plan. Ihr müsst los."

* * *

Der Stream war beendet.

Verdammt – verdammt – verdammt, in was sind wir da reingeraten?, dachte Benski.

„Jack, da bist du ja wieder, was war das?"

„Wir müssen los. Ich erkläre es dir auf dem Weg." Die grüne Linie zeigte auf den Ausgang. „Da lang." Benski zog Natascha mit sich.

„Wo willst du hin?"

„Zum Artefakt."

„Du kennst den Weg?"

Benski nickte. „Ja."

„Woher?"

„Frag nicht. Total abgefahren, was hier gerade mit uns passiert."

„Und wie willst du das Artefakt rausbringen? Ich glaube nicht, dass Andersson das so einfach zulässt."

„Ich will es nicht mitnehmen."

„Was hast du dann vor?"

„Es zerstören."

„Jack, bist du verrückt geworden?"

„Ganz und gar nicht. Die Stimme hat einen Plan."

„Die Stimme?"

„Die erste Identität aus dem Artefakt."

„Verstehe ich das richtig? Das Artefakt plant, sich selbst zu zerstören?"

„Natascha, ich weiß, das klingt verrückt. Ich verstehe es ja selbst kaum, aber die erste Identität ist so etwas wie ein Virus. Offenbar wurde er vor dem Start der Sonde von Rebellen in deren Systeme eingeschleust."

Natascha und Benski waren in der Zwischenzeit am Aufzugsschacht angekommen. Der Fahrkorb befand sich noch immer auf diesem Stockwerk. Die Aufzugstüren standen offen.

„Komm." Benski zog Natascha in den Aufzug. Die grüne Linie zeigte auf dem Touchscreen zum Button für Ebene U-24. Benski drückte auf den Button.

„Woher weißt du ..."

Benski blickte Natascha mit Nachdruck in die Augen.

„Jaja, ich weiß schon", gab sie nach.

Die Türen schlossen sich. Der Aufzug rauschte nach oben.

* * *

Zwei Minuten später standen sie auf Ebene U-24 vor der Betontür zum Besprechungsraum.

Benski sah, wie die grüne Linie auf den an der Betonwand angebrachten Touchscreen führte. Er drehte sich zu Natascha um. „Wir sind da."

„Das sieht mir aber eher nach einer Sackgasse aus, Jack", bemerkte Natascha skeptisch.

„Du bleibst hier, ich muss da alleine rein", entgegnete er, ohne auf Natascha einzugehen.

„Aber Jack. Wo rein?"

„Bis gleich. Vertrau mir." Benski küsste Natascha. Dann drückte er auf den Button.

Es knackte leise. Mit einem Mal öffnete sich ein Teil der Betonwand und drehte sich nach außen. Benski lugte durch den größer werdenden Spalt. Er traute seinen Augen nicht. Der Raum, der sich hinter der Betontür befand, war beeindruckend. Die Wände waren aus geschliffenem Sichtbeton und in den Boden eingelassene Strahler tauchten den Raum in ein geheimnisvolles Halbdunkel. In der Mitte stand ein riesiger Besprechungstisch. Benski ging mit seinem M4A1 in Anschlag. Dann bewegte er sich vorsichtig durch die Betontür.

„Jack, Jack Benski. Wie viele Leben hast du denn noch? So langsam fängst du an, mir auf die Nerven zu gehen. Was hast du mit deiner kleinen Freundin gemacht?“, empfing ihn Andersson. Er stand vor einer bodentiefen Monitorwand mit einem imposanten Alpenpanorama. Benski bemerkte, dass es sich dabei um die gleiche Szenerie handelte wie vor ein paar Tagen auf dem Monitor im Tritium-Tower. Neben Andersson stand ein Metalltisch. Darauf befand sich ein unscheinbares Metallobjekt in Größe eines Medizinballs.

Benski wusste sofort, um was es sich bei dem Objekt handelte. Das sollte das Artefakt sein? Er hatte es sich irgendwie spektakulärer vorgestellt.

„Was willst du, Jack?“

„Das Ding da zerstören.“ Benski zielte auf die Sonde.

Andersson lächelte. Er breitete seine Arme aus. „Ach, Jack, du glaubst doch nicht allen Ernstes, dass du mich mit deinem ewig gleichen hilflosen Geleier irgendwie beeindrucken kannst. Erst willst du das Artefakt sprengen, jetzt darauf schießen. Mach dich nicht lächerlich. Du weißt ganz genau, das Artefakt ist unzerstörbar?“

„Abwarten.“ Benski schwenkte mit dem M4A1 auf Andersson. „Dann eben erst Sie.“

Andersson lächelte. „Willst du nicht erfahren, warum ich das alles hier mache?“

„Ich weiß es auch so."

„Woher?"

„Von der Sonde."

„Dann stimmt also, was mir Frau von Trotau über dich berichtet hat, bevor ich sie leider meiner kleinen Behandlung unterziehen musste? Die Gute wollte einfach nicht akzeptieren, dass das Artefakt nicht von ihrem Gott kommt, sondern von Außerirdischen. Du bist also ein Abkömmling von Gerwald? Auch ausgestattet mit seiner besonderen Gabe, mit dem Artefakt auf diese ganz besondere Weise zu kommunizieren?"

„Und wenn es so ist?"

„Dann siehst du Dinge, die kein anderer sieht." Andersson macht eine Pause. „Zum Beispiel einen riesigen morbiden Fabrikkomplex mit einem Gebäude in Form ..."

Aufgewühlt unterbrach Benski Andersson. „Zur Hölle, woher wissen Sie das?"

Andersson drehte sich zur Monitorwand. Das Alpenpanorama verschwand. Auf dem Monitor erschienen jetzt einige mittelalterlich anmutende Papierbögen. „Frau von Trotau war so freundlich ... Und ich kann dir sagen, es war sehr aufschlussreich."

Das muss Gerwald von Löcknitz' Tagebuch sein, dachte Benski. „Was haben Sie vor?"

„Ich dachte, du weißt alles." Andersson lächelte.

„Fast alles. Los, sagen Sie schon, was haben Sie vor mit der Sonde?"

„Ich will sie ihr Werk zu Ende bringen lassen."

Was meint er damit?, dachte Benski. Er überlegte angestrengt, was ihm die Stimme zu dem Zweck der Sonde gesagt hatte. Dann erinnerte er sich. Bei der Frage, was genau die Außerirdischen mit den unterentwickelten Spezies machen wollten, war sie ausgewichen. „Was meinen Sie mit – zu Ende bringen?"

„Das hast du mit deiner besonderen Gabe noch nicht herausgefunden?“, fragte Andersson höhnisch.

„Es hat mit dieser Fabrik zu tun.“

„Und weiter.“

„Sie wollen die Erde ausbeuten,“ kombinierte Benski spontan.

„Ja, aber was?“, insistierte Andersson.

Benski wusste nicht, worauf Andersson hinauswollte.

„Jack, es wird dir zwar nichts nützen, aber ich erzähle dir jetzt, was bald passieren wird.“

32 VIEH

Andersson drehte sich zur Monitorwand. Gerwald von Löcknitz' Tagebuchseiten verschwanden. Die Alpenkulisse erschien. Vor der Alpenkulisse zeigte sich jetzt die Animation einer sich drehenden Doppelhelix-Struktur. Die Struktur wurde in der Mitte aufgebrochen. Der rechte Teil verschwand. Ein zweiter DNA-Strang erschien.

Benski konnte es sich nicht erklären, aber auf irgendeine Weise wirkte die zweite Doppelhelix-Struktur auf ihn künstlich.

Andersson verschränkte seine Arme. „Diese Animation zeigt, was bald passieren wird. Der linke Strang ist menschliche DNA, der rechte Strang stammt von Maschinen."

„Was?"

Die Animation zeigte, wie der rechte Strang an den linken andockte. Mit einem Mal zeigte der linke Strang die gleiche unnatürliche digitale Struktur wie zuvor nur der rechte Teil der Doppelhelix-Struktur.

„Über kurz oder lang wird es zu einer Kreuzung von menschlicher DNA und Maschinen-DNA kommen", fuhr Andersson fort.

„Was reden Sie da, sind Sie jetzt völlig durchgeknallt?"

„Sie werden sich noch wundern. Das wird schneller passieren, als Sie denken. Die KI wird technisch bald in der Lage sein, so etwas wie Maschinen-DNA herzustellen. Skrupellose menschenverachtende Tech-Milliardäre mit ihren willfährigen Gentechnik-Start-ups arbeiten bereits intensiv daran. Diese

Trottel erhoffen sich ewiges Leben. Aber was glauben Sie, was passieren wird, wenn diese junge, disruptiv rücksichtslos wuchernde Maschinen-DNA mit menschlicher, in Millionen von Jahren in einem schier ewigen evolutionären Prozess langsam gewachsener DNA gekreuzt wird?"

„Sie ticken doch nicht richtig."

„Die Maschinen-DNA wird dominant und die menschliche Spezies, so wie wir sie kannten, wird aufhören zu existieren. Sie wird untergehen, in einer neuen Mensch-Maschine-Spezies. Dann werden Cyborgs die vorherrschende Spezies auf diesem Planeten sein."

Benski fuchtelte wild mit seinem M4A1 herum. „Hören Sie verdammt noch mal auf mit diesem Schwachsinn!"

„Warum denn? Das ist ein ganz normaler evolutionärer Prozess. Denken Sie nur an die Neandertaler. Die sind nicht ausgestorben in dem Sinn, dass sie mit dem Homo sapiens um die Vorherrschaft gekämpft und verloren hätten und dann plötzlich verschwunden wären. Ganz im Gegenteil, die Neandertaler hatten unbekümmert Sex mit ihren modernen Artverwandten. Was sie nicht wussten – ihre Gene waren denen des modernen Menschen heillos unterlegen. Und so kam es, wie es kommen musste, die Neandertaler wurden gleichsam von dem modernen Menschen geschluckt. Noch heute lassen sich in der menschlichen DNA Neandertaler-Gen-Fragmente vorfinden, was genau diesen Hergang beweist."

„Das hat damit doch überhaupt nichts zu tun."

„Und ob. Es ist exakt der gleiche evolutionäre Prozess wie damals. Dominante DNA setzt sich durch, nur dass es dieses Mal der Mensch selbst sein wird, der seine eigene Spezies auslöscht."

„Und aus welchem Grund sollten uns die Aliens davor bewahren wollen?“

„Jack, sie denken nicht nach. Sie wollen nicht uns vor der Maschinen-DNA schützen – sie wollen ihre lange gehegte Aufzucht schützen.“

„Aufzucht? Nein.“ Benski zögerte. Er bemerkte den todernsten Blick Anderssons. „Verflucht, Sie meinen, dass der Mensch …“

Andersson unterbrach Benski. „Endlich.“

„Sie glauben allen Ernstes, dass wir für die – Vieh sind?“

„Nein, ich glaube das nicht, es ist die Wahrheit.“

„Völlig klar, die Menschheit wurde von Aliens gezüchtet. Wie konnte die Menschheit das nur die ganze Zeit übersehen?“, kommentierte Benski mit einem Grinsen im Gesicht.

„Ihnen wird Ihr Hochmut noch vergehen. Das Artefakt ist nichts anderes als eine Aufklärungs- und Farmsonde. Sie wurde vor Tausenden von Jahren auf die Erde geschickt, um zu erkunden, ob es hier potenziell intelligentes Leben gibt, das man züchten kann – und die Sonde ist fündig geworden. Seit ihrem Eintreffen vor circa 12.000 Jahren hat sie die Entwicklung der Menschheit immer wieder in die vorgegebene Richtung gelenkt. Denken Sie zum Beispiel an die neolithische Revolution, die plötzliche und bis heute wissenschaftlich nicht erklärbare Sesshaftwerdung der Menschheit.“

„Stopp.“ Benski schüttelte langsam seinen Kopf.

„Was soll das?“, fragte Andersson irritiert.

„Genau denselben Quatsch höre ich jetzt schon zum zweiten Mal, nur dass Sie noch einen draufsatteln, indem Sie behaupten, das alles hätten die Aliens getan, um uns zu züchten.“

Andersson nickte. „Ganz genau.“

„Züchten“, Benski überlegte, „aber für was?“

„Na endlich sind wir beim Punkt. Ich frage mich schon die ganze Zeit, wann Sie mit dieser Frage kommen."

„Also."

Andersson wartete kurz, dann behauptete er: „Sie wollen unser Gehirn."

„Wie? Wollen sie unser Gehirn manipulieren, wie die Sonde es mit mir gemacht hat? Aber wozu?"

„Nein, Jack, Sie denken zu kompliziert. Es ist viel primitiver."

Benski erschauderte. „Nein, Sie glauben doch nicht allen Ernstes, dass die Außerirdischen unser Gehirn ..." Benski verschlug es die Sprache.

„Sprechen Sie es ruhig aus – fressen wollen."

Benski ließ geschockt das M4A1 sinken. „Zum Teufel, warum?"

„Ganz einfach. Sie haben das menschliche Gehirn die ganzen Jahrtausende hindurch auf Intelligenz und Aggressivität gezüchtet. Jetzt, wo ein gewisser Grad an natürlicher menschlicher Intelligenz und Aggressivität erreicht ist, wollen sie es ernten und in einem Festmahl verspeisen. Das wollen sie sich natürlich nicht von der Maschinen-DNA versauen lassen."

„Aber warum?"

„Weil sie sich auf diese Weise eine Steigerung ihrer eigenen Intelligenz und Aggressivität erhoffen, um im Kampf mit feindlichen Aliens die Oberhand zu behalten."

„Völliger Schwachsinn."

„Nein, ganz im Gegenteil? Denken Sie nur an die frühen Vorfahren des Menschen in Ostafrika vor über 1,7 Millionen Jahren. Frühmenschen wie der Homo habilis haben als erste Spezies auf der Erde gelernt, mit Steinwerkzeugen tierische Knochen zu zerkleinern. So kamen sie an Gehirn und Knochenmark. Mit dieser Nahrung erst setzte die enorme geistige Entwicklung ein, in deren Folge der Mensch zur superioren Spezies auf diesem Planeten wurde."

„Okay, mal angenommen, nur hypothetisch, Sie haben recht. Wann kommen dann die Aliens? Wie viel Zeit bleibt der Menschheit, um Gegenmaßnamen zu ergreifen?"

„Vergessen Sie es. Die Sonde hat das Mutterschiff längst darüber informiert, dass aufgrund der kurz bevorstehenden Verunreinigung der menschlichen DNA die Ernte schnell passieren muss. Die Ernteschiffe sind längst unterwegs. Sie haben keine Zeit mehr." Andersson lachte. „Und wissen Sie, was das Verrückteste ist? Ich habe mir die ganze Mühe mit den Wissenschaftlern völlig umsonst gemacht."

„Was hatten Sie mit ihnen vor?"

„Es waren nicht nur Wissenschaftler, es waren auch Gewaltverbrecher, die ich in meine Gewalt gebracht habe."

Mit einem Mal ahnte Benski, was Andersson damit bezwecken wollte. „Sie gottverdammtes Schwein. Wenn das mit der Maschinen-DNA nicht passiert wäre, dann ..."

„Sie fangen an, mir zu gefallen", unterbrach Andersson Benski.

„Dann hätten Sie versucht, die Sonde mit Wissenschaftlern, Verbrechern und Ihrer wahnsinnigen Frontallappensedierung davon zu überzeugen, dass die Menschheit einen Grad an Intelligenz und Gewaltbereitschaft erreicht hat, der den Aliens ausreicht, um die Ernte einzufahren."

Andersson applaudierte. „Besser hätte ich es nicht auf den Punkt bringen können."

„Sie verdammtes Arschloch. Sie haben wirklich die Absicht, den Außerirdischen Ihre eigene Spezies zum Fraß vorzuwerfen. Aber am Ende machen die auch vor Ihnen nicht halt. Also warum?"

Andersson faltete seine Hände. „Die Frage aller Fragen." Er streckte seine Hände bedeutungsvoll vor sich in die Höhe. „Die Mutter aller Fragen."

„Warum nur?" Mit einem Mal kannte Benski die Antwort. „Sie wollen von denen gefressen werden."

„Nicht gefressen, Jack, vielmehr eins werden mit ihnen, aufgehen, verschmelzen mit dieser uns so herrlich überlegenen Spezies. Sie verstehen mich doch, Jack?" Andersson knöpfte sein Hemd auf. Benski erschrak. Unter dem Stoff kam ein Exoskelett zum Vorschein.

Jetzt wurde klar, warum Andersson beim Laufen so unnatürlich wirkte.

„Ein Unfall mit arsenverunreinigten Hinterlassenschaften der Nazis. Meiner Familie gehörte diese Eisenerzmine seit Generationen. Als Norwegen von den Deutschen besetzt wurde, konfiszierten sie die Mine von meinem Großvater. Ich hatte gerade erst die Bunkeranlage von einer staatlichen Verwertungsgesellschaft zurückbekommen. Bei einer Besichtigung kam ich mit dieser Substanz in Berührung. Seither machen meine Muskeln nicht mehr das, was ich ihnen sage. Bald werde ich mich, trotz des Exoskeletts, überhaupt nicht mehr bewegen können."

„Und nur weil Sie ein verdammter selbstverschuldeter Krüppel sind und ihrem jämmerlichen Dahinsiechen einen Sinn geben wollen, ziehen Sie die gesamte Menschheit mit ins Verderben? Sie sind doch total krank. Glauben Sie allen Ernstes, wenn Sie ein Schweineschnitzel essen, geht das Schwein in Ihnen auf und erreicht eine höhere Bewusstseinsebene? Sie sind echt ein Fall für die Psychiatrie." Benski nahm sein M4A1 hoch.

33 KERNSCHMELZE

Plötzlich war die Stimme da. „Es geht los. Alles wie besprochen."

„Ich bin bereit", antworte Benski. Er zielte auf die Sonde.

* * *

„Was hast du vor, Jack? Deine lächerlichen Patronen kitzeln das Artefakt höchstens", bemerkte Andersson abschätzig.

„Das werden wir ja sehen. Ich schick das verfluchte Ding zurück in die Hölle, wo es herkommt." Benski feuerte eine Salve 5,56 mal 45 mm Projektile auf die Sonde. Ohne sichtbare Spuren zu hinterlassen, prallten die Projektile mit lautem Knallen von der Sonde ab.

„Lass das. Du siehst doch, es hat keinen Sinn."

„Abwarten." Benski feuerte eine weitere Salve auf die Sonde. Wieder platzten die Projektile scheinbar wirkungslos von der Oberfläche ab.

„Gegen das Artefakt hast du keine Chance. Sieh das doch ein, Jack."

Mit einem Mal erschien über der Sonde eine Art Nebel. Zuerst eine dünne Schicht, dann immer dichter werdend.

„Was passiert da?", rief Benski erstaunt.

Der Nebel umhüllte die Sonde jetzt vollständig.

Benski traute seinen Augen nicht. Aus der Nebelwolke materialisierten sich spinnenartige Geschöpfe. Benski mutmaßte, dass es sich bei dem vermeintlichen Nebel um eine Dampfwolke aus flüssiger Materie handelte. „Scheiße, das Ding baut Kampfroboterspinnen."

Eine Roboterspinne nach der anderen fiel jetzt aus der Materiewolke und krabbelte zielgerichtet in Benskis Richtung.

„Du bist tot", rief Andersson Benski zu.

Der Strom an Roboterspinnen wurde immer stärker. Benski richtete sein Feuer auf die Roboterspinnen. Zu Benskis Erleichterung, schienen die 5,56 mal 45 mm Projektile bei den Roboterspinnen Wirkung zu zeigen. Nach Treffern zerstoben die Roboterspinnen in Tausende Einzelteile. In einem nicht enden wollenden Strom schickte die Sonde Benski jetzt Welle um Welle an Roboterspinnen entgegen. Unermüdlich feuerte Benski eine Salve nach der anderen auf die Kampfspinnen ab. Immer mehr Spinnenkadaver sammelten sich vor der Sonde.

„Warum knallt mich das verfluchte Ding nicht einfach mit einem Laserstrahl ab oder zermalmt mich mit irgendwelchen Gravitations-Strahlen?"

„Es spielt mit dir. Sieh es endlich ein, du hast nicht die geringste Chance. Gib auf, bevor es zu spät ist."

„Den Teufel werde ich." Benski feuerte weiter. Dann war das Magazin leer. „Und wenn es das Letzte ist, was ich auf dieser Erde tue." Benski betätigte den Magazinhebel. Mit einem Klacken fiel das Magazin auf den Betonboden. Sekunden später hatte Benski das nächste Magazin aus seinem Brustgurt gegriffen und im Magazinschacht arretiert. In der erzwungenen Feuerpause waren einige der Roboterspinnen ihm bedrohlich nahe gekommen. Benski konzentrierte sein Feuer daher zunächst auf diese.

* * *

Plötzlich hörte er: „Ich bin drin. Ich aktiviere jetzt die Selbstzerstörungsroutine. Sekunden später werden mich die Wächterprogramme identifiziert und eliminiert haben. Aber sie werden zu spät kommen. Leider gibt es auch schlechte Nachrichten. Eines der Wächterprogramme hat die Energiereserve entdeckt. Die Reserve wird von der Hauptroutine bereits angezapft. Noch reicht sie aus, um euch beide wenigstens aus dem Bunker an die Oberfläche zu teleportieren. So habt ihr zumindest eine realistische Chance, um euch aus der Todeszone des zerfallenden Reaktors zu retten. Ich werde dir einen Counter mit der Restzeit bis zur Terminierung des Reaktors in dein Gedächtnis laden."

Oben rechts in seinem Gesichtsfeld sah Benski in Rot die Ziffern 05:00 eingeblendet.

„Der Transmitter ist bereit zur Teleportation."

„Aber für was? Andersson hat mir erzählt, dass die Sonde bereits Kontakt zu eurem Heimatplaneten aufgenommen hat, dass die Menschheit in euren Augen soweit ist", Benski stockte, „geschlachtet zu werden. Warum hast du mir das nicht gesagt?"

„Es hätte dich emotional zu stark belastet und damit die gesamte Mission gefährdet."

„Wofür? Eure Ernteschiffe sind bereits auf dem Weg."

„Das stimmt nicht. Zwar hat die Sonde die Erntesequenz gestartet, wegen des zu niedrigen Energielevels aber konnte der Quanten-Transmitter-Link zu unserem Planeten noch nicht aufgebaut werden. Die Abwehr und Verwüstung des Labors in Konstanza hat die Reserven der Sonde stark aufgezehrt. Und der schwächer gewordene Reaktor konnte sie bis jetzt noch nicht wieder vollständig auffüllen. Aber er ist dabei. Lang wird es nicht mehr dauern. Jack, es ist Zeit. Es war mir eine Ehre, mit dir gekämpft zu haben. Die Bewohner deines Planeten haben dir ihr Überleben zu verdanken. Die Rebellion auf unserem Planeten ist stolz auf dich. Aber ich muss dich warnen – ihr seid nicht sicher. Es werden neue Sonden kommen – von uns oder anderen. Und sie werden stärker sein als diese hier. Seid vorbereitet!"

* * *

Seit einigen Sekunden stand Benski regungslos da. Der Strom an Roboterspinnen ebbte nicht ab. Mehrere Roboterspinnen waren ihm bedrohlich nahegekommen. Eine der Spinnen krabbelte bereits an seinem Bein hoch. Plötzlich fing Benskis Körper an zu vibrieren. Dann löste er sich auf. Andersson stand mit offenem Mund neben dem Artefakt. Benski hatte sich vor seinen Augen in Luft aufgelöst.

* * *

Natascha und Benski materialisierten in der Nähe des verfallenen Förderturms, nur wenige Meter von dem kristallklaren See entfernt.

Benskis Bein schmerzte fürchterlich. „Zur Hölle!" Er schaute nach unten und sah, dass eine der Roboterspinnen mit teleportiert worden war. Die Spinne krabbelte an seinem linken Bein hoch. Mit ihren Mundwerkzeugen sonderte sie eine säurehaltige Flüssigkeit ab.

„Verfluchtes Drecksding." Mit seinem rechten Fuß trat er gegen die Roboterspinne. Sie fiel ab.

Benski nahm sein M4A1 hoch. Er zielte auf die Roboterspinne. „Fahr zur Hölle." Er drückte ab. Mit lautem Krachen zerbarst die Roboterspinne in tausend Stücke.

Natascha schaute an sich herunter. „Was, was war das? Was ist mit uns passiert?"

„Wir wurden teleportiert."

„Was?"

„Erklär ich dir später. Wir haben nur noch", Benski blickte zum Timer, „knapp fünf Minuten, dann müssen wir hier weg sein."

„Warum?"

„Das Artefakt fliegt gleich in die Luft. Dabei werden riesige Energieströme freigesetzt. Im Umkreis von mehreren Kilometern wird alles Leben vernichtet."

„Jack, wie sollen wir so schnell von hier wegkommen?"

Benski entdeckte in einigen Hundert Metern Entfernung am Ufer des Sees den AH-6 Kampfhubschrauber. Der Hubschrauber stand unterhalb eines mächtigen Bergrückens auf einer sandigen Halbinsel. Der Pilot war damit beschäftigt, den AH-6 Little Bird aus gebunkerten Kerosinfässern mit einer Pumpe zu betanken.

„Natascha." Benski zeigte in Richtung des Helikopters.

„Den Heli schickt uns Gott", Natascha bekreuzigte sich.

„Und wie sollen wir da bitte hinkommen? Am Ufer entlang sieht uns der Pilot sofort und haut ab."

„Gib her." Natascha riss Benski das M4A1 aus der Hand.

„Den triffst du nie. Wir schleichen uns besser an ihn ran."

„Dafür ist keine Zeit. Hast du selbst gesagt."

Benski blickte zum Timer – vier Minuten, 23 Sekunden. „Jaja, ich weiß."

„Also, da hast du es." Natascha legte sich auf den Bauch.

„Selbst wenn du ihn erwischst, wer fliegt uns dann hier raus?"

Natascha schaute Benski tief in die Augen. „Jetzt vertraust du mal mir."

„Du kannst das Ding fliegen?"

Natascha lächelte ihn an.

„Verdammt."

Natascha stellte den Feuerwahlhebel des M4A1 auf SEMI, Einzelschussabgabe und ging in Anschlag. Kaum hatte sie den Anschlag eingenommen, drückte sie ab. Mit lautem Krachen verließ das 5,56 mal 45 Projektil den Lauf. Im Knall sackte der Pilot zusammen. Er war sofort tot.

Benski traute seinen Augen nicht. Ohne an den unerbittlich herunterzählenden Timer zu denken, drifteten seine Gedanken ab. Unweigerlich musste er an diese Nacht im Taunus denken. An die Schüsse auf Dr. Stein und den zierlichen Schützen, den er gesehen hatte, als er in den Wald flüchtete.

„Erledigt." Natascha stand auf. Sie bemerkte Benskis Grübeln. „Was hast du?"

„Natascha, das bei dem Jagdschloss, das warst du."

„Jack, wir müssen weg." Natascha rannte los. „Komm."

Benski rannte Natascha hinterher. „Aber warum?"

Natascha drehte sich im Rennen um. „Frau von Trotau wollte es so. Ich sollte Stein anschießen, um mich später als seine Tochter in die Gruppe einzuschleusen. Was ja auch prima geklappt hat."

„Du hättest ihn fast umgebracht", rief Benski.

„Ich konnte ja nicht ahnen, dass er sich genau in diesem Moment bewegt."

„Und warum das alles?"

„Frau von Trotau wollte sichergehen."

„Was, die von Trotau hat dich als Wachhund für mich eingeschleust?"

Natascha schwieg.

Benski blickte zum Timer – drei Minuten, 46 Sekunden. „Jaja, ich weiß."

Benski und Natascha rannten zum Ah-6.

* * *

Zwei Minuten und 29 Sekunden später saßen Natascha und Benski völlig ausgepumpt im Kampfhubschrauber. Natascha setzte sich die Kopfhörer auf und drückte den Starterknopf. Die Turbine heulte auf. Natascha beobachtete die Instrumente.

Benski blickte zum Timer – zwei Minuten, 12 Sekunden. „Natascha, zwei zwölf, was ist los?"

„Gleich", antwortete sie, ohne den Blick von den Instrumenten zu nehmen. Dann drehte sie am Pitchhebel. Mit ohrenbetäubendem Lärm heulte die Turbine auf. Die Rotorenblätter fingen an, sich zu drehen. Es roch nach Kerosin. Wenige Sekunden später zog Natascha vorsichtig am Pitchhebel – wackelig lösten sich die Kufen vom Boden. Ohne auf Höhe zu gehen, drehte sie den Helikopter in Richtung des Sees.

Benski schauten zum Timer – eine Minute, 33 Sekunden. „Natascha, nur noch eins dreiunddreißig."

„Das reicht, wenn wir einen der benachbarten Fjorde erreichen, sind wir in Sicherheit." Natascha drückte die Nase des Ah-6 runter und flog in südlicher Richtung über den See in Richtung des Fjords.

* * *

Zwölf Sekunden vor Selbstzerstörung flog der Ah-6 auf eine gewaltige Hügelkette zu.

„Natascha, wir müssen runter", rief Benski in das Headset.

„Ich will da noch rüber."

„Das schaffen wir nicht. Nur noch neun Sekunden."

„Vertrau mir." Unbeirrt hielt Natascha auf die Hügelkette zu.

Benski schaute zum Timer – drei Sekunden. „Natascha, verflucht."

Gerade hatte der Helikopter die Gipfel der Hügelkette erreicht. Ein ultraheller Lichtblitz schoss durch die Atmosphäre. Kurz waren er und Natascha geblendet.

„Zur Hölle, das war's", rief Benski aus.

Intuitiv drückte Natascha den Hubschrauber nach unten. Gerade noch rechtzeitig. Eine immense Druckwelle rollte über sie hinweg. Der Hubschrauber wurde heftig durchgeschüttelt. Sekunden später hatte Natascha den Ah-6 wieder unter Kontrolle.

Benski drehte sich um. „Mein Gott."

Dort, wo sie eben gestartet waren, erhob sich eine gewaltige Lichtsäule in den Himmel. Benski beugte sich zu Natascha hinüber. Er nahm sie in den Arm. „Wir haben es geschafft."

34 KLONE

Westpazifik, 120 Kilometer südöstlich von Guam, 12°18'19.4"N, 145°10'23.7"E, Marianengraben, Tiefe 10.431 Meter, Außendruck 1022 Bar.

In völliger Dunkelheit lag da dieses riesige Objekt auf dem Meeresboden. Das seltsam schimmernde Objekt hatte einen Durchmesser von über 100 Metern. Auf der Oberfläche des Objekts befanden sich mehrere Hundert rüsselartige Schläuche. Medizinballgroße Objekte dockten an deren Enden an. Einer der Rüssel war leer. Seit mehreren Minuten zuckten auf der Oberfläche des Objekts helle Energieblitze durch die pechschwarze Tiefe. Immer mehr konzentrierten sich die Blitze jetzt auf einen einzigen Bereich. Mehrere Minuten potenzierten sie sich an einem der Rüsselfüße. Auf einmal schoss ein gewaltiger Lichtblitz durch den Rüssel in das medizinballgroße Objekt. Das Objekt fing hell an zu leuchten. Dann löste es sich vom Rüssel – langsam schwebte das Ding nach oben.

ENDE …?

Wenn dir Benskis Abenteuer gefallen hat, freue ich mich sehr über eine Rezension bei Amazon & Co. Folge mir außerdem gerne auf Instagram @wolframbenisch um keine weiteren Geschichten rund um Benski zu verpassen. Denn wer weiß – vielleicht steckt Jack Benski schon sehr bald mitten in seinem nächsten Abenteuer …

Printed in Poland
by Amazon Fulfillment
Poland Sp. z o.o., Wrocław

61761924R00210